Scarlet

스칼렛

Scarlet

스칼렛

빛

 1

1판 1쇄 찍음 2012년 10월 30일
1판 1쇄 펴냄 2012년 11월 2일

지은이 | 이아현
펴낸이 | 정 필
펴낸곳 | 도서출판 **뿔미디어**

편집장 | 이재권
기획 · 편집 | 주종숙, 정시연
편집디자인 | 이진선
관리, 영업 | 김기환, 임순옥

출판등록 | 2002년 9월 11일 (제1081-1-132호)
주소 | 부천시 원미구 상3동 533-3 아트프라자 503호 (우)420-861
전화 | 032)651-6513 / 팩스 032)651-6094
E-mail | scarlets2012@hanmail.net
카페 | http://cafe.daum.net/scarletR

값 9,000원

ISBN 978-89-6775-000-8 04810
ISBN 978-89-6639-999-4 04810(세트)

※파본은 구입하신 서점에서 교환하여 드립니다.

넋 1

이아현 장편 소설

SCARLET ROMANCE STORY

contents

해무(海霧)

바다 위에 끼는 안개

prolog.

비 오는 거리

한 치 앞도 보이지 않을 정도로 굵은 빗줄기가 쏟아지는 날이었다.

어둠이 내린 거리 위를 걷고 있는 남자의 발걸음은 곧 쓰러질 듯 위태로웠다. 비틀비틀, 좁은 지방도로를 걷고 있던 남자가 멈춰 섰다. 이미 하얗게 질린 얼굴과 파랗게 변한 입술은 그가 곧 길바닥에 쓰러져 운명을 달리할 것이라 단적으로 보여 주고 있었다.

체온이 떨어진 듯 몸을 덜덜 떨던 남자가 고개를 들어 하늘을 보았다. 새하얀 얼굴 위로 물방울이 투둑 떨어졌다 흘러내렸다. 그의 얼굴에 어느새 체념의 빛이 짙어졌다.

"끝이군."

한참을 서 있던 남자가 힘없이 고개를 숙이던 찰나, 언덕 너머로 번쩍이는 노란 빛을 발견했다. 헤드라이트 불빛에 힘없이 아래로 향했던 고개가 위로 솟았다.

"여기요!"

남자는 소리를 지르며 팔을 허우적거렸다. 하지만 차는 멈추지 않고 빠른 속도로 그를 향해 달려왔다. 어둠 때문에 자신의 모습이 보이지 않을 것이라 걱정한 남자가 차 앞으로 몸을 던졌다.

끼이익—

차에 부딪힌 걸까. 저체온증으로 죽을 운명인 줄 알았던 남자의 끝이 사실은 교통사고였던 것일까. 남자는 길바닥에 쓰러져 꼼짝도 하지 않았다.

"어, 어떻게 된 거야……?"

핸들에 머리를 박고 있던 찬연이 천천히 고개를 들었다. 시야를 가리는 빗줄기 때문에 미처 보지 못했던 그림자를 발견한 순간 브레이크를 밟았지만 차는 한 박자 늦게 멈췄다. 사람이었을까? 산짐승이었을까?

떨리는 손을 감추지 못한 채 문을 열고 차에서 내린 찬연은 차 범퍼 바로 앞에 쓰러져 있는 검은 그림자에 숨을 들이켰다. 사람이었다. 차에 무언가 부딪히는 것을 느끼지 못했지만 자신의 차 앞에 쓰러져 있는 것은 분명 검은 양복을 입고 있는 남자였다.

찬연은 더듬더듬 남자에게 다가가 그의 몸을 흔들어 보았다. 여름에 어울리지 않게 남자의 몸은 얼음장처럼 차가웠다. 설마 죽은 것일까? 남자의 코 밑에 손가락을 가져다 대자 옅은 콧바람이 느껴졌다. 남자가 아직 죽지 않았다는 생각에 서둘러 휴대전화를 꺼냈다.

〈통화권 이탈 지역〉

불운은 늘 한꺼번에 찾아오는 법이었다.

"젠장!"

죽은 듯이 쓰러져 있는 남자를 보며 눈을 질끈 감았다. 내일 아침 일찍 서울에 있는 본사로 출근해야 했던 그는 비가 많이 내림에도 불구하고 차를 몰 수밖에 없었다. 순간 미팅에 참여하라고 지시를 내린 부장을 향한 욕설이 흘러나왔다. 그리고 통화권 이탈이 된 지금 어떻게 해야 가늘게 숨을 내뱉는 남자를 살릴 수 있을까, 라는 생각도 들었다.

한참 고민하던 찬연은 남자를 일으켜 뒷좌석에 태울 수밖에 없었다. 교통사고 피해자를 옮기면 더 위험하다는 것을 알고 있었지만, 어쩔 수 없는 선택이었다.

그는 얼음장처럼 차가운 남자의 몸을 내일 입기 위해 준비해 두었던 셔츠로 닦아 낸 뒤, 온몸이 비에 홀딱 젖고 나서야 운전석에 오를 수 있었다. 서둘러 히터를 틀고 차를 출발시키며 내비게이션에 가장 가까운 병원을 찍었다. 이곳에서 12Km가 떨어진 곳에 위치한 작은 병원이 떴다.

찬연은 가로등도 제대로 설치되어 있지 않은 어두운 도로를 내비게이션의 딱딱한 음성에 맞춰 빠른 속도로 달렸다. 그때였다. 뒷좌석에 누워 있던 남자가 몸을 일으키고 있는 것이 룸미러에 비쳤다.

"괜찮아요?"

"……."

찬연의 다급한 물음에도 남자는 아무 말이 없었다. 답답해진 찬연은 갓길에 차를 세우며 말했다.

"어디 아픈 곳 없어요? 지금 병원으로 가는 중입니다. 조금만 참으면……."

찬연의 말에 남자는 고개를 저었다. 그의 행동이 너무나 단호해 찬연은 자신도 모르게 얼굴을 굳혔다.

"가는 길에 세워 주십시오."

"그럴 수 없습니다. 반드시 검사를 받아 봐야 합니다. 지금은 안 아플지 몰라도 시간이 지나면……."

"아니요. 병원에 갈 생각은 없습니다."

높낮이 없는 목소리나 표정에선 그의 생각을 읽을 수가 없었다.

"절 중간에 내려 주는 조건으로 합의금을 대신하죠."

남자의 말에 찬연은 다시 한 번 그의 표정을 살폈다. 남자는 비 맞은 생쥐 꼴이었지만, 자신이 보아도 참 멋있게 생긴 사람이었다. 마치 유럽의 귀족처럼 생긴 남자는 머리를 길러 뒤로 묶었고, 연예인처럼 수염도 기른 상태였다. 또한 젖긴 했지만 입고 있는 슈트 또한 자신의 것보단 훨씬 고가처럼 보였다.

찬연은 한참 고민한 뒤에야 지갑에서 명함을 꺼내 그에게 내밀며 말했다.

"좋습니다. 하지만 나중에 문제가 생기면 연락 주세요."

"알겠습니다."

남자는 명함을 무심하게 바라본 후 젖은 주머니 안에 넣었다. 연락이 올 것 같진 않았지만, 최소 연락처는 주었으니 뺑소니라고 나중에 오리발을 내밀지는 않을 것이다.

찬연은 들고 있던 지갑을 보조석에 던지며 말했다.

"어디에서 내려 드리면 되죠?"

"어디까지 가십니까?"

"서울에 가는 길입니다."

"그럼 서울에 도착해서 편하신 곳에 절 내려 주시겠습니까?"

"좋아요. 아픈 곳은 없나요?"

찬연의 물음에 남자는 작게 고개를 끄덕였다. 더 이상의 대화는 원하지 않는다는 뜻이었다.

차는 막힘없이 빠르게 달렸다. 길은 비 때문인지 한적했다. 찬연은 문득 룸미러를 힐끔 보았다. 영업사원으로 일하고 있는 덕에 오지랖이 태평양보다 넓은 그는 처음 보는 사람과도 붙임성 있게 말을 잘했다.

찬연은 문득 지방도로를 걷고 있던 그의 모습을 떠올리곤 물었다.

"이 시간에 왜 그런 곳에 있었습니까? 비 오는데 우산도 없이."

"사정이 있었습니다."

"무슨 사정이요?"

찬연의 물음에 남자는 잠시 생각에 잠긴 듯 입을 다물었다. 그리고 곧 젖은 자신의 슈트를 내려다보며 말했다.

"어머니 장례식에 가던 길이었습니다."

그의 말에 찬연은 입을 꾹 다물었다. 가족 이야기는 그에게 있어 치유될 수 없는 상처와 같은 것이었다. 그 또한 그럴 것이라 생각하며, 음울한 얼굴로 다시 창밖으로 시선을 옮긴 남자를 향해 입을 열었다.

"아버지는요?"

"돌아가셨습니다."

"저와 비슷하군요."

찬연의 말에 창밖을 향해 있던 남자의 시선이 그를 향했다. 무표정한 남자의 얼굴에 찬연은 뒷말을 이었다.

"저는 다섯 살에 고아원 앞에 버려졌습니다. 절 돌봐 주신 수녀 원장님의 말로는, 다른 친구들과는 달리 제 부모님은 한 번도 절 찾지 않았다고 하더군요. 그러고 보면 참 모진 어머니 같습니다. 배 아파 낳은 자식인데."

"……"

"제가 큰 고아원은 새빛 고아원입니다. 요즘은 그곳에 조금이나마 도움을 줄 수 있어서 참 기쁩니다. 직접 찾아가 보지는 못하지만 매달 계좌이체로 아이들의 간식비를 보내 주고 있습니다."

"……마음이 따뜻하신 분이군요."

남자의 말에 찬연은 작게 웃었다.

"그곳에서 자란 아이들은 다시 고아원을 찾습니다. 그리고 자신과 같은 처지의 아이들을 돕고 싶어 하죠. 새빛 고아원을 돕고 있는 사람은 저뿐만이 아닙니다. 저보다 두 살 어린 아이가 있는데, 그 아이는 고아원에 들어온 지 6개월 만에 입양이 되었지만 새빛 고아원을 돕고 있는 걸요."

찬연의 말에도 남자는 여전히 냉랭한 얼굴이었다. 그는 찬연의 이야기에 귀를 기울이고 있지 않았다. 하지만 찬연은 따뜻한 목소리로 어릴 적 기억 속에 있는 한설을 떠올리며 말했다.

"한설이라는 이름만큼 참 예쁜 아이입니다. 저도 소식만 전해 들어서 그 아이가 어떻게 지내는지 참 궁금합니다. 다음에는 원장님께 전화번호를 얻어 연락을 해 볼까 생각하고 있습니다."

"……그렇군요."

"네, 하하! 어릴 적에 그 아이와 친남매처럼 지냈었습니다. 같은 고아원에 있는 친구들이 설이를 참 많이 괴롭혔어요. 예쁜 얼굴 때문에 그랬던 것 같은데, 그때는 무슨 사명감이었는지…… 그 아이를 지키기 위해 노력했었습니다. 간식을 좋아해 초코파이를 받으면 꼭 설이에게 줬었고, 노란색을 참 좋아해서 들판에 핀 노란 꽃을 보면 늘 꺾어서 설이에게 줬었습니다."

"……."

"어머님이 돌아가신 것은 유감이지만 힘내셨으면 좋겠습니다. 애초에 부모란 존재를 모르는 저 같은 사람이 위로해 봤자 큰 위안은 안 되겠지만……."

따뜻한 음성으로 찬연은 말을 마쳤다. 남자의 차가운 눈빛은 여전했지만, 굳어 있던 표정은 한결 부드러워졌다.

찬연은 연신 밝은 목소리로 설이라는 여자아이와의 추억을 말해 줬다. 조막만 한 손을 붙잡고 기도회 동산을 오르던 일. 학교에 등교해야 하는 자신과 떨어지기 싫어 아침마다 떼를 쓰곤 했던 일. 동그란 돌을 찾아 공기놀이를 해 줬던 일. 우는 설을 달래기 위해 고군분투했던 이야기까지. 후끈하게 달아오른 차 안은 어느새 찬연의 밝은 목소리로 가득 채워졌다. 남자는 아무 말 없이 고개를 끄덕이는 것이 전부였지만, 찬연은 그것으로도 좋은지 계속 말을 이었다.

그때였다. 빗물에 오래된 아반떼 차량이 휘청였다. 반대편 차선을 달리던 차량에서 노란 헤드라이트 불빛이 번쩍이며 남자의 눈을 아프게 때렸다.

"어, 어!"

놀란 찬연의 고함 소리가 울렸고, 동시에 2톤 트럭이 아반떼 차량을 구겨 버렸다. 남자의 몸이 흔들렸고, 순간 전신이 후끈 달아올랐다.

날카롭게 날이 선 차체가 남자의 왼팔에 붉은 상처를 남겼다. 차마 눈을 뜨고 보지 못할 정도로 끔찍한 상처와 전신이 후끈거리는 아픔에 남자는 괴성을 질렀다.

끔찍한 고함 소리와 빗소리가 하모니를 이루었다.

"악! 으아악! 악!"

참을 수 없는 고통이 전신을 휘감았다. 남자는 끊임없이 소리를 질렀다. 누군가에게 도움을 청하기 위해서 지르는 소리가 아니었다. 소리라도 지르지 않으면 정신이 나가 버릴 것만 같았다.

뿌옇게 변한 시야로 상대적으로 멀쩡한 차량에서 운전자가 굴러떨어지듯 뛰어내리는 것이 보였다. 놀란 얼굴로 달려오는 운전자를 보며 남자는 고통에 눈을 질끈 감았다. 너무나 고통스러워 정신을 붙잡고 있는 것도 힘들었다.

"괜찮습니까!"

창문을 두드리며 외치는 운전자의 말에 남자는 피로 얼룩진 왼팔을 손으로 꾹 눌렀다. 그리고 에어백에 고개를 처박고 있는 찬연을 불렀다.

"괜찮습니까?"

"……."

"이봐요?"

찬연의 몸을 흔드는 순간, 그의 몸이 기우뚱 기울더니 보조석으로 쓰러졌다. 맥없이 쓰러지는 찬연은 신음도 흘리지 않았다.

순간 남자는 깨달았다. 찬연이 죽었다는 것을.

찌그러진 차 문을 열지 못한 운전자가 발로 금이 간 창문을 차고 있었다. 곧 쩍, 하는 소리가 남자의 귓가에 울렸다.

"괜찮습니까?"

다급한 목소리로 자신을 부르는 운전자에게로 남자의 시선이 향했다. 하지만 운전자는 남자에게 답을 구한 것이 아닌지 다급한 목소리로 말했다.

"기름이 샙니다, 빨리……!"

운전자의 말에 남자는 서둘러 앞좌석으로 손을 뻗어 아직은 따뜻한 찬연의 허리를 움켜잡으며 말했다.

"옮겨야 합니다."

남자의 목소리는 위급한 상황이라고는 생각되지 않을 정도로 안정된 톤이었다. 고함을 질러 목소리가 갈라지긴 했지만, 더 이상 감정은 드러나지 않았다.

남자의 말을 듣고 나서야 운전자는 보조석에 힘없이 쓰러져 있는 찬연을 발견했다. 누워 있다시피 몸을 기울이고 있어 미처 발견하지 못한 듯했다.

"의식이 없습니까?"

"네."

사고 운전자는 서둘러 찬연의 어깨를 잡았다. 체격이 좋은 그는 찬연의 어깨를 잡고 억지로 창문 틈 사이로 빼내고 있었고, 남자는 검붉은 피가 흘러내리는 왼팔을 보았다. 온몸이 부서질 듯, 찢어질 듯 아팠지만, 유독 다친 팔만은 무감각했다.

미간을 찌푸리며 피가 솟구치는 상처를 꾹 누르던 남자는 찬연의 몸이 반 정도 밖으로 빠져나가자 앞좌석으로 옮겨 가 운전자를 도왔다.

"제 손을 잡으십시오!"

운전자의 말에 남자가 막 창문으로 몸을 욱여넣으려고 할 때였다. 손끝에 닿는 가죽의 촉감에 남자는 그것을 자신의 주머니에 넣었다.

작은 창문 사이로 몸을 빼자 운전자가 서둘러 그의 어깨를 잡고 차 밖으로 끌어냈다. 순간 다친 왼쪽 팔의 고통에 남자의 얼굴이 일그러졌다.

"윽!"

고통에 미간이 찌푸려졌다. 몸을 빼고 아픈 팔을 애써 무시하며 균형을 잡았다. 발이 땅에 닿자 운전자는 서둘러 찬연이 누워 있는 곳으로 남자를 이끌었다. 비가 오는 날이었지만, 기름에 언제 불이 붙을지 몰랐다.

서둘러 사고 현장과 최대한 멀리 떨어진 운전자는 119에 신고했고, 그 모습을 멀리서 지켜보고 있던 남자는 그제야 눈을 감았다.

온몸에 닥친 끔찍한 고통은 곧 그의 의식을 앗아 갔다.

눈을 뜬 곳은 머리가 어지러울 정도로 약 냄새가 진동하는 응급실이었다. 약 냄새는 진절머리가 날 정도로 익숙했다. 그의 몸에서, 호흡에서 느껴질 정도로.

눈을 뜬 남자는 몸을 일으켰고, 커튼으로 가려진 옆 침대를 바라보았다.

피가 튀어 있는 커튼을 치운 남자는 머리끝까지 하얀 시트로 덮혀 있는 인영을 보았다. 아직 신원을 파악하지 못한 것인지 침대 끄트머리에 달려 있는 판에는 〈신원 미상〉이라 적혀 있었다.

천천히 하얀 손을 뻗어 시트를 걷었다.

그 남자였다. 자신을 박찬연이라 소개한 남자. 남자의 모습에는 교통사고의 흔적이 고스란히 남아 있었다. 붉은 피는 어느새 눌어붙어 검붉어져 있었고, 얼굴은 일그러져 있었다. 왼쪽 팔에만 두꺼운 깁스를 하고 있는 자신은 천운이 따른 것이라 생각될 정도로 끔찍한 모습이었다.

남자는 주머니 속에 들어 있던 것을 꺼냈다.

지갑이었다.

체크카드와 신용카드, 현금 2만 원이 들어 있는 지갑을 확인한 남자의 얼굴이 차갑게 굳었다. 생각에 잠겨 있던 그의 곁으로 어느새 사고 운전자와 이야기를 끝낸 형사가 다가오는 게 보였다. 지갑을 다시 주머니에 넣은 남자의 얼굴에 어느새 슬픔이 머물러 있었다.

"몸은 괜찮으십니까?"

형사는 새벽 시간에 병원까지 불려 온 것이 짜증났는지 얼굴을 찌푸리고 있었다.

"진상 조사는 더 해 봐야 알겠지만 사망 사고여서요. 상대방 운전자의 말로는 피해 차량이 중앙선을 침범했다고 하던데 사실입니까?"

남자의 시선이 찬연을 향했다. 눈동자가 붉어지며 눈물이 고였다.

"빗길 사고였습니다. 형에게는 안타까운 일이나 그렇습니다."

"형이요?"

"네, 저희는 고아원에서 같이 큰 사이입니다."

"그럼 보호자는 없습니까?"

남자는 고개를 끄덕였다. 형사는 슬픔이 가득한 그에게 몇 가지 질문을 더 던졌고, 노트에 꼼꼼히 기록했다. 이번 사건은 가해 운전자가 사망하여, 10대 중과실 사고라도 형사적 책임을 질 수 없었다. 더 이상 귀찮은 일이 생기지 않을 것이라 생각하니 짜증스러운 마음이 한풀 꺾였다.

"그렇군요."

그가 멍하니 죽은 찬연을 보자 형사는 애써 표정 관리를 하며 말했다.

"안타깝지만 그게 정말 사실이라면 상대 운전자에게는 아무런 죄도 물을 수가 없습니다."

"……저도 안타깝게 생각합니다."

"그럼 장례는……."

"간소하게라도 하고 싶지만 사정이……."

형사는 남자의 말에 고아라는 사실을 떠올렸다. 딱히 올 사람이 있을 것 같지도 않고, 장례를 치를 정도로 여유가 있을 것 같지도 않았다. 형사는 펜을 들며 말했다.

"그럼 성함과 연락처를 알 수 있을까요?"

"……박찬연입니다. 휴대전화는 고장이 났습니다. 연락처를 알려 주신다면 휴대전화를 개통하는 대로 바로 연락드리겠습니다."

남자의 말에 형사는 또다시 그가 고아라는 사실을 떠올렸다. 집 전화를 가르쳐 달라고 해도 없을 것이다. 역시나 다른 가족의 연락처를 달라고 해도 없을 것이다.

지레짐작한 형사가 고개를 끄덕이곤 명함을 한 장 건네며 말했다.

"시신은 국과수로……."

"형의 시신을 훼손시키는 건 원치 않습니다."

남자의 말에 형사가 고개를 끄덕였다.

"사망신고서 떼어 주시면 사건은 처리해 드리겠습니다. 안타깝게 되었습니다."

명함을 받아 든 남자는 마음에도 없는 위로를 건네는 형사를 보며 고개를 끄덕였다.

멀어져 가는 형사의 뒷모습을 보던 남자는 시선을 돌려 찬연을 보았다. 그리고 그가 누워 있는 침대로 향했다.

커튼을 치고, 원래 자신이 누워 있던 침대에 걸터앉은 남자는 한동안 찬연에게서 시선을 떼지 않았다. 그렇게 얼마의 시간이 지난 뒤 음울하게 중얼거렸다.

"편히 쉬십시오."

❊　❊　❊

모든 절차는 간단했다. 의료 기록에 박찬연의 이름 대신 자신의 이름을 적어 넣은 남자는 죽은 이를 박찬연이 아닌 자신으로 만들어 버렸다. 주민등록번호와 주소 또한 마찬가지였다.

찬연의 삶을 살기로 한 남자는 모든 일을 빠르게 처리했다.

시신은 근처에 위치한 화장터로 이동했고, 공의를 불러 검안도 마쳤다. 교통사고였고, 사건은 죽은 이의 잘못으로 큰 어려움 없이, 큰 의심 없이 넘어갔다. 외부 상조에 돈을 주어 화장에 필요한 모든 것들을 준비했고, 남자의 뛰어난 연기 덕분에 검안의의 의심을 사지 않아 신분증 확인 역시 형식적으로 끝났다.

그렇게 남자는 죽었다. 아니, 자기 자신을 죽였다. 그리고 다른 이의 삶을 살게 되었다.

1.
연(緣)이 닿다

　맨해튼 웨스트 57번가에 위치한 고급 펜트하우스. 미국에서 가장 비싼 주택은 리안 빌딩 75층을 개조해 만든 것으로, 일반 사람들이라면 상상조차 할 수 없을 정도로 어마어마한 금액을 자랑했다. 불이 꺼진 펜트하우스는 안에 채워진 고급스러운 가구의 형태를 알아볼 수 없을 정도로 어두컴컴했다. 그때 제일 구석에 있던 방에서 남자가 나왔다. 자동 센서가 불을 반짝이자, 검은색 슈트를 멋들어지게 차려입은 남자가 걸음을 옮기는 것이 보인다.

　웬만한 축구 경기장보다 더 큰 거실로 나온 남자는 매끈한 범처럼 느껴졌다. 창백할 정도로 새하얀 피부를 제외하곤 온통 검은색 일색인 남자는 마호가니 가구 위에 있던 휴대전화를 들어 익숙한 번호를 눌렀다. 몇 번의 신호음 뒤에 반가운 기색이 역력한 목소리가 들렸다.

　―준비는 끝난 거야?

　"네."

　―이게 얼마만의 만남이지?

밝은 목소리로 전화를 받는 사람도, 전화를 걸고 있는 사람도 모두 한국어를 구사하고 있었다. 여자는 오랜만에 그와 만나는 것이 들뜨는지 한참 조잘조잘 이야기를 늘어놓고 있었다. 묵묵히 여자의 이야기를 듣고 있던 남자는 화려한 야경을 보며 말했다.

"이제 시작입니다."

남자의 말에 여자는 웃음을 터트렸다. 잠시 후, 여자가 신경질적으로 들리는 웃음이 가시지 않은 목소리로 말했다.

―좋아, 좋아. 당신이 그렇게 기다려 오던 시간이 왔지. 기분이 어때?

"어떨 것 같습니까?"

―글쎄. 두근두근할 것 같은데? 내가 그렇거든.

여자의 말에 남자의 입술이 부드럽게 호를 그렸다. 그는 분명 웃고 있었지만 얼굴엔 냉랭한 기운이 가득했다. 잘생긴 얼굴에 서린 차가움은 곧 흔적도 없이 사라졌다.

"글쎄요……."

아무것도 느낄 수가 없습니다.

※　※　※

평소와 달리 JFK국제공항 안을 적은 인원만이 배회하고 있었다. 검은색 캐리어를 끌고 공항을 둘러보던 설은 파란색 의자가 길게 놓여 있는 곳으로 걸음을 옮겼다.

드르륵, 드르륵.

세 개의 의자 중 제일 왼쪽에 앉은 설이 티켓을 확인했다. 출발하는 곳은 JFK국제공항, 도착하는 곳은 한국 인천국제공항이었다. 티켓을 무거운 눈으로 보던 설은 깊은 한숨을 쉬었다. 미루기만 했던 일을 실행할 때가 왔다. 앞으로 한국에서 일어날 일들을 떠올리자 두꺼운 바늘

이 심장을 콕콕 찌르는 느낌이 들었다.

티켓을 보고 있던 설은 인기척에 고개를 돌렸다. 순간 남성 향수 냄새가 코끝을 자극했다.

"아……."

불가리 블루 옴므. 그녀가 가장 좋아하는 남성 향수 중 하나였다. 그녀가 처음으로 진성에게 선물한 향수도 불가리 블루 옴므였다.

자신의 옆자리에 앉은 남자는 어느새 신문을 펼쳐 들고 있었다. 비어 있는 많은 자리 중 하필이면 자신의 옆자리에 앉은 남자는 얼굴의 반을 가리는 커다라 선글라스를 쓰고 있었고, 몸에 꼭 맞는 슈트를 입고 있었다. 남자는 척 보기에도 키가 커 보였고, 몸엔 군더더기가 없었다. 날씬 보이는 그의 몸을 관찰하듯 보던 설의 시선이 곧 그가 들고 있는 신문을 향했다.

신문에는 자신이 모시던 상사의 기사가 실려 있었다.

『윌 카터, 곤경에 처하다』

백발의 멋진 사내는 자신이 골라 줬던 슈트를 입고 손을 흔들고 있었다. 그 밑에는 맨해튼에서 손꼽히는 금융회사의 오너, 윌 카터의 생활 대부분을 책임져 주던 비서가 그의 곁을 떠났다 쓰여 있었다.

한참 눈으로 기사를 읽던 설은 작은 크기의 글자를 읽기 위해 허리를 굽혔다. 반쯤 의자에 엉덩이를 걸친 상태가 된 설의 무릎이 캐리어를 툭 건드리자, 캐리어들이 우당탕 소리를 내며 바닥에 나뒹굴었다.

「아, 죄송합니다.」

설은 멍하니 캐리어를 보며 사과를 건넸다.

신문에 실린 기사에 정신이 나가 버릴 것만 같았다. 한국으로 돌아가기로 했던 결정을 단번에 바꿔 놓을 만큼 신문 기사가 자신에게 끼치는 영향은 대단했다. 윌 카터는 자신이 그립다고 했다. 그녀의 의견을 존중하지만, 그녀가 돌아온다면 언제든 두 팔을 벌려 환영할 것이라고 적혀 있었다.

윌 카터. 훌륭한 상사였던 그의 마지막 모습을 떠올리자 아쉬움은 배가 되었다.

남자는 건조한 눈으로 설을 보았다. 그는 손을 뻗어 캐리어를 일으켜 세웠고, 설은 그 모습을 멍한 눈으로 보고 있었다.

남자는 들고 있던 신문을 설에게 내밀며 말했다.

「궁금한 기사가 있나 보군요.」

「아, 아니…….」

설은 말을 더듬으며 남자가 건넨 신문을 받아 들었다. 멍한 눈으로 신문과 남자를 번갈아 보던 설은 남자가 자리에서 일어나자 다급한 음성으로 말했다.

「저……!」

그녀의 부름에 남자가 뒤돌아섰다. 그녀의 예상대로 남자는 키가 무척 컸다. 위에서 그녀를 내려다보는 눈은 검은 선글라스에 가려 보이지 않았지만, 자신을 향하고 있다는 생각 하나만으로도 긴장감에 몸이 뻣뻣하게 굳는 느낌이었다.

「아니요, 저기…… 신문 감사합니다.」

그녀의 말에 남자는 가볍게 고개를 끄덕인 후 캐리어를 끌고 사라졌다. 그의 뒷모습이 사라질 때까지 시선을 떼지 않던 설은 방금 전까지 읽던 기사를 마저 읽었다.

윌 카터. 자신의 재능을 알아봐 주고 자신의 재능을 귀한 곳에 써 준 사람이었다. 그가 공식적인 자리에서 자신의 부재에 대한 슬픔을 드러냈다는 소식에 설은 아쉬움에 눈을 감았다.

그제야 길었던 맨해튼 생활을 모두 정리한 것이 실감되었다.

한참을 아쉬운 듯 신문을 보고 있던 설은 자리에서 일어났다. 이미 모든 것을 결정했고, 이미 모든 것을 정리했다. 더 이상 아쉬운 마음에 넋을 놓고 있을 시간이 없었다.

＊　＊　＊

열네 시간에 달하는 비행이 끝이 났다. 입국 수속을 끝내고 게이트를 걷고 있던 설은 익숙한 향에 자신도 모르게 옆을 돌아보았다.

"어? 당신은……."

남자는 여전히 커다란 선글라스로 얼굴의 반을 가리고 있었다. 설의 알은척에 남자가 고개를 돌려 그녀를 보았다. 설은 남자의 매끈한 동작에 선글라스가 벗겨지는 것을 보며 눈을 동그랗게 떴다.

무척 잘생긴 남자는 마치 영국의 귀족 같았다. 머리카락은 뒤로 잘 빗어 넘겼고, 하얀 피부와 어울리는 검정 셔츠는 남자의 인상을 중후해 보이게 만들었다.

"한국 분이셨군요."

"아, 아, 네."

남자의 얼굴을 본 설은 자신도 모르게 말을 더듬었다.

"그럼."

말을 마친 남자가 걸음을 옮겼다.

남자가 지나간 길 뒤로 익숙한 향수 냄새가 머물렀다. 중후함. 절제. 그리고 그 속에 숨어 있는 본능. 남자의 이미지와 어울리는 향은 그녀의 신경을 온통 남자에게 향하게 만들었다.

피곤한 기색이 역력한 남자의 걸음이 빨라졌다. 그리고 남자의 발걸음은 화려하게 차려입은 여성 앞에서 멈췄다.

그를 마중 나온 여자는 30대 후반쯤 되어 보였다. 하얀 얼굴에 붉은색 립스틱을 칠한 여자는 손을 뻗어 까칠한 남자의 얼굴을 쓸어내리고 있었고, 남자는 그녀의 손길을 받으며 가만히 서 있었다.

한참 자리에 서서 둘의 모습을 보던 설은 자신을 부르는 목소리에 고개를 돌렸다.

"설아! 여기야!"

"아, 오빠!"

설은 자신을 향해 손을 흔들고 있는 진성을 보며 멈췄던 걸음을 옮겼다. 검은 캐리어를 끌고 진성에게 향한 설은 환하게 웃었다. 오랜만에 보는 그리운 얼굴이었다.

"오랜만이다, 설아."

진성은 그녀를 품에 안았다. 그리고 그녀의 정수리에 볼을 부비며 연신 잘 왔다 말하고 있었다. 그의 마음이 머리끝부터 발끝까지 전해졌다.

"잘 지냈어요?"

설은 그의 품에서 빠져나오며 뒤늦게 인사를 건넸다. 한참 설의 얼굴을 뚫어져라 보던 진성은 그녀를 다시 품에 안은 후 그리움이 뚝뚝 떨어지는 목소리로 말했다.

"어떻게 잘 지내. 네가 없는데."

진성의 말에 설은 어색하게 웃었다.

"오빠, 이거 놔요. 사람들이 쳐다봐요."

"쳐다보면 어때? 나만 좋으면 됐지."

"그래도……."

어색하게 자신을 밀어내는 설의 모습에 진성은 힘없이 떨어져 나갔다. 방금 전까지 하늘을 날아오를 듯 가벼웠던 마음이 순식간에 바닥으로 곤두박질쳤다.

"가자. 아버지 기다리고 계셔."

진성의 말에 설은 고개를 끄덕였다. 한국에 온 목적이 계속 떠올랐지만, 갑작스러운 그의 스킨십이 어색한 것은 어쩔 수가 없었다.

"짐은 이게 전부야?"

"네, 큰 짐은 미리 집으로 다 붙여 놨어요."

"아버지 집에?"

진성의 물음에 설은 고개를 끄덕이는 것으로 답을 대신했다.

공항을 빠져나오자 미리 대기하고 있던 남자가 재빨리 다가와 캐리어를 받아 들었다. 진성은 남자에게는 눈길도 주지 않은 채 뒷좌석 문을 열었고, 설은 익숙한 듯 차에 올랐다. 짐을 실은 남자가 운전석에 올라타자 차는 부드럽게 출발해 빠른 속도로 인천공항을 벗어났다.

진성은 창밖을 보고 있는 설에게 조심스러운 음성으로 물었다.

"아버지 집에서 지낼 거야?"

그가 2년 전에 독립했다는 걸 떠올리며 설은 고개를 저었다. 진성은 마른침을 삼킨 후 조심스럽게 입을 열었다.

"그런 거면 같이 살자."

"네?"

"너 이번에 한국에 들어온 거 약혼식 때문이잖아. 빠른 감이 있긴 하지만, 혼자 지내는 것보단 나랑 있는 게 더 편하지 않겠어?"

진성의 말이 이어질수록 설의 눈동자가 커졌다.

"오빠, 나 너무 갑작스러워서……."

진성은 진중한 눈빛을 하며 말했다.

"나 약혼식 올리는 대로 아버지께 말씀드릴 거야. 우리의 결혼에 대해서."

"오빠?"

조급하게 구는 진성을 설은 정말 놀란 듯 보았다. 무슨 일이든 설에게 강요한 적이 없던 진성은 늘 그녀의 기분을 맞춰 주기 위해 노력했다. 깜짝 놀라 자신의 곁에서 도망치지 않도록 조심스러웠고, 그녀의 의견에 따랐다. 진성의 속마음이 어떠했든 적어도 겉으로는 그랬다.

그런 진성에게 어떠한 심경의 변화가 온 것일까. 진성은 그녀의 의견을 묻기도 전에 자신의 감정부터 밀어붙이고 있었다. 마치 모든 것을 결정했다는 듯이.

그를 관찰하듯 쳐다보던 설은 입술을 달싹이다 곧 입을 다물었다. 뭐라고 이야기를 꺼내야 할지 몰라서였다. 그녀의 망설임을 본 진성은 거침없이 자신의 감정을 표현했다.

"설아, 난 네가 참 좋다."

"……."

"그래서 아직도 눈앞에 다가온 행복이 믿어지지가 않아."

진성의 말에 설은 한숨을 내쉬었다. 떨리는 그의 목소리에서 진심을 읽었다. 그의 마음을 받아들이기 위해, 최부식 의원의 바람을 이루어 주기 위해 한국으로 들어올 결심을 했었다. 하지만 너무 성급하게 구는 그의 마음이 자신의 것처럼 느껴지지 않아 안쓰러운 마음만 들었다.

"오빠, 너무 성급하게 생각하지 말았으면 좋겠어요. 난 오빠에게 감사한 마음이 참 커요. 처음 최 의원님 댁에 갔을 때, 태현 오빠와는 달리 오빠는 참 친절하게 대해 줬었잖아요. 아주 어렸을 때의 일인데 아직까지도 생생해요."

"설아……."

"나 어디 도망 안 가요. 오빠에겐 참 감사하고 늘 미안한 마음뿐이에요."

진성은 흔들리는 자신의 시선을 숨기기 위해 고개를 돌렸다.

그녀는 늘 그랬다. 감사하고 고마워. 참 편해. 그녀의 말 어디에도 자신에 대한 사랑과 애정은 없었다. 아니, 분명 그녀도 자신에게 애정은 있을 것이다. 하지만 그 애정이 이성에 대한 감정이 아니기에 그는 참 슬펐다.

그럼에도 불구하고 그는 그녀를 놓아줄 수가 없었다.

좋아했기에, 사랑했기에. 그녀가 아닌 그 누구도 마음에 품는 상상 따위 해 본 적이 없었다.

"하지만 오빠의 이야기는 거절할게요. 혼자 지내려고요."

"설아, 하지만 혼자는……."

그가 말을 채 끝내기도 전에 설은 단호하게 고개를 저었다.

"아니. 이 이상 오빠와 의원님께 신세를 질 수는 없어요. 이미 너무 많은 빚이 생겨 버린 걸. 집을 구하기 전까지는 호텔에서 지낼게요."

"설아……."

"내가 내린 결정이에요. 존중해 줘요."

설의 말에 진성은 결국 고개를 끄덕일 수밖에 없었다.

※　※　※

한국에 돌아오자마자 최 의원 집에서 내리 이틀을 보내야 했다. 오랜 비행으로 인한 피곤과 이틀 내내 긴장이 겹쳐 다리가 휘청거릴 지경이었다. 지친 몸을 이끌고 겨우 호텔에 도착한 설은 방에 들어오자마자 침대에 벌러덩 누웠다.

"아, 피곤하다!"

설은 천장을 보며 자조 섞인 목소리로 말했다.

천장을 보며 눈을 깜빡이던 설은 한참이 지나서야 겨우 몸을 일으켰다. 그리고는 현관에 아무렇게나 던져 둔 캐리어를 끌고 와 열었다.

"어?"

최근까지 맨해튼에서 입었던 옷이 들어 있어야 할 캐리어에는 남성 옷과 화장품, 그리고 휴대전화가 들어 있었다. 어떻게 된 일인가, 캐리어 손잡이에 달린 자신의 이름표를 보았다. 공항에서 잘못 가져온 것이 아니었다.

의아한 얼굴로 한참 짐을 보던 설은 문뜩 떠오른 생각에 손뼉을 쳤다.

"아! 그때 바뀌었구나!"

JFK공항에서부터 마주쳤던 남자와 짐이 바뀐 것이 틀림없었다. 공항에서 자신이 실수로 캐리어를 넘어뜨렸던 것이 떠올렸다. 그러고 보니 색과 크기만 같을 뿐 디자인은 조금 달랐다.

불가리 블루 옴므. 그의 멋진 분위기와 얼굴을 떠올리던 설은 휴대전화를 보았다. 아마 비행기 안에서 사용하지 못하니 전원을 꺼서 캐리어에 넣어 둔 것 같았다.

"어쩌나."

한동안 난감한 얼굴로 휴대전화를 보던 설이 입맛을 다셨다. 사생활과 직결되는 휴대전화를 함부로 만지는 것이 내키지 않았기 때문이다. 하지만 어쩔 도리가 없었다. 결국 전원 버튼을 누르자 맑은 소리와 함께 켜지는 전화를 보며 설은 잠시 고민했다.

띠링, 띠링—

휴대전화는 한동안 시끄럽게 벨소리를 울렸다. 그 짧은 사이에 남자에게 온 문자는 상당했다. 부재중 전화까지 합쳐 족히 쉰 번은 울리고 나서야 조용해졌다.

그때 전화가 부르르 떨리더니 클래식 음악이 흘러나오기 시작했다. 저장해 두지 않은 번호인지 액정에는 02로 시작하는 전화번호만 뜬 상태였다. 고민하던 설이 조심스러운 손길로 전화를 받았다.

"여보세요?"

—아, 받으시는군요. 다행입니다.

좋은 울림의 목소리에 설은 침을 꿀꺽 삼켰다. 그 남자였다. 다행히도 남자의 전화번호부까지 뒤지는 불상사는 없을 듯했다.

"죄송해요. 짐을 이제야 풀어서…… 가방이 바뀐 걸 지금 알았어요."

말을 마친 설은 가방을 힐끗 쳐다보았다. 외관이 많이 닮은 것도 아닌데 한국에 돌아온 지 이틀 만에 알다니. 설은 깊은 한숨을 내쉬었다.

—아마 존 F 케네디 공항에서 가방이 바뀐 듯합니다.

"죄송해요."

—저야말로 죄송합니다.

정중한 남자의 목소리에 설은 다시 한 번 사과의 말을 하려다 입을 다물었다. 가방을 쓰러트렸던 것은 자신이었지만, 먼저 가방을 들고 사라진 것은 그였기 때문이다.

"문자가 꽤 와 있더라고요."

설은 통화하는 와중에도 울리는 진동을 느끼며 미간을 찌푸렸다. 얼마나 바쁘면 이 짧은 순간에도 쉴 새 없이 휴대전화가 울릴까.

—네, 최대한 빨리 가방을 교환했으면 합니다. 사업상 중요한 전화가 올 게 많아서요.

남자의 말에 설은 고개를 끄덕였다. 휴대전화가 없으면 업무상 차질이 생길 수밖에 없다. 더욱이 사업을 하는 사람이라고 하니 휴대전화의 존재는 중요할 수밖에 없었다. 자신의 죄가 조금 더 무거우니 직접 움직이는 것이 좋겠다고 생각한 설은 망설임 없이 말했다.

"혹시 지금 위치가 어디세요? 제 실수로 가방이 바뀐 것이니 가지고 갈게요."

—그래 주시겠습니까?

"네."

설의 짧고 간결한 답에 남자는 자신의 위치를 말해 주었다. 문자로 다시 한 번 보내 주겠다 말한 남자가 전화를 끊었고, 설은 곧 자리에서 일어나 캐리어를 닫았다.

설은 욕실로 향하며 입고 있던 셔츠를 벗었다. 욕실 바로 앞에서 걸치고 있던 반바지와 흰색 레이스가 달린 속옷까지 벗어 던진 설은 가벼운 마음으로 샤워실 안으로 들어섰다. 곧 물소리와 함께 반투명한 욕실 문에 수증기가 서렸다.

서울 근교에 위치한 전원주택가.

회색빛으로 가득한 서울 도심과 달리 전원주택으로 이루어진 작은 마을은 녹색빛으로 푸르렀다. 뜨거운 햇볕에 눈가를 찌푸린 설은 오는 길에 마주친 행인이 손가락질했던 집으로 서둘러 발걸음을 옮겼다. 뜨거운 햇살에 온몸이 녹아내릴 것만 같았기 때문이다.

작은 동네의 하늘은 확 트여 있었다. 아파트 한 채 없는 주택가 길목은 꽃과 나무로 가득했고, 각 집 마당에도 알록달록한 색채의 꽃들이 생명을 피워 내고 있었다. 마을을 이루는 집은 대부분 2층 건물이었지만 주인의 입맛에 맞춰 다양한 모양을 하고 있었다. 무엇 하나 똑같은 것이 없는 동네였다. 지붕 색과 모양, 건물의 형태, 하다못해 마당 앞에 심어져 있는 꽃과 나무도.

설은 한눈에 이 작은 동네가 마음에 들었다. 그녀가 방금 전까지 있었던 번잡한 도시의 빌딩 숲과는 달리 이곳의 시간은 천천히 흘러가는 것만 같았다. 경적을 울리는 차량도 없었고 바쁘게 걸음을 옮기는 사람 또한 없었다.

이런 곳에서 살면 좋겠다. 그렇게 생각하며 설은 하얗고 커다란 담에 둘러싸인 집 앞에서 멈췄다. 다른 집보다 유독 담이 높은 집은 오랜 세월 자란 나무로 인해 안의 모습을 전혀 볼 수가 없었다. 바로 옆의 집만 해도 맨해튼 근교에서 쉽게 볼 수 있는 작은 울타리로만 외부인의 차단을 막고 있었지만, 이 집은 마치 청담의 어느 건물처럼 단단한 벽을 두르고 있었다.

집 앞에서 머뭇거리던 설은 벨을 눌렀다. 커다란 벨소리가 울린 후 상대방은 방문객이 누군지 확인도 하지 않고 문을 열어 주었다.

"번거롭게 해 드려서 죄송합니다."

검은색 브이넥 티셔츠에 아이보리색 면바지를 입고 있는 남자는 현관 앞에서 기다리고 있었다. 편안해 보이는 차림 때문인지 공항에서 만났을 때의 그라고는 생각할 수 없을 정도로 분위기가 달랐다.

"아니에요. 제가 실수한 걸요. 그리고 한가한 사람이 움직이면 좋죠."

"잠시 안으로 들어오시겠습니까?"

곤란한 듯 자신을 올려다보는 설을 남자는 무심한 눈으로 내려다보며 말했다.

"사무실입니다. 걱정이 되시면 돌아가셔도 좋습니다. 하지만 이곳까지 찾아오셨는데 차 한 잔 대접하지 못하고 돌려보내는 건 예의가 아니라고 생각했습니다."

남자의 말에 설의 얼굴이 붉어졌다. 그의 호의를 의심한 자신이 부끄러웠다.

"아니에요. 그럼 시원한 커피 한 잔 부탁드려도 될까요?"

"좋습니다."

사무실 안으로 들어온 설은 잠시 집 안을 훑어보았다. 남자의 말처럼 주택 안은 사무실로 꾸며져 있었다. 1층 중심에는 커다란 책상과 노트북이 놓여 있었고, 손님을 위해 준비해 둔 하얀 가죽소파가 한 켠에 자리 잡고 있었다. 한쪽은 모두 여닫이 창문이었고, 마당을 훤히 내다볼 수 있을 정도로 깨끗하게 닦여 있었다. 에어컨을 돌리지 않는다면 커다란 창을 통해 들어오는 햇살로 인해 찜통이 될 것 같았다.

소파에 앉은 설은 그 옆에 세워져 있는 캐리어를 보며 웃었다. 가방이 바뀌다니, 그리고 그 당사자를 가방이 바뀐 맨해튼이 아닌 한국에서 다시 만나다니. 기가 막힌 우연이란 생각이 들었다.

남자가 건네는 머그잔을 받아 든 설은 커피를 한 모금 마셨다. 그는 사무실 안을 두리번거리는 설을 보며 품에서 명함을 꺼내 내밀었다.

"반갑습니다. 박찬연이라고 합니다."

명함을 받아 든 설은 꼼꼼히 살펴보았다. 박찬연, 이름 밑으로 작게 애널리스트라고 적혀 있었다.

"아, 저는 명함이 없어서요. 제 이름은 한설이에요."

그는 자신의 말에 고개를 끄덕이는 것으로 답을 대신했다. 참 말이 없는 사람이라 생각하며 사무실 안을 둘러보았다. 평일이었지만 사원 하나, 사장 하나 없는 사무실은 어딘가 모르게 이상했다. 또한 보통 애널리스트가 회사에 소속되어 있는 것을 생각해 보면 사무실은 회사 개념으로 보기에는 너무 작았다.

그녀의 표정에서 의아함을 찾아낸 것인지 찬연은 들고 있던 잔을 내려놓으며 말했다.

"맨해튼과 도쿄를 오가며 일을 했었습니다. 1년 전에 한국으로 들어오면서 회사는 그만뒀습니다."

대화에서 남자와의 공통점을 찾아낸 설은 손뼉을 쳤다.

"저도 맨해튼에서 일했었어요."

"그렇군요. 그래서 신문을 보고 그런 표정을 지으신 거군요."

남자의 말에 설이 놀란 듯 컵에 입술을 댄 채로 굳었다. 설의 반응에 찬연은 별일 아니라는 듯 가벼운 어조로 말했다.

"일 때문인지 사람을 분석하고 기억하는 것이 습관이 되어서 그렇습니다. 기분 나쁘신가요?"

남자의 말에 설은 고개를 저었다.

"아니요. 저 또한 그런걸요. 윌 오너 밑에서 오랫동안 비서로 일했습니다."

설의 말에 찬연은 고개를 끄덕였다. 한참 어색한 침묵이 흘렀다.

둘의 머그잔이 바닥을 보이고, 녹아 버린 얼음이 덜그럭 움직일 때쯤 설은 손목시계를 본 후 자리에서 일어났다.

"커피 잘 마셨어요. 전 약속이 있어서 이만 가 봐야겠어요."

"네, 반가웠습니다."

그러더니 찬연이 설의 앞으로 손을 내밀었다. 설은 단단하고 커다란 손을 보며 미소 지은 후 가볍게 마주 잡았다.

"저도 반가웠습니다."

설은 캐리어를 끌고 사무실을 빠져나왔다. 대문을 열고 밖으로 나온 설은 걸음을 멈추고 집을 올려다보았다. 집은 집주인과 꼭 닮아 있었다. 비밀을 간직하기 위해 튼튼한 벽을 쌓은 요새 같은 곳. 높은 담을 보던 설은 다시 발걸음을 옮겼다.

❅　❅　❅

호텔을 빠져나온 설은 호텔 로비 앞에 세워져 있던 택시 중 가장 앞의 것을 탄 후 기사에게 말했다.

"용인 누리마을이요."

"한국민속촌 지나서 있는 거기 말입니까? 주택 많은 동네."

"네, 거기예요."

"알겠습니다."

택시가 부드럽게 출발하는 것을 느끼며 설은 등을 편하게 기댔다.

찬연의 동네가 마음에 쏙 들었던 설은 서울에 위치한 아파트는 알아보지도 않은 채 그곳으로 향했다. 일을 구하면 출퇴근이 힘들긴 하겠지만, 꼭 그곳에 집을 구하고 싶었다.

어제 봐둔 부동산 앞에서 택시를 멈춘 설은 망설임 없이 안으로 들어섰다.

"어서 오세요."

마흔 정도 되어 보이는 중개업자가 사무적인 미소로 그녀를 맞이하며 자신의 책상 앞에 있던 의자를 빼 주었다. 중개업자는 설이 의자에 앉자마자 서둘러 본론으로 들어갔다.

"어떤 것을 알아보러 오셨어요?"

"전셋집을 알아보려고요."

"금액은요? 이 동네 알아보러 오신 거예요? 이 동네는 꽤 비싼데."

"마음에 드는 집이 있다면 얼마든 괜찮아요. 이 동네였음 하는데……."

설의 말에 중개업자는 뭔가 이상하다는 듯 설의 얼굴을 보았다. 척 보기에도 30대가 안 돼 보이는 여자가 얻기에는 이 동네 전셋집 가격이 만만치 않았기 때문이다. 더욱이 대부분 전원주택인 곳이라 어린 여자가 혼자 살기에는 지나치게 넓기도 했고, 손도 많이 갔다.

이번 계약도 허탕이란 생각이 직감적으로 들었지만, 중개업자는 겉으로 티 내지 않으며 말했다.

"마침 어제 좋은 물건이 들어왔는데…… 이 동네 시가보다도 싸고, 아가씨 혼자 살기에는 집 크기도 적당하고요."

"정말요?"

설이 눈을 반짝이며 말하자 중개업자는 고개를 끄덕이며 말했다.

"보시면 정말 만족하실 거예요. 방은 두 개고 거실이 좀 넓게 빠졌어요. 집주인이 남자분이시기는 한데, 외국에 나가는 일이 많으셔서 집 상태도 아주 양호해요. 한번 보실래요?"

중개업자의 말에 설은 여러 번 고개를 끄덕였다.

중개업자가 작은 담장으로 둘러싸인 집 앞에서 걸음을 멈추자 설은 놀란 눈으로 돌아보았다.

"이 집이에요?"

"네, 아담하고 예쁜 집이죠?"

"네, 정말 예뻐요."

집은 동화책에서 흔히 일러스트로 그리는 그림처럼 예뻤다.

"여기 사장님이 이번에 한국에 들어오셨거든요. 원래 부동산에 열쇠를 하나 맡겨 놓으셨는데 이번 출장길에 열쇠를 잃어버리셨다고 하시더라고요. 그래서……."

벨을 누른 중개업자가 이야기하자 설은 대답 대신 고개를 끄덕였다. 그사이 문이 열렸고, 중개업자는 안으로 들어가자며 설을 이끌었다. 중개업자가 마당을 손으로 가리키며 말했다.

"이 동네에서는 가장 작은 집이에요. 마당도 작고요. 말씀드렸다시피 남자분이 사셔서 그런지 마당에 꽃 한 송이도 없어요. 아가씨가 살면 꽃도 심고, 상추도 심고 그래요."

"아, 네."

작은 마당을 지난 중개업자가 현관문을 두드리자 문이 열리고 익숙한 남자가 나왔다. 남자를 보는 순간 깜짝 놀란 설은 붕어처럼 입을 뻐끔거렸다.

"아이고, 사장님 계셨네요. 다행이에요. 이 집 전세로 내놓으셨잖아요. 그런데 이 아가씨가 집을 보고 싶다고 하셔서요."

둘의 표정이 심상치 않자 중개업자는 설과 찬연을 번갈아 보며 의아한 듯 말했다.

"아시는 사이세요?"

"아, 네. 조금."

설이 어색하게 웃으며 대답하자 중개업자는 잘됐다는 듯 손뼉을 치며 말했다.

"진짜 잘됐네~ 이것도 인연이네요."

그녀의 말에 설 자신도 동의하듯 고개를 끄덕였다. 그러고 보면 참 인연이긴 했다. 맨해튼에서 가방이 바뀌었고, 어제 가방을 찾기 위해 만났었다. 그리고 오늘은 집주인으로 만났다. 이 정도면 인연이라고 할 수 있지 않을까.

남자는 아무 말 없이 설을 보았다. 깊은 눈동자는 마치 늪처럼 사람을 빨아들이는 묘한 매력이 있었다. 깜빡임 없이 남자와 눈을 마주치던 설은 자신을 이끄는 중개업자의 손길에 집 안으로 들어섰다.

어제는 분명 이곳이 아닌 두 블록 떨어진 곳에서 그를 만났는데…….

순간 그곳은 사무실이라고 했던 그의 말이 떠올랐다.

"여기가 집……."

"사무실에서 지내도 불편한 점이 없어서 내놓았습니다. 세입자를 들이면 집 관리를 따로 할 필요가 없을 것 같아서요."

"아……."

"한설 씨 마음에 들었으면 좋겠습니다."

잠시 일이 있다며 집을 나서는 남자의 뒷모습을 말없이 보던 설은 자신의 팔을 잡아끄는 중개업자의 손길에 걸음을 옮겼다.

중개업자는 집을 꼼꼼히 설명했다. 커다란 거실과 현재 침실로 사용하고 있는 큰방, 작은방은 옷 방으로 사용하는 것인지 붙박이장과 행거가 설치되어 있었다. 중개업자는 지은 지 1년도 채 되지 않았다고 말했다.

중개업자의 설명에 집 안을 꼼꼼히 둘러본 설은 곧 계약 의사를 밝혔다. 첫눈에 아담한 집이 참으로 마음에 들었다.

중개업자도 그녀의 결정에 좋아했고, 지금 당장이라도 계약서를 쓰자 말했다. 필요한 서류라면 이미 부동산에 다 준비되어 있었고, 집주인이 워낙 바쁜 사람이라 오늘이 아니면 또 언제 만날 수 있을지 모른다고 호들갑을 떨기도 했다.

부동산으로 돌아온 설은 중개업자가 건넨 서류를 꼼꼼히 확인한 후 서류를 테이블 위에 내려놓으며 말했다.

"이사는 언제 가능할까요?"

"잠시만요."

중개업자가 작은 메모장을 꺼내 소리 나게 앞 장으로 넘겼다. 몇 장을 넘겼는데도 메모를 찾지 못한 듯 미간을 찌푸리던 그녀는 곧 찬연이 문을 열고 부동산 안으로 들어서자 마침 잘됐다며 말했다.

"사장님, 이사는 언제쯤이 좋을까요? 아가씨가 집이 마음에 쏙 든다고 하네요."

"이사는 언제든 가능합니다. 집에 있는 짐을 사무실로 옮기기만 하면 되니까요."

"그래요? 정말 다행이네요."

"집은 마음에 드셨습니까?"

"네, 정말 마음에 들어요. 삭막한 마당은 꽃을 심으면 괜찮아지겠죠?"

"원하시면 꽃씨를 선물로 드리겠습니다."

찬연의 말에 설은 작게 웃음을 터트렸다. 분위기가 무르익고 계약까지 마친 둘은 환하게 웃는 중개업자를 뒤로하고 밖으로 나왔다.

"그럼 다음에는 이삿날에나 보게 되겠네요. 앞으로 잘 부탁드려요."

설의 말에 찬연이 고개를 끄덕였다.

"저야말로 잘 부탁드립니다."

"집주인은 제가 아닌 찬연 씨인걸요. 그럼 다음에 뵐게요."

설은 가벼운 마음으로 발걸음을 돌렸다. 그 모습을 찬연이 무거운 시선으로 바라보고 있었다.

❊　❊　❊

남자는 거울을 보았다. 거울 속 자신의 얼굴은 낯설었다. 한참 무감각한 얼굴로 거울을 보던 남자는 차가운 물로 세수를 했다. 팔뚝을 타고 물이 흘러내렸지만 남자는 개의치 않았다.

"박찬연."

남자는 자신의 이름을 불러 보았다. 2년 동안 이 이름으로 살았지만, 아직도 낯선 이름. 외모 또한 자신이라고 생각할 수 없을 정도로 많이 변했다. 과거 자신을 아는 사람이라 하더라도 알아보지 못할 것이다. 모든 것이 변했으니까. 스스로가 낯설 정도로.

과거의 그는 웃음이 많은 사람이었다. 감정 변화에 솔직했고, 꾸밈없이 사람을 대했다. 그늘이 없었던 그의 입술 끝은 늘 부드럽게 호를 그리고 있었다. 그를 만나는 사람은 저도 모르게 밝은 얼굴에 호감을 가지곤 했었다.

따뜻한 온실에서 화초처럼 자랐었다, 예전의 그는.

십여 년 전의 그는 그런 사람이었다.

하지만 지금은 아니다. 창백한 피부는 살아 있는 사람의 것 같지가 않았다. 그 밑으로 설핏 비치는 혈관만 아니었다면 송장 같을 것이다. 비쩍 마른 몸은 예민한 신경 때문에 살이 오르지 않았고, 미간은 늘 구겨져 있었다. 잠시 미간을 손가락 끝으로 문지르던 찬연은 욕실 밖으로 나왔다.

시계를 확인한 찬연은 옷 방으로 향했다. 옷을 고르는 손길엔 거침이 없었다. 꾸준한 운동으로 다져진 몸은 곧 검은 셔츠에 의해 가려졌다. 몇 걸음 옮겨 벨트와 시계를 고른 후 향수까지 뿌린 찬연은 완벽한 모습으로 옷 방을 나왔다. 다시 시간을 확인하자 이젠 정말 집을 나서야 할 때였다.

집 앞에 세워져 있던 매끈한 차에 오른 후, 내비게이션에 익숙한 목적지를 검색한 후 서둘러 차를 운전했다.

차는 어느새 산길을 달리고 있었다. 서울과 얼마 떨어지지 않은 곳이었지만, 아직 개발의 손이 미치지 않은 파주는 온통 푸른빛이었다. 한동안 달리던 차량은 노란 건물이 드러나자 천천히 속도를 늦췄다. 내비게이션 또한 목적지 근처에 도착했다고 딱딱한 음성으로 말하고 있었다.

주차장에 차를 세운 찬연은 얼마 떨어지지 않은 곳에 세워져 있는 붉은색 차량을 보고 미소 지었다. 고아원으로 향하는 그의 걸음은 집을 출발했던 때보다 가벼웠다.

"우와! 오빠 왔다!"

"오빠, 오늘은 뭐 사 왔어요?"

놀이터에서 놀고 있던 아이들이 달려와 찬연의 다리에 매달렸다.

"원장 수녀님은 안에 계시니?"

"네! 그런데 예쁜 언니랑 이야기하고 있어요!"

파란색 원피스를 입은 여자아이의 말에 주위에 있는 아이들까지 덩달아 고개를 끄덕였다. 아이들의 머리를 쓰다듬은 찬연은 원장실이 있는 작은 건물로 향했다.

새빛 고아원은 후원의 손길이 많은 곳 중 하나였다. 천주교 아래 세워진 고아원에서는 서른 명의 아이가 밝게 자라나고 있었고, 한 명의 수녀가 어머니가 되어 아이들을 기르고 있었다.

박찬연은 어렸을 적 이곳에서 컸다. 그가 열 살이 되던 해까지. 막 열한 살이 되었을 때 불임부부의 가정으로 입양이 되었고, 열여섯 살이 되던 해에 파양당했다. 하지만 박찬연은 고아원으로 돌아오는 대신 학교를 자퇴했고, 곧 알바를 전전했다.

한참 잘 가꿔진 화단을 보며 걸음을 옮기던 찬연이 건물 안으로 들어섰다. 그리고 원장실 문을 노크했다.

"들어오세요."

원장 수녀와 이야기하고 있던 설은 찬연의 모습에 깜짝 놀라며 자리에서 일어났다.

"어머! 찬연이 왔구나! 말도 없이 웬일이야?"

"근처를 지나가다 들렀습니다."

"그래, 잘 왔다. 요즘 발길이 뜸해진 걸 보면 많이 바쁜가 보구나."

"최근까지 해외에 나가 있었습니다. 자주 연락드렸어야 했는데 죄송합니다."

"무슨— 다 큰 자식들 일에까지 관여하고 싶진 않아. 다만, 걱정되니까 가끔은 전화도 하고 그래."

"네."

"그래, 어서 이리 앉아라."

원장 수녀가 가리키는 곳은 설의 옆자리였다. 설은 여전히 어리둥절한 얼굴로 그를 보다 곧 손가락질하며 말했다.

"차, 찬연 오빠? 당신이?"

찬연은 설의 물음에 고개를 끄덕였다. 그러자 설의 얼굴이 눈에 띄게 밝아졌다.

"정말 찬연 오빠예요?"

"그래."

짧은 찬연의 대답에 설의 얼굴이 더욱 밝아졌다. 이렇게 우연히 만날 줄이야. 아니, 몇 번의 우연 속에서 그를 알아보지 못했다는 사실이 더욱 기가 막혔다. 아무리 시간 속에 기억이 퇴색되고, 외모가 변했다 하더라도 찬연을 알아보지 못하다니.

하지만 그것은 중요하지 않은 듯 설은 자리에서 벌떡 일어나 그의 손을 잡았다. 그리고 눈을 예쁘게 반짝이며 말했다.

"오빠, 나 설이야! 한설. 기억 안 나?"

"기억나. 이렇게 예쁜 아가씨가 설인 줄은 짐작도 못 했네."

찬연의 말에 설의 얼굴이 붉어졌다. 그 모습을 보던 찬연은 그녀의 손을 이끌어 함께 자리에 앉았다.

"어떻게 오빠를 못 알아봤지?"

"시간이 많이 지났으니까."

기뻐하는 기색이 역력한 설과는 달리 찬연의 표정엔 변화가 없었다. 하지만 설에겐 그리 큰 문제가 아닌 듯 새삼스러운 눈을 하며 말했다.

"오빠, 정말 많이 변했다."

설과 찬연의 대화를 듣던 원장 수녀가 의아한 듯 물었다.

"너희 최근에 만난 적 있었니?"

수녀의 물음에 설은 고개를 빠르게 끄덕였다. 그녀의 얼굴은 이슬을 잔뜩 머금은 풀잎처럼 싱그러웠다.

"네."

"정말? 어떻게?"

원장 수녀의 물음에 설은 밝은 목소리로 말했다. 그녀의 목소리엔 흥분이 서려 있었다.

"정말 우연히요! 그것도 여러 번이나. 근데 둘 다 못 알아본 것 있죠?"

설의 말에 원장 수녀는 고개를 끄덕이며 찬연을 보았다.

"나도 처음엔 찬연이를 못 알아봤으니까. 설마 이렇게 멋있게 자랄 줄 누가 예상이나 했겠니? 예전에는 코 찔찔하는 장난꾸러기였는데."

"아니에요, 저한테 있어서 찬연 오빠는 늘 백마 탄 왕자님이었는걸요?"

"그래, 아이들이 널 많이 괴롭혔지. 그것도 다 네가 좋아서 관심을 끌려고 그런 거였는데, 넌 그것도 모르고 매일 찬연이만 찾으니 아이들이 더 짓궂게 굴었지."

원장 수녀와 설은 과거를 추억하며 옛이야기를 늘어놓고 있었고, 둘의 이야기는 한참이나 이어졌다.

설은 새빛 고아원에 6개월이란 짧은 시간 동안 있었지만, 원장 수녀에겐 오랫동안 기억에 남는 아이였다. 처음 이곳에 올 때까지만 해도 설은 여섯 살, 어린아이라고는 생각되지 않을 정도로 음울한 표정을 하고 있었다. 같은 방을 쓰는 아이들이 말을 걸어도 설은 늘 묵묵부답이었고, 매일 울기만 했었다.

그런 설이 바뀐 것은 순전히 찬연 때문이었다. 많은 아이들 중 유일하게 찬연에게 마음을 연 설은 그의 뒤만 졸졸 따라다녔었다. 마치 어미 닭과 새끼 병아리처럼.

"오빠, 진짜 반가워. 우리가 계속 우연히 만났던 게 다 이 때문이었나 봐. 가끔 오빠가 생각날 때가 있었거든."

찬연을 다시 만났다는 사실에 설의 얼굴이 점점 달아올랐다. 가끔 어린 시절을 떠올릴 때면, 최 의원의 집에서 지냈던 날보다 찬연의 얼굴이 먼저 떠오르곤 했다. 아주 짧은 시간이었지만, 설의 기억 속에 찬연은 어린 시절을 지켜 주던 사람이었다.

둘의 모습을 따뜻하게 보고 있던 원장 수녀가 말했다.

"둘 다 커서도 잊지 않고 찾아와서 고맙다. 너희들이 보내 준 후원금은 아이들을 위해 쓰이고 있어. 특히나."

설에게 향해 있던 시선이 찬연을 향했다.

"찬연이 네가 보내 준 돈으로 진학을 원하는 아이들은 대학까지 다닐 수 있었단다. 아이들이 얼마나 고마워하는지 몰라."

원장 수녀의 말에 설은 놀란 듯 찬연을 보았다. 그는 별일 아니라는 듯 무표정한 얼굴로 말했다.

"그 아이들이 어른이 된 후에 다시 이곳을 돕겠죠."

"그래, 그렇겠지."

원장 수녀의 얼굴에 미소가 떠올랐다.

"아참! 내 정신 좀 봐. 차 한 잔 안 내왔네."

갑자기 퍼뜩 떠오른 생각에 그녀가 호들갑을 떨며 자리에서 일어났다. 잠시만 기다리라며 원장 수녀가 밖으로 나가자 설은 몸을 옆으로 틀어 찬연을 보며 말했다.

"오빠, 뭐하고 지냈어? 아, 그때 맨해튼이랑 도쿄에 있었다고 그랬지?"

설의 물음에 찬연의 시선이 그녀의 얼굴에 머물렀다. 깊은 찬연의 눈동자를 바라보던 설은 그의 얼굴을 보다 이내 뭔가를 깨달은 듯 어색하게 웃으며 말했다.

"아, 말 낮춰도 되지? 싫으면 하는 수 없구……요."

"괜찮아."

어색한 듯 헤헤 웃는 설을 보며 찬연이 미소 지었다. 부드럽게 호를 그리는 입술은 의식적으로 짓는 것과는 차원이 달랐다. 사람의 혼을 쏙 빼 놓을 듯 매력적인 모습에 설은 한참이나 그의 얼굴을 뚫어져라 보았다. 그녀는 신기해하고 있었다. 늘 굳어져 있던 그의 얼굴이 활짝 펴지는 모습을 보며.

"어? 웃었다."

그녀의 말과 동시에 찬연의 얼굴에서 웃음이 사라지자 설은 아쉽다는 듯 입맛을 다셨다. 참 예쁜 얼굴이었는데…… 라고 생각하며.

원장 수녀는 주차장으로 향하는 동안 설의 어깨를 쓰다듬으며 잔소리처럼 바쁜 것은 알지만 자주 좀 오라는 말과 함께 다음에 올 때는 아이들 선물은 사 오지 말라며 신신당부했다. 어느새 발걸음이 주차장에 닿자 아쉬움에 한숨을 쉬었다.

"들어가세요."

"아니다, 너희들 가는 것 봐야지."

"수녀님이 계속 서 계시면 저희들이 갈 수가 없잖아요. 곧 아이들 식사도 준비해야 될 테고요."

설의 말에 원장 수녀는 잊고 있던 저녁때를 떠올린 것인지 손뼉을 쳤다.

"아참, 내 정신 좀 봐!"

"그럼 얼른 들어가 보세요."

"그래, 다음에 또 보자. 찬연아, 설아."

말을 마친 원장 수녀가 왔던 길을 되돌아가자 찬연은 리모컨을 눌러 문을 연 후, 주차장 구석에 있는 먼지 하나 내려앉지 않은 차로 향했다. 설은 서둘러 그에게 다가가며 말했다.

"오빠, 내 번호 모르지?"

그에게 명함을 받아 전화번호를 알고 있던 설은 휴대전화를 꺼내 전화번호부를 뒤졌다. 이미 번호를 저장해 놓은 것일까. 설은 웃으며 통화 버튼을 눌렀고, 곧 그의 주머니에 들어 있던 휴대전화가 시끄럽게 울리기 시작했다.

"번호 꼭 저장해 둬. 그리고 언제 한번 밥이나 먹자."

"알았어."

무뚝뚝하게 대답하는 찬연에게 설은 실눈을 뜨며 의심스럽다는 듯 말했다.

"바쁘더라도 꼭 연락해. 하고 싶은 이야기가 아주 많아."

"그래."

짧은 만남을 뒤로한 채 둘의 차가 주차장을 빠져나갔다.

2.
기억 끝에 서 있는 남자

널찍한 부엌 안엔 달그락거리는 소리만 들렸다. 평소 식사 예절이 몸에 배어 있던 진성이었지만, 무슨 생각을 하는 것인지 어두운 얼굴로 음식을 들척이고 있었다. 그의 맞은편에서 눈치를 보고 있던 설은 결국 수저를 내려놓았다. 손맛이라면 웬만한 한식당 요리사보다 좋은 여주댁이 차린 밥상이었지만 그의 눈치를 보느라 음식 맛을 느낄 수가 없었다.

상석에 앉아 있는 최 의원이 크리스탈 컵을 들며 말했다.

"오랜만에 온 한국은 어떠냐. 2년 만이던가?"

최 의원이 시원하게 물을 들이켜며 말했다. 처음 한국에 와 최 의원을 만났을 때도 그는 이 질문을 자신에게 했었다. 한국에는 2년 만이던가? 오랜만에 보는 고국은 어떠냐. 그의 질문에 설은 그때도 지금과 같은 답을 했었다.

"네, 좋아요."

"집은?"

"어제 계약했어요."

"어디에?"

"용인 쪽에요."

설은 최 의원이 묻는 선까지만 대답했다. 어차피 그는 그녀와의 대화 내용을 기억하지 못할 테니까. 그의 머리가 나빠서 그녀와의 일을 기억하지 못하는 것은 아니었다. 최 의원은 고아인 그녀를 거둬 키운 사람이었지만, 이상할 정도로 그녀에게 관심이 없었다.

둘의 이야기가 릴레이처럼 이어지자 진성은 헛기침을 하며 입을 열었다.

"아버지."

"음?"

"설이랑 가을쯤에 약혼식을 올렸으면 합니다. 허락해 주실 거죠?"

설의 눈동자가 커졌다. 그녀에게 한 마디 상의 없이 약혼식 날짜를 결정짓는 그의 모습에 크게 놀란 듯 보였다. 눈을 동그랗게 뜨는 설을 본 최 의원이 미간을 찌푸리며 물었다.

"설이, 네 생각은 어떠냐."

최 의원의 물음에 설의 시선이 식탁으로 향했다. 빛깔 고운 음식들을 멍하니 보던 설은 곧 눈을 질끈 감았다. 맨해튼 생활을 접고 한국으로 들어온 것은 진성과의 약혼을 염두에 둔 결정이었다. 그건 진성도 알고 있었고, 최 의원 또한 어느 정도 예상은 하고 있을 터였다.

그럼 망설이지 말자. 설은 결심한 듯 고개를 들었다.

"네, 더 늦기 전에 올리고 싶어요."

"그래. 설이, 네 나이가 벌써 스물아홉이니까. 더 늦으면 곤란하지."

그렇게 말하는 최 의원의 얼굴에는 웃음이 역력했다. 세월을 비껴 나지 못한 주름진 얼굴이 점점 밝아지자 설의 얼굴에도 미소가 머물렀다.

"태현이 녀석 결혼한 지 얼마 되지 않았으니 시기는 늦가을쯤이 좋겠다. 좋은 잔치라도 너무 자주 있으면 욕먹어."

"네."

"진성이 네 녀석은 어떻게 생각하냐?"

설의 시선이 진성에게 향했다. 진성의 얼굴엔 감출 수 없는 행복이 머물러 있었다.

"좋습니다."

"그래. 준비는 김 보좌관이랑 상의 후에 결정해라."

"네, 알겠습니다."

최 의원의 시선이 행복함에 부유해 있는 진성에게서 떨어져 다시 식탁으로 향했다.

"그래, 설이 넌 앞으로 어떻게 할 생각이냐. 진성이 옆에서 이 녀석 일을 도와주는 게 좋지 않겠냐. 아들이라 그런지 영 믿음이 안 가."

"전 진성 오빠에게 도움을 줄 것이 아무것도 없는 걸요. 오빠 일을 도와주시는 보좌관들도 유능한 분들이고, 일은 곧 구할 거예요. 맨해튼에 있을 때 스카우트 제의가 들어온 곳도 있고요."

설의 말에 최 의원이 고개를 끄덕였다. 아무리 그녀를 진성의 옆에 붙여 놓고 싶다 한들 일할 때까지 붙여 놓을 필요는 없겠다 생각이 들어서였다. 더욱 설은 훌륭한 비서이긴 했지만, 사업과 정치는 엄연히 달랐다.

곧 가득 차려져 있던 음식이 치워졌고, 그 자리에 차와 떡이 놓였다. 최 의원은 자신의 앞에 놓이는 솔잎차를 보며 미간을 찌푸렸다.

"차 말고 커피 줘."

"의원님, 커피는 건강에 나빠요. 아시면서 그런다."

여주댁의 말에 최 의원의 미간이 구겨졌다. 좀 더 뭐라고 이야기할 것처럼 입술을 달싹이더니 이내 입을 다물었다. 자신이 떼를 써도 여주댁이 커피를 내어 줄 리 없었기 때문이다.

최 의원이 국선 변호사로 일할 때부터 집안일을 봐 주던 여주댁과의 인연도 벌써 30년째였다. 말끔한 일 처리와 맛있는 요리는 최 의원의 입맛에 꼭 맞았고, 이제는 눈빛만 봐도 자신이 원하는 것을 척척 내오는 여주댁의 눈치 때문에 먼저 하늘로 떠난 안사람이 떠오르지 않을 정도였다.

최 의원이 달달한 솔잎차를 만족스레 음미하고 있는 설을 보며 말했다.

"새빛 고아원에 계속 후원금을 보낸다는 이야기는 들었다."

"아, 네. 짧은 기간이었지만 신세를 져서……."

혹 그 일로 심기가 나쁜 것인가 싶어 최 의원의 눈치를 살폈다. 하지만 최 의원은 다시 솔잎차를 노려보고 있었다. 설의 시선이 진성에게 향했다.

"다음 해부터 국민당 내부에서 하고 있는 자선사업 단체 중에 새빛 고아원이 포함됐어. 정기적으로 후원금이 들어갈 거니까, 사정이 좋아질 거야."

"아! 정말요?"

결국 다과는 포기한 것인지 최 의원이 찻잔을 구석으로 치워 버리며 말했다.

"그래, 너처럼 참한 아이를 우리에게 보내 줬으니 나도 뭔가 보답을 해야겠다고 생각했다."

설은 공식적으로 최 의원의 딸은 아니었다. 다만 우연히 새빛 고아원에 봉사활동을 하러 왔던 김 여사의 눈에 띄어 이곳에서 컸을 뿐이었다. 처음 그녀를 데려올 당시에만 해도 정식으로 호적에 이름을 올리려고 했지만, 어린 태현이 설이완 남매가 될 수 없다며 떼를 쓴 덕분에 최 의원은 그녀에게 아버지가 아닌 후원자가 되어 주었다.

최 의원의 말에 설은 부드럽게 미소 지었다. 순간 환하게 변하는 설의 얼굴에 진성은 얼굴을 붉혔다.

설은 웃을 때 참 예뻤다. 누가 봐도 따뜻해지는 미소를 짓는 설은 공식적인 자리에서도 이를 무기로 사용하곤 했다. 그리고 알게 모르게 쌓는 담을 아무렇지도 않게 허물만큼 상대방을 호의적이게 만들곤 했다.

설은 최 의원에게 작게 고개를 숙이며 말했다.

"정말 감사해요."

"그래, 그러면 갈 때 아이들 장난감이라도 사 가거라."

최 의원이 여주댁에게 지갑을 가져오라 말하자 설은 서둘러 손을 저으며 말했다.

"의원님, 괜찮아요. 저 돈 있어요."

"아버지가 주는 용돈이라고 생각해."

최 의원은 여주댁이 가져다준 지갑에서 검은 카드를 꺼내 설에게 내밀며 말했다. 잠시 난감한 얼굴로 최 의원의 손을 보던 설이 카드를 받아 들며 말했다.

"감사합니다."

"감사할 것 없다. 넌 내 딸이야. 딸에게 뭘 못 해 주겠어."

최 의원의 말에 설의 얼굴이 어색하게 굳어졌다.

❋　❋　❋

설은 아침부터 분주하게 움직이고 있었다. 의자에 걸쳐 둔 여름 재킷을 들고 마지막으로 화장 상태를 꼼꼼하게 확인하던 그녀는 컨디션이 좋지 않아 부옇게 뜬 화장이 마음에 들지 않은지 미간을 찌푸렸다.

아이섀도를 다른 색으로 할 걸 그랬나? 펄이 들어가서 그런지 눈이 유독 부어 보였다.

화장을 고치고 싶었지만 시간이 없었다. 서둘러 방을 나가려던 설은 뒤에서 들리는 소리에 발걸음을 멈췄다. 깜빡 놓고 온 휴대전화가 테이블 위에서 진동하고 있었다.

"아, 정말!"

자신의 정신머리를 탓하던 설은 짜증스러운 기색이 가득한 얼굴로 휴대전화를 집어 들었다. 그러나 액정을 확인한 순간 얼굴에 머물러 있던 짜증은 어느새 물러가 있었다.

〈시간 나면 오늘 어때?〉

보낸 이는 찬연이었다. 며칠 전 우연히 새빛 고아원에서 만난 후 처음으로 온 연락이었다. 설은 지난 약속을 떠올리며 시계를 확인했다.

〈3시쯤 어때?〉

〈좋아. 사무실에서 괜찮니?〉

〈응, 괜찮아. 그럼 3시쯤 갈게.〉

문자를 마친 설은 서둘러 방을 빠져나왔다.

지낼 집이 결정되자 설은 서둘러 직장을 결정하기 위해 면접을 보고 있었다. 스카우트 제의가 온 곳 중 세 곳은 이미 면접을 마친 상태였고, 오늘은 마지막 면접이 잡혀 있었다. 앞서 본 회사들은 저와 잘 맞지 않았기 때문에 마음은 더욱 조급해졌다.

마지막으로 보는 곳은 제 마음에 꼭 들었으면.

설은 또각또각 소리를 내며 복도 끝으로 사라졌다.

＊　＊　＊

설은 찬연의 사무실 앞에 세워져 있는 차량에 고개를 기울였다. 찬연의 차와 처음 보는 차가 한 줄로 세워져 있자 조금 떨어진 곳에 능숙하게 주차한 후 차에서 내렸다.

"무슨 차지?"

차는 중형 세단이었다. 하지만 보통 세단을 모는 사람들이 검정색을 선택하는 것과는 달리 차량은 하얀색이었다. 차 안으로 보이는 액세서리들은 이 차의 주인이 여자라는 것을 단적으로 보여 주고 있었다. 한참 차 안을 살펴보던 설은 뒤에서 나타나는 검은 그림자에 화들짝 놀라 차에서 물러섰다.

"무슨 일이십니까."

남자는 커다란 덩치로 설을 위협했다. 한국 사람이 아닌지 어눌한 한국어로 묻는 말에 설은 재빨리 고개를 저었다.

"아니에요, 죄송합니다."

고개까지 꾸벅 숙인 설은 천천히 발걸음을 옮겼다. 뒤에서 남자의 기척이 느껴지지 않자, 그제야 안도의 한숨을 내쉬었다. 하마터면 이상한 사람으로 오해받을 뻔했다.

서둘러 걸음을 옮긴 설은 하늘을 올려다보았다. 하늘은 그녀의 마음처럼 검은 먹구름이 끼어 있었다. 마지막으로 면접을 본 곳까지 마음에 들지 않자 앞날이 캄캄하게 변하는 느낌이었다. 그냥 적당한 곳을 골라야 하나? 속으로 생각하던 설은 고개를 저었다.

구름을 보며 걸음을 옮기던 설은 찬연의 집 대문이 열리는 것을 보며 눈을 동그랗게 떴다.

"아."

집 밖으로 나오는 사람은 찬연 혼자가 아니었다. 찬연의 옆에 서 있는 여자는 인천국제 공항에서 봤던 그 여자였다. 여자의 입술에는 그때와 마찬가지로 붉은 립스틱이 칠해져 있었다. 도발적인 입술 색과는 달리 하얀 투피스를 입고 있는 여자는 찬연을 애틋한 눈으로 바라보았다.

"리, 그럼 다음에 봅시다."

"응, 알았어. 그럼 한국에 들어올 때 또 연락할게."

"네, 그럼 조심히 들어가십시오. 멀리 배웅은 못 하겠습니다. 손님이 오셔서."

찬연의 말에 리는 고개를 끄덕인 후 매끄러운 그의 뺨을 손으로 쓰다듬었다.

"다음에 또 보자."

"네."

찬연의 답에 뒤돌아선 여자는 걸음을 옮기며 설에게 고갯짓한 후 낯선 차량으로 향했다. 곰처럼 무서운 사내가 문을 열어 주자 매끄러운 동작으로 차에 오르는 여자의 모습을 눈으로 좇던 설은 찬연의 부름에 그제야 고개를 돌렸다.

"들어가자."

"저 사람 누구야? 그때 공항에서도 봤던 것 같은데."

설의 물음에 찬연은 그녀의 얼굴을 내려다보았다. 질문의 의도를 찾으려는 듯 자신의 눈동자를 바라보는 찬연의 시선에 설은 가슴이 답답해졌다. 설을 내려다보던 찬연은 뒤돌아서며 무심하게 말했다.

"투자자."

짧게 말을 마친 찬연이 먼저 집 안으로 들어서자 설은 그의 뒤를 따르며 고개를 숙였다. 괜히 물먹은 솜 마냥 기분이 가라앉았다.

집 안으로 들어선 설은 테이블 위에 있는 두 개의 잔을 보았다. 잔은 마주 보고 놓여 있는 것이 아닌 나란히 놓여 있었다.

투자자? 그가 했던 말이 떠올랐다. 투자자와 그렇게 친밀한 관계가 될 수 있을까? 맨해튼에서 봤던 투자자와 기업과의 관계는 철저히 공적이었다. 하지만 그 여자와 찬연은 공적인 분위기보다는 사적인 분위기가 더욱 강했다.

"커피?"

갑작스럽게 날아드는 질문에 설은 퍼뜩 상념에서 깨어났다. 찬연과 그 여자가 어떤 관계이든 자신과는 아무런 상관이 없었다. 자신이 괜스레 남자친구의 바람피우는 장면을 목격한 것처럼 충격받을 필요는 없었다.

"아니, 물이 좋을 것 같아."

"도시락 괜찮아? 밖에 나가고 싶지만 예약이 꽉 찼다고 그래서."

그의 말에 아래를 향해 있던 시선이 위로 향했다. 찬연은 막 그녀에게 머그컵을 내밀고 있었다.

"그럴 줄 알았으면 미리 연락하고 올 걸 그랬다."

찬연은 작게 고개를 저었다. 나른하게 등을 기대는 그의 모습을 보며 설은 굳어 있던 얼굴을 애써 폈다. 어색한 표정으로 물을 마시는 설을 보던 찬연은 그녀의 차림을 훑어보며 말했다.

"정장이네."

"응, 오늘 면접이 있었거든."

"면접?"

설은 자신의 말에 되묻는 찬연을 보며 작게 고개를 끄덕였다.

"계속 보고는 있는데 마음에 드는 회사가 없네."

"그럼 우리 회사는 어때?"

"진심으로 하는 말이야?"

설은 놀란 듯 물었고, 찬연은 무덤덤한 얼굴로 고개를 끄덕였다. 그의 모습에 설이 장난스럽게 웃으며 말했다.

"오빠, 나 비싸."

"비싸다, 라. 믿을 만한 사람이 능력까지 갖췄다면 그야말로 내가 바라던 인재지. 네가 그 정도 능력을 갖추지도 않았는데 설마 높은 금액을 부르리라고는 생각 안 하고. 하지만 알지?"

"뭘?"

"받는 만큼 일해야 한다는 거."

찬연의 말에 설은 작게 웃음을 터트리며 말했다.

"알았어, 생각해 볼게."

"진지하게."

"알았어."

미소 짓는 설을 보며 찬연이 자리에서 일어났다. 커다란 양문 냉장고에서 도시락을 꺼내 하나, 둘 아일랜드 식탁 위로 올리는 찬연을 보며 설은 눈을 크게 떴다.

"도시락치고 너무 과한 거 아니야?"

설은 도시락 겉에 찍혀 있는 빛고을 마크를 보며 말했다. 빛고을은 설 또한 잘 알고 있는 고급 한식당이었다. 한국에서도 손꼽히는 한식당에서 도시락을 판매하고 있다는 건 처음 아는 사실이었지만.

설은 찬연을 도와 도시락을 풀었다. 군침이 돌 정도로 맛깔스러워 보이는 음식에 설은 고픈 배를 쓰다듬으며 말했다.

"음식 보니까 더 배고프다."

"먹자."

족히 수십 가지는 되는 반찬을 보며 설은 뭐부터 먹어야 하나 고민했다. 그리고 냉채보쌈을 집어 입에 넣었다. 오물오물 씹자 새콤달콤한 향이 입 안 가득 퍼졌다. 식초 대신 레몬을 사용한 것인지 상큼한 향에 저절로 미소가 지어졌다. 처음 먹어 보는 음식이었지만, 입에 잘 맞았다.

맛있게 음식을 먹던 설은 고개를 들어 찬연을 보았다.

찬연은 정갈한 젓가락질로 음식을 먹고 있었다. 길고 매끈한 손가락을 최대한 적게 움직이며 음식을 먹는 찬연을 설은 놀란 얼굴로 보았다. 한식 예절은 그녀도 지키지 못하는 식사 예절 중 하나였다. 워낙 까다로웠기 때문에 신경을 쓰지 않는다면 그녀도 모르게 여러 개의 반찬을 집어먹곤 했고, 소리를 내기 십상이었다. 하지만 찬연은 익숙한 듯 예절을 지키고 있었고, 음식을 씹는 소리 또한 들리지 않았다. 그건 아삭한 야채를 먹을 때도 마찬가지였다.

찬연은 자신을 향해 있는 설의 시선을 느꼈는지 수저를 내려놓으며
말했다.

"입에 안 맞아?"

"설마. 농담이지? 너무 맛있어."

설은 고개를 저으며 답했다. 음식 맛은 여주댁의 것보다 훨씬 정갈하
고 깔끔했다. 그녀가 다시 수저질을 시작하자 찬연은 자신의 앞에 놓여
있던 반찬을 설 앞으로 미뤄 놓으며 말했다.

"이사 준비는 언제?"

찬연의 질문에 설은 깜빡하고 있던 사실을 떠올리며 답했다.

"아참, 오빠한테 부탁할 게 하나 있는데."

찬연은 말해 보라는 듯 턱을 괴었다.

"가구를 짜야 해서. 다른 건 다 준비가 됐는데, 그건 한 번 집을 가
야 할 것 같아."

"괜찮아."

"언제가 좋을까?"

찬연은 말끔하게 비워진 설의 그릇을 보며 식사가 끝난 것을 확인한
후 자리에서 일어났다. 현관에서 열쇠 꾸러미를 가져와 설에게 내밀자
그녀는 이게 무엇이냐는 듯 그를 올려다보았다.

"언제든지 편한 시간에 들러."

그녀는 자신의 손에 들려 있는 열쇠를 한참이나 보았다. 아무리 편안
사이라 하더라도 열쇠를 준다는 것에는 특별한 의미가 있었다. 가족이
거나 오래된 연인이거나, 아주 친한 친구가 아니고서는 쉽게 주지 않는
다. 찬연과는 어렸을 때 알았던 사이라 하더라도 그가 건넨 열쇠는 그
녀에게 괜한 기분을 들게 했다.

"열쇠 막 줘도 돼?"

설의 말에 찬연은 고개를 끄덕이며 말했다.

"너니까."

설은 그를 향해 있던 시선을 다시 열쇠로 돌렸다. 그의 짧은 한마디에 가슴이 뛰기 시작했다. 콩닥, 콩닥 뛰는 심장이 아플 정도였다.

오빠는 특별한 의미를 가지고 한 말이 아닐 텐데. 자꾸 그 말에 특별한 의미를 부여하려는 자신의 마음을 애써 억누르며 고개를 끄덕였다.

＊　＊　＊

설은 무미건조한 얼굴로 자신에게 열쇠를 건네던 찬연을 떠올렸다.

오랜만에 만난 찬연은 참으로 많이 변해 있었다. 잘생긴 얼굴은 둘째 치더라도 사람의 가슴을 묘하게 들뜨게 만드는 분위기나 감정을 드러내지 않는 얼굴은 말로 설명할 수 없을 정도로 낯설었다.

오랜 시간이 흘렀다 하더라도 그 정도로 얼굴과 분위기가 변하는 게 가능할까?

열쇠를 보던 설은 침대에 벌러덩 누웠다. 계속해서 그에게 마음이 향하는 것은 오랜만에 만난 오빠가 반가워서 그런 것일 거다. 가끔 자신의 시선을 잡아끄는 분위기에 신경이 쓰이는 것도, 사춘기 소녀마냥 화들짝 놀라는 심장도, 질척한 늪처럼 무거운 그의 눈동자에서 벗어날 수 없는 이유도.

한참 생각에 잠겨 있던 설은 자리에서 일어섰다. 최대한 빠른 시일 내에 책장 사이즈를 재고 찬연에게 열쇠를 돌려주기 위해서였다. 열쇠를 볼 때마다 계속 이런 마음이 든다면 눈앞에서 치워 버리면 되지 않겠는가.

서둘러 샤워를 끝낸 설은 빠른 속도로 옷을 갈아입기 시작했다. 편안한 차림으로 갈아입은 뒤 자신도 모르게 거울을 보며 얼굴 상태를 살피고 있는 자신의 모습에 한숨을 내쉬었다.

"신경 쓰지 말자, 제발."

설은 주책없이 구는 자신을 애써 다잡았다.

가방을 챙겨 든 설이 현관으로 향할 때 마침 초인종 소리가 들렸다.

"누구세요?"

"나야, 설아."

"진성 오빠?"

문밖에서 들려오는 목소리에 설은 서둘러 문을 열었다. 잘 차려입은 진성은 외출 준비를 끝마친 그녀의 모습에 미간을 찌푸렸다.

"어디 가는 길이니?"

"네, 새집에 가구를 맞춰야 해서…… 오빠 어쩐 일이세요?"

설의 말에 진성은 한숨을 쉬었다.

"가면서 이야기하자."

무거운 목소리를 마지막으로 진성은 지하에 세워 둔 자신의 차에 오르기 전까지 한 마디도 하지 않았다. 설은 피곤이 가득한 진성의 얼굴을 바라보았다. 일이 많은 것인지 그의 얼굴 위로 짙게 그림자가 내려앉아 있었다.

부드럽게 차가 출발하자 설은 진성을 힐끗 곁눈질했다. 침묵에 숨이 막힐 것 같았다. 먼저 말을 꺼내야 하나 생각을 하던 찰나 진성이 말했다.

"오늘 저녁에 모임이 있어."

"어떤 모임이요?"

"해우건설 50주년 기념. 정재계 인사가 모두 모이는 자리니까 꼭 참석해야 해."

"오빠! 어떻게 나한테 한 마디도 없이……."

설은 자신도 모르게 언성이 높아지자 애써 화를 억눌렀다. 하지만 다른 의미로 기분이 나빴던 진성은 한숨처럼 말을 내뱉었다.

"너 귀국했을 때 말했었어. 첫날에. 기억 안 나?"

진성의 말에 설은 공항에 도착한 후 최 의원의 집에서 지냈을 때까지의 일을 곰곰이 생각해 봤지만 도통 그와의 약속은 떠오르지 않았다. 하지만 그가 그렇다 하면 그런 것일 거다. 그는 거짓말을 할 줄 모르는 사람이었으니까. 특히나 자신에게는 허튼소리 한 번 한 적이 없었던 사람이다.

"미안해요. 잊고 있었어요."

"아니, 미안해할 일은 아니야. 너 한국에 들어오고 정신이 없었을 테니까."

"……."

"이해해."

진성의 시선은 여전히 앞을 향해 있었지만 핸들을 쥔 손이 하얗게 질려 있었다. 그의 손을 보던 설은 한숨을 쉬며 말했다.

"정말 미안해요. 다음에는 이런 일 없도록 할게요."

곧 무거운 침묵이 흘렀다. 무서울 정도로 딱딱하게 굳은 진성의 얼굴을 보며 설이 다시 한 번 사과하려고 할 때였다. 진성은 더 이상 듣고 싶지 않다는 듯 작게 고갯짓했다.

"글러브박스 열어 봐."

진성의 말에 설은 선선히 무릎 위쪽에 달린 글러브박스를 열었다. 안에는 하얀 명함이 한 장 들어 있었다.

"샵?"

"다섯 시에 예약해 뒀어. 맞춰서 가면 될 거야."

멍하니 명함을 보던 설의 눈동자가 진성에게 향했다. 한참을 말없이 진성을 보던 설은 고개를 끄덕이는 것으로 답을 대신했다.

진성의 차가 시야에서 멀어지는 것을 보며 설은 구겨진 미간을 손가락으로 문질렀다. 두통이 몰려왔다. 차에서 내리는 순간까지 샵으로 데리러 가겠다는 그의 말에 한 마디도 하지 못했다. 미안하다고 더 사과를 했어야 했는데. 설은 애써 답답한 마음을 한숨과 함께 털어 내며 손목시계를 확인했다.

"연락하고 올 걸 그랬나?"

11시. 아직은 조금 이른 시간이었다. 하지만 일하는 사람이 평일 11시에 집에 있을 리 없다는 판단하에 거침없이 대문을 열었다.

마당 안으로 발을 옮긴 설은 주위를 돌아보았다. 앞으로는 자신이 살게 될 집이었다. 이곳에 살게 된다면 바쁘더라도 마당에 사계절 꽃을 하나씩 심을 것이다. 꽃을 심고 나무를 심어 삭막해 보이는 이곳에 생명체를 키우리라 마음먹었다. 잡초와 잔디가 올라와 있는 이곳은 푸르렀지만 생명의 기운보다는 암울한 기운이 가득했다. 꼭 이 집의 주인처럼.

좁은 마당을 지나온 설은 현관문에 열쇠를 밀어 넣어 돌렸다. 그런데 문이 열리는 소리가 아닌 잠기는 소리가 들렸다. 설마 집에 있나? 의아한 마음으로 또다시 열쇠를 돌린 설은 집 안으로 들어섰다.

"어? 오빠 있었네?"

"음. 오후에 약속이 있어서."

그렇게 말한 찬연은 평소와는 달리 흰색 티셔츠에 추리닝을 입고 있었다. 막 깨어난 듯 평소 단단한 빗장을 치고 있던 그가 무장해제 한 채 그녀를 보았다. 흐트러진 그의 머리카락을 보며 설은 작게 웃을 수밖에 없었다.

"오빠 머리에 새집 생겼어."

설이 깔깔 웃음을 터트리자 찬연은 무안한 듯 고개를 돌렸다. 그리고 서둘러 욕실로 들어가는 그를 보며 설은 한참이나 웃었다. 조금 더 장난을 쳐 줄까, 생각하던 설은 곧 욕실 안에서 물소리가 들리자 걸음을 옮겨 거실로 향했다.

짐의 대부분이 책이었기에 때문에 넓은 공간이 필요했던 설은 보통 텔레비전을 설치할 곳에 책장을 짜 넣으리라 마음먹으며 준비해 온 줄자를 꺼내 들었다. 텔레비전이 꼭 거실에 있을 필요는 없으니까.

한참 혼자서 줄자와 끙끙 씨름을 하는 설을 찬연은 한심한 듯 보았다. 씻은 탓인지 그의 얼굴이 맑게 빛나고 있었다.

"뭐해?"

"응? 치수 재."

설은 바쁘다는 듯 손짓했고, 찬연은 한걸음에 다가와 그녀가 대충 책으로 눌러놓은 반대쪽 줄자를 잡으며 말했다.

"정확히 재야지. 가구 안 맞으면 어쩌려고."

"도와주게?"

"시간은 넉넉하니까."

찬연의 어깨가 으쓱하는 것을 보며 설은 작게 웃으며 고맙다고 말했다.

찬연이 한쪽 줄자를 잡아 주자 방금 전까지 버벅거렸던 일들이 단숨에 해결되었고, 노트에 꼼꼼하게 기록해 둔 숫자를 확인하며 설은 곧 만족하듯 웃었다.

찬연은 설의 이마에 땀이 송글송글 맺혀 있는 것을 보고 차가운 냉수 한 잔을 떠 와 그녀에게 내밀었다. 설은 시원하게 물을 마시며 만족한 듯 웃었다.

"차는 가져왔어?"

"아니, 안 가지고 왔어."

"시간 괜찮으면 데려다 줄게."

"정말? 약속이 서울에서 있는 거야?"

설의 물음에 찬연은 고개를 끄덕였다.

"다섯 시까진데 괜찮아?"

"응, 일곱 시 약속이니까."

가볍게 말한 찬연이 냉장고를 열며 말했다.

"도시락 괜찮아? 나 지금 밥 먹을 건데."

"응, 전에 같이 먹었던 그 도시락이라면 아주 좋아."

그녀가 해맑게 웃으며 의자를 빼내 앉자 찬연은 그녀의 앞에 도시락을 밀어 놓았다. 도시락 앞에는 저번과 마찬가지로 빛고을 마크가 찍혀 있었다. 하지만 내용물은 저번과 달랐다. 김치나 젓갈류를 제외하곤 모든 반찬은 새로운 것이었다. 오늘은 국도 있는 것인지 보온병에 든 국을 그릇에 덜어 그녀의 앞에 놓자 설은 놀란 듯 식탁을 보며 말했다.

"진수성찬이네? 도시락이 왜 이렇게 초호화야."

"특별히 주문한 거니까. 먹자."

뭐부터 먹을까 고민하던 설은 김이 모락모락 올라오는 국을 한입 떠먹으며 놀란 듯이 찬연을 보았다.

"와, 진짜 맛있다. 빛고을 주방장은 참 음식을 정갈하게 하네."

"동덕궁 수라간에서 오랫동안 일했던 상궁이 현재 주방 책임자로 있으니까."

"동덕궁? 궁 말이야?"

설의 물음에 찬연은 가볍게 고개를 끄덕였다. 고등교육까지는 한국에서 받았던 터라 그녀 또한 동덕궁을 잘 알고 있었다.

대한민국이 일본으로부터 독립하면서, 일본으로 망명 갔던 왕족을 데려와 그들의 새로운 삶의 터전으로 세운 동덕궁은 화려한 경복궁과는 달리 소박했다. 구색을 갖추긴 했지만 한 나라의 위엄과 권위의 상징인 궁이라고 하기엔 규모 면에서 너무 작았다. 그곳에서 순종의 아들 제28대 왕 신종(新宗)부터 시작해 제29대 왕 현종(玄宗)까지 머물렀다. 그리고 현재는 열 살의 어린 왕이 사람들의 발길이 끊어진 궁을 지키고 있었다.

설은 교과서에서 봤던 내용을 떠올리며 고개를 끄덕였다.

"그렇구나. 어쩐지 맛이 좋더라."

활짝 웃고 있는 설을 보던 찬연의 얼굴이 어두워졌다. 설은 그의 표정이 냉랭하게 굳어진 것도 모른 채 입 안에서 사르르 녹는 계란말이를 행복한 듯 음미하고 있었다.

찬연은 불쑥 설에게 손을 뻗어 그녀의 입술 언저리를 엄지손가락으로 쓸었다. 깜짝 놀란 설은 몸을 움찔 떨며 말했다.

"가, 갑자기······."

설은 갑작스러운 스킨십에 당황해 붉어진 얼굴로 말을 더듬었다. 그녀의 붉어진 얼굴에 찬연은 재미있다는 듯 미소 지으며 손가락에 붙어 있는 밥풀을 보여 주며 말했다.

"이거, 묻어 있어서."

턱을 괴며 말하는 그의 모습은 지나치게 퇴폐적이었다.

"그럼 말로 하면 되지!"

"글쎄. 깜짝 놀라는 얼굴이 보고 싶기도 하고."

미소 짓는 찬연의 얼굴에 설의 얼굴은 열이 올라 아픈 사람처럼 붉게 달아올랐다. 심장은 곧 터질 것처럼 부풀어 올랐다.

"어디에서 내려 주면 되지?"

막 운전석에 오른 찬연이 물어보자 설은 가방에서 명함 하나를 꺼내 주소를 보았다.

청담동에 위치한 고급 살롱. 명함만 봐도 이곳이 얼마나 고급스러운 곳인지 알 수 있었다. 눈이 부실 정도로 화려한 금박을 무거운 눈으로 보던 설이 깊은 한숨을 내쉬었다.

"청담동 쪽이야."

말을 마친 설은 창밖으로 고개를 돌렸다. 창가에 비친 그와 눈이 마주쳤다. 깊고 음울한 남자의 눈동자에 설의 몸이 움찔 떨렸다. 그는 아무 말 없이 무감각한 시선으로 그녀를 보고 있었다. 차갑고 냉한 눈빛에 설은 숨이 막힌 듯 입을 꾹 다물었고, 찬연은 천천히 손을 뻗어 설에게 몸을 밀착시켰다.

"아!"

놀란 설은 고개를 돌려 그를 올려다보았다. 어느새 가까이 다가온 그의 모습에 심장이 요동쳤다.

두근, 두근. 바로 코앞에서 느껴지는 찬연의 체향에 설은 눈을 질끈 감았다. 긴장감에 몸이 굳었다. 찬연은 안전벨트를 매 준 후 설의 얼굴을 보았다. 그녀는 얼굴이 구겨질 정도로 눈을 꼭 감고 있었다. 순간 그의 눈이 위험한 빛으로 빛났다.

눈을 떠 보지 않아도 따끔한 그의 시선이 느껴질 정도였다. 요동치는 심장은 제 속도를 찾을 줄 몰랐다. 한참이 지나서야 눈을 뜬 설의 시선과 날카로운 그의 시선이 얽혔다.

"이번에는 왜 아무 말도 없지?"

"뭐, 뭐가?"

"아까는 화를 냈잖아."

그의 물음에 설은 순간 말문이 막혀 입을 꾹 다물었다. 그의 시선을 한동안 마주하고 있던 설은 고개를 돌렸다. 긴장한 그녀의 시선이 사라진 자리에 하얀 목덜미가 자리 잡았다.

찬연은 말없이 그녀의 목덜미를 내려다보다가 천천히 고개를 숙였다. 그녀의 목덜미에 그의 호흡이 느껴질 정도로 가까워졌을 때, 아주 작은 목소리로 말했다.

"설아."

숨이 막혔다. 자신도 모르게 숨을 들이켠 설은 불안한 시선을 옮겼다. 그녀의 모습에 찬연은 다시 한 번 작은 목소리로 속삭였다.

"너무 긴장하지 마."

"아……."

고개를 든 찬연은 천천히 차를 출발시켰다.

숨 막히는 침묵이 흘렀다. 그 침묵 사이로 아프게 뛰어오는 심장 소리가 유독 크게 들렸다. 양손을 모아 심장을 꾹 누른 설은 애써 아무렇지도 않은 척 시선을 앞으로 돌렸다. 그의 시선에서 벗어나자 빠르게 뛰던 심장은 안정을 찾기 시작했다.

어색한 침묵이 차 안의 공기마저 무겁게 만들자 찬연은 손을 뻗어 오디오를 틀었다. 차 안에 곧 베토벤 운명 교향곡 제5번 1악장이 웅장히 울려 퍼졌다. 수만 개의 세포를 단번에 긴장시킬 정도로 웅장하고 화려한 오케스트라 연주에 맞춰 설의 심장이 또다시 빠르게 뛰기 시작한다. 다른 생각을 할 수 없을 정도로 아름다운 음악 때문인지, 아니면 갑자기 미친 듯이 뛰는 심장 때문인지 머리가 어지러웠다.

"클래식 좋아해?"

"클래식? 좋아하기는 한데……."

설은 그의 입가가 부드럽게 호를 그리는 것을 보며 입을 다물었다. 찬연은 여전히 전방에서 시선을 떼지 않은 채 말했다.

"그럼 다음에 같이 공연이나 보러 가자."

"무슨 공연?"

"세종 문화회관에서 뉴욕 필하모닉 공연이 있어."

그의 말에 설은 고개를 끄덕였다.

"응, 좋아."

"그럼 티켓 예약해 둘게."

대화는 아주 짧게 이어졌다가 곧 끊어졌다. 음악은 어느새 2악장으로 넘어갔고, 또다시 숨 막히는 침묵이 이어졌다.

어느새 청담역이 보이자 설은 안도의 한숨을 쉬며 말했다.

"역 앞에서 세워 줘."

그녀의 말에 찬연은 별말 없이 부드럽게 차를 세웠다.

설은 서둘러 안전벨트를 풀었다. 빨리 이 좁은 공간에서 벗어나고 싶었다. 차 안을 가득 메우는 향. 그가 뿜어내는 숨 막히는 분위기. 온몸의 세포를 긴장시키는 음악. 그 모든 것을 견딜 수 없다는 듯 설은 덜덜 떨리는 손을 애써 감췄다. 몇 번 헛손질 끝에 문을 연 설이 막 차에서 내리려고 할 때였다.

"그럼 조금 있다가 보자."

"응, 오빠. 조심히 가. 고마워."

그의 말뜻을 제대로 이해하지 못한 채 문을 닫고 차에서 내린 설은 멀어져 가는 찬연의 차를 보며 숨을 들이마셨다.

그가 앗아 갔던 호흡이 점차 돌아오기 시작했지만 여전히 긴장한 몸은 뻣뻣하게 굳어 있었다.

"어떻게 해……."

설은 여전히 덜덜 떨리는 몸을 주체하지 못해 자리에 주저앉았다. 이 심장의 떨림이 무엇 때문인지 잘 알고 있었지만, 설은 인정하고 싶지 않았다.

"오랜만에 만난 오빠가 너무 멋있어져서 그래. 그래서 떨리는 거야."

그래, 그래서 심장이 떨리는 거야. 그래서 사랑으로 착각하는 거야.

＊　＊　＊

대한호텔 2층 파티 홀 안에는 그랜드피아노와 현악 사 중주가 은은하게 울려 퍼지고 있었다. 넓은 홀에는 검은 슈트 차림의 남성들과 색색의 드레스를 입은 여성들이 짝을 이뤄 이야기를 나누고 있었고, 그들을 위해 준비된 화려한 색상의 음식과 곳곳에 놓여 있는 하얀 백합이 조화를 이루고 있었다.

누가 보아도 신경 써서 준비한 자리는 해우건설 50주년을 위해 준비된 뜻 깊은 자리였다. 해우건설은 대한그룹의 시초가 되는 회사로, 작년 대한그룹에서 독립해 건설 쪽에서는 적수가 없다고 할 정도로 엄청난 자금력을 가지고 있는 회사였다.

깔끔한 차림의 웨이트리스가 쉴 새 없이 홀을 누비며 사람들에게 칵테일과 샴페인을 나눠 주고 있었다. 잔이 빌 때쯤 새로운 잔을 건네며, 파티장의 분위기가 부드럽게 흘러가도록 각별히 주위를 기하며 수많은 잔을 안정적으로 나르고 있었다.

파티가 어느 정도 무르익을 때였다. 커다란 문이 열리더니 연분홍빛 칵테일 드레스를 입은 설과 푸른빛 슈트를 멋들어지게 입은 진성이 홀 안으로 들어섰다.

설은 파티장에 들어오자마자 자신에게 집중되는 시선에 마른침을 삼켰다.

파티는 일 때문에 참석한 적은 많았지만, 그건 모두 맨해튼에서의 일이었다. 한국에서는 파티에 참석한 적이 단 한 번도 없었고, 새로운 일을 경험한다는 것은 설로서도 꽤 긴장되는 일이었다.

설은 다른 사람들과 눈이 마주칠 때마다 일일이 고갯짓했다. 그들은 진성의 옆에 서 있는 설을 흥미롭게 보았고, 어떤 이들은 의아하게 보기도 했다.

정계를 주름잡는 최부식 의원의 차남. 최연소 국회의원.

모두들 탐내는 사윗감인 진성에게는 대외적으로나 혹은 증권가의 얘기로나 여자가 있다는 소문은 한 번도 돌지 않았기 때문이다.

흥미이든 호기심이든, 많은 이들의 시선이 자신에게 모이자 설은 애써 굳어지려는 얼굴을 숨기며 여유로운 미소를 지었다.

한참 무리를 이루고 이야기를 나누던 사람들이 하나둘 설과 진성의 주위로 모여들었다.

"이게 누구십니까? 최진성 의원 아니십니까."

"반갑습니다, 김 회장님."

"최부식 의원님 건강은 어떻습니까? 최근에 좋지 않다는 소식을 들었습니다."

드림기업 김조환 회장의 말에 진성의 얼굴이 굳어졌다. 부식의 건강에 대해 함구령을 내렸음에도 불구하고 그의 귀에까지 이야기가 들어갔나 보다. 순간 진성은 순진했던 자신의 생각을 속으로 비웃었다. 상류계가 원래 비밀이 없는 곳이지 않은가.

3, 4년 전부터 부쩍 좋지 않은 부식의 건강은 시간이 흐를수록 호전과 악화를 번갈아 가며 주위 사람들을 불안하게 하고 있었다. 진성은 애써 표정 관리를 하며 웃는 얼굴로 말했다.

"김 회장님 덕분에 지금은 건강하십니다."

"그거 다행입니다."

독사처럼 날카로운 눈빛에 진성은 신물이 올라올 것 같았다. 날카로운 김 회장의 시선이 진성의 옆에 있는 설에게 향했다. 그녀는 부드럽게 미소 띤 얼굴로 이야기를 경청하고 있었다.

"이 아름다운 숙녀분은 누구십니까?"

그의 물음에 진성은 설의 등에 팔을 두르며 답했다.

"제 약혼녀입니다. 올해 가을에 식을 올리기로 했습니다."

"하하, 이렇게 아름다운 여인을 차지하시다니! 축하드립니다!"

"감사합니다."

예의 바른 웃음과 함께 사업 이야기가 시작되었다.

따분한 사업 이야기가 시작되자, 설은 자신에게 눈짓하는 여인들을 따라 걸음을 옮겼다. 그들의 눈동자는 이제야 궁금증을 해결할 수 있다는 사실에 반짝 빛나고 있었다.

"안녕하세요, 반가워요. 성함이 어떻게 되시죠?"

설은 방금 전 김 회장의 옆에 서 있던 우아한 여성의 물음에 고개를 끄덕였다. 40대 중반쯤 되어 보이는 여인은 평소 관리를 잘 받아서인지 20대처럼 고운 피부를 자랑하고 있었다. 주름 하나 없는 얼굴을 보며 말했다.

"한설이라고 합니다."

"한설? 흐음, 어디서 들어 본 이름인데. 혹 최 의원님이 거두었다는 그 아가씨인가요?"

그녀는 재빨리 자신의 데이터에 있는 이야기 중 하나를 꺼내 말했다. 이젠 아득할 정도로 오래된 기억 한 자락에 그녀의 이름이 들어 있었다. 오래전 진성의 어머니인 김 여사와도 안면을 트고 지냈던 여인은 그때 설이라는 아이를 집으로 거둬들였다는 이야기를 들은 적이 있었다. 워낙 오래된 일이라 기억이 안 날 법도 하건만 늘 주위를 기울이는 최부식 의원의 집안 이야기인지라 기억해 내는 데 오랜 시간이 걸리지 않았다.

"네."

설의 말에 그녀의 주위에서 눈을 빛내고 있던 여성들의 표정이 한순간에 변했다.

"최 의원님은 속도 넓으셔. 어떻게……."

설의 맞은편에 있는 여성이 속마음을 툭 내뱉자 옆에 서 있는 여성이 그녀에게 눈치를 줬다. 서로 눈짓을 주고받는 둘의 모습을 보며 설은 쓰게 웃었다.

상류사회. 그 어느 곳이든 그들은 똑같은 룰 하나를 가지고 있었다. 그건 맨해튼 어퍼 이스트 사이드(upper east side)나 강남 청담동에 있는 사람들이나 마찬가지였다. 특권 의식을 가지고 있는 사람들. 이들은 평범한 사람들과 섞이기 싫어했고, 그들만의 세계를 만들어 그곳에서 벗어나지 않기 위해 아등바등 백조의 발짓을 했다.

돈을 더 내서라도 자신의 부와 권위를 내세우기를 원하는 그들은, 그들의 세계에 오리가 섞이길 원치 않았다. 그리고 지금 미운 오리는 한설이었다.

서로의 눈치를 보며 자신을 꺼려하는 부인들의 모습에 설은 애써 표정 관리를 했다. 이런 분위기쯤이야 약혼을 결심했을 때 이미 염두에 두고 있었다.

"그럼 ㄱ때부터 최 의원님 댁에서 지낸 건가요? 모임에선 한 번도 뵌 적이 없는데……."

"맨해튼에서 일을 했었습니다. 최근 한국에 귀국했고요."

"방금 최진성 의원이 말했던……?"

"네, 약혼식 때문에요."

"어머, 어머!"

"정말요? 식은 언제쯤……."

"가을쯤에 올릴 예정이에요."

한동안 자신에게 날아드는 질문에 성실히 답하며 고개를 끄덕이던 설은 곧 그랜드피아노 앞에 서는 해우건설 이 회장의 모습에 안도의 한숨을 내뱉었다. 잔뜩 날이 선 신경 때문일까, 머리가 지끈 아파 더 이상 이들과 말을 섞기가 힘들었기 때문이다.

마이크를 톡톡 두드린 노년의 신사는 사람들과 시선을 마주했다. 이젠 백발이 성성한 나이임에도 불구하고 노신사의 눈빛은 여전히 또렷했고, 자신감에 넘쳤다.

"해우건설 50주년 파티에 참여해 주신 신사, 숙녀 여러분, 정말 감사합니다. 해우건설이 반백 년이 넘는 이제껏 굳건히 있을 수 있었던 이유는 다 여러분 덕분입니다."

백발의 노신사가 제일 앞에 서 있는 사람들과 일일이 눈을 마주하며 말했다.

"여러분들에게 신세를 졌으니 그냥 넘어갈 수 있습니까? 은혜도 모르는 노인네는 꼬장꼬장하다는 소리만 듣지요. 그 소리가 듣기 싫어 오늘 거하게 자리를 마련했습니다."

조금 더 젊었던 시절 청년들을 위해 강의를 하러 다녔던 이력이 있어 그런지 그의 말솜씨는 화려하고 위트 있었다. 간간이 웃음이 터져 나오던 그때 이 회장은 바로 앞에 서 있는 남성을 보며 미소 지었다.

"오늘 여러분에게 소개시켜 드리고 싶은 분이 있어 늙은이가 주책맞게 나섰습니다."

이 회장의 손끝이 제일 앞에 서 있는 남자를 향했다. 몸에 딱 맞게 떨어지는 슈트를 입고 있는 남자는 창백하리만치 하얀 얼굴을 가진 미남이었다. 남자는 순간 자신을 향하는 시선에 이 회장을 보며 작게 고갯짓했다.

"박찬연 씨입니다. 해우건설이 홀로 우뚝 서게 도와주신 분입니다."

사람들은 찬연을 힐끗 보며 입을 가리고 속삭이기 시작했다. 여성은 그의 얼굴을 보며 얼굴을 붉혔고, 남성은 호의적인 시선으로 찬연에게 미소를 보내는 이 회장을 놀란 듯 보았다.

이 회장이 어떤 사람인가. 깐깐하기로 소문이 자자한 사람이었다. 더욱 대한그룹 공신 직원 중 한 명으로, 민 회장에게 신임을 얻고 있는 사람이었다. 그런 남자가 호의를 보이는 자였다. 그것도 이제껏 존재도 몰랐던.

설은 사람들의 시선을 한 몸에 받고 있는 찬연의 모습에 깜짝 놀라 몸이 굳었다.

"아…….."

"왜 그래?"

진성의 시선이 설에게 머물러 있다가 남자에게 옮겨졌다. 그의 눈이 틀리지 않았다면 갑자기 혜성처럼 상류사회에 등장한 저 젊고 잘생긴 남자의 시선은 줄곧 설에게 머물러 있었다.

"아는 사람이야?"

"아…… 조금요."

"조금?"

진성은 이해할 수 없다는 듯 설을 보았다. 해우건설을 대한그룹에서 독립시킬 정도로 엄청난 자금력을 가지고 있는 남자를 설이 알고 있다고? 맨해튼에서 알게 된 사이인가? 진성은 설과 찬연을 번갈아 보며 미간을 찌푸렸다. 힐끔 찬연을 보던 사람들은 그의 걸음이 설에게 향하자 놀란 듯 둘을 보았다.

"너도 오늘 이 파티에 참석하는 거였어?"

친숙하게 말을 거는 찬연을 보며 진성은 설에게 시선을 돌렸다. 그리고 곧 불안감에 얼굴이 굳었다. 공식적인 자리에서 늘 짓고 있던 미소는 어느새 사라진 뒤였다.

이 묘한 분위기는 뭐란 말인가. 둘 사이에 자신은 끼어들 수 없는 벽이 쳐져 있는 것만 같았다. 진성은 한 걸음 앞으로 나와 설을 자신의 뒤에 숨겼다. 그리고 찬연에게 악수를 건네며 말했다.

"최진성이라고 합니다. 처음 뵙겠습니다."

"박찬연이라고 합니다. 반갑습니다."

찬연은 뼈마디가 하얗게 질린 진성의 손을 보았다. 온몸으로 적개심을 내품는 그를 보며 그는 속으로 삭게 웃었다. 사내란 동물이 미움에 둔 여성을 눈앞에 뒀을 때, 상대 또한 만만치 않는 분위기를 풍길 때, 그 사내와 마음에 둔 여성의 분위기가 심상치 않을 때 어떻게 반응을 하는지 진성은 온몸으로 보여 주고 있었다.

검은 눈동자를 들어 진성을 보던 찬연은 미소 지었다. 찬연의 시선이 설에게 향하자 진성의 손에 더욱 힘이 가해졌다. 하지만 찬연은 단번에 그의 손을 털어 냈다.

설은 바닥을 향해 있던 시선을 들어 찬연과 눈을 마주쳤다. 그리고 애써 놀란 마음을 감추며 말했다.

"오빠도 파티에 참석하셨군요."

"음. 이 회장님이 꼭 와 달라 말씀하셔서. 이런 자리는 부담스러운데."

"이런 곳에서 보니 더 반갑네요."

설은 오전에 봤던 그의 모습을 떠올리며 말했다. 그때의 그는 무장해제 되어 가까이 다가갈 수 있었는데, 지금의 그는 이 자리에 있는 그 누구보다 어렵게 느껴졌다. 그래서 다가갈 수 없었고, 편안히 그를 대할 수가 없었다. 그와 헤어질 때 뿜어내던 것과는 달랐다. 그때의 그는 온몸의 세포를 긴장하게 만들었지만, 지금의 그는 범접할 수 없는 분위기를 품고 있었다.

진성은 부드러운 시선으로 눈을 맞추는 둘을 보며 이를 악물었다.

"제 약혼녀와 잘 아는 사이신가 봅니다."

날카로운 진성의 말에도 찬연은 표정 변화 하나 없었다. 여전히 그의 입술 끝에 자리 잡은 예의는 그대로였다.

"제가 탐내고 있는 인재입니다."

"인재?"

"네, 잘 아는 동생이기도 하고요. 잠시 설이와 이야기를 나눌 수 있을까요?"

진성은 찬연의 부탁을 거절하려는 듯 입술을 달싹였다. 하지만 곧 그에게 다가온 사내 때문에 고개를 끄덕일 수밖에 없었다. 다가오는 해우건설 이 회장을 보자 오늘 그가 이 자리에 꼭 참석해야 했던 이유가 떠올랐기 때문이다.

진성은 오늘 이곳에 온 이유가 따로 있었다. 아버지가 특별히 이 회장과 만나 자신의 이야기를 전하라고 했기 때문이다. 요즘 따라 통화가 잘 되지 않는다며 얼굴을 굳혔던 아버지를 떠올리며 진성은 몸을 돌려 이 회장과 손을 잡으며 말했다.

"이 회장님, 요즘 바쁘신가 봅니다."

"하하. 아무래도 요즘 해외 수주 건으로 눈코 뜰 새 없이 바쁘긴 하지. 최 의원님은 잘 지내시는가 모르겠네."

둘의 이야기가 시작되자 설과 찬연은 푸른색 커튼이 쳐져 있는 테라스로 나왔다. 무더운 여름이었지만 해를 집어삼킨 어둠으로 인해 선선한 바람이 불었다.

설은 힐끗 자신을 돌아보는 진성을 보며 깊은 한숨을 내쉬었다.

"약혼자는 내가 마음에 들지 않나 보네."

"그런 게 아니에요."

설의 말에 찬연은 깊은 어둠 속에서 반짝이는 별을 보며 말했다.

"갑자기 웬 존댓말?"

그의 말에 설의 고개가 퍼뜩 들렸다. 그녀의 시선은 단단한 찬연의 턱을 향해 있었다. 매끄러울 줄 알았던 그의 턱 선은 생각보다 단단했고, 날카로웠다.

그의 얼굴을 올려다보던 설은 꿈속에 있는 듯 멍한 얼굴로 중얼거렸다.

"낯설어서요."

"뭐가."

"이렇게 화려한 곳에서 오빠를 만나리라고는 생각하지 못했어요. 지금 오빠를 보니…… 어렸을 적 날 지켜 주던 찬연 오빠가 아닌 것 같아요."

지금 이 모든 것들이 꿈처럼 느껴졌다. 오늘 아침만 해도 가까이에 있다 생각했던 그가 사실은 허상인 것 같았다. 달빛에 비친 그의 얼굴은 자신의 생각에 확신을 주듯 몽환적이었다.

"그래서……."

설은 미처 말을 끝맺지 못하고 입을 다물었다. 하늘을 향해 있던 찬연의 시선이 그녀를 향했다. 위에서 아래로 내리쬐듯 바라보는 시선에 설의 몸이 움찔 떨렸다. 바람을 타고 그의 진한 체향이 자신의 몸에 머물렀다 이내 사라졌다.

"나도 네가 낯설어."

갑작스런 찬연의 말에 설은 무슨 소린지 모르겠다는 듯 눈을 동그랗게 떴다. 그녀의 표정에 찬연은 뒤로 한 걸음 물러서 그녀의 모습을 보았다.

"무척 아름다워. 내 주위에 있는 그 어떤 여자보다도."

"오, 오빠……."

"넌 어릴 적 함께한 동생이지. 하지만 오늘 네 모습을 보면 아닌 것 같아."

"……."

"지금의 넌 동생이 아니라고 말해. 내 속에서."

찬연의 말에 설은 크게 숨을 들이마셨다. 숨이 막혔다. 그와 청담동에서 헤어졌을 때처럼.

"그럼 지금의 넌 어떤 위치일까?"

그녀의 거친 숨소리에 찬연은 천천히 손을 뻗어 설의 볼을 감싸 쥐었다. 커다란 그의 손 밑에서 설은 유독 작아 보였다. 뽀얗고 하얀 얼굴을 보며 찬연은 천천히 고개를 내렸다. 그리고 곧 둘의 입술이 닿으려던 찰나 그의 시선이 흔들리는 그녀의 시선과 마주쳤다.

"가끔은 이러고 싶어져."

깊고 고요한 그의 눈동자와는 달리 설의 눈동자는 사시나무 떨리듯 흔들렸다. 속을 알 수 없을 정도로 까만 그의 눈동자를 마주하던 설은 거친 숨을 내뱉었다.

몸을 조금이라도 움직이면 그와 입술이 닿을 것만 같았다. 숨이 막히는 긴장감에 머리가 어지러웠다. 설은 고개를 숙여 그의 시선을 피했다. 그리고 가슴에 손을 얹고 그의 몸을 밀어냈다.

"이러지 말아요, 오빠. 저는……."

"알지, 잘난 약혼자가 있다는 것."

찬연은 그녀에게서 두 걸음 정도 물러서 파들파들 떨고 있는 설을 보았다. 그는 맛 좋은 먹잇감을 눈앞에 둔 맹수처럼 이를 세웠다. 당장이라도 그녀를 품에 끌어안고 거칠게 키스할 것처럼.

한동안 둘 사이에 무거운 침묵이 흘렀다. 그리고 그 침묵을 깬 것은 찬연이었다. 찬연은 어느새 느긋한 표정으로 돌아가 그녀에게 말했다.

"네 재능이 탐난다는 것은 거짓말이 아니야. 난 너의 능력을 알고 있어. 그리고 네가 하고 싶은 일을, 네가 가진 능력을 펼칠 수 있도록 도와줄 수 있어."

"어떻게 확신하세요?"

당신은 내가 어떤 재능을 가지고 있고, 나의 능력을 모두 알고 있다고 확신하나요? 설은 그렇게 물었다. 그녀의 물음에 찬연의 얼굴에 진한 미소가 걸렸다. 자신만만한 그의 모습에 설은 문득 윌 카터를 처음 만났던 그날을 떠올렸다.

"처음부터 당신이 만들어 갈 수 있어."

"네?"

"함께 고민하면서 같이 만들어 갈 생각이야. 당신의 손이 안 닿는 곳이 없을 정도로. 이 일을 당신이 사랑하게 만들어 줄 수 있어."

"……오빠."

"너의 재능? 능력? 일을 사랑하는 사람보다 무서운 재능을 가진 사람은 없어. 존 F 케네디 공항에서 봤던 네 모습. 그 모습을 보고 확신했어. 마치 사랑하는 연인을 두고 떠나는 모습 같았거든."

그의 말에 설은 고개를 들어 그의 눈동자를 보았다. 그의 얼굴에 미소가 머물러 있었다.

"그 모습, 참 예뻐 보였어."

"오빠……."

"이건 방금 내 감정은 배제된 이야기야. 널 여자가 아닌, 파트너로 곁에 두고 싶어."

고개를 든 찬연의 시선이 설 너머를 바라보았다.

"네 약혼자가 오네. 그럼 연락 기다릴게."

테라스를 빠져나간 찬연은 자신의 곁을 지나는 진성을 보며 눈을 내리깔았다.

진성은 뒤돌아서 있는 설과 홀을 빠져나가는 찬연의 뒷모습을 번갈아 보았다. 그리고 빠른 걸음으로 설의 앞에 섰다.

설의 시선은 앞을 향해 있었다. 굳어 있는 설의 표정에 진성은 손을 뻗어 그녀의 시선이 자신에게 닿도록 했다.

"무슨 생각을 그렇게 해?"

"아……."

설은 자신이 다가오는 것도 모르고 있었던 것 같았다. 그와 어떤 이야기를 나눴던 걸까. 박찬연 그 남자랑.

진성은 여전히 멍한 시선으로 자신을 올려다보는 설을 향해 말했다.

"어떤 사이인지 확실하게 물어도 될까?"

"……."

"약혼자로서."

설의 입이 꾹 닫혔다. 진성에게 말 못 해 줄 것도 없다. 그가 약혼자로서 묻는다 해도 마찬가지였다. 하지만 이 순간 망설여지는 이유는 왜

일까.

설은 문뜩 든 그 의문을 서둘러 털어 냈다.

"어렸을 때 만났었어요."

"어렸을 때? 초등학교나 중학교 때? 아님 조금 더 지나서? 하지만 난 네게 박찬연이란 이름을 들어 본 적이 없어."

진성의 말에 설은 가볍게 고개를 저었다.

"아니요. 오빠한테 말한 적 있어요."

진성의 한쪽 눈썹이 하늘로 치켜 올라갔다. 그리고 자신의 기억 중 박찬연이란 이름을 꺼내 보려 애썼지만 쉽지 않았다. 혼란스러워하는 그의 얼굴을 보며 설은 미소 지었다. 그리고 아주 예전, 이제는 까마득한 기억 속에 있는 그날의 일을 떠올렸다.

"처음 제가 오빠 집으로 갔던 날 기억해요?"

"물론 기억하지. 너에 관한 건 하나도 빠짐없이 모두 기억해."

"여섯 살 때 최 의원님 댁에 갔던 그날 말이에요. 비가 참 많이 내렸었잖아요. 처음 성처럼 커다란 집에 갔을 때 참 무서웠어요. 그리고 밤마다 그 이름을 불렀어요. 찬연 오빠, 찬연 오빠."

설의 말이 이어질수록 진성의 얼굴에 놀란 기색이 역력했다. 그리고 노란색 원피스를 입고 집으로 들어오던 여섯 살 어린 설을 떠올렸다.

"그때의 기억은 대부분 희미해졌는데, 찬연 오빠에 대한 것은 다 기억이 나요. 생각해 보면 그 시절의 난 힘들 때마다 찬연 오빠를 부르며 울곤 했거든요. 부모님이 갑자기 교통사고로 돌아가시고 난 후 날 지켜 주던 사람이 박찬연. 방금 전 오빠가 보았던 그 사람이에요."

"어, 어떻게 다시……."

밤마다 자신의 방에서 엉엉 울며 찬연의 이름을 불렀었다. 엄마나 아빠를 부르는 것이 아닌, 찬연이란 이름을 외치며 악을 쓰는 어린 설에게 그가 물었다.

박찬연이 누구야? 그렇게 물으면 설의 대답은 망설임이 없었다. 내 백마 탄 왕자님.

"이번에 새빛 고아원에 갔을 때 우연히 만났어요. 그리고 함께 일하자고 제의받았고."

"그래서? 그래서 어떻게 할 건데?"

진성의 물음에 설은 입을 꾹 다물었다. 그리고 그의 얼굴에 머물렀던 시선을 저 멀리 야경으로 옮겼다.

"고민돼요. 아니, 고민했었어요."

잠시 생각에 잠겼던 설은 방금 전 그가 말했던 한마디를 떠올렸다.

내가 가진 재능을 펼칠 수 있도록 도와주겠다.

그 말이 비수처럼 가슴에 꽂혔다.

"함께 일하고 싶어요."

"설아!"

진성의 외침에도 이미 결심을 굳혔는지 설의 표정은 변함이 없었다. 그녀는 자신의 결정이 옳은 결정인지 스스로에게 물었다.

넌 그에게 흔들리지 않을 자신 있니?

그녀에겐 진성이 있었다. 그리고 그의 곁에 있기로 결심했다. 하지만 찬연은 쉴 새 없이 자신의 마음을 뒤흔들었다.

그의 곁에서 일을 하는 것이 옳은 결정일까? 그 잘난 남자의 곁에 있으면서 빠져들지 않을 자신 있니?

설은 명확히 답을 내릴 수 없었다. 하지만 그녀의 결심은 흔들리지 않았다.

"난 반대야. 그 사람 없이도……."

진성은 그녀를 말리고 싶었다. 그가 어릴 적 고아원에서 같이 큰 사람이라 하더라도 가슴 한 켠에 자리 잡은 불안을 무시할 수 없었다.

"제가 그 사람과 같이 일하고 싶어요. 그 사람 곁이라면 나 한국에서의 생활이 허무하지 않을 것 같아요."

"어떻게 그렇게 확신하니?"

그의 물음에 설은 잠시 망설인 후 천천히 자신이 내린 결론을 이야기했다.

"내가 하고 있는 일을 사랑하게 만들어 주겠다고 했어요."

윌 카터가 그녀를 처음 보았을 때 했던 말.

일을 정말 사랑하는군요.

내가 하고 있는 일에 허무함을 느끼지 않게, 사랑할 수 있게 만들어 주겠다는 그의 말에 설의 결심은 굳어졌다.

"설아, 다시 한 번 생각해 봐, 응?"

"아니요, 오빠. 제 마음은 변하지 않을 거예요. 오빠, 걱정하지 말아요."

"……."

"나 오빠 곁 안 떠나. 알잖아요? 내 인생에 남잔 오빠뿐이었어요."

설은 말을 마치며 희미하게 웃었다. 그녀의 말에도 진성의 불안은 사라지지 않았다.

"나중에…… 아주 나중에……."

진성은 잠시 뜸을 들이며 입술을 깨물었다. 설은 의아하다는 듯 그를 올려다보았고, 그는 무거운 시선으로 그녀를 보았다.

"네가 그 말을 후회하는 날이 오지 않았으면 좋겠다."

❋　❋　❋

어두운 공간 안. 찬연은 무거운 시선으로 창밖을 바라보고 있었다. 집 안은 달빛만이 시야를 밝혀 주고 있었다. 팔짱을 낀 채 움직임 없는 시선으로 푸르른 잔디를 보던 그의 시선이 테이블로 향했다. 테이블에는 그의 휴대전화가 놓여 있었다.

연락이 늦어지고 있었다. 자꾸 조급증이 드는 마음을 애써 억누른 찬연의 시선이 막 휴대전화에서 떨어질 때였다. 커다란 액정이 빛나더니 화면 위로 설이란 글자가 깜빡였다. 그는 아주 느릿한 걸음으로 테이블로 향했다. 그리고 휴대전화를 2초 정도 응시했고, 그 후에 전화를 받았다. 설은 그가 전화를 받았다는 것을 알고 있음에도 한동안 말이 없었다.

약간의 침묵이 흘렀고, 먼저 깬 것은 설이었다.

—내일 찾아뵐게요. 사무실로 가면 될까요?

"마음의 결정은 내렸어?"

—네.

"좋아. 몇 시쯤 올 거니?"

—11시까지 찾아뵐게요. 괜찮을까요?

"그래, 기다릴게."

통화는 아주 짧았다. 하지만 그는 설에게서 받아 내리던 답을 모두 들었다. 휴대전화를 테이블 위에 올려 둔 찬연은 방금 전까지 그가 서 있던 곳으로 다시 걸음을 옮겼다. 마을은 조용했다. 찬연은 한동안 그 자리에서 서서 집 주위를 두르고 있는 높은 담을 보았다.

설은 그녀가 약속한 대로 다음 날 오전 11시쯤 사무실에 도착했다. 현관문을 열어 준 찬연은 먼저 사무실로 들어가 소파에 앉았고, 설은 으레 그녀가 앉던 자리에 앉았다.

설은 앙증맞은 리본이 달려 있는 하얀색 셔츠와 검은 치마를 입고 있었는데, 누가 봐도 면접을 보러 온 사람처럼 보였다.

찬연은 테이블 위에 올려져 있는 이력서를 보며 깨알같이 적힌 작은 글자를 읽어 내렸다.

이력서에는 누가 봐도 입이 떡 벌어질 정도로 화려한 스펙으로 가득했다. 미국에서도 손꼽히는 대학에서 학업을 마쳤고, 그 후에는 맨해튼에서 손꼽히는 금융회사에서 제1비서로 일했다. 그녀가 구사할 수 있는 외국어는 영어를 비롯해 중국어, 일본어, 불어, 한국어 총 5개 국어였고, 컴퓨터 워드 작업과 관련해 자격증도 여럿이었다.

"훌륭하네."

"아시고 같이 일하자고 하신 거 아니에요?"

"계속 말은 높일 건가? 어색한데."

"앞으로 제 상사가 되실 건데 예전처럼 쉽게 부를 수야 없죠."

말을 마친 후 설은 사무적인 미소를 지었다. 그녀의 말에 찬연은 고개를 끄덕였다. 굳이 그녀가 공과 사를 구분하겠다는데 말릴 필요는 없었다.

한참 이력서를 보던 찬연은 건조한 눈으로 설을 응시했다. 차가운 시선에도 설은 당황한 기색 하나 없이 그를 똑바로 바라보았다. 그녀의 기백이 마음에 든 듯 찬연의 입술 끝이 위로 향했다.

깍지 낀 손으로 턱을 괸 찬연은 비어 있는 희망 연봉란을 곁눈질하며 말했다.

"한 곳이 비어져 있네. 다 채워서 왔으면 좋았을 텐데."

"상호 합의해야 할 문제니까요."

"넌 왜 내 밑에서 일할 결심을 했지?"

설은 잠시 그의 의중을 살피려는 듯 입을 다물었다. 하지만 그의 표정에서는 아무것도 읽을 수가 없었다.

흔들림 없이 찬연을 보던 설의 시선이 아래로 향했다. 그리고 기재되어 있지 않은 연봉란을 보며 말했다.

"좋은 상사가 되어 주시리라 생각했습니다."

"……"

"절 소모품으로 사용하지 않으리란 확신도 들었고요. 전 제가 존경할 수 있는 상사 밑에서 일할 수 있기를 원합니다. 저의 능력을 적합한 곳에 사용할 수 있는 기업을 원했습니다. 어떤 직원이 와도 대체할 수 있는 곳에서 일하고 싶지 않았고, 커다란 기업체를 지탱하는 톱니바퀴는 되고 싶지 않았습니다."

설의 이야기를 듣던 찬연은 몸을 일으켰다. 그리고 책상 한쪽에 놓여 있던 검은색 펜을 꺼내 설에게 내밀었다.

"네가 받고 싶은 만큼 적어."

"네?"

설이 깜짝 놀라 그를 올려보자 찬연은 부드럽게 미소 지으며 말했다.

"네 칭찬에 몸 둘 바를 몰라서 말이야. 하지만 적는 금액만큼 각오는 해야 할 거야."

그의 말에 고민하는 얼굴로 이력서를 보던 설은 예전 회사에서 받았던 연봉을 그대로 기재했다.

빈칸 없이 채워진 이력서를 확인한 찬연은 그녀에게 손을 내밀었다.

"앞으로 잘 부탁한다."

"저야말로 잘 부탁드립니다."

설은 그의 손을 잡고 천천히 흔들었다. 마주 잡은 그의 두 번째 손가락 첫 번째 뼈마디에 잡혀 있는 굳은살을 의외라 생각하며 설은 한동안 그의 얼굴을 올려다보았다.

3.
어느 날 갑자기 심장이 말했다

설은 말끔하게 정리된 집 안을 둘러보았다. 포장이사를 불러서 그런 지 이사를 위해 그녀가 해야 할 일은 딱히 없었다. 집 안 곳곳을 둘러보며 순식간에 자리 잡은 자신의 짐들을 살펴보았다. 어디 부서진 곳 없나, 망가진 것은 없나 보던 설은 창틀에 등을 기대고 삭막한 마당을 보았다.

어제만 해도 이곳은 찬연의 물건으로 가득 차 있었다. 많은 사람들이 오고 가고, 그의 짐이 빠져나간 자리에 자신의 것들이 놓였지만, 집 안 가득한 그의 향은 여전했다.

멍한 시선으로 마당을 보던 설은 대문을 열고 들어오는 찬연의 모습에 서둘러 몸을 일으켜 세웠다.

어느새 그는 설이 있는 곳으로 다가와 들고 있던 종이가방을 창틀에 올려놓았다.

"어쩐 일이세요?"

"열쇠도 줄 겸, 이사도 축하해 줄 겸. 겸사겸사."

찬연의 말에 설은 그가 내려놓은 종이가방을 보았다. 종이가방 겉에는 역시나 빛고을 마크가 찍혀 있었다.

"이건 뭐예요?"

"이사한 날은 역시나 자장면이지."

한식당에서 자장면을 판다는 이야기는 들어 본 적이 없었다. 설은 종이가방 안을 열어 보았다. 그의 말대로 자장면이 포장되어 있었다. 면과 소스가 따로 담겨 있는 음식을 보며 설은 놀란 듯 찬연을 보았다.

"어? 진짜 자장면이네요? 빛고을에서 자장면도 팔아요?"

"특별히 나한테만. 들어가도 될까?"

찬연의 말에 설은 잠시 자신의 차림을 내려 보다 고개를 끄덕였다.

현관문으로 향하는 찬연의 뒷모습 보며 설은 서둘러 현관문을 열어 주었다. 팔짱을 끼고 있던 찬연은 무심한 눈길로 그녀의 모습을 훑어보았다. 하늘색 나시와 짧은 핫팬츠를 입고 있는 그녀는 맨발이었다. 검은색 매니큐어가 발려 있는 발톱을 내려 보던 찬연의 시선이 다시 그녀의 얼굴로 향했다. 하얀 얼굴을 보던 찬연은 자연스레 묶어 올린 머리카락을 보며 말했다.

"어려 보이네."

"칭찬으로 들어도 되죠?"

"물론이지."

집 안으로 들어선 찬연은 익숙하게 거실로 향했다. 천천히 달라진 내부를 훑어보던 그는 부산스럽게 움직이는 설을 향해 걸음을 옮겼다.

"출근은 다음 주부터. 필요한 것들이 있으면 미리 말을 해."

"필요한 것들이요?"

"아주 다양하겠지."

"아직은 딱히 없어요. 출근은 9시까지죠?"

"9시 30분."

"네, 알겠습니다. 사무실과 집이 가까워서 좋네요."

설은 노란 그릇에 담긴 자장면을 찬연의 앞에 밀어 놓으며 말했다. 사무실과 집 사이의 거리가 걸어서 채 10분도 걸리지 않으니 참 좋았다. 끔찍했던 서울의 도로 상황을 생각해 보면 그런 마음은 더욱 확고해졌다. 이 집에 이사 오기로 결정한 날 출퇴근이 가장 마음에 걸렸던 설은 그의 밑에서 일하기로 한 것을 다행이라 생각하며 젓가락질을 시작했다

설이 맛있게 음식을 먹는 것을 보며 찬연은 턱을 괴었다. 그리고 그녀의 몸짓을 눈으로 훑으며 말했다.

"커서 널 이렇게 만나게 될 줄은 꿈에도 몰랐다."

"저도 그래요. 다시는 못 만날 줄 알았거든요."

설은 방금 전까지만 해도 어색한 웃음을 띠고 있던 얼굴을 부드럽게 풀며 말했다.

"예전에요, 그거 기억나세요?"

"뭘?"

"새빛 고아원 뒤에 있는 기도회 동산이요. 거기서 몰래 숨어서 울고 있었는데 오빠가 절 찾았잖아요. 점심때 받은 간식까지 주고. 어린 마음에 그게 얼마나 좋던지…… 아직도 기억이 생생해요."

"그러고 보면 난 그때 제대로 간식을 먹은 기억이 없군."

그의 말에 설은 작게 웃음을 티트렸다. 그의 밑에서 일하기로 결정하고 난 후 그를 사적으로 대하는 것은 되도록 피하려고 했지만, 옛이야기에 어느새 그를 친근하게 대하고 있었다.

"여섯 살 때의 일인데 왜 이렇게 생생하게 기억나나 몰라요. 학창 시절의 일들은 가물가물한데 말이에요. 오빠와의 일은 무엇 하나 빠트리

지 않고 다 기억해요. 매일 오빠가 등교할 때 방 안에서 울곤 했던 일. 가지 말라고 떼쓰고 어리광 부렸던 일. 내가 좋아하는 반찬을 오빠가 식판 위에 올려 줬던 일. 매일 부모님 이름을 부르며 우는 날 재워 줬던 일. 하나도 빠짐없이 다."

"그러고 보니 우린 같이 동침한 사이네."

"네?"

찬연의 입꼬리가 장난스레 하늘로 올라갔다. 그의 얼굴을 멍하니 보던 설은 평소답지 않게 장난을 걸어오는 그의 모습에 환하게 웃었다.

"오빠! 누가 들으면 오해하겠어요!"

"오해하라지?"

"아이, 참!"

찬연은 해맑게 웃는 설의 얼굴을 보며 미소 지었다. 그의 미소에 설의 얼굴이 붉어졌다. 그리고 고개가 아래로 떨어졌다. 위험신호가 그녀의 머릿속에서 윙윙 울리고 있었다.

두근. 두근.

아니, 심장에서.

"설아."

찬연은 조용한 어조로 그녀를 불렀다. 거부할 수 없는 목소리에 설은 고개를 들었다. 그리고 그와 시선을 맞춘 그녀는 숨을 크게 들이마셨다. 그의 깊은 눈동자가 그녀의 숨소리를 앗아 갔다.

"앞으로 잘 부탁한다."

❆　❆　❆

아침 일찍 눈을 뜬 설은 서둘러 샤워실로 향했다. 아직은 낯선 집이었지만, 자신의 물건으로 가득 찬 곳에서 익숙하게 샤워를 했고, 드라이기로 머리까지 꼼꼼히 말렸다.

머리는 깔끔하게 묶어 올렸고, 색조 화장은 최대한 자제했다. 아이라인을 그리고 마스카라로 꼼꼼하게 속눈썹까지 올린 설은 만족스러운 듯 거울을 보았다.

미리 골라 둔 파란색 셔츠와 핏이 들어간 무릎길이의 검정 치마를 입은 설은 서둘러 가방을 들고 밖으로 나왔다. 첫 출근인 만큼 조금 일찍 사무실로 가기 위해서였다.

"일찍 왔군."

"첫날이니까요."

찬연은 여느 때와 마찬가지로 화려한 컬러 대신 블랙 일색인 옷을 입고 설을 맞이했다. 전에 왔을 때만 해도 커다란 책상 하나 놓여 있던 사무실엔 그녀의 자리까지 마련되어 있었고, 실내화 또한 손님용이 아닌 그녀의 것이 따로 놓여 있었다.

사무실 안 여기저기 그녀가 알아야 할 것들을 꼼꼼히 알려 준 찬연은 작은 캘린더를 그녀에게 건네며 말했다.

"이때까지 미팅이 잡혀 있던 것들이야. 어제부로 미술품 관련된 투자 건은 모두 끝이 났고, 결과만 기다리면 되는 상태야."

"신경 써야 하는 것들은요?"

설은 빼곡한 스케줄을 확인했다. 그가 맨해튼에서 귀국할 당시만 해도 1분 단위로 움직이던 스케줄은 저번 주부터 뚝 끊겨 있었다. 참 한가로운 사람이라고 느낄 새도 없이 찬연은 의자에 등을 편안히 기대며 말했다.

"다음 주부터는 많은 사람들이 연락해 올 거야."

"어디에서요?"

설의 말에 찬연은 차갑게 웃었다. 오싹할 정도로 한기가 느껴지는 얼굴이었다.

"글쎄. 그건 두고 보면 알겠지."

그의 표정에 설은 그저 고개를 끄덕이는 것으로 답을 대신했다. 그가 말했던 것처럼 두고 보면 알 일이었다.

"연락 오는 건 연결하지 말고 목록으로 정리해서 보고서로 올려. 이번 주까지는 스케줄이 가득차서 곤란하다고 말하고, 다음 주까지 연락 주겠다고 말해."

"네, 알겠습니다."

"매주 아침 주식, 경매, 금, 다이아몬드 시세, 기업 동향 정리해서 올리고, 일본, 중국까지 정리해서 올려 줘."

"네. 더 체크해야 할 건 없나요?"

"그래."

말을 마친 찬연이 개인적으로 사용하고 있는 2층으로 올라가자 설은 캘린더에 적혀 있는 몇 안 되는 스케줄을 다이어리에 옮겨 적었다. 이미 투자가 끝난 건까지 색색의 볼펜으로 표시해 두었다. 각 종목별로 꼼꼼히 정리한 설은 다이어리를 덮으며 자리에 일어났다. 찬연은 어느새 자신의 자리에 앉아 노트북 화면을 보고 있었다.

"1시에 있는 빛고을 미팅 건 때문에 지금 나가 보셔야 할 것 같습니다."

설의 말에 찬연은 힐끗 시계를 보았다. 어느새 11시 30분이었다. 고개를 끄덕이며 자리에서 일어난 찬연은 외투와 가방을 챙겨 들고 사무실을 나섰다. 설 또한 그의 뒤를 따랐다.

"어서 오세요."

고운 개량한복을 차려입은 여성이 입구에서 고개를 꾸벅 숙였다. 찬연은 익숙한 듯 홀을 지나 매니저에게 다가갔고, 그를 알아본 매니저가 활짝 웃으며 말했다.

"박 사장님, 왜 이렇게 오랜만이세요!"

"늘 도시락으로 먹고 있는걸."

"그래도 직접 오시는 건 참 오랜만이잖아요. 이러다 얼굴 잊겠어요."

자연스럽게 이야기를 나누는 두 사람을 보며 설은 한 발자국 물러섰다. 유독 반가워하는 매니저와, 평소와는 달리 편안한 미소를 짓고 있는 찬연의 모습은 이질적이었다. 둘은 손님과 가게 종업원 사이라고 하기에는 지나치게 친숙해 보였다.

설은 매니저와 이야기를 나누며 홀 안으로 걸음을 옮기는 그를 따라 움직였다.

세 번째 방에 멈춰 선 찬연은 그녀에게 눈짓했고, 설은 방 안으로 사라지는 찬연의 뒷모습에 고개를 숙였다. 약간 열린 틈으로 보이는 붉은 입술의 여자를 본 설은 눈을 감았다.

그녀와는 벌써 세 번째 만남이었다. 공항에서 그를 마중 나온 모습 한 번, 그의 사무실에서 나오던 모습 한 번, 그리고 오늘. 여자는 늘 고혹적인 붉은 입술과 파티에 참석해도 될 만큼 완벽하게 치장하고 있었고, 그 모습은 그녀의 나이를 가늠할 수 없게 만들었다.

문이 닫히는 소리가 들리자 설은 고개를 들었다. 방 안에서 둘이 어떠한 이야기를 나누는지, 어떠한 모습으로 있는지 전혀 알 수가 없었다. 갑자기 속이 쓰렸다.

찬연은 오색 비단 방석 위에 앉았다. 말없이 자리에 앉아 물을 한 모금 들이켜는 그의 모습을 보며 리는 미소 지었다.

"파티 소감은?"

리의 물음에 찬연은 해우건설 50주년 파티를 떠올리며 고개를 끄덕였다. 소감이라고 할 것까지도 없었다.

"별다를 것 없었습니다."

"허영심에 찬 고상한 양반들이 당신을 어떻게 대했을지 눈에 선한데?"

"그게 무슨 말씀이십니까?"

찬연의 말에 리는 콧방귀를 뀌며 말했다.

"혜성처럼 등장한 당신을 보고 떠들썩했겠지. 나도 그 자리에 있어야 했는데, 아깝다."

"별로 특별할 건 없었습니다."

"어머? 그 양반들 속은 다 꿰뚫고 있으면서 그런 말이 나와? 어쩔 때 보면 참 뻔뻔하단 말이야."

장난스럽게 말을 넘긴 리는 곧 무심한 눈길로 물을 마시는 찬연을 보며 시시하다는 듯 고개를 팩하니 돌렸다. 마치 토라진 연인처럼 콧방귀를 뀌는 리에게 찬연은 손도 대지 않은 음식을 보며 말했다.

"식사는 안 하셨습니까?"

찬연의 말에 리는 작게 고개를 끄덕이며 말했다.

"난 한식이랑은 영 맞지 않아. 한국 사람이라고 하더라도 말이야."

리는 재일교포였다. 일본에서 나고 자란 그녀는 한국 국적을 가진 한국 사람임에도 불구하고 한국 문화에는 문외한이나 다름이 없었다.

찬연은 커다란 테이블 한 켠에 붙어 있는 벨을 눌렀다. 그러자 곧 종업원이 문을 열고 안으로 들어왔고, 찬연은 특별히 그들에게 초밥이나 회 종류를 부탁했다. 평소 메뉴에 있는 것만 내놓는, 한식에 대한 자부심이 대단한 빛고을은 찬연의 무리한 부탁에도 곧 싱싱한 도미회를 들였고, 그제야 리는 젓가락을 들었다. 한동안 음식을 먹던 두 사람은 어느 정도 그릇이 비었을 때야 입을 열었다.

"일은 다 정리되셨습니까?"

찬연의 말에 리는 가방에서 USB 하나를 꺼내 그의 앞으로 내밀었다. 리는 찬연의 의중을 읽으려는 듯 그의 얼굴을 보았다. 하지만 무심한 그의 표정에선 아무런 감정도 읽어 낼 수 없었다. 그는 USB를 가방에 넣으며 말했다.

"현찰을 준비해 주십시오."

"드디어 때가 된 거야?"

찬연은 가볍게 고개를 끄덕였다. 오랫동안 준비해 왔던 계획을 드디어 실행할 때가 왔다는 그의 말에 리는 검은색 매니큐어가 잘 칠해진 손톱으로 턱을 긁으며 말했다.

"얼마나?"

"금액은 클수록 좋습니다. 큰 딜일수록 일은 빨라지니까요."

찬연의 말에 리는 가타부타 말도 없이 고개를 끄덕였다. 그리고 무심한 눈으로 자신을 보고 있는 찬연의 시선에 히죽 웃었다.

처음 찬연을 봤던 날이 떠올랐다. 상처받은 늑대처럼 이를 세우던 그를 본 리는 첫눈에 그가 마음에 들었었다. 자신의 주위에 들끓었던 미친개와 그는 격이 달랐다.

지독히 독선적이고, 자신의 계획을 위해서라면 그 어떠한 일에도 냉철할 수 있는 사람. 그리고 그녀와 같은 목적을 가지고 있는 사람.

그녀는 자신의 능력 한해서 최대한 그를 도와주었다. 그것은 돈, 인맥, 그에게 새로운 이름으로 살 수 있는 기반을 마련해 주는 것까지 아주 다양했다.

"대한그룹 은행 거래를 막아 주십시오."

"알았어. 더 부탁할건?"

"일은 최대한 신속하게 처리해 주십시오."

"오케이. 접수했어."

이야기를 끝마친 리는 자리에서 일어났다. 그리고 아직 밥이 조금 남은 그릇을 보며 미소 지었다.

"천천히 먹고 나와. 여기 음식 아니면 아직도 입에 못 대지?"

그녀의 말에 찬연은 작게 고개를 끄덕였다. 잠시 그를 안쓰러운 눈으로 바라보던 리는 그의 곁으로 와 무릎을 세우고 앉았다. 치마가 올라가 검은색 레이스가 달린 속옷이 드러났지만 그들 중 누구 하나 신경 쓰지 않았다.

리는 그의 매끄러운 피부를 손끝으로 쓸어내리며 말했다.

"네가 원하는 것이 무엇이든 모두 들어줄 용의가 있어. 하지만 찬연."

"……."

"네가 모든 것을 이루고 난 후에 넌 내게 약속했던 것들을 이행해야 해."

그의 얼굴을 쓰다듬던 손이 아래로 향했다. 은근한 목소리로 속삭이던 리는 그의 귓가에 좀 더 가까이 다가가 말했다. 숨소리 하나까지 모두 들을 수 있는 거리였다.

"알지? 난 손해 보는 장사 따윈 안 해. 그게 돈 장사든 사람 장사든."

활짝 미소 지은 리가 자리에서 일어나 방을 나섰다.

은밀한 거래를 하는 사람들을 위해 특별히 마련된 다섯 개의 룸 앞에는 모두 방 안의 주인을 기다리는 자들이 지키고 서 있었다. 막 힐을 꿰어 신은 후 고개를 든 리는 무표정한 얼굴을 한 설을 향해 미소 지었다.

리는 그녀에게 다가갔다. 또각, 또각, 대리석 바닥과 굽이 부딪히는 소음이 커다랗게 느껴질 정도로 복도는 조용했다.

작은 클러치 백에서 명함을 꺼낸 리가 설에게 내밀자, 그녀는 잠시 뜻 모를 얼굴로 명함을 내려다보았다. 받으라는 듯 명함 끝이 팔락이자 설은 선명하게 적혀 있는 글자를 읽으며 명함을 받아 들었다.

Kr 캐피탈 대표 이은주.

명함을 읽어 내린 설은 고개를 들어 리와 시선을 맞췄다.

"주인 관리 잘해."

"그게 무슨 말씀이시죠?"

설의 말에 리는 곱게 칠해진 입술 끝을 비틀며 말했다.

"언젠간 나에게 연락할 날이 올 거야."

"……."

"모든 진실을 알고 싶을 때, 그때 찾아와."

말을 마친 리는 뒤도 돌아보지 않고 복도를 걸어 나갔고, 그 뒤를 커다란 덩치의 사내가 따랐다. 리의 모습이 사라질 때까지 설은 그녀에게서 시선을 떼지 않았다. 그리고 곧 문이 열리고 찬연이 나오자 서둘러 명함을 다이어리 안에 끼워 넣었다.

＊　＊　＊

칠흑 같은 어둠이 내려앉은 방. 천장에 뚫려 있는 창에서는 빗물이 쉼 없이 부딪혔다 아래로 주르륵 흘러내리고 있었다. 끙, 끙, 앓는 소리가 방 안에 누군가 있음을 알렸다. 인기척을 낸 이는 침대에 누워 연신 몸을 뒤척이고 있었다. 얼굴은 끔찍한 악몽이라도 꾸는 듯 구겨져 있었다.

"으!"

남자가 옅게 신음을 흘렸다. 괴로운 듯 찌푸려진 얼굴 위에서는 밖에서 쏟아지는 비만큼이나 많은 양의 땀이 흘러내렸고, 곧 시트를 축축하게 적셨다.

"아아……."

남자의 입에서 또 한 번 신음이 터져 나왔다.

그는 홀로 방 안에서 추운 듯 떨며 몸을 잔뜩 웅크렸다. 남자의 볼 위로 땀인지 눈물인지 모를 액체가 타고 흘렀다.

괴로움에 눈을 뜬 남자는 멍하니 천장을 올려다보았다.

"아프다……."

아득한 정신을 겨우 붙잡던 남자는 빗방울을 바라보았다.

그의 아픔을 보살펴 줄 사람은 이 세상엔 없었다. 끔찍한 고통도, 얼어 죽을 듯 차가운 몸을 녹여 줄 사람도.

한참 눈을 깜빡이던 찬연은 천천히 눈을 감았다.

서둘러 긴 밤이 지나가길 바라며. 고통스러운 이 순간이 지나가길 바라며.

장마가 시작되고, 비는 쉼 없이 내렸다. 설은 아침이 됐는데도 컴컴한 하늘을 올려다보며 검은색 우산을 폈다. 구두 안으로 빗물이 들어오자 찝찝함에 걸음은 더욱 빨라졌다. 늘 그랬던 것처럼 사무실 앞에 도착한 설은 벨을 눌렀다. 하지만 안에서 아무런 반응이 없자 고개를 기울였다. 집과 공용으로 쓰고 있었기 때문에 찬연은 늘 사무실에 있었다. 그리고 그녀가 출근을 할 때면 늘 완벽한 모습으로 그녀를 맞이하곤 했다.

설은 오늘 그의 스케줄을 머릿속으로 떠올려 보았다. 하지만 리와의 만남으로 더 이상 스케줄이 없었던 찬연은 사무실에 있어야 했다.

잠시 외출이라도 했나?

설은 그에게서 받은 열쇠로 대문을 열고 안으로 들어갔고, 현관문 역시 비밀번호 여섯 자리를 누르고 안으로 들어섰다.

자리에 가방을 내려놓은 설은 늘 그랬던 것처럼 커피를 내린 후 창문을 열어 환기시켰다. 비를 가득 머금은 창밖을 보던 설은 인기척이 나는 곳으로 고개를 돌렸다.

찬연이 개인적으로 사용하는 2층에서 부스럭거리는 소리가 들리자 설은 위층과 연결된 계단을 올랐다. 나무로 만들어진 계단이 삐그덕 소리를 내자 설은 발끝에 힘을 주어 소리를 죽였다. 마침내 2층에 올라선 설은 침대 위에 볼록 솟은 이불을 보며 멈칫거렸다. 찬연이 이불을 머리끝까지 뒤집어쓴 채 몸을 뒤척이고 있었다.

"사장님?"

그녀는 작은 목소리로 찬연을 불렀다. 그가 자고 있는 모습은 처음 보았다. 평소 맞춰진 시간에 정확히 움직이는 그를 보았을 때 늦잠이란 생각할 수도 없는 일이었다. 더욱 사소한 소리에도 반응하곤 했던 그를 떠올리며 설은 의아한 듯 고개를 기울였다.

"사장님?"

머리끝까지 올려져 있던 이불을 천천히 내리자 곧 찬연의 얼굴이 드러났다.

"아!"

놀란 설은 비명을 질렀다. 그의 얼굴은 사정없이 구겨져 있었다. 세수를 했다고 믿을 정도로 얼굴엔 땀이 가득했고, 허리 밑으로 손을 넣자 침대 시트 또한 축축하게 젖어 있었다. 설은 그의 몸을 흔들며 말했다.

"사장님, 일어나 보세요. 사장님?"

설의 말에도 찬연은 반응이 없었다. 다만 그의 미간에 잡혀 있는 주름이 더욱 깊어졌을 뿐이다.

병원에 연락을 해야 하는 걸까, 생각하던 설은 서랍장을 뒤지기 시작했다. 비상 상비약과 체온계를 찾은 설은 그의 귓구멍에 체온계를 넣었다.

37.8도. 생각보다 높은 수치였지만 다행히 병원에 갈 정도는 아니었다. 설은 또다시 그의 몸을 흔들었다.

"사장님, 일어나 보세요."

"음."

정신이 돌아온 것인지 찬연이 작게 신음을 내뱉으며 게슴츠레 눈을 떴다.

"한설……?"

"정신이 드세요?"

그의 검은 눈동자가 이렇게 반가웠던 적은 처음이었다. 설은 그의 몸을 살짝 일으켜 약과 물을 내밀었고, 찬연은 다행히 약을 먹고 다시 제자리에 누웠다. 머리가 아픈 것인지 인상을 찌푸리는 그를 보며 설은 재빨리 말했다.

"열이 꽤 높으세요. 한숨 주무시고 계시면 죽을 준비할게요. 옷은 우선 갈아입으시는 게 좋겠습니다."

축축하게 젖은 그의 옷을 보며 설이 말했다. 하지만 찬연은 작게 고개를 저으며 투덜거렸다.

"아파."

"병원으로 끌려가기 싫으시면 꼭 갈아입으시는 게 좋을 거예요."

"알았어, 갈아입으면 되잖아."

그의 말에 다시 한 번 당부의 말을 잊지 않은 설은 아래층으로 향했다. 곧 위에서 부스럭거리는 소리가 들렸다. 옷을 갈아입는 것인지 소리는 한동안 계속되었고, 곧 그가 다시 침대에 눕는 소리가 들렸다.

설은 냉장고를 열어 안을 보았다. 안에는 빛고을 마크가 찍혀 있는 도시락만 가득할 뿐 그 흔한 푸른 채소 하나 보이지 않았고, 서랍장 역시 쌀 한 톨 보이지 않았다.

"정말 심플하네."

그가 직접 요리하는 모습은 상상이 되지 않았지만, 그래도 사람이 사는 집의 냉장고라고 하기엔 지나친 감이 없지 않아 있었다.

그에게 도시락을 먹일 수 없었던 설은 서둘러 지갑을 들고 근처 편의점으로 향했다. 신선한 야채를 사고 싶었지만, 슈퍼까지는 거리가 꽤 됐기에 한 개에 세 알이 들어 있는 계란과 햇반, 그리고 소금과 참기름을 사 들고 다시 사무실로 돌아왔다.

작은 냄비에 물을 끓인 설은 사 온 재료를 한꺼번에 냄비 안으로 쏟아 넣었고, 곧 계란죽은 노란빛을 띠며 고소한 냄새를 풍기기 시작했다. 설은 보기 좋은 그릇에 음식을 담고 수저통에서 숟가락을 꺼냈다. 꽤 묵직했다.

종종걸음으로 2층으로 올라간 설은 곤히 잠든 그를 흔들어 깨웠다.

"사장님, 일어나 보세요."

찬연은 힘겹게 눈꺼풀을 들어 올렸다. 설은 찬연의 몸을 일으킨 후 그의 허리에 베개를 받쳐 그가 편히 기대앉을 수 있도록 도왔다.

"뭐야?"

가뭄에 땅이 갈라지듯 그의 목소리가 쩍쩍 갈라졌다. 그의 목소리에 얼굴을 찌푸린 설은 물컵을 그에게 내밀며 말했다.

"뭐라도 좀 드시는 게 좋겠어요."

설의 말에 찬연은 죽을 내려다보았다. 뜸을 들이듯 한동안 그릇을 내려 보던 찬연은 곧 시선을 돌려 그녀의 얼굴을 보았다. 뭔가 살펴보듯, 그녀의 의중을 파악하려는 듯 시선엔 날이 서 있었다.

"당신이 한 거야?"

"물론이죠."

찬연은 볼품없는 계란죽을 내려다보더니 잠시 뜸을 들였다. 그리고 곧 수저를 들어 조심스럽게 한 스푼 떠먹었다.

"삼킬 만하세요?"

꺼끌꺼끌한 목 때문에 음식을 삼키는 것이 쉽지 않았지만, 찬연은 고개를 끄덕인 후 음식을 집어삼켰다. 계속된 수저질로 어느새 숟가락 끝이 계란의 산 성분 때문에 점점 검정색으로 변하고 있었다.

"은수저를 쓰시네요?"

흔히 예식 때 혼수로 받는 은수저긴 했지만, 집에서 그 수저를 직접 쓰는 것은 보질 못했다. 설이 이상한 듯 고개를 기울이자 찬연은 가볍게 고개를 끄덕이는 것으로 답을 대신했다.

"맛있네."

"계란 맛밖에 느껴지지 않으실 텐데요?"

"누군가 나만을 위해서 음식을 해 준 경우는 없었거든. 참 맛있다."

그의 말에 설은 작게 미소 지으며 말했다.

"그럼 다음에 또 해 드릴게요. 대신 빨리 나으시면요."

찬연은 작게 고개를 끄덕이며 빈 그릇을 그녀에게 내밀었다. 다시 침대에 누운 찬연은 앓는 소리를 내며 말했다.

"그럼 난 이제 쉬어도 되겠지?"

"네, 그럼 아래에 내려가 있을게요. 필요하신 일 있으면 부르세요."

그녀의 말이 채 끝나기도 전에 찬연은 또다시 깊은 잠에 빠져들었다. 약 기운이 도는 것인지 정신이 몽롱하기만 했다.

1층으로 내려온 설은 다이어리를 펼쳐 들었다. 다이어리 안에는 리에게 받은 명함이 꽂혀 있었다. 설은 멍한 시선으로 명함을 보았다.

'모든 진실을 알고 싶을 때, 그때 찾아와.'

그 말이 명치끝에 걸려 내려가지 않고 있었다. 모든 진실. 내가 알고 싶은 진실이 뭘까.

설은 한동안 명함에서 시선을 떼지 못했다.

설은 하얀색 수건에 물을 적셔 연신 그의 얼굴을 닦아 주고 있었다. 몸은 만지면 뜨겁다 느낄 정도로 열이 오른 상태였고, 머리가 아픈지 그는 까무룩 잠에 들어 있는 와중에도 미간을 찌푸리고 있었다.

그녀는 구겨진 그의 미간을 손가락으로 어루만져 준 후 찬연의 얼굴을 보았다.

"참 잘생겼네."

그녀가 작게 읊조렸다. 괴로운 듯 찌푸려져 있는 이 와중에도 참 잘생긴 얼굴이었다. 어느 여자든 한 번 보면 되돌아볼 만큼 매혹적인 사람.

설은 한참이나 턱을 괴고 남자의 얼굴을 보았다.

창백할 정도로 하얀 얼굴도 보았고, 굳게 닫혀 있는 눈꺼풀 밑으로 긴 속눈썹도 보았다. 그 끝을 손가락으로 톡 건드려 보던 설의 얼굴에 미소가 머물렀다. 그리고 손가락을 옮겨 날카로운 콧날을 살짝 어루만졌다.

"오빠, 정체가 뭐예요……?"

그녀는 리의 말을 떠올렸다. 모든 진실을 알고 싶을 때 찾아와라. 그 말인즉 그에겐 그녀가 알지 못하는 비밀이 있다는 것이었다. 그의 표정은 늘 가면을 쓴 것처럼 무덤덤해 생각을 알 수가 없었고, 말 또한 툭툭 내뱉는 것 같아도 자신의 본심은 결코 이야기하지 않았다.

가면 속의 남자……. 그래, 그는 마치 가면을 쓰고 있는 것 같았다. 그 가면 뒤에 그는 어떠한 비밀을 감추고, 자신의 본심을 숨기고 있는지 몰랐다.

어느새 평안한 얼굴로 잠들어 있는 찬연을 보던 설은 그의 이마에 손을 얹어 보았다. 방금 전까지만 해도 뜨거웠던 이마는 그녀의 손보다 차갑게 식어 있었다.

이불을 그의 목까지 덮어 준 설은 커다란 손이 손목을 붙잡자 화들짝 놀라 그를 보았다. 찬연은 한쪽 눈꺼풀만 겨우 들어 올리며 말했다.

"어디 가?"

"아…… 정리를 좀……."

설은 옆에 늘어놓았던 세숫대야와 젖은 수건을 곁눈질하며 말했다.

어색한 설의 눈빛을 보던 찬연은 한쪽 입꼬리를 올리며 웃었다.

"춥다."

"보일러 틀어 드릴까요?"

"같이 자자."

찬연의 말에 설은 숨을 크게 들이마셨다. 진지한 그의 얼굴을 보자 설은 숨 쉬는 것도 잊은 채 놀란 눈으로 그를 보았다.

"왜 싫어?"

"사, 사장님⋯⋯."

설의 목소리가 떨렸다. 단단히 자신을 붙잡는 그의 손길을 털어 낼 생각도 못 한 채 한참 그를 보던 설은 곧 그의 얼굴 위로 피어나는 장난기를 발견하곤 그의 손을 털어 냈다. 그리고 입술을 뾰족하게 내밀며 말했다.

"장난하시는 거 보니 살 만하신가 봐요?"

"너무 추워."

"이불 꼭 덥고 자세요. 에어컨은 껐어요."

차갑게 내뱉은 설이 뒤돌아서자, 찬연은 또다시 손을 뻗어 그녀의 팔목을 붙잡아 자신의 품으로 끌어당겼다. 몸을 동그랗게 만 찬연은 그 속에 설을 가뒀다.

갑작스런 스킨십에 놀란 설은 눈을 깜빡였다. 그의 체취가 온몸 가득 배어들었다.

"사, 사장님⋯⋯."

"이만 퇴근한 걸로."

"네?"

"지금부터는 사장님 아니라고. 오빠야."

찬연은 그녀를 품 안으로 끌어당기며 속삭이듯 중얼거렸다. 잠투정이 가득한 목소리에 설은 그의 품에서 벗어나려 몸을 비틀었다. 두근거리는 심장을 그에게 들킬 것만 같았다.

"아이, 참!"

그녀의 가슴 밑에서 깍지를 낀 그의 손에 힘이 가득 들어갔다. 아무리 몸을 비틀어도 그의 품에서 벗어나지 못한 설은 이내 포기한 듯 몸에 힘을 풀었다. 곧 그녀의 어깨로 고개를 묻은 찬연은 나지막하게 중얼거렸다.

"움직이지 마. 나 아파."

"아픈 사람치고는 힘이 장사네요."

"음."

"풀어 달라니까요?"

그녀의 목소리가 날카로워지자 찬연은 그녀의 어깨에 얼굴을 비볐다. 괜히 약한 모습을 보이는 찬연을 보자 설은 문득 예전의 일이 떠올랐다.

"그러고 보니 오빠, 기억나요?"

"으음?"

"나 엄청 아팠을 때…… 그때 내가 오빠 방에 몰래 들어갔었잖아요. 그때 새벽에 몰래 찾아온 날 밤새도록 토닥이면서 우리 설이 아프지 마라, 아프지 마라, 해 줬던 일."

"……그랬던가."

찬연은 기억이 안 난다고 말했지만, 그녀는 그날의 일을 똑똑히 기억하고 있었다. 어린 나이었지만 부모님이 갑자기 돌아가시고 고아원으로 오게 된 설은 스트레스 때문에 감기몸살이 났다. 그날 설은 좁은 방 안에 혼자 있는 것이 너무 싫고 무서워 찬연의 방으로 몰래 숨어들었었다. 그리고 밤새 그의 조심스러운 토닥임을 느끼며 잠들었었다.

참 따뜻했었다. 여섯 살짜리 어린 여자아이가 안정감을 느낄 정도로. 하지만 지금 그의 품은 그녀를 안절부절못하게 만들었다.

"그때 빚 갚아."

말을 마친 찬연은 그녀의 몸을 틀었다. 그의 날카로운 턱 선을 올려다보던 설은 그의 품에 안긴 자세가 어색한지 더듬으며 말했다.

"그런 법이 어디 있어요?"

"이자까지 쳐서 갚아."

찬연은 설의 작은 손을 끌어 자신의 허리에 올려놓았다. 그녀는 얇은 티셔츠 밑으로 느껴지는 그의 뜨거운 몸에 눈을 감았다. 정수리 위에서 거친 숨소리가 들리자 설은 깊은 한숨을 내쉬었다.

그녀는 조심스럽게 찬연의 등에 팔을 두른 후, 땀으로 젖어 있는 그의 등을 조심스럽게 토닥였다. 그녀의 손이 넓은 등에 닿았다 떨어지길 반복하자 굳어 있던 그의 몸이 느른해졌다. 한참이나 그를 토닥여 주던 설은 고른 숨소리에 살짝 몸을 일으키며 말했다.

"오빠…… 자요?"

"……."

"자는구나."

미동 없이 고른 숨을 내뱉는 찬연의 얼굴을 가만히 내려다보던 설은 다시 그의 품속에 몸을 묻었다. 그의 넓은 가슴에 귀를 기울이며 평온하게 뛰는 심장 소리에 설은 입술을 악물었다.

심장은 미친 듯이 뛰었고, 호흡까지 앗아 갈 정도로 긴장이 되었다. 하지만 그와는 반대로 어렸을 적 그의 품을 추억하듯 편안함도 느껴졌다. 그 어느 누구에게도 느껴보지 못했던…….

"오늘만이야."

"……."

"정말 오늘만이에요. 이 품에서 쉬는 건."

묘한 감정들이 뒤섞여 그녀의 가슴에 깊은 낙인을 새겼다.

타닥, 타닥. 빗방울 떨어지는 소리에 찬연은 잠에서 깨어났다. 뻑뻑해진 눈을 깜빡이던 그는 자신의 품속에서 잠들어 있는 설을 내려다보았다. 고른 숨소리를 내뱉고 있는 설은 깊이 잠들었는지 그의 뒤척임에도 눈을 꼭 감고 있었다.

그녀의 모습이 비친 깊은 눈동자가 순간 차가워졌다. 미동도 없이 그녀를 내려다보는 그의 모습은 한기가 느껴질 정도였다.

한동안 움직임 없이 그녀를 내려다보던 찬연은 천천히 몸을 일으켰다. 무거웠던 몸이 한결 가벼워져 있었다.

1층으로 내려온 그는 어두워진 창밖을 내다보았다. 창문을 타고 빠른 속도로 빗방울이 흘러내려, 작은 냇가라고 착각이 들 정도였다.

찬연은 망설임 없이 창문을 열었다. 그리고 창틀에 엉덩이를 걸치고 앉아 무심한 눈길로 마당을 보았다. 이미 비가 꽤 내린 것인지 잔디를 가로지르는 돌길 위로 물이 차오를 정도로 온 세상이 흠뻑 젖어 있었다.

신경을 찌르는 날카로운 빗소리에 그의 눈빛이 차가워졌다. 여름의 더위를 식혀 주는 비가 반갑지 않은 듯 보였다.

"그래서 그랬군."

찬연은 짧게 말을 내뱉으며 창밖으로 손을 뻗었다. 손가락 끝에 닿는 시원함에 눈을 감았다. 왜 갑자기 신경이 날카로워지고, 몸살이 났나 생각해 보니 어제부터 지금까지 계속 비가 내려서였다. 2년 동안 지독하리만큼 앞만 보고 준비해 온 일 때문에 신경을 쓰느라 그런 건 줄 알았더니, 매년 이맘때면 찾아오는 굵은 빗줄기 때문이었다.

창밖으로 뻗은 손을 타고 빗줄기가 아래로 후두둑 떨어져 내렸다. 어느새 뻗고 있던 왼팔이 덜덜 떨리기 시작했다. 문득 2년 전 그날이 떠올랐다.

얼룩진 피. 끔찍한 왼팔의 고통. 자신의 이름으로 떠난 남자.

많은 것들이 떠올랐지만 찬연의 얼굴에선 감정의 동요는 보이지 않았다.

"추워요?"

언제 깬 것일까. 어느새 찬연의 뒤로 다가온 설이 그의 왼손을 꼭 잡으며 말했다. 순간 얼음장처럼 차가웠던 그의 몸에 따뜻한 온기가 돌았다.

"아니."

"그런데 왜 이렇게 떨어요?"

그녀는 단순한 궁금증 때문에 그렇게 물었으리라. 곁에서 보기에도 그의 왼팔은 심하게 떨리고 있었다.

2년 전 그날의 지독한 추위가 떠올랐다. 추웠다. 끔찍했던 고통이 떠올라 온몸이 떨렸다. 하지만 그녀에게는 할 수 없는 이야기.

찬연은 창밖으로 내밀어져 있는 손을 거두려 했다. 이 이상 감상에 빠져 감정을 드러내기 싫었기 때문이다. 하지만 다급히 그의 팔을 붙잡는 설의 행동에 팔을 거두지 못했다.

그녀는 이제야 그의 왼팔에 나 있는 깊은 상처를 발견했다. 팔뚝에서 팔꿈치 밑까지 길게 나 있는 상처는 척 보기에도 오래된 것처럼 보였고, 다칠 당시 심각했던 상황을 떠오르게 만들었다.

"다쳤었어요?"

"2년 전에."

"어쩌다가요?"

"이맘때쯤 교통사고를 당했지."

그의 말에 설의 눈살이 찌푸려졌다. 그의 상처를 손끝으로 어루만지며 안타까운 목소리로 말했다.

"많이 아팠겠다……."

마치 제가 다친 듯 그녀의 목소리가 더욱 아프게 들렸다. 그녀의 목소리에 찬연은 시선을 돌려 그녀를 올려다보았다. 아침까지만 해도 깔끔하게 묶어 올렸던 머리카락은 풀어져 있었고, 빳빳하게 다림질이 잘 되어 있던 셔츠도 구겨져 있었다.

그녀의 모습을 무심한 눈으로 내려 보던 찬연은 아무렇지도 않은 듯 말했다.

"아니."

자신의 상처를 보던 찬연은 설의 손에서 팔을 빼려 했다. 하지만 설은 그의 팔을 놓아주지 않았다.

"아프지 마세요."

"……."

"난 오빠가 아프지 않았으면 좋겠어요. 왜 그럴까요?"

설은 그렇게 되물었다. 그녀 자신도 이해가 되지 않는다는 것처럼. 하지만 맑은 그녀의 얼굴은 이미 모든 답을 내린 듯 보였다.

알고 있으면서도 모른 척.

"그냥…… 내가 아픈 것보다 오빠가 아픈 게 더 슬플 것 같아요."

그녀의 말이 끝나자 찬연은 팔을 빼내어 아래로 내렸다. 주먹을 꽉 쥐어 보지만 완벽하게 쥐어지지 않았다. 그날의 아픔을 떠오르자 상처 가 난 곳이 아팠다.

찬연은 무거운 시선으로 설을 올려다보았다. 그의 음습한 시선에 방 금 전까지만 해도 눈물을 머금고 있던 설의 눈동자가 흔들렸다. 잔잔한 호수에 던져진 작은 돌처럼, 처음에는 작았던 파동이 점점 커져 그녀의 심정을 고스란히 드러내고 있었다.

"처음이자 마지막으로 말하는 거야."

"뭘요?"

"좋아해."

짧은 그의 한마디에 설은 숨을 들이켰다. 그리고 피했던 시선을 들어 그를 보았다. 그는 언제나 그랬던 것처럼 속을 알 수 없는 얼굴로 그녀를 올려다보고 있었다.

"오빠?"

설은 믿기지 않은 듯 그렇게 말했다. 네, 아니오, 가 아닌 다시 되묻는 말. 그녀의 질문에 찬연은 좀 더 단호한 목소리로 말했다.

"사랑해."

그의 말에 설은 잊고 있던 숨을 내뱉었다. 갑자기 호흡이 가빠졌다. 그녀는 불안한 시선을 옮기며 변명하듯 말했다.

"하지만 내 곁에는……."

"네게 약혼자가 있다는 것 알아. 하지만 그걸 물어본 게 아니야. 네 마음을 물어본 거지."

그의 말에 설은 숨을 들이켰다. 위험하게 빛나는 그의 눈빛에 그녀의 눈동자가 흔들렸다. 찬연은 그녀의 목을 끌어와 입술에 입을 맞췄다. 짧은 입맞춤이었지만 그 느낌이 너무도 강렬해 설은 아무 말도 할 수가 없었다.

찬연은 무거운 눈으로 그녀를 올려다보았다. 그리고 손을 뻗어 설의 허리를 끌어당겼다. 차가운 손으로 그녀의 양 볼을 잡은 찬연은 고개를 들어 그녀의 입술을 머금었다. 그녀의 뜨거운 입술을 빨아들여 단숨에 입속으로 말캉한 혀를 집어넣었다. 둘의 타액이 섞였고, 혀가 얽혔다. 찬연은 집어삼킬 듯 그녀의 아랫입술을 입 안에 머금고 이로 잘근 깨물었다.

"앗!"

갑작스러운 스킨십에 놀라 정신을 놓고 있던 설은 그제야 정신이 돌아온 것인지 몸을 비틀어 그의 손길에서 빠져나왔다. 호흡이 가빠 목소리가 제대로 나오지 않았다.

"이러지 마세요, 오빠."

거부의 말에도 찬연은 자신의 타액으로 번들거리는 그녀의 입술을 닦아 주며 말했다.

"네가 누구의 여자로 살든 상관 안 해. 내가 원하는 건 한설, 널 내 곁에 두는 것뿐이야."

그의 독선적인 말에 설은 단호하게 고개를 저었다.

"진성 오빠를 배신할 수 없어요. 그를 떠날 수가 없어요, 난."

그녀의 말을 듣고 있던 찬연은 자리에서 일어났다. 무거운 시선으로 그녀를 내려다보던 그가 단호한 목소리로 말했다.

"……그 사람이, 그 사랑이 널 상처 입히고 아프게 한다고 하더라도?"

그의 말에 설은 얼굴을 굳혔다. 속을 알 수 없는 미묘한 눈빛으로 찬연을 올려다보던 설은 천천히 손을 들어 그의 뺨을 부드럽게 쓸어내렸다. 손끝에 닿는 그의 체온은 서늘했다. 그 때문일까. 그녀의 몸이 오싹함에 떨렸다.

촉촉이 젖은 시선으로 찬연을 보던 설은 곧 희미하게 미소 지으며 말했다.

"네."

"그 남자는 너를 아프게 할 거야. 너를 상처 입힐 거야."

알 수 없는 그의 말에 설은 고개를 저었다.

"비록 진성 오빠가 날 아프게 하고, 상처 입힌다고 해도…… 괜찮아요."

그의 얼굴이 구겨지는 것을 보며 설은 크게 숨을 들이켰다. 그의 마음을 거절해야 하는 순간, 왜 자신의 가슴이 이렇게 아파 오는지 그녀는 알고 있었다.

"아파도 견딜 수 있을 것 같아요. 하지만……."

"……."

"오빠가 날 상처 입히면 더 아플 것 같아요."

진성이 주는 아픔보다 그가 주는 아픔을 더욱 견디기 힘들 것이다.

"오빠랑 같이 있을 때면 가슴이 콕콕 아파요. 권위적일 만큼 날카로운 눈동자에, 무겁게 닫혀 있는 입술에, 내 마음을 흔드는 오빠 때문에 저도 알 수 없는 죄책감에 휘말리곤 해요."

그녀 또한 그와 같은 마음이었으니까.

"하지만 난 오빠의 옆에 여자로 서고 싶은 마음은 없어요. 그냥 지금이 좋아요. 내 어린 시절을 함께 공유한 오빠. 나의 백마 탄 왕자님이었던 오빠. 나의 능력을 알아주는 오빠."

"……."

"여기까지만 할래요."

"설아."

찬연은 손을 뻗어 그녀의 머리카락을 쓸어내리려 했다. 하지만 피해 버리는 그녀 때문에 손은 미처 그녀의 머리카락에 닿지 못하고 허공에 멈췄다. 단호하게 거절하는 그녀를 보며 찬연의 표정은 싸늘하게 굳었다.

"좋은 상사가 되어 주세요. 시간이 늦었어요. 전 이만 갈게요."

설은 몸을 돌려 사무실을 빠져나갔다. 그녀에게서 시선을 떼지 않던 찬연은 표정을 굳혔다.

알 수 없는 죄책감. 그 감정의 이유를…….

"너도 알고 있고, 나도 알고 있어."

그는 한참 그녀가 사라진 자리를 보고 있었다.

❋　❋　❋

대한그룹 민 회장은 올라온 보고서를 보며 얼굴을 붉혔다. 그리고 결국 화를 주체하지 못해 엔틱 책상을 주먹으로 내려쳤다. 분노한 그를 보며 비서와 동식이 놀라 몸을 움찔 떨었다.

"그래가…… 지금 차동식 니가 하는 말은 은행권 대출이 막혔단 말이가?"

"네, 그렇습니다. 주요 은행 다섯 곳은 더 이상의 대출이 어렵다고……."

"어음이 한꺼번에 들어오고, 증권가엔 대한그룹 자금 소식이 돌면서 주식이 폭락하고 있단 말이제?"

"네, 개미들이 많은 동요를 보이고 있습니다."

민 회장의 말에 동식은 표정을 굳히며 고개를 끄덕였다. 민 회장은 화가 치밀어 오르자 깊게 호흡을 내뱉었다. 화를 낸다고 해서 일이 해결되지는 않는다. 화를 내고 닦달한다 하더라도 멍청한 직원의 머리가 좋아지진 않는다. 지금은 화를 낼 때가 아닌 해결책을 강구할 때였다.

민 회장이 생각에 잠긴 듯 동식의 얼굴을 올려다보았다. 대한그룹 계열사 중 하나인 대한전자에서부터 30년 동안 자신의 곁에 있던 놈이었다. 오랫동안 옆에 뒀던 동식이 마땅치 않은 일을 할 때도 참아 넘겼었다. 이놈의 능력이나 사람 됨됨이, 혹은 사람 간에 생기는 정 때문이 아니었다.

이놈은 자신의 눈빛만 봐도 원하는 바를 안다. 일일이 지시를 내려야 한다는 것이 흠이었지만 한 번 맡긴 일은 더러운 수를 쓰더라도 처리하는 놈이었다. 부식과 동식을 저울질해 보면 독사 같은 부식보단 머리가 나쁜 동식이 은밀한 일에는 더 적합했다. 하지만 나이가 들고 체력이 떨어지며 더 이상 쓸모가 없어진 건 아닐까 곰곰이 생각했다.

민 회장이 자신을 무거운 시선으로 올려다보자 동식은 몸을 움찔 떨었다.

"동식아."

"네, 회장님."

민 회장은 입술을 비틀며 말했다.

"니 요즘 일 많제?"

"네, 네?"

"이제 쉴 때가 됐다는 말이다. 퇴직금은 두둑히 챙겨 줄꾸마."

"회장님! 아닙니다!"

동식이 급히 외쳤다. 하지만 그의 간절한 목소리에도 민 회장은 여유로운 목소리로 말했다.

"그럼 마지막 기회를 주까?"

오늘따라 민 회장의 경상도 억양이 더욱 강하게 느껴졌다.

그의 아버지 민강국이 일본 앞잡이들에게 빌붙어 사업체를 일으켜 세웠고, 이를 더욱 크게 만든 것은 민희락이었다. 업계에서 불도저로 불리던 민 회장은 건설을 시작해서 전자, 백화점, 유통업, 중공업, 신문사, 문화매체까지 다양한 곳에 문어발식으로 사업을 확장하며 덩치를 불려 갔다.

대한민국 최고의 그룹으로 승승장구하던 대한그룹이 흔들리기 시작한 것은 2년 전부터였다. 대한그룹 중 가장 핵심이라고 불리던 전자, 중공업, 신문사를 시작으로 작년엔 결국 해우건설까지 독립시켜야 했다. 가족까지 모두 합해 최대주주였던 민 회장은 이젠 경영권을 방어할 수 없을 정도로 많은 주식을 정리해야 했다.

누군가가 있었다. 이 모든 일을 뒤에서 조종하고, 대한그룹 전체를 흔드는. 대한그룹을 흔들 정도면 적은 금액이 아닐 텐데, 그 정도의 자금력을 가진 사람은 대한민국에 없었다.

누굴까, 민 회장은 날카로운 눈으로 동식을 보았다. 그는 온몸을 부들부들 떨며 민 회장을 보고 있었다.

"동식아, 우리 한번 잘 생각해 보제이. 지금 말이다. 내 자리가 아주 위태롭다. 이게 말이제, 한 2년 전부터 시작된 것 같은데 내가 아무리 생각해 봐도 그게 누군지 알 수가 없다. 왜냐? 대한민국에는 나보다 부자가 없거든. 내 자리를 흔들 정도로 돈 많은 놈이 대한민국에는 없다 이 말이다. 그렇다고 코쟁이나 쪽바리냐. 그것도 아니다. 그놈들은 대한그룹이 무너지면 같이 골치 아프거든."

"네, 그렇습니다. 저도 알아보긴 했지만 쉽게……."

민 회장은 동식의 말을 중간에 끊으며 말했다.

"우리나라에 나 다음으로 부자가 누구고?"

"자금력으로 말씀이십니까?"

"그래, 아무래도 주식 가꼬 장난칠라면 현금이 많아야겠제?"

"해우건설 이 회장님이십니다."

동식의 말에 민 회장은 고개를 끄덕이며 허허 웃었다.

"니가 아직은 머리가 돌아가나 보다. 그래, 내 다음으로 부자가 해우건설 이동근이다. 근데 말이다 그늄도 날 흔들 정도로 돈이 많지는 않다."

동식은 민 회장이 무슨 의중으로 그런 말을 하는 것인지 몰라 그의 표정을 살폈다. 민 회장은 뭐가 그리도 즐거운 것인지 여전히 허허 웃고 있었다.

"동근이랑 약속 잡아라. 점심이든 저녁이든 좋다고. 아마 그놈이 요즘 해외 수주 건으로 바쁘다고 할끼다. 그라면 최부식이는 아직 내 사람이라케라. 알겠나?"

"네, 알겠습니다."

"그리고 하나 더 있다."

"네, 지시해 주십시오."

"뒤에서 장난치는 놈 꼭 잡아내라. 아마 한국 놈은 아닐 거다. 겉으로 드러내고 돈놀이할 놈일 확률도 낮다. 최근 2년 동안 인천공항 통해서 돈 좀 있는 년, 놈 중에서 많이 들락날락거렸던 것들 확인해 봐라."

"네, 알겠습니다."

고개를 꾸벅 숙인 동식이 막 회장실을 빠져나가려고 할 때였다. 민 회장이 나지막한 목소리로 말했다.

"동식아."

"네, 회장님!"

"이기 니 마지막 기회대이. 알제?"

"……네, 확실히 처리하겠습니다."

곧 동식은 조용히 문을 닫고 사무실 밖으로 나갔다.

※ ※ ※

찬연의 차가 낮은 건물이 빼곡한 시가지로 나왔다. 대도시에 비해서는 규모가 작았지만 빵집부터 시작해 백화점, 영화관, 편의점까지 구색은 모두 갖추고 있었다. 익숙한 듯 핸들을 돌리던 그가 한 건물 앞에서 차를 멈췄다. 하지만 그는 차에서 내리지 않았다.

"후."

감정의 동요를 보이는 그의 모습은 익숙하지 않았다. 작게 욕설을 내뱉은 찬연은 곧 깊은 한숨을 쉬었고, 격해져 있던 마음이 가라앉자 차에서 내렸다.

그가 마음의 준비까지 하면서 들어간 곳은 화분이 가득 놓인 꽃가게였다.

"어서 오세요."

40대 후반 정도 되어 보이는 여성이 밝은 얼굴로 인사를 건넸다. 막 주문받은 꽃다발을 만들고 있었던 것인지 테이블 위에는 장미꽃 다발이 포장되어 있었다.

가게에 들어온 후 작게 고갯짓을 한 남자가 두리번 가게 안을 훑자 꽃집 주인은 으레 꽃집에서 당황하는 남자들이 그렇듯 처음 꽃을 구입해 그러는 것이라 생각했다.

"어떤 꽃을 찾으세요?"

그녀의 말에 주위를 두리번거리던 그의 시선이 하얀 국화꽃에서 멈쳤다.

"국화꽃……."

남자의 말에 밝았던 여주인의 표정이 순간 굳어졌다. 하얀 국화꽃을 음울한 얼굴로 찾는 남자. 국화꽃이 가진 의미를 생각하던 여주인은 곧 고개를 끄덕이며 크고 싱싱한 국화꽃 몇 송이를 뽑아 왔다. 무거운 시선으로 꽃을 내려다보던 찬연이 말했다.

"혹시…… 안개꽃과 섞어서 포장 가능합니까?"

"물론이죠."

"그럼 부탁드립니다. 그리고 노란 장미도 따로 포장 부탁드립니다."

찬연의 말에 여주인의 시선이 더욱 굳어졌다. 이별을 상징하는 노란 장미와 죽음을 상징하는 하얀 국화꽃이라니. 그 조합이 너무도 슬퍼 정성스레 포장했다. 빠른 손길로 꽃다발을 포장한 여주인은 그에게 꽃다발을 내밀며 말했다.

"다 됐습니다."

"예쁘군요."

찬연은 자신의 품에 안긴 국화꽃과 안개꽃이 화려하게 포장된 꽃다발 하나와 노란 장미 꽃다발을 보며 말했다. 꽃다발은 이만 원이 조금 넘는 가격이라고 하기엔 지나치게 화려했고 싱싱해 보였다. 아마도 그의 사정을 안타깝게 여긴 여주인이 신경을 써 준 듯했다.

무덤덤한 시선으로 꽃다발을 내려다보던 찬연이 말했다.

"혹시 꽃씨 있습니까?"

"어떤 꽃씨요?"

"노란색 꽃이면 좋겠습니다."

찬연의 말에 여주인은 판매를 위해 따로 포장해 둔 꽃씨 중 몇 가지를 골라 검은 봉투에 담으며 말했다.

"5만 원입니다."

카드로 결제를 마친 찬연이 가게를 나가자 꽃다발을 만들어 준 여주인은 끌끌 혀를 차며 말했다.

"잘생긴 남자가 인생도 참 기구해."

음울한 표정의 그는 아직 그 여자를 잊지 못한 듯 보여 더욱 안타까운 마음이 들었다.

설은 아침 일찍 온 문자를 보며 눈을 깜빡였다. 문자는 진성이 보낸 것이었다.

〈생일 축하해, 설아. 뭐 가지고 싶어?〉

생일? 놀란 눈으로 휴대전화를 보던 설은 오늘 날짜를 보았다. 7월 12일. 정말 그녀의 생일이었다.

〈음, 딱히 가지고 싶은 건 없는데.〉

〈오늘 저녁 시간 괜찮아?〉

진성의 문자에 괜찮다고 짧게 대답한 설은 휴대전화를 침대 위로 던진 후 마당으로 향했다.

저녁에 진성이 집으로 찾아오기로 했으니 그전에 잡초를 뽑고 땅을 고르고 꽃씨까지 뿌려야 했기에 마음이 급해진 설은 서둘러 미리 사 둔 삽과 호미를 집어 들었다.

한참 온몸이 땀에 흠뻑 젖을 정도로 땅을 고르던 설은 옆에서 느껴지는 인기척에 고개를 들었다. 담장 너머로 찬연이 서 있었다.

"여긴 어쩐 일……."

놀란 듯 미처 말을 끝맺지 못한 설이 입을 꾹 다물었다.

순간 그와 어색하게 헤어졌던 지난밤이 떠올랐다. 그와 입을 맞췄었다. 진성은 상관없으니 자신의 옆에 있어 달라는 이야기도 들었다.

"그렇게 어색해할 것 없어."

"……."

"그냥 내 마음을 알아줬으면 했던 거니까. 그것 말고는 딱히 바라는 것 없어."

"오빠⋯⋯."

"너와 어색해지고 싶지 않아."

찬연의 말에 설은 고개를 끄덕였다. 평일이면 매일 봐야 하는 그의 얼굴이었다. 지금이야 대부분의 시간을 사무실에서 함께 보내고 있었지만, 일정이 본격적으로 시작되면 지방이든 해외든 함께 움직이는 시간도 길어질 터였다.

"네가 원하는 것 해 줄게. 좋은 오빠. 그걸 원하지?"

그의 물음에 설은 천천히 고개를 끄덕이며 어색하게 말했다.

"네, 제가 이기적인 것 알아요. 하지만⋯⋯."

찬연은 알았다는 듯 굳은 얼굴로 말했다.

"좋아. 오늘부터 좋은 오빠 노릇 해 보지. 그러니까 너도 좋은 동생 노릇 해 줘."

말이 끝남과 동시에 그녀의 시선 가득 노란색 장미가 들어왔다. 장미를 받아 든 설은 깜짝 놀란 듯 꽃다발과 그를 번갈아 보며 말했다.

"웬 장미예요?"

"선물. 오늘 생일이잖아."

"어머, 어떻게 아셨어요?"

설의 물음에 찬연은 이력서에서 봤다며 짧게 대답했다.

"정말⋯⋯ 감사해요."

"좋은 동생 노릇 해 주기로 했잖아."

"좋은 동생 노릇이 뭔데요?"

궁금한 듯 묻는 설의 말에 찬연은 망설임 없이 내뱉었다.

"아주 작은 선물이라도 감사히 받는 것."

설은 자신의 품에 안긴 커다란 노란 꽃다발을 내려다보더니 곧 해맑게 웃었다. 화사한 꽃을 보자 기분이 좋아졌다. 그와 그녀 사이에 흐르던 어색한 기류는 어느새 자취를 감춘 뒤였다.

"왜 하필 노란 장미예요? 노란 장미 꽃말이 이별이라는 것은 아세요?"

"네가 어렸을 때 노란색을 참 좋아했잖아. 그게 갑자기 생각이 나서."

그가 희미하게 웃었다.

"기왕이면 노란 장미가 좋을 것 같았어. 왜, 싫어?"

그의 말에 설은 작게 고개를 저었다. 싱싱한 노란 장미는 화사했다. 그 꽃말이 이별이란 것이 믿기지 않을 정도로. 더욱 아침부터 꽃집에 찾아가 꽃을 골랐을 그를 생각하자 더욱 고마웠다.

꽃송이에 코를 가져다 댄 설은 숨을 깊게 들이마셨다. 향긋한 장미향이 온몸 가득 스며든 것 같은 착각이 들었다.

"좋아요. 너무 좋아요, 오빠."

"마음에 들었으니 다행이다. 화단 꾸미고 있었어?"

"네, 아무래도 너무 삭막해서요. 집주인 아저씨. 마당에 꽃을 심어도 되겠죠?"

설이 장난스럽게 물었다. 이미 꽤 오랜 시간 땅을 골라서인지 갈색 흙이 드러나 있었다.

찬연은 그녀의 이마에 송글송글 맺혀 있는 땀을 보며 작게 고개를 저었다.

"왜 안 돼요?"

"내일 나랑 심자."

검은 봉지를 받아 든 설은 안에 있는 꽃씨를 보며 말했다.

"그렇게까지 안 해도 되는데……."

"나랑 같이 안 심으면 이 마당에 꽃이 자랄 일은 없을 거다."

"오빠!"

"그러니까 내 말 들어. 오늘은 생일이니까 약혼자한테 놀아 달라고 그러고."

그의 입에서 약혼자란 단어가 흘러나오자 설은 어색하게 고개를 끄덕였다. 어제까지만 해도 곁에 있어 달라 말하던 그의 모습이 모두 꿈처럼 느껴졌다.

찬연의 말에 설은 잠시 그가 건넨 검은 봉투를 보다가 작게 고개를 끄덕였다.

"감사해요. 점심은 드셨어요?"

"아니, 오늘은 선약이 있어."

설은 금시초문인 말에 의아한 듯 그를 보자, 찬연은 입술을 비틀며 말했다.

"매년 있는 약속이야. 내일 12시 전까지 올게. 괜찮지?"

"괜찮은데……."

"좋은 동생 노릇."

찬연의 단호한 목소리에 설은 꺄르르 웃음을 터트린 뒤 밝은 얼굴로 고개를 끄덕이며 말했다.

"네, 기다릴게요."

"그래. 즐거운 생일 되길 바래. 내일 보자."

가볍게 말한 찬연은 세워 뒀던 차에 올라 곧 그녀의 시야에서 멀어졌다. 빠르게 사라지는 그의 차를 보던 설은 작게 중얼거렸다.

"말해 주기 싫어했어."

멀어지는 그의 뒷모습에 설은 굳게 입을 다물었다.

그의 마음을 거절한 것은 자신임에도 불구하고 자신이 더 상처를 받은 것만 같았다. 장미를 건네고 아무렇지 않게 뒤놀아서는 그보나.

설은 서둘러 집 안으로 들어갔다. 계속 그 자리에 서 있으면 당장이라도 그에게 전화해 다시 돌아오라고 외칠 것만 같았다.

왕실을 지켜 주었던 궁궐, 경복궁(景福宮).

왕실의 권위만큼이나 높은 궁성(宮城)은 궁을 둘러싸고 있다. 일제강점기에도 국민들에 의해 지켜진 궁은 거미와 쥐만 터를 잡고 살아가고 있었지만 여전히 그 자리에 있었다. 국민들의 피와 살로 지켜졌던 궁은 그들에게 있어선 조선의 상징이었다.

그 궁을 무너트린 것은 왕실이었다. 왕실은 제 손으로 경복궁을 무너트렸고, 그들의 터전을 동덕궁으로 옮겼다. 그들이 제 손으로 대한민국의 권위를 무너트리는 순간 국민들은 분노했다. 일제강점기 때에도 그들을 향해 있던 민심은 경복궁이 무너지자 그들을 떠났다. 그리고 왕실을 더 이상 경외하지 않았다. 자존심을 스스로 무너트린 그들을 모실 필요가 없다 여겼다.

찬연의 차는 1899년 서울 시내 전차 노석 공사로 숭례문 주변 성곽을 허물고 만들어진 도로 위를 빠르게 달리고 있었다. 무심한 표정으로 운전하는 그의 오른쪽에는 하얀색 국화꽃 한 다발이 놓여 있었다.

빠른 속도로 달리던 차는 경복궁의 동쪽에 지어진 동덕궁에 다다라서야 천천히 속도를 늦췄다. 높은 산자락, 대한민국의 수도 서울을 한눈에 내려다볼 수 동덕궁 앞에 잠시 멈춰 선 찬연은 굳게 닫혀 있는 궁성을 보았다. 아직은 제 색을 띠고 있는 기왓장을 눈으로 세던 찬연은 한참이 지나서야 그곳에서 벗어났고, 또다시 산자락을 오르기 시작했다.

그의 차가 멈춰 선 곳은 길이 끊어진 곳이었다. 사람들의 발길이 끊어진 곳인 듯 도로 주위로 잡초가 무성했다.

찬연은 국화꽃 다발을 들고 차에서 내렸다. 그리고 십여 분 정도 산을 타고 나서야 걸음을 멈췄다.

잡초가 무성한 봉분은 처참했다. 비석 하나 세워져 있지 않은 무덤 주위론 비바람에 날아온 쓰레기가 널브러져 있었고, 한쪽 봉분은 비에

쓸려 나가 찌그러져 있었다.

찬연은 부정하고 싶은 현실을 마주하자 눈을 질끈 감았다. 차마 눈 뜨고 바라볼 수가 없었다. 대한민국의 선대 왕과 대비의 묘라고 하기엔 너무나 몸서리쳐질 정도로 슬프고 끔찍한 모습이었다.

한참 자리에 서 있던 찬연은 터덜터덜 걸음을 옮겼다. 봉분 앞에 멈춰 선 그는 자리에 털썩 주저앉았다. 검은 바지가 진흙 바닥에 더럽혀지는 것 따윈 상관하지 않았다.

그의 눈동자가 흔들렸다.

"아바마마…… 어마마마."

너무나 처참한 모습에 그는 한탄했다.

"너무 늦었습니다."

12년 만이었다. 끔찍했던 그 시간 동안 찬연은 이곳에 찾아올 수가 없었다. 늘 먼발치에서만 뵀을 뿐이다. 어떻게 마주할 수가 있겠는가. 불효자인 그는 차마 부모님의 앞에 떳떳할 수가 없었다.

한동안 잡초가 자란 땅에 무너지듯 고개를 박은 찬연의 등이 푸르르 떨렸다. 사시나무 떨리듯 떨리는 몸은 마치 한기를 느끼는 사람처럼 추워 보였다.

"죄송합니다."

씁쓸해 보이는 그의 얼굴과는 달리, 주위엔 그의 감정 하나 다독여 줄 이 없었다. 아니, 이 세상에 없었다. 그렇기에 가슴에 쌓인 슬픔과 증오는 더욱 커져 갔다.

"죄송합니다…… 정말 죄송합니다."

"……."

"죄송합니다."

그는 고해성사를 하는 죄인 마냥 한동안 죄송하단 말만 쏟아 냈다.

세상이 어두워지자 설은 초조한 듯 시계를 보았다. 진성이 오기로 한 시간이 훌쩍 넘었지만 그는 여전히 감감무소식이었다. 거실 안을 초조하게 돌아다니던 설은 주저앉듯 소파에 앉고는 손톱을 물어뜯었다.

딱, 딱.

왜 이렇게 초조해지는지 모르겠다.

한참을 멍하니 마당을 쳐다보던 설은, 곧 어두웠던 세상이 노란빛으로 채워지며 진성의 차가 멈추자 자리에서 벌떡 일어났다. 차에서 내린 진성이 리모컨으로 차를 잠근 후 마당 안으로 들어서고 있었다.

"빨리 나왔네?"

벨이 채 두 번이 울리기도 전에 설이 문을 열자 진성은 의아한 듯 물었다. 설은 애써 어색한 표정을 숨기며 말했다.

"오빠 기다리고 있었죠. 늦어서 걱정했어요. 밖에 많이 덥죠? 빨리 들어와요."

설은 진성의 양복을 보며 말했다. 오늘은 그가 대학 강연에 선다고 한 날이었다. 강연이 끝나고 뒤풀이 후 바로 달려온 것인지 그는 여전히 딱딱한 슈트 차림이었다.

그녀의 말에 진성은 들고 있던 붉은 장미와 케익을 그녀에게 건네며 말했다.

"미안, 많이 늦었지?"

"아니에요. 일 때문인걸. 다 이해해요."

진성은 집으로 들어오자 입고 있던 겉옷을 그녀에게 건넨 후 넥타이를 느슨하게 풀었다. 오전부터 시작한 스케줄로 인해 눈코 뜰 새 없이 바빴는지 그의 얼굴에는 피곤한 기색이 역력했다.

그에게서 받아 든 옷을 옷 방에 잘 걸어 둔 설은 그가 사 온 음식을 하나둘씩 펼쳤고, 셔츠를 팔꿈치까지 말아 올린 진성도 도우며 말했다.

"하루 종일 뭐했어?"

"마당을 꾸미려고 했는데 너무 더워서 관뒀어요. 내일 하려고."

"안 도와줘도 돼?"

진성의 물음에 설은 작게 고개를 저으며 말했다.

"바쁘잖아요. 다음에, 다음에 도와줘요. 음식 맛있겠다."

"겨우 분식인데? 10시가 넘어서인지 연 가게가 없더라고. 미안하다. 생일인데."

"아니에요. 이걸로도 충분해. 오빠랑 함께 있다는 게 중요하지. 그럼 먹을까요?"

설이 식탁 가득 분식을 펼친 후 의자에 앉자 진성은 서둘러 박스 안에 들어 있던 케익을 꺼내며 말했다.

"생일인데 촛불은 꺼야지."

하얀 생크림 케익 위로 긴 초 두 개와 짧은 초 아홉 개를 꽂은 진성은 케익 윗면이 보이지 않을 정도로 빼곡한 초를 보며 재미있다는 듯 웃었다.

"내년에는 세 개만 꽂으면 되겠네?"

"그거 놀리는 거죠? 나이 먹었다고."

"설마. 그럴 리가 있나."

가볍게 말한 진성은 주머니에서 라이터를 꺼내 초 위에 불을 붙였다. 그리고 부엌과 거실 불을 끈 후 생일 축하 노래를 불렀다. 그의 부드러운 음성을 들으며 박수를 치던 설은 곧 노래가 끝나자 한 번에 초를 끈 후 눈을 감았다. 그리고 속으로 소원을 빈 후 해맑게 웃었다.

"생일 축하한다, 설아."

진성은 그녀를 따뜻한 눈으로 바라보았다. 오랜만에 같이 보내는 생일. 좀 더 완벽하게 보내고 싶었지만 제 처지가 그렇지 못했다. 내년이면 대선이 있었기에 당 차원에서 엄격한 당부가 내려오고 있었다. 좀 더 많은 자선 행사에 참여했고, 여당이든 야당이든 집안의 대소사가 있으면 100% 참여하였다. 아버지 최 의원의 거동이 편치 않아 그 몫까지 해내려 하니 더욱 힘에 부쳤다.

그로 인해 그녀와 자주 만나지 못하고 있었지만 진성은 애써 불안한 마음을 떨치려 애썼다. 그녀의 입으로 말했다. 흔들리지 않는다고. 자신의 인생에서 남자는 자신뿐이라고.

그 말을 믿을 수밖에 없었다. 마음을 편히 먹어야 했다. 더 이상 그녀에게 이기적이게 굴 수 없었고 닦달할 수 없었다. 그의 집착에 그녀가 떠나는 것을 원치 않았다.

"무슨 소원 빌었어?"

"행복하게 해 달라고."

"우리?"

그의 말에 설은 천천히 고개를 끄덕였다.

"네, 우리……. 꼭 행복하게 해 달라고요."

설은 희미하게 웃었다. 그 미소가 손에 잡힐 듯 잡히지 않는 신기루처럼 느껴졌다. 하지만 그는 애써 자신의 생각을 떨쳐 냈다. 그녀는 지금 행복해하고 있다, 라고 생각하며 애써 마음속으로 주문을 외듯 중얼거렸다.

약간 후덥지근한 집 안 덕분에 양 볼이 붉어진 설의 모습에 진성은 그녀의 양 볼을 끌어 입술에 짧게 입을 쪽 맞췄다. 갑작스러운 입맞춤에 놀란 것인지 설의 눈동자가 커졌다.

"깜짝 놀랐잖아요."

설은 정말 놀란 듯 여전히 동그란 눈으로 그를 보고 있었다. 그녀의 모습에 진성은 부드럽게 미소 지으며 말했다.

"왜? 약혼자잖아."

"그래도 너무 갑작스럽잖아요."

"허락이라도 받아야 하니?"

"그. 그건 좀……."

"키스해도 돼?"

진성의 물음에 설의 입술이 벌어졌다. 아무 말 하지 못하고 입만 뻐끔거리는 그녀의 모습에 진성은 설의 손을 끌어당겼다. 그는 신성스러운 의식을 거행하듯 조심스럽게 그녀의 손등에 입을 맞췄다. 도장을 찍듯 한참을 손등 위에 머물러 있던 입술이 곧 아래로 향했다. 네 번째 손가락에 입을 맞춘 뒤 주머니에서 반지를 꺼내 그녀의 손가락에 끼워 주었다.

반지는 심플했다. 보석이 박히지 않은 링은 청혼을 하는 반지보다는 커플링에 가까워 보였다. 놀란 눈으로 반지를 보던 설이 그의 얼굴을 올려다보았다.

"이게……."

"족쇄. 네가 내 거라는 증표."

짧게 말을 마친 진성이 씨익 웃었다.

"앞으로는 나 너한테 키스도 할 거고 꼭 끌어안고 잠도 잘 거야. 설아, 나 이제 더 이상 너한테 오빠 아니야. 남자야. 이건 아주 당연한 일이야."

"오빠?"

"다음에는 놀라지 마?"

진성의 말에 설은 천천히 고개를 끄덕였다. 그리고 자신의 네 번째 손가락에서 반짝이는 반지를 무거운 시선으로 바라보고 있었다.

4.
가면 속 얼굴

찬연은 그가 말했던 것처럼 일요일 오전 일찍 설의 집에 찾아왔다.
그는 설의 네 번째 손가락에서 반짝이는 반지를 무심한 눈길로 바라보
았다.

남자들의 소유욕이란, 꼭 어떠한 형태로 나타난다. 지금 그녀의 손에
끼워져 있는 찬란한 반지처럼. 진성의 마음을 고스란히 드러내고 있는
반지를 한참이나 바라보던 찬연은 삐딱한 자세로 자신을 보고 있는 설
을 보았다. 그녀는 의아한 눈으로 그에게 물었다.

"오늘 화단 만드는 거 도와주러 온 것 맞죠?"

그녀의 말에 찬연은 가볍게 고개를 끄덕였다. 그리고 무슨 문제 있냐
는 듯 그녀를 보았다.

설은 찬연의 머리부터 발끝까지 쭈욱 훑어본 후 기가 찬 듯 숨을 내
뱉었다.

"오빠, 지금 어떤 차림인 줄 알아요?"

"문제 있어?"

찬연이 자신의 옷을 내려다보며 말하자 설은 강하게 고개를 끄덕이며 말했다.

"한동안 계속 비가 와서 땅이 질척해요. 검은 티셔츠는 이해하겠지만 흰 바지와 흰 운동화는 일할 차림이 아니라고요."

그는 지나치게 스타일리시했다. 흙바닥에 뒹구는 차림이라고 하기엔 지나치게 차려입기도 했다. 당장 걸레로 써도 될 만큼 후줄근한 그녀의 차림과는 너무나 상반된 모습이었다.

"버려도 돼."

찬연은 뭐가 문제가 되냐는 듯 가볍게 말했다. 하지만 설은 그의 새하얀 바지를 보며 용납할 수 없다는 듯 짧게 내뱉었다.

"돈 많다고 자랑하는 거죠? 지금 당장 갈아입고 오세요. 되도록이면 반바지가 좋겠어요."

"반바지 없어."

찬연의 말에 설은 숨을 내뱉었다. 그의 옷장을 뒤져 본 적이 없어 그가 반항하듯 내뱉은 말인지 진심인지 알 수가 없었다. 그의 표정에서도 진실을 가려내지 못한 설은 내일이라도 당장 백화점에 가서 그에게 어울릴 법한 반바지를 몇 개 사리라 마음먹었다.

설은 단호한 표정으로 말했다.

"그럼 추리닝으로 갈아입고 오세요. 신발도 되도록 짙은 색으로 신고 오시고요. 안 갈아입고 오면 저 혼자 하겠어요."

"……."

"오빠의 호의는 물론 감사하지만요."

단호한 설의 표정에 미간을 찌푸린 찬연은 한동안 그녀의 얼굴을 뚫어져라 보았다. 하지만 날카로운 그의 표정에도 그녀는 여전히 난호했나.

결국 두 손 든 찬연이 집으로 가 검은색 추리닝과 운동화로 갈아 신고 오자 그제야 설은 만족한 듯 곡괭이를 내밀며 말했다.

"돌 골라 주세요."

"확실하게 부려 먹을 생각이군."

"굳이 도와주겠다는 사람, 쉽게 할 순 없죠."

설의 말에 자신의 손에 들린 곡괭이를 보던 찬연은 고개를 끄덕였다.

호기롭게 마당 한 켠으로 간 찬연은 곡괭이질을 하기 시작했다. 하지만 10분이 지나도, 20분이 지나도 그가 골라낸 돌은 어제 설이 작업하다만 것보다 적자 결국 보다 못한 설이 한심하다는 듯 찬연을 보며 말했다.

"지금 뭐 하시는 거예요?"

"곡괭이질. 아주 열심히 하고 있어."

그의 말은 사실인 듯 어느새 이마에는 송글송글 땀이 맺혀 있었다. 설은 한 편에 쌓여 있는 돌무덤을 손가락으로 가리키며 말했다.

"어제 제가 작업한 거예요."

"응, 알아. 잠시 봤었지."

"참고로 제가 10분 동안 작업한 양이에요."

돌의 양은 눈대중으로 보아도 차이가 컸다. 무안해진 찬연은 입술을 달싹이다 곧 입을 꾹 다물었다.

"곡괭이질은 제가 할게요. 제가 작업하고 난 다음에 뭉친 흙을 모종삽으로 깨 주세요."

"……내가 할 거야."

찬연이 들고 있던 곡괭이를 꼭 쥐며 말하자 설은 모르겠다는 듯 눈을 깜빡였다. 그의 의중을 알려는 듯 그의 얼굴을 보던 설이 물었다.

"왜요?"

"남자니까."

"그래서요?"

"곡괭이질은 한 번도 해 보지 못했어. 그래서 그래."

"그러니까 제가······."

그의 말에 찬연은 굳은 표정으로 설에게 곡괭이를 건넸다.

자존심이 상했다. 그는 다만 원예에 관심이 없었을 뿐이다. 아니, 원예에 취미를 가질 시간이 없었을 뿐이다. 그래서 곡괭이질이 조금 서툴렀을 뿐인데 설은 그 부분을 꼬집으며 그의 자존심을 깎아내리고 있었다. 하지만 설은 그런 찬연의 마음을 모르는 것인지 그에게 작은 모종삽을 건네며 말했다.

"그럼 잘 부탁드려요."

밀을 미친 설은 작업에 집중했다. 곡괭이질을 해 땅속 깊숙이 묻혀 있던 돌을 골라냈고, 잡초로 가득했던 땅을 어느새 갈색으로 물들이고 있었다. 찬연은 그녀와 조금 떨어진 거리에서 쭈그리고 앉아 뭉친 모래를 모종삽으로 깨트리며 힘차게 곡괭이를 휘두르는 설을 힐끗 보다 이내 고개를 돌려 버렸다.

한동안 말없이 땅만 보고 작업하던 찬연은 등이 땀에 흠뻑 젖고 나서야 자리에서 일어났다. 오랜 시간 쭈그려 앉아 있던 다리가 찌르르 떨렸다. 피가 도는 느낌이 들자 크게 기지개를 켠 찬연은 설을 보았다.

"밥 먹고 하지? 일 시켜 먹고 밥도 안 먹일 거야?"

"어머! 벌써 3시네요?"

그녀는 점심때도 잊고 구슬땀을 흘리고 있는 찬연을 힐끗 보았다. 그녀가 예상했던 대로 그의 온몸은 흙투성이였다.

설은 퉁퉁 부어 있는 찬연의 얼굴을 보았다. 그는 어린아이처럼 단단히 토라진 듯 보였다. 하지만 그가 왜 토라졌는지, 뭐가 그의 마음을 상하게 했는지 몰랐던 설은 목장갑을 벗으며 말했다.

"그럼 도시락 가지고 올게요."

"그래."

단순히 배가 고파 그런 것이라 생각한 설은 그의 집으로 향하는 내내 고개를 갸웃했다.

�֎   �֎   �֎

　설과 찬연은 머리를 맞대고 꽃씨를 심고 있었다. 어느새 하늘엔 해가 뉘엇 저물고 있었다.

　둘은 맛있게 밥을 먹은 후 무슨 꽃을 심을까 고민했다. 그녀가 꽃씨를 여러 종류 사 오긴 했지만 찬연에게 선물까지 받아 씨앗이 지나치게 많았기 때문이다.

　한참을 고민하던 설은 곧 네 가지의 씨앗을 골랐다. 그중 세 가지는 찬연이 선물을 준 것이었고, 한 가지는 평소 그녀가 좋아하던 봉숭아였다.

　구역을 나누어 꽃을 심던 둘은 마지막 작업에 열중하고 있었다. 마지막 백일홍을 심고 있던 설은 문뜩 찬연과 손끝이 닿자 그를 올려다보았다.

　"잘 클까?"

　"잘 클 거예요. 누가 심은 건데."

　설의 말에 찬연은 화단을 둘러본 뒤 자리에서 일어났다. 깔끔하게 정리된 모습은 전문가의 솜씨처럼 그럴듯해 보였다.

　"오빠, 꽃은요. 참 정직해요."

　그녀의 말에 찬연은 무슨 뜻이냐고 물었다. 그의 물음에 설은 물기를 잔뜩 머금어 짙은 색을 띠는 화단을 보며 말했다.

　"꽃뿐만 아니라 모든 자연이 그래요. 사랑을 주는 만큼 자라요. 관심을 쏟는 만큼 성큼 크고 예쁘게 피어나요. 확실한 결과물을 보여 주죠."

　"……."

　"그런데 사람은 아니에요. 얼마나 많은 사랑을 주든 얼마나 관심을 쏟든 상관없죠. 어긋난 마음이라면 질색하기도 하고, 가끔 현실이란 것 때문에 사랑을 받아 주지 못하기도 해요. 때로는 무조건 믿음을 보였던 상대에게 배신을 당하기도 하고, 상처를 받기도 해요."

마지막 말을 하는 곳에서 설의 미간이 작게 찌푸려졌다가 원래대로 돌아왔다. 그녀는 작은 화단을 보며 이젠 빛이 바랜 추억 하나를 꺼내 놓았다.

"아버지가 그러셨어요. 저희 아버지가. 여섯 살 때 오늘처럼 마당에 모종을 심은 적이 있거든요."

말을 마친 설은 손에 묻은 흙을 탈탈 털어 냈다. 그리고 목장갑을 벗어 동그랗게 말며 말했다.

"오늘 너무 감사했어요. 오빠 덕분에 일이 훨씬 수월했던 것 같아요."

"……그래."

"그럼 조심히 돌아가세요. 내일 봬요."

말을 마친 설이 꾸벅 고개를 숙이고 집 안으로 들어가자 찬연은 한동 안 그녀의 모습을 뒤에서 보고 있었다. 의미심장한 그녀의 말이 가슴속 에 남았다.

"무조건 믿음을 보였던 상대에게 배신을 당한다……."

❋　❋　❋

설은 갑작스럽게 스케줄이 생겼다는 그의 말에 고개를 기울였다. 갑 자기 스케줄이 생긴 일이 의아했던 것은 아니다. 그녀가 의문을 가진 것은 장소 때문이었다.

"동덕궁이요?"

"그래. 왕께서 보고 싶다고 하시더군."

"갑자기 사장님을 왜요?"

설의 말에 찬연은 외출 준비를 하다 말고 그녀를 보았다. 설의 얼굴에는 순수한 호기심이 어려 있었다. 그럴 만도 했다. 동덕궁이 어떤 곳인가. 조선시대부터 이어져 오던 이씨 왕조가 아직도 살아 숨 쉬는 곳이었다. 경복궁을 대신해 왕족의 비와 바람을 막아 주는 곳. 갑자기 궁으로 가야 한다는 그의 말에 의아해하는 것은 어찌 보면 당연했다.

"기부를 많이 했거든."

"왕실에 기부한 사람은 설날에 한꺼번에 초대받아 거하게 연회를 즐긴다고 알고 있어요."

"물론 그렇게 하기도 하지."

"그런데요?"

그녀의 물음에 찬연은 넥타이를 느슨하게 풀었다. 긴장감에 목이 조여 오는 것 같았다.

"그들과는 비교되지 않을 정도로 커다란 것을 기부했기 때문이지."

"도대체 뭘요?"

"빛고을."

"네?"

설의 목소리가 귀에 거슬릴 정도로 높아졌다. 찬연의 미간이 찌푸려지는 것을 보고 자신의 실수를 깨달은 설은 고개를 꾸벅 숙이며 말했다.

"죄송합니다. 제가 너무……."

"아니야. 빨리 움직여 주기만 하면 궁금증 따위 언제든 풀어 주지."

그의 말에 설은 재빨리 간단한 짐을 챙겨 자리에서 일어났다.

차에 오른 설은 한동안 찬연의 눈치를 보았다. 오늘의 그는 평소와 달리 조금 긴장한 것 같았다. 한참을 말없이 운전하던 찬연은 전방을 주시한 채 툭 내뱉듯 말했다.

"궁금한 것 있으면 물어봐. 전속비서니 뭐든 말해 줘야지."

찬연의 말에 설은 애써 꾹꾹 눌러 담아 왔던 궁금증을 내뱉었다.

"빛고을을 기부했다고요?"

"4개월 전에. 원래 왕실의 것이니까."

"원래 사장님 것이었나요?"

"1년 반 전에 인수했어."

찬연의 말에 설은 고개를 끄덕였다. 언뜻 몇 년 전 왕실 소속이던 〈빛고을〉이 민영화되었다는 소식을 들었고, 그 후 얼마 되지 않아 대기업에게 매매되었다는 기사를 본 기억이 났다.

빛고을은 원래 한식을 지키기 위해 만들어진 곳이었다. 선왕이 가장 먼저 만든 곳이 빛고을이었고, 그 후로 빛고을은 한식의 명맥을 지키며 직접적인 판매는 하지 않더라도 다양한 레시피를 정리하는 일을 했었다.

"그런데 왜 왕실에 기부하셨어요? 10년 전 매입가가 수십억이었던 걸로 기억해요."

"앞서 말했듯 원래 왕실의 것이니까. 민영화가 된 이후로 빛고을은 한식의 명맥을 잇기보다는 상업적인 것에 초점이 맞춰져 있었어. 빛고을이 원래 해야 할 일을 하길 바랬을 뿐이야."

찬연의 말에 설은 고개를 끄덕였다. 수십억이 되는 것을 간단히 기부해 버리는 그의 행동은 이해할 수 없었지만, 그가 왜 기부했는지는 알 수 있을 것 같았다.

그러자 문득 빛고을의 음식만 고집했던 그의 모습이 이해가 되었다. 그리고 빛고을에 갔을 때 매니저가 유독 반가워했던 모습도 떠올랐다. 그를 위해 자장면을 만들고 특별히 화려한 반찬으로 도시락을 만들었던 것도 이해가 되었다.

"더 궁금한 점은?"

"없어요."

찬연은 고개를 끄덕이는 것으로 답을 대신했다.

평일 낮 시간이어서 그런지 차는 막힘없이 달렸고, 평소보다 15분 일찍 동덕궁 앞에 도착했다.

설은 차에서 내려 앞서 걸어 나가는 찬연의 뒤를 재빨리 따랐다.

찬연은 웅장한 궐 문 앞에서 걸음을 멈췄다. 커다란 문 앞에는 태극기와 무궁화가 새겨져 있었다. 시간이 흐르며 빛이 조금 옅어지긴 했지만, 고급 금강송으로 만들어진 문은 굳건히 궁을 지키고 있었다.

희미하게 빛바랜 무궁화를 바라보는 그의 눈동자가 흔들렸다. 잔잔한 호수 위로 던져진 돌은 커다란 파동을 일으켰고, 찬연은 한동안 자신의 감정을 추스르듯 단단한 문에서 시선을 떼지 않았다.

문 앞을 지키고 있던 검은 복장의 보디가드가 그를 수상하게 여겼는지 앞을 막아서며 말했다.

"어떻게 오셨습니까?"

그의 물음에 찬연은 품속에 있던 카드 한 장을 그에게 건넸다. 카드에는 왕실을 상징하는 무궁화가 금빛으로 빛나고 있었다. 카드를 읽던 문지기는 카드를 발급한 사람이 이 궁의 주인인 제30대 왕이라는 사실을 확인하고는 찬연에게 허리를 숙여 인사했다.

"박찬연 사장님. 기다리고 있었습니다. 전하께서 기다리고 계십니다."

말을 마친 보디가드가 묵직한 문을 열었다. 그러자 곧 동덕궁 안의 전경이 펼쳐졌다.

사람의 손길이 닿지 않은 궁은 을씨년스러웠다. 푸른 잔디 위로 불쑥 솟아 있는 키 큰 잡초는 공터처럼 보이기도 했고, 비와 바람에 부서진 기왓장과 나무기둥은 갈라져 폐가처럼 보였다.

찬연은 자신에게 다가오는 상궁을 따라 더 깊은 곳으로 걸음을 옮겼다.

우아한 곡선으로 지어진 궁 사이로 걸음을 옮기던 설은 쉴 새 없이 고개를 돌리며 동덕궁을 구경하기 바빴다. 한참 걸음을 옮기던 설은 앞에서 멈춰 서는 찬연을 따라 걸음을 멈췄다. 왕이 거처하던 근정전을 그대로 빼다 박은 태평전은 동덕궁 안에 있는 건물 가운데 가장 격이 높아 보였다. 건물의 규모도 가장 컸고, 기왓장 사이사이 화려한 오색으로 치장되어 있었다.

찬연이 허리를 숙이자 상궁은 그가 도착했다 고했고, 곧 문 안에서 아직 어린 티를 벗어 내지 못한 목소리가 들려왔다.

"들라 하라."

왕의 명이 떨어지자 상궁은 깊숙이 숙였던 허리를 펴고 찬연에게 다가왔다.

"들어가시면 됩니다."

상궁의 말에 고개를 끄덕인 찬연은 자신의 뒤에 서 있던 설에게 기다리라고 눈짓한 후 태평전 안으로 들어섰다. 찬연은 등 뒤로 문을 잠근 후 걸음을 옮겼다. 궁 안에는 어린 왕만이 그를 맞이해 주었다. 발에 가려진 인영을 보던 찬연은 허리를 깊이 숙이며 말했다.

"전하를 뵙습니다."

"그래, 짐이 그대를 기다렸다."

"초대해 주셔서 정말 감사합니다. 영광입니다."

"오히려 짐이 고맙다. 그대 덕에 동덕궁의 사정이 많이 좋아졌다."

어린 왕은 진심으로 치하했다. 발 밖에 그의 허리가 더욱 깊숙이 숙여지는 것을 보며 만족한 듯 어린 왕은 헤실 웃으며 말했다.

"오늘 짐이 그대를 부른 것은 그대의 얼굴을 직접 보고 싶었기 때문이다. 은인이니 짐이 직접 보고 그대에게 감사 인사를 전하는 것이 응당 해야 할 일이라 여겼다."

"그렇게까지 생각해 주지 않으셔도 됩니다. 대한민국 국민으로서 당연한 일입니다."

"아니다. 국민의 관심이 왕실에서 떠났다는 것은 짐 또한 알고 있다."

"그렇지 않습니다."

왕의 목소리가 우울하게 가라앉자 찬연은 목소리를 높여 말했다. 평소와 같이 감정이 실리지 않은 목소리였다. 하지만 어린 왕은 그가 이곳에 들어와 단 한 번도 본심을 드러내지 않았다는 것을 모르고 있었다.

아직은 남의 속을 들여다보기엔 너무도 어린 나이. 더욱이 평소 사람이라곤 동덕궁을 관리하는 나인이나 상궁이 세상의 전부인 이 아이는 어느새 바보가 되어 있었다. 세상으로는 한 치도 발을 내놓을 수 없는 아이.

"전하, 국민들은 여전히 왕실을 잊지 않고 있습니다."

"아니다, 짐 또한 잘……."

"그건 전하께서 이곳 궁에만 계셔서 모르시는 것……."

찬연의 말에 발이 흔들렸다. 단숨에 발을 걷고 모습을 드러낸 어린 왕의 모습에 찬연은 말을 멈췄다. 하지만 아이는 이미 깊은 상처를 받은 얼굴로 외쳤다.

"넌 내가 어려서 아무것도 모를 줄 아느냐? 그대는 지금 짐에게 거짓을 고하고 있다!"

"아닙니다, 전하. 저는 전하에게 사실을 고했습니다."

"거짓! 거짓! 거짓이다!"

온몸을 부르르 떤 어린 왕은 계단을 내려와 고개를 숙이고 있는 찬연의 앞에 섰다. 그리고 애써 위엄이 넘치는 목소리를 내며 말했다.

"왕실로 들어오던 기부금이 올해도 줄었다! 이건 비단 올해의 일이 아니다! 선왕께서 돌아가신 이후 늘 그랬다! 동덕궁의 사정은 점점 안 좋아지고, 이제는 상궁과 나인을 줄여야 할 지경까지 왔다!"

버럭 소리를 지른 어린 왕은 호흡을 가다듬었다. 악다구니를 쓴 후 자신의 화를 다스리지 못해 커다란 눈에 눈물이 맺혔다.

한참 거친 호흡을 내쉬던 왕의 숨소리가 평안을 되찾아 갔고, 덜덜 떨리던 몸 또한 평소의 모습을 되찾자 찬연은 숙이고 있던 몸을 일으켜 세워 위협적으로 왕을 내려다보았다.

"짐은 그대에게 고개를 들라 명한 적이 없네! 이 무슨!!"

또래보다 작은 키. 4년 전 동덕궁에 들어온 이래로 밖을 나가지 못해 창백한 피부. 작은 머리 때문에 맞지 않는 익선관은 삐뚤어져 머리에 걸치듯 쓰고 있었다. 그건 곤룡포 또한 마찬가지였다.

어린 왕의 모습을 눈으로 훑던 찬연은 그가 겁에 질려 뒤로 물러서는 것을 보며 성큼 다가갔다. 왕은 소리를 지르지도 못하고 자신의 어깨를 씌어 누르듯 팔을 얹은 그의 모습에 불안한 시선을 감추지 못했다. 찬연의 눈빛은 짐승의 것처럼 날카로웠다.

"그걸 알고 계십니까?"

냉랭하게 내뱉은 그의 말에 어린 왕은 겁을 잔뜩 집어 먹은 모습으로 말했다.

"뭐, 뭐라?"

"왕실에게서 관심이 멀어진 국민들의 생각을 알고 계시냐 물었습니다."

"이, 이거 놓아라."

어린 왕은 어깨를 짓누르듯 잡고 있는 찬연의 손을 떨쳐 내려는 듯 몸을 비틀었다. 하지만 그럴수록 찬연의 손은 하얗게 질리며 왕의 어깨를 더욱 다부지게 붙잡았다.

"잘 들으십시오, 전하."

"이거 놓지 못하겠⋯⋯."

어린 왕의 눈동자가 겁으로 물들었다. 붉어진 눈동자에 맺힌 눈물은 아래로 떨어질 듯 위태로웠다. 하지만 찬연은 자신의 행동을 멈추지 않았다.

어린 왕의 모습에서 어릴 적 자신을 보았다. 이 무지한 소년은 아무 것도 모른 채 순진한 눈을 깜빡이고 있었다. 그저 국민이 더 이상 왕실을 사랑해 주지 않아, 점점 고파 오는 배만 걱정할 뿐 정작 중요한 것은 모르고 있었다.

"지금 전하는 꼭두각시일 뿐입니다. 저들의 입맛에 딱 맞는."

"뭐라? 지금 짐을 무시하는 것이냐!"

"무시하는 것이 아닙니다. 사실을 고한 것뿐입니다."

작은 어깨를 잡고 있는 찬연의 손이 떨렸다. 온몸에서 뿜어 나오는 격한 감정을 애써 억누르던 찬연은 그의 손끝에 닿는 곤룡포의 느낌에 크게 숨을 들이마셨다.

흥분을 할 때가 아니었다. 어쩜 오늘의 만남이 마지막일지도 모른다. 그전에 찬연은 이 나약한 생명에게 당부해 줄 말이 많았다.

"강해지셔야 합니다."

"이거 놔아!"

"버티셔야 합니다."

"놓으라니까! 정 상궁! 정 상궁!"

왕이 몸을 비틀며 소리치자 곧 문을 두드리는 소리가 들렸다. 걱정스러운 음색으로 어린 왕을 부르는 목소리가 들렸다. 하지만 찬연은 멈추지 않았다. 그를 더욱 닦달했다. 아무것도 모르는 이 무지한 아이를 깨우치기 위해 더욱 날카롭게 눈을 뜨며 말했다.

"지키셔야 합니다."

"정 상궁!"

"꼭……."

"이거 놔줘! 놔!"

"제가 모든 것을 되돌리기 전까지 꼭 살아남으셔야 합니다."

말을 마친 찬연은 발악하며 온몸을 비트는 왕을 보았다. 당장 이 얇고 가는 목을 쥐고 비틀어 버린다면 이 어린 소년은 반항도 하지 못하고 죽을 것이다. 끽 소리를 내기도 전에 평안해질 것이다. 끔찍한 자신의 미래 따윈 알지 못하고 죽을 것이다.

그게 더 좋지 않을까? 그게 더 행복하지 않을까?

하지만 찬연은 곧 손을 떼고 소년에게서 멀어졌다. 어린아이는 바닥에 주저앉아 눈물을 쏟아 냈다. 엉엉 울음을 터트리는 작은 생명을 보며 찬연은 무릎을 꿇고 앉았다. 그리고 이마가 바닥에 닿을 만큼 깊숙하게 숙인 후 말했다.

"왕의 권위는 왕 스스로가 찾는 것입니다."

찬연은 잠시 숨을 멈췄다. 그리고 아이의 울음소리를 들은 뒤 천천히 입술을 뗐다.

"빛이 되십시오, 전하."

자리에서 일어난 찬연은 펑펑 울음을 터트리고 있는 왕을 뒤로하고 태평전을 나섰다. 문이 열리자마자 놀란 정 상궁이 서둘러 안으로 뛰어 들어가는 모습을 보였고, 설 또한 많이 놀란 눈으로 그를 올려다보고 있었다.

찬연은 굳은 표정으로 신발을 신은 후 설에게 다가갔다.

"가자."

"괜찮으세요? 무슨 일……."

설은 자신의 물음에도 스쳐 지나가는 찬연의 모습에 서둘러 걸음을 옮겼다. 그는 아무 말도 하고 싶지 않다는 듯 음습한 분위기를 온몸으로 뿜어냈다. 차가운 그의 모습에 설은 입을 다물었다.

아파하고 있었다, 그는.

가늘게 떨리는 그의 어깨를 보며 설은 무거운 발걸음을 옮겼다.

"조심히 가십시오."

문지기가 고개를 꾸벅 숙였지만 찬연은 인사 대신 걸음을 더욱 빠르게 움직였다. 곧 그의 뒤에서 굳건한 문이 닫히자 찬연의 몸이 비틀거렸다. 서둘러 손을 뻗어 찬연의 몸을 지탱한 설은 감정을 잃은 듯 새까만 그의 눈동자를 보았다. 그녀의 눈동자가 촉촉하게 젖어 들었다.

"왜 그러세요?"

찬연의 몸이 덜덜 떨리고 있었다. 실핏줄이 터져 붉어진 찬연의 눈을 보던 설은 다시 한 번 물었다.

"오빠, 왜 그래요?"

찬연은 온몸에 힘이 풀린 듯 비틀거리며 보닛에 엉덩이를 걸치고 앉았다. 붉어진 눈동자에서 그녀는 슬픔을 보았다. 그 눈동자를 보며 설은 생각했다.

붉어진 그의 눈으로 본 세상은 온통 핏빛 세상일까.

나약한 그의 모습에 설은 그의 어깨를 감싸 안았다. 힘없이 품 안으로 끌려 들어오는 찬연의 모습에 설은 가슴이 아팠다. 이렇게 감정적으로 휘둘리는 모습은 처음이었다. 늘 굳건하던 그가 흔들리고 있었다. 뿌리째.

"왜 이렇게 아파해요?"

"아프지 않아."

찬연은 한숨과도 같은 말을 내뱉었다. 그녀의 쇄골 위로 그의 숨소리가 느껴졌다. 헉헉, 거친 호흡을 내뱉던 찬연은 눈을 감고 온몸에 힘을 뺐다.

설에게 몸을 지탱한 찬연은 한동안 말이 없었다. 하지만 설은 거기서 멈추지 않았다. 아파하는 그의 모습에 가만히 있을 수가 없었다. 그의 아픔을 알고 그를 위로하고 싶었다. 그래야 한다며 그녀의 가슴이 끊임없이 외치고 있었다.

"거짓말하지 말아요. 온몸으로 슬프다고 말하고 있잖아요."

"……"

"뭐가 그렇게 비밀이 많고, 뭐가 그렇게 아픈 게 많아요."

"따뜻하게 대해 주지 마."

찬연은 입술을 짓이기며 말했다.

"그게 무슨 뜻이에요?"

"감싸 주지 말란 말이야. 내가 슬퍼해도 못 본 척, 내가 아파해도 못 본 척, 내가 숨기는 것을 눈치채도 못 본 척 해."

"왜요? 왜 그래야 하는데요?"

찬연은 설의 품에서 벗어나 그녀를 올려다보았다. 어두운 그의 눈동자에 설이 손을 뻗자 찬연은 그녀의 손을 마주 잡았다. 그리고 부러트릴 듯 힘을 주며 말했다.

"넌 내 곁에 있어 줄 수가 없으니까."

설은 좌게 고개를 저었다. 틀렸다고.

"여자로선 오빠의 옆에 있어 줄 수가 없어요. 하지만 당신의 파트너로는 곁에 남아 있을 거예요."

설은 잠시 말을 멈췄다. 그가 어떻게든 반응을 보여 줬음 했지만 찬연은 여전히 움직임이 없었다. 무거운 침묵을 담은 그의 눈동자 또한 마찬가지였다.

설은 자신의 손을 꽉 쥐고 있는 그의 손 위로 다른 손을 포개며 말했다.

"오빠의 가족이 되어 줄게요. 오빠가 어떤 죄를 짓든 무조건 오빠의 편이 되어 줄게요. 그 정도면 안 될까요?"

그의 눈동자가 떨렸다. 그 작은 움직임에 설의 얼굴에 점점 미소가 머물더니 곧 환해졌다. 맑은 웃음으로 찬연을 보던 설은 방금 전까지와는 달리 밝은 목소리로 말했다.

"오빠 혼자 두기 싫어요. 오빠 혼자 어둠 속에 남겨 두기 싫어요. 오빠…… 저에게 모든 것을 이야기해 달라는 것은 아니에요. 다만……."

"……."

"너무 견디기 힘들 때, 너무 슬플 때는 절 의지해 주세요."

"……."

"어렸을 때의 제가 그랬던 것처럼."

        ❋   ❋   ❋

찬연은 무거운 시선으로 오늘 하루 있었던 사건 사고들에 대해 늘어놓는 앵커의 모습을 보고 있었다. 한참 뉴스에선 지방에서 일어났던 교통사고를 내보내고 있었다. 하지만 그의 시선은 처참한 사건 현장이 아닌, 아래쪽에 짤막하게 나가는 자막을 향해 있었다.

국민들의 기억 속에서 잊혀진 대비의 제사는 9시 뉴스에서 짧게 자막으로만 소개될 뿐이다.

겨우 2년 전의 일인데도.

오늘 낮 작게나마 종묘에서 행사가 있었겠지만, 그 또한 뉴스를 타지는 못했다. 모두 그들에 의해 제지당했겠지만 국민들 또한 잊고 있었다. 대비의 죽음을. 9시 뉴스가 끝날 때까지도 짧은 멘트 하나 없었다. 이럴 줄 알았음에도 불구하고 서글퍼지는 마음은 어쩔 수가 없다.

자리에서 일어난 찬연은 텔레비전을 껐다. 그리고 익숙한 듯 어둠 속을 걸어 컴퓨터 앞으로 향했다. 대기 모드였던 화면은 그가 마우스를 몇 번 흔들자 환해졌고, 곧 본체에 꽂혀 있던 USB에 붉은 불빛이 들어왔다.

D드라이브를 열자 잘 정돈된 폴더들이 보였다. 사건별로, 사람별로 이름 지어진 폴더를 눈으로 훑던 찬연은 〈대한〉 폴더를 더블클릭했다. 그러자 그가 쳐 놓은 덫이 보였다.

이미 외우다시피 한 데이터들. 이 데이터를 쌓기 위해 찬연은 지난 2년 동안 숨죽여 움직여야 했다. 사금융으로 한국과 일본, 중국에서 큰돈을 번 리의 밑에서 그녀의 자금으로 사람들을 움직였고, 덫을 쳐 놓았다. 이제 곧 대미를 장식할 날이 얼마 남지 않은 듯 작은 USB에는 어마어마한 자료들로 가득했다.

무표정한 얼굴로 그것들을 일일이 훑어보던 찬연은 곧 〈한설〉 폴더 위에 커서를 올려놓았다.

"한설……."

처음 그녀에게 접근했을 때만 해도 그에게는 하나의 덫을 위한 도구 밖에 되지 않았던 사람. 수많은 함정을 팔 때, 자신이 목표한 바를 위해 눈 하나 깜짝하지 않았던 그였는데, 요즘의 그는 감정적으로 휘둘리고 있었다.

"나약해졌다."

왜?

아무것도 변한 것은 없는데.

과거도.

현재도.

미래도.

아무것도 변한 것은 없는데, 계속 나약해지고 있었다.

폴더를 더블클릭한 찬연은 그 속에 담긴 상당한 자료들을 눈으로 훑고 또 훑었다. 사람들을 시켜 알아낸 자료. 새빛 고아원 수녀 원장에게 들었던 찬연과 설의 과거까지. 그녀를 공략할 수 있는 수많은 자료로 가득한 화면을 훑던 찬연의 시선이 문뜩 사건 파일 하나에서 멈췄다.

"젠장!"

갑자기 자리에서 벌떡 일어난 그가 창가로 향했다.

세상은 어두웠다. 그의 마음처럼. 그가 늘 품고 있던 깃과 같은 색으로. 어둠 속에서는 한 치 앞도 보이지 않는다. 그 앞에 장애물이 있든 혹은 함정이 있든, 아무것도 보이지 않아 처음에는 겁을 내다 으레 용기를 내곤 한다.

그는 그랬었다. 시커먼 어둠 속에 갇혀 이를 갈았었다. 너무도 어두 웠기에 자신의 모습도, 자신이 저지른 죄도, 앞으로 저지를 일들도 보이 지 않았다.

하지만 요즘 따라 어둠 속에서 하나, 둘 무언가가 툭툭 걸리기 시작 했다. 그 익숙함은 자신이 만든 것이 아니었다. 다른 누군가⋯⋯ 다 른 누군가⋯⋯.

'오빠가 날 상처 입히면 더 아플 것 같아요.'

멍청한 여자. 널 아프게 하는 것은 내가 아니다.

'오빠의 가족이 되어 줄게요. 오빠가 어떤 죄를 짓든 무조건 오빠의 편이 되어 줄게요. 그 정도면 안 될까요?'

멍청한 여자. 멍청한 여자⋯⋯.

❊ ❊ ❊

"동근아, 이게 얼마만이고."

청담에 위치한 식당 안. 옛 선조들이 밀실 정치를 요정에서 펼쳤듯, 요즘의 기득권들에겐 요정인 곳. 겉으로 보기엔 고급 식당이었지만 내 부는 모두 단단한 벽으로 틀어 막힌 룸으로 된 형태였기에 비밀스러운 이야기를 나누기에 안성맞춤인 곳이었다.

예약을 해야만 이용할 수 있는 식당 가장 안 깊숙한 곳. 문을 열고 들어온 이 회장은 이미 도착해 있던 민 회장의 환대에 고개를 숙였다.

"오랜만입니다. 민 회장님."

"그래, 잘 지냈나?"

"네, 잘 지냈습니다. 민 회장님은 요즘 어떠십니까?"

"내야 못 지낼 게 뭐 있노. 그냥 평소랑 똑같지. 근데 요즘 니 얼굴

보기 참~ 마이 힘들다."

능구렁이처럼 자신의 시선을 옭아매는 민 회장의 날카로운 눈빛에
이 회장은 입을 꾹 다물었다.

"하하하! 천장 안 무너진다. 앉자."

민 회장이 호탕하게 웃음을 터트리며 자리를 권하자, 이 회장은 미리
준비되어 있던 음식을 훑어보며 자리에 앉았다.

화려한 그릇에 담겨 있는 사시미는 평소 민 회장이 이곳을 찾을 때마
다 시키는 음식이었다.

"자, 먹자. 먹고 이야기하자. 니 시간 많제?"

무심한 눈길로 물은 민 회장은 두툼하게 썰린 참치를 입 안에 넣고
우적우적 씹었다.

"민 회장님께 내 드릴 시간은 많죠."

"하하하! 그거 참 다행이다. 난 또 니가 딴맘 먹고 있는 줄 알았제."

민 회장의 말에 이 회장은 아무렇지도 않은 척 물을 마셨다. 하지만
그 모습에 민 회장은 서둘러 이 회장의 손을 막으며 말했다.

"여까지 와가 물 마시나. 사시미엔 사케가 최고대이. 자, 한 잔 받아
봐라."

"차를 가지고 와서 술은……."

"니가 언제 차 가꼬 왔다고 술 빼는 아였나? 한 잔 받아라. 내 손이
무안타."

작은 잔 안에 맑게 담기는 투명한 사케를 심란한 눈으로 내려다보던
이 회장은 잔을 꺾은 후 술병을 들었다. 그리고 민 회장의 잔에 그득 술
을 따라 주며 말했다.

"오늘 왜 보자고 하셨습니까?"

"우리가 어디 일이 있어야 보는 사이였나?"

"그건 아닙니다."

"하하하! 니 표정 보이 이미 다 알고 있는 갑네. 숨겨 봤자 내 꼴만 더 우습겠다."

이 회장은 작은 잔 가득 담긴 맑은 사케를 보며 말했다.

"대한그룹이 겨우 그 정도 일로 흔들릴 것이라고 생각하지는 않습니다."

"다행이다, 나라도 그렇게 생각해 줘가. 오늘 내가 니를 보자고 한 것은 궁금한 것도 있고, 도움을 청해야 할 것도 있고."

"도움이요……?"

이 회장이 곁눈질하자 민 회장은 숨길 게 뭐가 있냐는 듯 고개를 끄덕였다.

평소 능구렁이보다 더한 자였다. 그는 언제든 사나운 독사도 집어삼킬 수 있는 음흉한 자였다. 터놓고 이야기하듯 다가온다 하더라도 쉽게 틈을 내보이면 안 된다.

이 회장은 사케를 단숨에 들이켜며 정신을 다잡았다.

"그래, 내가 니한테 긴히 부탁할 게 있다. 요즘 대한그룹 사정이 어떤지 잘 알고 있제? 근데 이게 겉으로 드러난 것보다 일이 복잡하단 말이다. 거래 잘하던 거래처들까지 어음 들고 쫓아와가 당장 돈 내놓으라 그러는데, 은행권 대출도 막혔대이."

"그게……."

"모른 척하지 마라. 니처럼 소식 빠른 아가 없다는 거 내 잘 안다."

"……."

"자금을 좀 대 줘야겠다."

이 회장의 얼굴이 굳었다. 어느 정도 예상하고 온 것이지만, 정작 그의 입으로 듣자 다가오는 고민의 크기는 상당했다. 자금을 대 주는 것은 문제가 되질 않는다. 분명 요청하는 액수는 그가 상상했던 선 안일 것이다. 하지만.

"그냥 자금 대라는 거 아이다. 지분을 좀 사라는 기지. 물론 그 지분 때문에 내 입지가 더 좁아지긴 하겠지만, 니는 내 사람 아이가?"

"대한그룹 주식은…… 현재도 계속 떨어지고 있습니다."

"그래, 소문 때문이제. 입 있는 놈들은 죄다 주둥아리를 털어 대니 주식이 떨어질 수밖에 없다. 투자자들이 떨어져 나가니 개미도 동요하고."

이 회장은 자신의 앞에 놓여 있는 잔을 꺾었다. 생각에 잠긴 듯 무거운 시선으로 빈 잔을 내려다보던 이 회장은 곧 마음을 다잡은 듯 민 회장과 시선을 마주했다. 단단한 민 회장의 시선에서 기백이 느껴졌다. 하지만 그는 결코 시선을 피하지 않았다.

"민 회장님."

"와?"

"이 이야기는 못 들은 걸로 하겠습니다."

민 회장의 얼굴에는 변화가 없었다. 그저 방금 전과 마찬가지로 주름 가득한 얼굴에 미소를 지은 채 그를 똑바로 응시하고 있을 뿐이었다. 앞으로 몸을 낮춘 그는 날카로운 시선을 빛내며 말했다.

"니가 이렇게 나오면 안 될낀데. 최 의원 아직 내 사람이다. 니 그거 잊었나?"

"아닙니다, 어떻게 잊겠습니까."

내 숨통을 쥐고 있는 사람인데.

"그런데도 이렇게 나온단 말이가? 니가 그 인간 똥꾸녕으로 처박은 돈이 얼만지 내 알고 있는데? 장부, 내가 가지고 있다. 언론은 아직도 내 통제하에 있고."

그의 목소리는 낮고 음울했다. 그렇기에 그가 내뱉는 말 한 마디, 한 마디는 이 회장의 가슴에 더욱 깊게 박혔다. 그가 젊었던 시절, 해우건설의 사장 자리에 앉으며 저질렀던 수많은 뇌물, 비리에 대해서 빼곡히 적혀 있는 장부를 가지고 있다는 민 회장의 협박은 강력했다. 하지만 이 회장의 곧은 시선엔 흔들림이 없었다.

"민 회장님."

"와 부르노."

"장부가 민 회장님께만 있다고는 생각하지 마십시오."

"그게 무슨 말이고?"

"남의 약점을 쥐고 흔드는 사람이 본인만이라고 생각하지 말라는 말씀입니다."

민 회장은 숙이고 있던 허리를 곧게 펴며 박장대소했다. 한동안 작은 방 안에는 그의 웃음소리로 가득했다. 감히 자신에게 협박을 하다니. 그 것도 천하의 이동근이가. 젊었던 시절 그의 발을 핥으라면 핥았던 인간을 너무 키워 줬나 보다.

"니 많이 컸네?"

"생각나십니까? 민 회장님. 회장님은 죄가 참 많은 사람입니다."

"내가 직접 나선 거는 없대이. 손을 버린 건 내가 아이다."

"하지만 뒤에서 조종하신 건 민 회장님이시죠."

"뭐라꼬?"

힘 있는 자가 이기는 세상이다. 몇 년 전만 해도 대한민국에서 가장 강한 인간은 민 회장이었다. 하지만 지금은 아니다. 2년이란 짧은 시간 동안 종이호랑이가 된 그는 더 이상 대한민국에서 가장 힘이 강한 사람이 아니었다. 그를 강한 인간으로 만들어 줬던 돈이 가장 강하다.

"대한민국에선 정치든 경제든, 그 무엇이든 돈 있는 사람이 가장 강하다는 말입니다."

"하고 싶은 말이 뭐꼬?"

"지금 민 회장님보단 제가 한 수 위란 말입니다. 언론 통제? 인맥? 권력? 기득권? 그것 또한 돈으로 움직입니다. 기득권을 움직이면 언론 통제는 민 회장님만 하실 수 있는 건 아니죠."

이 회장이 자리에서 일어났다. 좌식 의자가 뒤로 넘어져 소리를 냈지만 이 자리에 있는 그 누구도 신경 쓰지 않았다.

"자금은 댈 드릴 수 없습니다."

"니 후회할 텐데?"

"후회 안 합니다. 자금의 출처가 밝혀져 입장이 곤란해지는 것보단, 지금의 결정이 더 옳은 것 같습니다. 그럼 먼저 일어나 보겠습니다."

말을 마친 이 회장은 허리를 숙여 인사한 후 문을 열고 밖으로 나갔다. 테이블 위에 올려져 있던 민 회장의 주먹이 파르르 떨렸다. 이동근이, 저 자식이 감히. 저를 키워 준 사람이 누군지도 모르고! 은혜를 원수로 갚아?

한동안 호흡을 가다듬던 민 회장은 화가 가라앉자 감고 있던 눈을 떴다. 전화벨 소리가 방 안 가득 울렸다.

"그래, 부식이가."

—네, 회장님. 건강은 괜찮으십니까?

"니 건강이나 신경 써라. 들누버 있다더니 살 만한가 보제?"

—회장님 덕분에 많이 괜찮아졌습니다.

최 의원의 말에 고개를 끄덕이던 민 회장은 곧 가벼운 목소리로 말했다.

"그래, 그라면 다행이제. 근데 니 언제 시간 되노?"

—무슨 일 있으십니까?

"가, 있잖아. 가 이름이 뭐꼬? 내가 부탁했던 그 아이."

—설이 말씀이십니까?

"그래, 그런 이름이었제. 가 상사 있다 아이가. 해우건설에 돈 대 주는 박찬연이. 가를 내가 좀 만나 봐야겠다. 자리 좀 주선해 봐라."

—네, 알겠습니다.

"그래, 빠르면 빠를수록 좋대이."

짧게 통화를 끝낸 민 회장은 곧 크게 호흡을 들이마셨다. 키우던 개가 주인을 물면 어떻게 되는지 보여 줄 참이었다.

※　※　※

막 집을 나서려던 설은 가방에서 울리는 휴대전화를 보았다. 액정에
선 〈최 의원님〉이란 글자가 반짝이고 있었다.

"여보세요?"

─나다, 설아. 출근하는 길이냐.

"네, 지금 막 나가려고요."

─다름이 아니라 너한테 부탁할 게 있어서 연락했다.

"의원님이요?"

설이 놀란 듯 눈을 깜빡이자 상대는 곧 짧게 그렇다고 대답했다. 최
의원이 자신에게 부탁할 것이 뭐가 있을까 의아해하던 설은 찬연의 이
야기에 고개를 끄덕였다.

─박 사장을 한번 만나 봤으면 한다.

"박찬연 사장님이요?"

─그래.

"요즘 사장님의 스케줄이 바쁘셔서 월 말이나 되어야 시간이 나실
거예요."

─그래, 그럼 스케줄 확인해서 김 보좌관한테 전화 넣어라. 나도 시
간 맞춰 보마.

"네, 알겠습니다."

통화를 마친 설은 알 수 없는 눈길로 끊긴 휴대전화를 보았다. 최 의
원이 갑자기 찬연을 보고 싶어 하다니 이해할 수 없었지만, 으레 요즘
걸려 오곤 하는 전화와 마찬가지로 최 의원 또한 그와 인맥을 쌓고 싶
어 하는 사람 중 하나일 것이라 생각했다.

사무실로 들어온 설은 통화를 하고 있는 찬연의 모습에 입을 꾹 다물었다. 그를 보자마자 밝게 인사해 주고 싶었는데, 그는 심각한 얼굴로 통화하고 있었다.

"그래서 이야기는 잘 끝나셨습니까?"

―진짜 이렇게 해도 되는 거야, 박 사장? 내가 박 사장이 시키는 대로 민 회장 앞에서는 당당한 척 굴었지만…….

"너무 걱정하지 마십시오. 모든 일이 아주 순조롭게 이루어지고 있습니다. 회장님 손녀딸은 어떻습니까?"

―걔야 뭐라고 말하겠어. 회사의 운명이 달린 일인데.

"좋습니다. 그럼 그렇게 알고 있겠습니다. 근래에 다시 연락드리겠습니다."

―그래, 연락 기다리지.

짧게 통화를 마친 찬연은 설을 올려다보았다. 그녀의 얼굴엔 궁금한 기색이 역력했다.

"묻고 싶은 것 있음 물어."

그의 말에 설은 망설임 없이 말했다.

"무슨 통화예요?"

"해우건설 이 회장님. 해외 수주 건으로 이야기할 것이 있어서."

그의 말에 가볍게 고개를 끄덕인 설은 오늘 그의 스케줄을 확인하며 말했다.

"최부식 의원님께서 뵙자고 청하셨어요."

"……언제?"

"시간과 장소는 저희 쪽에서 정하면 될 것 같아요."

그녀의 말에 고개를 끄덕인 찬연은 책상으로 가 의자에 앉았다. 그리고 아무렇지도 않은 척 말했다.

"최 의원은 너에게 어떤 사람이지?"

뜬금없는 그의 물음에 잠시 당황하던 설은 자신이 곧잘 하던 말을 떠올리며 말했다.

"저의 은인이세요."

"은인?"

"네, 절 고아원에서 데려와 오랫동안 길러 주셨어요. 학업을 마칠 수 있도록 도와주셨고, 제가 하고 싶은 일, 배우고 싶은 것을 모두 할 수 있도록 도와주셨죠."

"그렇군."

말을 마친 찬연은 모니터 화면에 떠 있는 글자들을 읽어 내렸다. 빠른 속도로 모니터를 훑던 그의 시선이 다시 설에게 향하자 그녀의 몸이 움찔 떨렸다. 왠지 그의 눈빛이 평소와는 달리 차갑다 느꼈기 때문이다.

"스케줄 확인하고 시간 약속 잡아."

"네, 알겠습니다."

"그리고 이거."

찬연은 두꺼운 A4 뭉치를 설에게 건네며 말했다.

"연락 왔던 사람들 명단이야."

설은 새삼스러운 눈길로 A4 뭉치를 보았다. 매일 하루에 한 장씩 목록을 올렸을 때는 몰랐는데, 모으니 꽤 묵직해졌다.

설은 명단 위로 노란색 형광펜으로 쳐져 있는 사람들의 이름을 확인하며 말했다.

"체크되어 있는 분들은 뭔가요?"

"오늘부터 연락해서 일주일 내로 보자고 전해. 장소는 겹치지 않게 잡고. 먼저 노동당 김길중 의원이랑 약속 잡아."

설은 그의 본심을 읽기 위해 얼굴을 보았다. 김길중 의원은 제1야당 노동당의 당 대표였다. 노동당의 차기 대권 주자로 거론되고 있을 정도로 막강한 권력을 가지고 있는 사람이었다. 그런 사람과 약속을 잡으라는 그의 말을 쉽게 이해할 수가 없었다. 방금 전까지만 해도 여당의 최부식 의원과 약속을 잡았기 때문이다.

의아한 그녀의 얼굴을 보며 찬연은 가벼운 어조로 말했다.

"색깔론 펼칠 마음 없어. 다음 대선에서 어느 당이 이길지도 모르고, 줄은 여러 곳에 대 두는 게 좋겠지."

"네, 알겠습니다."

"스케줄은 정리되는 대로 올려."

모니터를 훑는 그를 보며 설은 한숨을 내쉬었다. 동덕궁 앞에서의 그의 모습 하염없이 나약했던 그의 모습이 떠올랐다. 도와주고 싶은데, 그에게 힘이 되어 주고 싶은데 찬연은 그것을 원치 않는 듯 보였다.

설은 천천히 손을 뻗어 그의 얼굴을 감쌌다.

"괜찮아요?"

냉랭한 그의 눈동자가 설을 향했다. 아무것도 담기지 않는 그의 눈빛에 설의 눈빛이 울렁였다.

"……이건 무슨 뜻이지?"

"좋은 동생 노릇이요."

그녀의 말에 희미하게 웃음을 지은 찬연은, 뺨 위에 있는 설의 손에 자신의 손을 얹으며 말했다.

"그럼…… 앞으로도 내 편이 되어 줘."

네가 말했던 것처럼. 무조건.

"네."

설은 그의 말뜻에 담긴 본심은 알지 못한 채 고개를 끄덕였다. 맑은 그녀의 얼굴을 올려다보고 있는 찬연의 눈빛이 어둠 속에서 크게 울렁였다.

5.

덫을 놓다

　"김길중 의원님, 3번 룸으로 안내해 드리겠습니다."

　길중은 빛고을에 도착하자마자 자신에게 다가오는 매니저의 모습에 고개를 끄덕였다.

　"어딥니까."

　"절 따라오시면 됩니다."

　친절하게 미소 지은 매니저가 먼저 걸음을 옮기자 그 뒤를 길중과 그의 충실한 보좌관이 따랐다. 미로 같은 복도를 지나 세 번째 방 앞에 멈춘 매니저가 고개를 숙이자, 그 모습을 보고 있던 설이 한 걸음 다가와 허리를 숙였다.

　"사장님께서 안에서 기다리고 계십니다."

　설의 말에 길중은 신발을 벗고 방 안으로 들어섰다. 뒤에서 문 닫히는 소리가 들림과 동시에 좌식 의자에 앉아 있던 찬연이 일어나 손을 내밀었다.

　"김길중 의원님, 처음 뵙겠습니다. 박찬연이라고 합니다."

"반갑네. 김길중이라고 하네."

길중은 그의 모습을 훑어보았다. 매끈한 몸매에 하얀 피부가 그를 유약해 보이게 만들 법도 하건만 깊고 검은 눈동자가 무게를 더해 그의 인상을 단단하게 보이게 만들었다. 소문으로만 그에 대해 전해 들어 한낱 돈 많은 애송이일 것이라 생각했던 길중은 그의 곧은 눈동자를 본후 혀를 찼다.

결코 만만하게 볼 자는 아니군.

길중은 웃는 낯으로 말했다.

"소문으로 들었던 것처럼 아주 잘생겼군."

"감사합니다. 식사는 미리 주문했는데 괜찮으십니까?"

"그래, 뭘 먹든 지금 이 자리가 중요하지 음식이 중요한 것은 아니니까."

길중이 하하 웃음을 터트리며 말하자 찬연은 가볍게 고개를 끄덕였다. 곧 개량한복을 입은 직원들이 들어와 테이블을 세팅했다. 코스 요리를 한꺼번에 달라는 그의 주문에 상다리가 휘어질 정도로 많은 음식들이 빼곡하게 자리 잡았다.

"그럼 좋은 시간 되세요."

여직원이 나가자 길중은 음식을 훑어보며 말했다.

"그럼 먹고 이야기하세. 시간이 시간인지라 배가 많이 고프군."

"네."

둘은 한동안 말없이 음식을 먹었지만, 신경은 서로에게 향해 있었다. 길중은 몇 스푼 뜨지도 못하고 수저를 내려놓았다.

"박 사장에 대해선 이야기 많이 들었네. 가볍게 차나 마시며 얼굴 정도는 익히자고 만남을 청한 것인데, 이렇게 식사까지 함께할 줄은 몰랐어. 바쁜 사람이라 들었거든."

"아닙니다. 김 의원님이 뵙자고 하는데, 없는 시간도 만들어야 한다고 생각했습니다."

그의 말에 길중은 허허 미소를 지으며 말했다.

"그거 영광이네."

짧게 말을 마친 길중이 그와 시선을 마주했다. 그의 의중을 살피듯 보는 길중의 시선에 찬연은 미소 지으며 말했다.

"오늘 긴히 뵙자고 한 것은 김 의원님께 한 가지 제안을 드리고 싶은 게 있어섭니다."

"제안?"

찬연의 말에 길중의 눈이 커졌다. 오늘 처음 자리를 한 찬연이 자신에게 제안할 것이 뭐가 있단 말인가. 표정을 애써 수습한 길중은 어디 말해 보라는 듯 고개를 끄덕였다.

"좋아. 어떤 제안인지 궁금하군."

"김 의원님께서도 벌써 정치 생활이 10년이 넘었다는 이야기를 들었습니다. 대구지법 판사로 임용이 되셨지만, 시민들을 위해 일하고 싶어 그만두시고 인권변호사로도 오랫동안 일하셨다고 들었고요. 아주 훌륭한 분이란 생각이 들었습니다."

"그래서?"

길중의 물음에 찬연은 고개를 끄덕이며 확신에 찬 목소리로 말했다.

"그런 분을 모시면 저에게도 큰 영광이 되지 않을까 생각이 들었습니다."

찬연의 말에 방금 전까지 유지하고 있던 그의 평정심이 와르르 무너졌다. 그는 정말 놀란 듯 손을 부들부들 떨었다. 찬연은 그의 반응을 애써 모른 척 시선을 돌렸다.

한참 침묵을 지키던 길중이 고개를 끄덕였다. 그의 눈빛에서 진심을 읽었다 생각한 그는 궁금한 점을 물었다.

"박 사장은 해우건설 이 회장이랑 친분이 두터운 것으로 알고 있어. 나도 귀머거리는 아니니 자네가 이 회장에게 얼마나 큰 도움을 줬는지 잘 알고 있고. 해우건설 이 회장은 여당 최부식 의원과 친분이 두터운 것으로 알고 있네."

"이 회장님과 친분이 두터운 것은 사실입니다. 하지만 정치색까지 같을 필요는 없죠."

"그 말은……."

말을 채 마치지 못한 길중이 입을 닫자 찬연은 고개를 끄덕이며 말했다.

"내년에 대선이 있지 않습니까. 노동당 대선 후보로 유력하신 걸로 들었습니다. 김 의원님을 뒤에서 도울 수 있도록 허락해 주십시오."

그의 말에 말문이 막힌 듯 길중은 입을 꾹 다물었다 그리고 복잡한 생각으로 요동치는 눈동자로 그를 멀거니 바라보았다.

"왜 날 돕겠다는 건가? 이해할 수가 없네."

분명 다른 이유가 있을 것이라 생각한 길중이 말하자 찬연은 몸을 숙여 은밀한 목소리로 말했다.

"돈을 많이 벌다 보니 어느새 권력욕이 생겼습니다."

돈 많은 사람이 다음으로 탐내는 것이 권력이다. 그건 길중 그 또한 마찬가지였다. 판사 자리에 앉은 후 그렇게 느꼈었다. 그때 자신에게 손을 뻗은 것은 노동당이었다. 국회의원이 되어 세상을 지배해 보지 않겠냐고, 지금 당신이 지키고 있는 법 또한 국회의원이 법을 개정한다는 말을 했었다. 그 순간 길중은 보이지 않은 둔기에 뒤통수를 후려 맞은 듯한 아픔을 느꼈다.

"저의 자금이면 김 의원님께서 대선에 출마하신 후 대선자금을 걱정하실 필요는 없습니다. 제가 가진 인맥이면 김 의원님을 뒤에서 더욱 많이 도와 드릴 수 있을 것입니다."

"좋아, 자네의 말 잘 알아들었네. 그럼……."

잠시 말을 멈춘 길중은 뜸을 들이듯 그의 얼굴을 보았다. 그리고 곧 아주 나지막한 목소리로 말했다.

"자네가 원하는 것은 뭔가? 날 그냥 돕겠다는 의도는 아닌 거, 내 잘 알고 있어. 당신은 사업가가 아닌가. 사업에선 하나를 받으면 꼭 하나를 주게 되어 있지."

"네, 그렇습니다."

"좋아. 그럼 날 도와주는 조건으로 자네가 바라는 게 뭐지?"

찬연의 입술에 느른한 미소가 걸렸다. 편안히 의자에 등을 기댄 찬연은 날카로운 시선으로 길중을 보며 말했다.

"김 의원님께 아름다운 따님이 있다고 들었습니다."

"그런데?"

"대선 자금은 물론 제가 가진 모든 것을 총동원해 김 의원님을 도와드릴 것입니다. 하지만 나중에 가서 저희의 사이가 멀어지면 저의 노력이 헛수고가 되지 않겠습니까."

거기까지 말을 들은 길중은 곧 무거운 시선으로 그를 보았다.

뒤를 봐줄 테니 딸을 내놓으라…….

"나에게는 두 딸이 있네. 둘 다 혼기가 차기는 했지."

"알고 있습니다."

"첫째 딸은 일 욕심이 많아. 둘째 녀석은 드림그룹 장남과 혼사를 논의 중이고."

"그 또한 알고 있습니다."

"좋네, 자네의 말이 뭔지 잘 알아들었어. 곧 연락 주지."

마주한 두 사람은 암묵적으로 제안이 성사되자 말없이 손을 마주 잡았다.

문이 열리고 길중과 찬연이 웃는 얼굴로 룸에서 나오자 설은 허리를 굽혔다. 길중과 찬연은 복도를 걸으며 끊임없이 이야기를 나누고 있었고, 그 뒤를 설과 보좌관이 따르고 있었다.

빛고을을 빠져나온 길중은 검은색 세단 앞에서 걸음을 멈추더니 다시 한 번 찬연에게 손을 내밀었다. 손을 마주 잡은 찬연은 미소 지으며 말했다.

"연락 기다리고 있겠습니다."

"그래, 또 보세."

진하게 선팅을 한 차량이 빠르게 주차장을 빠져나가자 찬연은 그제야 뒤돌아 설을 보았다.

"다음은 대한호텔인가?"

"네, 3시에 뵙기로 했습니다."

"좋아, 이동하지."

설은 빠르게 걸음을 옮기는 찬연의 뒤를 따랐다. 둘은 차로 이동하는 내내 한 마디도 없었다. 찬연은 말없이 전방을 주시하며 운전하고 있었고, 설은 다이어리에 빼곡히 적힌 그의 스케줄을 보며 한숨을 쉬었다.

한동안 한가로웠던 그의 일상이 갑자기 바빠졌다. 무슨 결심이라도 한 것처럼.

빠르게 달리던 찬연의 차가 대한호텔 앞에 멈추자, 그의 유리창에 붙어 있는 VIP 딱지를 발견한 주차 요원이 다가왔다. 설은 차에서 내려 주차 요원이 건네는 쪽지를 받아 들고 먼저 호텔 안으로 들어선 찬연의 뒤를 따랐다.

로비를 가로질러 스카이라운지로 가기 위해 엘리베이터에 오른 찬연은 층이 올라가는 붉은 숫자를 보며 말했다.

"그러고 보니 3일 뒤에도 이곳에 와야 하네."

"네?"

"누굴 좀 만나야 하거든. 미리 잡혀 있는 스케줄이 있나?"

"그날이라면…… 해우건설 이 회장님과의 미팅만 잡혀 있습니다. 몇 시 약속이신가요?"

"이 회장님과 약속 미뤄. 죄송하지만 급한 일이 생겼다고."

"네, 알겠습니다."

말이 끝나자마자 땡 하는 소리와 함께 엘리베이터 문이 열렸다. 로비에서 찬연의 방문을 미리 알린 것인지 깔끔하게 머리를 틀어 올린 여성이 다가와 미소 띤 얼굴로 말했다.

"안녕하세요, 박찬연 사장님. 안에서 기다리고 계십니다."

여성은 가볍게 고개를 끄덕이는 찬연의 모습에 걸음을 옮겨 가장 구석진 자리로 안내를 했다.

룸 앞에서 걸음을 멈춰 선 찬연은 옆에 서 있는 설에게 물었다.

"같이 들어갈래? 최부식 의원과의 약속인데."

"아니에요. 제가 있으면 괜히 이야기에 방해만 될 거예요. 전 여기서 기다리고 있을게요."

그녀의 말에 찬연은 가볍게 고개를 끄덕인 후 문을 열고 안으로 들어섰다. 그의 등 뒤에서 문이 닫히는 소리가 들렸다.

룸 안은 생각보다 조명이 밝았고, 간단히 이야기를 할 수 있도록 테이블과 소파가 놓여 있었다. 소파에 앉아 있는 최부식 의원을 발견한 찬연은 허리를 숙여 인사했다. 그리고 그에게 다가가려던 찰나, 어둠 속에 앉아 있는 사내를 발견하고 걸음을 멈췄다.

"아이고, 박 사장. 많이 놀랐나 보네. 초면에 미안대이. 박 사장이랑 한번 만나 보고 싶어서 최 의원에게 부탁 좀 했다."

"아닙니다."

"내 오늘 박 사장이랑 긴히 할 말이 있어서 무례라는 거 알고도 그랬다. 천장 안 무너지니 앉아라. 대한호텔이 딴 건 몰라도 대한민국 호텔 중에 제일 튼튼하대이. 내 그건 장담할 수 있다."

그가 자리에 앉자 최 의원은 테이블 옆에 있는 벨을 눌러 주문했다. 그러자 밖에 있던 여직원이 문을 열고 들어와 무궁화가 예쁘게 수놓아져 있는 잔을 테이블 위에 올려 둔 뒤 사라졌다.

문이 닫히자 민 회장이 녹차를 한 모금 마시며 말했다.

"오늘 박 사장을 보자고 한기는 내 부탁이 있어서 그런거다. 내 박 사장에 대해 들은 게 좀 많다. 아주 똑똑한 청년 사업가라고. 내한테는 이가 갈리는 일이기는 하지만 해우건설 독립할 때도 많은 자금을 대 줬다는 이야기도 들었다."

"……."

"요즘 대한그룹 많이 힘든 거 알고 있을기다. 하루 걸러 뉴스에서 짖어 내니 대힌민국 사람이라면 모를 수가 없제. 사실보다 더 크게 부풀려서 짖어 대니 내가 요즘 참말로 골치가 아프다."

아무 말 없이 곧은 눈으로 자신을 보는 찬연의 눈빛에 민 회장은 허허 웃음을 터트렸다. 소문만 들어 얼굴만 번지르르한 놈인 줄 알았건만, 기백도 상당했다. 제 사람으로 만들면 큰 도움이 될 자지만 적으로 둔다면 상당히 피곤할 자다. 민 회장은 찬연의 시선을 마주하며 말했다.

"자네가 내 사람이 되어 줬으면 좋겠대이. 자네도 대한그룹을 뒤에 두고 있으면 손해 볼 일은 없을기다. 지금이야 회사 꼴이 정신이 사납지만 그것도 곧 안정될기다."

"민 회장님의 말씀, 무슨 뜻인지 알겠습니다."

"하하하, 똑똑한 청년이라더니 그 말이 사실인가 보다. 볼수록 탐난대이."

민 회장의 말에 찬연은 짧게 고개를 저으며 말했다.

"저 또한 사업가입니다. 사업가는 자신에게 이득을 안겨 주는 거래에는 누구보다 빠르게 사리판단을 합니다. 사업에서 가장 중요한 것은 사람이란 것도 잘 알고 있습니다."

말을 마친 찬연은 입술을 굳게 닫았다. 그리고 생각에 잠긴 듯 민 회장을 바라보았다. 아무 말 없이 자신을 바라보는 찬연의 모습에 민 회장은 느긋한 표정을 지었다. 어디 계속 말해 보라는 듯.

한참 침묵을 지키던 찬연이 입술을 달싹였다.

"하지만 현재 저는 해우건설 이 회장님의 사람입니다. 민 회장님의 제안은 감사하지만……."

"와 그리 이 회장 눈치를 보노? 결국 그놈의 명줄을 쥐고 있는 것도 박 사장 아이가?"

"이 회장님은 단순한 사업 파트너가 아닙니다."

"그기는 또 무신 말이고?"

민 회장의 물음에 찬연은 입술에 미소를 걸며 말했다.

"제가 원하던 물건을 주셨거든요."

그의 말에 민 회장은 미간을 찌푸렸다. 수수께끼를 내듯 하나씩 풀어 놓는 그의 화법이 마음에 들지 않는 듯 보였다.

민 회장의 얼굴이 구겨지자 최 의원이 안절부절못하며 말했다. 방금 전까지만 해도 둘의 대화가 끊어지지 않도록 입을 닫고 있던 모습과는 대조적이었다.

"박 사장. 정확하게 말씀해 보십시오. 무슨 물건 말입니까?"

"1년 반 전에 참 가지고 싶어 했던 물건을 제게 주셨습니다. 빛고을 말입니다. 그때의 거래가 인연이 되어 지금까지 만나 뵙고 있는 겁니다."

"빛고을? 빛고을은 원래……."

"네, 민 회장님의 것이었죠. 1년 반 전에 빛고을이 너무 탐이 나서 이 회장님을 찾아뵈었었습니다. 그리고 제 부탁을 들어주셨죠."

"빛고을은 지금 왕실 낀데?"

"네, 4개월 전에 왕실에 기부했습니다."

"그걸 와? 왕실은 국민들 세금으로 생명을 연명하는 버러지들이다. 그지들한테 주기에는 물건이 너무 큰 거 아이가?"

민 회장의 말에 찬연은 애써 표정 관리하며 웃었다.

"단골이거든요. 제가 가지고 있는 것보단 원래 주인이 가지고 있는 것이 더 좋겠다고 생각했습니다."

원래 주인?

민 회장은 의아한 얼굴로 찬연을 보았다. 처음에는 착각이라 생각했는데 묘하게 굳어 있는 얼굴은 잘못 본 것이 아니다. 어떤 말이 그의 신경을 거슬리게 한 것일까. 민 회장은 찬연의 의중을 살피며 그의 얼굴에서 시선을 떼지 않았다.

"이 회장님은 저의 파트너이고, 요즘 대한그룹과 해우건설의 사이가 좋지 않다는 것은 알 만한 사람들은 다 알고 있습니다."

"그래서, 내 사람이 되지 않겠다는 말이가?"

"아닙니다."

"뭐고 그게."

슬슬 인내심의 바닥을 드러내는 민 회장의 모습에 찬연의 미소가 진해졌다.

"이 회장님의 장부를 가지고 있다는 이야기를 들었습니다."

"동근이 금마가 그거까지 말하드나?"

찬연은 고개를 끄덕이며 말했다.

"이 회장님과 전 서로 믿고 일하는 파트너니까요."

그의 말인즉 그 장부를 이 회장에게 돌려준다면 자신의 사람이 될 수 있다는 말이었다. 하지만 이 회장은 벌써 자신을 한 번 배신했던 놈이다. 쉽게 믿을 수 없다.

"이 회장은 벌써 내를 한 번 배신했대이. 그런데 내가 어떻게 믿고 목숨 줄을 넘겨주노? 박 사장, 니 같으면 그리하겠나?"

민 회장의 물음에 찬연은 고개를 저었다. 그리고 그들의 이야기를 경청하고 있는 최 의원을 보며 말했다.

"가족의 연으로 묶는 게 어떻겠습니까?"

"가족의 연?"

"대한그룹과 해우건설이 한 가족이 되는 겁니다."

민 회장이 놀란 눈으로 찬연을 보다 이내 호탕하게 웃음을 터트렸다. 룸 안이 울리도록 하하, 웃으며 손뼉을 쳤다. 아주 재미있는 이야기를 들었다는 반응이었다.

"하하, 내 진짜 박 사장 니가 맘에 든다. 그래, 가족만큼 단단한 건 없제. 그것만큼 믿을 만한 것도 없고. 근데 아쉽게도 내 자식들은 다 결혼을 했다. 손자, 손녀까지 생각해 봐도 어린애들 아니면 결혼한 아들이다."

그의 말에 아쉬움에 미간을 찌푸린 찬연은 옆에서 생각에 잠긴 얼굴로 자신을 보는 최 의원을 보며 말했다.

"전 이 회장님을 믿습니다. 그리고 민 회장님께서는 최 의원님을 믿고 계십니다. 굳이 대한그룹과 해우건설이 한 가족이 될 수 없다면……."

찬연은 말을 멈추고 놀란 최 의원을 보았다. 그는 이미 모든 이야기를 이해한 것 같았다.

"최 의원님과 해우건설은 어떻습니까?"

찬연의 말에 룸 안엔 정적이 내려앉았다. 그리고 곧 민 회장이 웃음을 터트리며 말했다.

"하하, 니 진짜 물건이대이. 근데 그 문제는 내가 결정할 문제가 아이다. 답은 지금 바로 줘야대나?"

"아닙니다. 전 제안을 드린 것뿐입니다. 이 회장님께도 의견을 여쭤봐야 하는 일이고요."

"그래, 좋다. 그라면 당사자들끼리 이야기하라고 해야제. 그게 가장 좋겠다."

민 회장의 말에 최 의원이 고개를 끄덕였다. 얼굴에는 고민하는 기색이 역력했다. 장부를 가지고 있는 것도, 찬연이 제안하는 것조차도 민 회장에게 하는 것이 아닌 자신에게 하는 것이었다.

조금은 신중하게, 신중하게 생각할 필요가 있었다.

✻　✻　✻

커다란 원목 책상 뒤에 앉아 있던 최 의원은 고민에 잠겨 있었다. 머릿속은 복잡했지만, 내려지는 결론은 없었다.

최 의원은 진성과 설을 떠올렸다.

아들이 사랑하는 여자. 곁에 둬야 하는 목격자.

모든 것은 찬연의 제안을 거절하라 말하고 있었지만 그는 그럴 수가 없었다. 해우건설 이 회장은 여전히 자신의 연락을 받지 않고 있었고, 자신의 든든한 자금줄이었던 대한그룹 또한 위험했다.

어떻게 해야 옳은 결정일까. 한참 고민하던 최 의원은 결국 생각의 결론을 내리고 전화를 들었다. 몇 번 신호음이 울린 뒤 민 회장의 목소리가 들렸다.

─그래, 부식아. 결정했나?

"설이는 어떻게 해야 합니까? 그 아이를 우리 곁에 둬야……."

최 의원은 말을 끝맺지 못하고 입을 꾹 다물었다.

─벌써 23년이나 지났다. 근데도 그 아이는 아직 기억도 못 한대이. 그건 영영 돌아오지 않는 기억이란 뜻이다. 여섯 살짜리의 기억력은 딱 거기까지였던 기다. 아니면 부모님의 죽음을 눈앞에서 목격하고 충격을 받아서 모든 기억을 날렸을지도 모른다.

"그래도 걱정입니다."

최 의원의 서성 가득한 목소리에 민 회장은 커다랗게 웃음을 터트렸다. 23년 동안 그 아이를 옆에 뒀음에도 아직 두려움에 사로잡혀 있는 그의 모습이 참으로 우습게 보였기 때문이다.

─부식아, 잘 들어라. 그 아이를 니한테 맡긴 이유는 그 아이를 옆에 서 잘 살펴보고, 그 아이가 혹시 무슨 낌새가 있나 살펴보라고 보낸기다.

"알고…… 있습니다."

─그 아이는 23년 동안 니 옆에 있었다. 널 은인으로 생각하면서.

"민 회장님, 하지만……."

─이미 공소시효도 끝난 사건이다. 너무 걱정 마래이.

"……네, 알겠습니다."

그렇게 답을 하면서도 최 의원의 얼굴에는 여전히 걱정 근심이 물러나지 않은 채였다. 하지만 최 의원은 애써 고개를 저으며 생각을 떨쳐냈다.

"이 회장을 다시 우리 사람으로 만들어야 합니다."

─그래, 니 말이 마따. 아무리 미운 놈이라도 적이 되면 골치 아프다. 요 몇 년 사이 틀어졌다고 바로 등 돌리는 거 봐라. 내가 지 목숨줄 쥐고 있는데도 끝까지 개기드라. 적이 되면 개처럼 물어뜯을 놈이다.

"알고 있습니다. 그래서 이 회장이 지금 그 자리에 있는 거겠지요."

최 의원은 모든 결정을 내렸다는 듯 단호한 목소리로 말했다.

"제가 약속 잡겠습니다. 두 마리 토끼를 다 잡을 수 있는 기횐데 놓칠 수야 없지요."

─잘 생각했다.

"설이는……."

─굳이 진성이 짝으로 만들지 않더라도 옆에 두고 지켜볼 수 있는 방법은 많대이.

"네, 알겠습니다."

전화를 끊은 최 의원은 우울한 눈으로 테이블 위를 보며 깊은 한숨을 내쉬었다.

진성은 피곤한 눈을 감으며 구겨지는 미간을 꾹꾹 눌렀다. 그는 경기도 도지사가 상을 당해 밤새 장례식장에 있어야 했다. 그곳에서 사람 좋은 척 연기를 하며 팔을 걷고 일을 도왔더니, 온몸의 근육이 뭉쳐 아팠다. 잠 한숨 제대로 못 자 온몸이 천근만근 무거워 당장이라도 눈이 감길 듯 피곤이 몰려왔다.

"의원님, 댁으로 모실까요?"

보좌관의 말에 진성은 대답할 기운도 없다는 듯 고개를 끄덕였다. 눈을 깜빡이면 침대 위였으면 좋겠다고 생각하며 진성은 쿠션감이 좋은 뒷좌석에 몸을 묻었다. 그때 그의 주머니에 들어 있던 휴대전화가 진동했다.

"네, 아버지."

―그래, 장례식은 잘 다녀왔냐.

"네, 정확히 9시간을 지켰으니 할 도리는 했다고 봅니다."

진성은 날카로워지는 신경 때문인지 목소리에 짜증이 배어 있자 헛기침을 내뱉었다.

―피곤한 거 알지만 나 대신 가 줘야 할 자리가 있다.

"꼭 가야 하는 자리입니까?"

―그래.

최 의원의 말에 진성의 입에서 깊은 한숨이 흘러나왔다.

"어딥니까?"

―대한호텔 스카이라운지로 12시까지 가면 된다.

진성은 시계를 힐끔 보았다. 시간을 봐서는 집에 가서 옷만 갈아입고 바로 나와야 할 듯싶었다.

"네, 알겠습니다."

―그래.

전화를 끊은 진성은 짜증스럽게 휴대전화를 던져 버렸다. 커다란 휴대전화가 차 앞 유리창을 맞고 바닥으로 떨어졌지만 보좌관은 아무 말 없이 차를 몰았고, 진성은 작게 욕설을 내뱉으며 날카로워지는 신경을 애써 가라앉히려 노력했다. 하지만 지금 당장 필요한 휴식을 취하지 못한다는 사실에 짜증은 솟구쳤고, 몸은 물 먹은 솜 마냥 아래로 가라앉았다.

집으로 돌아온 진성은 잠시 눈도 붙이지 못하고 서둘러 샤워를 하고 옷만 갈아입고 나와야 했다. 보좌관과 함께 대한호텔 스카이라운지에 온 진성은 자신에게 다가오는 매니저를 보며 구겼던 표정을 애써 폈다.

"최 진성 의원님이시죠?"

"그렇습니다."

"안내해 드리겠습니다."

매니저의 뒤를 따라 걷던 진성은 곧 그녀가 멈춰 선 테이블을 보며 눈을 크게 떴다. 허리까지 내려오는 긴 생머리에 청초한 여성은 자신도 몇 번 만났던 인물이었다.

"안녕하세요. 진성 씨. 오랜만이죠?"

"아니, 이민아 씨가 여긴 왜……."

민아가 자리에서 일어나 그에게 손을 내밀며 말했다.

"여기서 보니 참 반갑네요."

진성은 자신에게 내밀어진 손을 무심한 눈길로 내려다보았다. 족히 한 시간은 관리받았을 손톱은 지나치게 화려했다. 진성은 다시 민아의 얼굴을 올려다보았다. 악수를 거절한 진성의 행동에 무안해할 법도 하건만 그녀는 아무래도 좋다는 듯 어깨를 으쓱였다.

이민아. 그녀는 해우건설 이사로 앉아 있는 이강우의 딸이자, 이동우 회장의 손녀였다. 커다란 키와 날씬한 몸매. 스타일리시한 모습으로 남성들의 시선을 끌어당기는 여자는 가진 것이 많았다. 화려한 외모와 더불어 뒤에 서 있는 해우건설까지. 그녀는 최근 상류층에서 최고로 주목받고 있는 여자 중 하나였다. 물론 해우건설에서 건축디자이너로 한자리 꿰차고 있는 그녀의 일적인 능력으로 주목을 받는 것이 아니라, 중매시장에서 말이다.

민아는 밝게 웃으며 맞은편 자리를 눈짓하며 말했다.

"앉죠? 표정 보니 아무것도 모르고 나오신 것 같은데."

"아, 아, 네."

진성이 맞은편에 앉자 민아도 치마를 추스르며 자리에 앉았다. 그녀는 손을 들어 매니저를 부른 후 그에게 어떤 차를 마실 거냐고 묻는 여유까지 보였다.

"커피가 좋겠습니다."

"그럴 줄 알았어요. 에소프레소?"

"네."

"가져다주세요."

"네, 준비해 드리겠습니다."

매니저가 고개를 꾸벅 숙이고 사라지자 민아는 진성의 얼굴을 보며 말했다.

"얼굴을 보니 많이 피곤해 보이시네요. 저희 아버지도 아침에 들어오셨는데. 목적지가 같았나 봐요."

"네, 장례식장에서 뵀었습니다."

진성은 검은 양복을 입고 서둘러 장례식장으로 들어오던 강우를 떠올리며 말했다. 장례식장에서는 워낙 자리가 떨어져 있어서 인사 한 마디 못 했었다. 그런데 그의 딸을 다음 날 아침, 이른 시간에 대한호텔 스카이라운지에서 볼 줄은 몰랐다.

진성은 자신의 앞에 에소프레소가 놓이자마자 마셨다. 카페인을 섭취하자 그제야 피곤이 가시는 것 같았다.

민아는 어정쩡한 자세로 커피를 마시는 진성을 보며 자신의 앞에 놓인 생과일주스를 마셨다. 사각사각하게 갈린 얼음이 입 안을 시원하게 만들어 주었다.

"그럼 본론부터 시작하죠. 왜 이민아 씨가 저와 평일 낮 12시에 대한 호텔 스카이라운지에서 만나야 하는 거죠?"

"정말 아무것도 모르시나 보네요. 전 다 알고 나왔는데. 할아버지 말씀에 의하면 최진성 씨와 저의 결혼 이야기가 어른들 사이에서 나오고 있다고 하네요. 그렇게 놀란 표정 하지 마세요. 저도 처음 들었을 때는 놀랐으니까."

민아는 깜짝 놀라는 진성을 보며 말했다. 민아 그녀도 최진성이 자신의 짝으로 낙점될 줄은 몰랐다. 늘 어른들이 정해 준 사람과 결혼할 것이라는 생각은 했지만, 그게 천하의 최진성일 줄이야. 민아는 당황한 얼굴로 자리에서 일어나는 진성을 보며 무심한 목소리로 말했다.

"이 자리에서 당신이 나가게 되면 어른들의 말씀을 거스르게 되는 거겠죠? 분명 이익에 의해 만들어진 자리일 텐데."

"아……!"

"전 당신이 이 자리에서 나가든 말든 상관없어요. 최진성 씨도 그런가요?"

진성은 무심한 눈길로 자신을 올려다보며 묻는 민아의 말에 말문이 막혔다. 한참 민아의 얼굴을 보던 진성은 결국 자리에 다시 앉을 수밖에 없었다.

분명 아버지께 말씀을 드렸었다. 가을에 설이와 약혼식을 올리겠다고. 그런데 자신에게는 한 마디도 없이 선 자리에 밀어 넣었다.

도대체 어떻게 된 일인지 알 수가 없었던 진성은 뜨거운 커피를 단숨에 들이켰다. 입 안이 데어 화끈거렸지만, 제 속보단 못했다. 가슴속은 뜨거운 용암을 삼킨 듯 화르르 타오르고 있었다.

진성이 자리에 다시 앉자 민아는 그가 이제야 이야기할 준비가 되었다 여겼는지 손목시계를 확인한 후 해맑게 웃었다. 그녀는 미소 짓고 있었지만 지극히 사무적이었다.

"결혼은 이미 기정사실화된 것 같은데, 언제가 좋을 것 같으세요?"

감정이 담겨 있지 않은 물음에 진성은 아무 말 없이 민아의 얼굴을 보았다.

자신을 보는 멍한 시선에 민아는 미간을 찌푸렸다. 더 이상 그와 줄다리기 하는 것이 싫다는 듯 그녀는 차분한 목소리로 말했다. 목소리는 상대방을 설득하듯 조곤조곤했다.

"이 결혼, 나 혼자서 하는 거 아니에요. 최진성 의원님."

"알고 있습니다."

진성의 말에 민아는 헛웃음을 내뱉었다. 그의 표정은 시시각각 변하고 있었다. 처음 자신과 처음 만났을 때는 의아한 얼굴. 결혼 이야기를 들었을 때는 놀라고 당황하는 얼굴. 그리고 막상 본격적인 이야기에 들어가자 그는 상처받은 얼굴을 하고 있었다.

문득 해우건설 50주년 파티 때 액세서리처럼 이 남자 옆에 서 있던 여자가 떠올랐다. 그녀의 기억이 틀리지 않았다면 가을쯤 약혼을 올린다는 말을 들었던 것도 같다. 남편에게 여자가 있다는 사실은 썩 기분 좋은 일은 아니었지만 그렇다고 크게 신경이 쓰이는 것도 아니었다. 막상 결혼을 하게 되면 자신의 이 무관심한 감정이 어떻게 변할지는 모르지만 현재로서는 그랬다.

주위에 사업하는 사람 중 정부가 없는 사람은 손에 꼽을 정도다. 굳이 유별나게 굴 필요는 없다.

"그렇게 상처받은 표정 하지 마세요. 나도 감정 없는 결혼, 하기 싫으니까. 하지만 어떻게 하겠어요? 우리가 사는 세상의 룰인걸."

"……"

"결혼은 단지 양가 집안을 단단하게 묶어 주는 끈밖에 되지 않아요. 어렸을 때부터 그렇게 듣고 자랐고."

또다시 상처받은 눈으로 자신을 보는 진성에게 민아는 입꼬리를 부드럽게 휘며 말했다.

"표정을 보니 당신은 그렇지 않았나 보군요."

"아닙니다."

전혀 아닌 게 아닌데.

그녀는 계속 상처받은 표정을 하고 있는 그를 보며 애써 찝찝한 기분을 떨쳐 냈다. 이러한 자리는 그녀도 유쾌하지 않았다. 서둘러 이야기를 마무리 짓고 싶었다.

"좋아요. 계속 앉아 계시는 걸 보니 그 말 믿어 주죠. 전 이 문제에 대해 그렇게 길게 시간을 끌고 싶지 않아요. 어차피 내 의견 따위 이 결혼에서는 무시될 거고, 괜히 힘 빼고 싶지는 않거든요."

"……."

"하지만 당신의 마음이 나와 다르다면 최대한 빨리 말해 줘요. 당신도 알겠지만 이 세계에서 한 번 결혼 이야기가 오고 갔던 여자는 몸값이 떨어지기 마련이거든요."

당당하게 말한 민아는 미소 지었다. 그녀의 미소를 멍한 시선으로 보던 진성은 이내 고개를 끄덕였다.

둘의 모습은 누가 보더라도 선을 보는 남, 녀였다. 그리고 그 모습을 보고 있는 사람이 있었다. 멀리서 그 모습을 보던 설은 몸에 힘이 빠진 듯 휘청거렸다.

"괜찮아?"

찬연이 서둘러 설의 몸을 지탱해 주며 말하자 그녀는 작게 고개를 저었다. 괜찮지 않았다. 어떻게 저 모습을 보고 괜찮을 수 있겠는가. 약혼자가 대낮에 호텔 스카이라운지에서 선보는 모습인데.

"설아, 뭔가 오해가 있을 거야."

"오해일까요? 저 여자분 저 알아요. 해우건설 손녀딸 이민아 씨죠.

해우건설 50주년 파티 때 인사했었어요. 그때는 그냥 예쁜 여자라고 생각했는데, 설마 이런 인연일 줄은 몰랐네요."

설의 얼굴이 일그러졌다. 진성과 민아에게 향해 있던 그녀의 시선이 옆으로 돌아갔다. 서둘러 이곳을 벗어나기 위해 빠르게 걸음을 옮기던 설은 엘리베이터가 1층에서 멈춰 있자 표정을 구겼다. 스카이라운지까지 올라오는 엘리베이터는 VIP용밖에 없었다. 한참을 그 자리에 서서 기다려야 한다는 사실에 설은 끔찍한 기분이 들었다.

서둘러 이 공간을 벗어나고 싶었다.

진성이 없는 곳으로.

"설아, 진정을……."

찬연이 그녀의 어깨를 붙잡으며 말했다. 하지만 설은 그의 위로를 거부하듯 손을 쳐 낸 후 주위를 두리번거렸다. 비상구를 발견한 설이 서둘러 뛰어가자 그 모습을 멀리서 본 매니저가 달려오고 있었다. 찬연은 손을 저어 그녀가 다가오는 것을 막은 후 설의 뒤를 따라 비상구로 뛰어갔다.

또각, 탕탕! 또각, 또각.

대리석과 설의 구두굽이 거칠게 부딪혔고, 그 뒤를 찬연의 발소리가 따르고 있었다. 얼마나 빨리 뛰어 내려간 건지 그녀의 굽 소리가 저 아래에서 들리고 있었다. 찬연은 서둘러 계단을 뛰쳐 내려가며 겨우 설의 어깨를 붙잡았다.

"이거 놔요!"

설을 붙잡은 찬연은 고개를 저었다.

"아니, 놓아줄 수 없어."

"이거 놓으라니까요? 지금은 혼자 있고 싶어요."

"혼자 둘 수 없다니까!"

부들부들 떨리는 설의 몸을 꽉 붙잡은 찬연은 그녀의 정수리를 보며 깊은 한숨을 쉬었다. 그리고 설의 턱을 들어 시선을 맞추었다. 설의 눈동자는 혈관이 터져 붉어져 있었다. 슬픔을 참아 내기 위해 입술을 악문 모습이 안쓰럽게 느껴질 정도다.

"이거 놔주세요."

"좋은 오빠 노릇이야."

"싫어요. 놔주세요, 제발."

애원하며 말하는 설에게 찬연은 단호한 목소리로 말했다.

"울고 싶으면 울어."

그의 말이 신호탄이 된 것일까. 그에게 슬픔을 보여 주고 싶지 않다는 듯 설은 이를 악물고 울음을 참아 내려 했지만 쉽지 않았다. 그녀가 몸을 비틀어 그의 손에서 빠져나오려 했다. 하지만 찬연은 그녀의 허리에 팔을 둘러 품속으로 끌어당겼다. 가슴에 폭 안긴 설이 한숨처럼 내뱉었다.

"이거 놔요…… 놓으라니까……?"

"몇 번이고 말하지만, 놓아 둘 수 없어."

"왜…… 왜 그래요……. 나한테 왜 그래요!"

"……위로하고 싶어."

그의 말에 설은 한참을 찬연의 품에 안겨 울었다. 그는 넓은 가슴에 그녀를 품어 따뜻하게 안아 주었고 커다란 손으로 그녀의 등을 토닥이며 한참 동안 그녀의 울음이 그치길 기다렸다.

설의 집 앞에 차가 부드럽게 멈췄다. 하지만 창밖을 향해 고개를 돌리고 있는 설은 차에서 내릴 생각도 하지 못하고 있었다. 깊은 한숨을 내쉰 찬연이 차에서 내려 보조석 문을 열었다. 그리고 퉁퉁 부어 있는 눈을 연신 깜빡이는 그녀를 불렀다.

"설아."

"……."

"한설, 괜찮아?"

"아니요, 안 괜찮아요."

한참을 울어서일까. 설의 목이 쉬어 있었다. 자신의 목소리가 스스로
에게도 끔찍하게 들린 것인지 설은 꾹 입을 다물었다. 그리고 안전벨트
를 풀고 차에서 내렸다.

"혼자서 괜찮겠어?"

"오늘은요…… 오늘은 혼자 있고 싶어요."

"그래, 무슨 일 있으면 연락해. 사무실에 있을 테니까."

"네, 오늘 죄송했어요. 스케줄은……."

설의 말에 찬연은 작게 고개를 저었다.

"괜찮아. 개인적인 일이었으니까. 그럼 들어가서 쉬어."

"네, 미안해요. 그럼 들어가 볼게요."

설은 비척비척 힘없이 집으로 들어갔다. 그녀의 모습이 시야에서 사
라졌지만 찬연은 한동안 그 자리에 서서 그녀가 사라진 자리를 보고 있
었다.

'때로는 무조건 믿음을 보였던 상대에게 배신을 당하기도 하고, 상처
를 받기도 해요.'

꽃씨를 심을 때 설이 했던 말이 떠올랐다. 그 이야기를 떠올리던 찬
연의 입술이 느른하게 풀어졌다.

"생각보다 더 아픈가?"

아니, 그녀는 더 아파야 했다. 더 아프고 괴로워해야 했다. 그래서 온
전히 그녀의 세계에 자신만 두어야 했다. 다른 누구도 없이 자신만 그
세계에 존재해야 했다.

6.
검은 유혹

커다란 원목 책상 앞에 앉아 있는 최 의원의 표정이 심상치 않았다. 어둠을 잔뜩 머금은 표정에선 그가 지금 무슨 생각을 하고 있는지 전혀 읽을 수가 없었다.

한참 전화를 뚫어져라 보던 그는 밖이 소란스러워지자 자리에서 일어났다. 우당탕, 뭔가 쓰러지는 소리가 들리더니 곧 여주댁의 놀란 목소리가 이어졌다. 이야기 내용은 자세히 들리지 않았지만, 그가 예상했던 대로 진성이 찾아온 듯싶었다.

곧 몇 번의 거친 노크 소리가 들렸고, 술에 취해 몸가짐이 잔뜩 흐트러진 진성이 문을 벌컥 열고 들어왔다.

"아버지, 저 왔습니다."

진성은 알코올에 푹 절어 제대로 된 발음을 내지 못했다. 휘청거리던 그가 고개를 꾸벅 숙이며 말하자 진노한 최 의원은 버럭 소리를 질렀다.

"이게 무슨 추태냐!"

"추태요? 무슨 추태요?"

진성이 헤실 웃으며 답했다. 몸을 가누지 못하던 진성은 최 의원에게 한 걸음, 한 걸음 다가왔다. 그가 가까이 다가오자 코를 찌를 듯 고약한 술 냄새가 났다. 술을 마신 것이 아니라 온몸에 들이부운 듯 끔찍한 냄새였다.

"오늘 아버지가 저한테 한 서프라이즈 쇼 잘 마치고 왔습니다. 아주 기분이⋯⋯."

"⋯⋯."

"엿 같더군요."

알코올에 감정이 격해진 것일까, 아니면 솔직해진 것일까. 진성은 거칠게 말했다.

그는 입을 꾹 다물고 날카로운 시선으로 자신을 보는 아버지에게 히죽히죽 웃어 보였다. 겉으로 보기에 그의 기분 상태는 아주 좋아 보였다.

"아버지께서 왜 갑자기 그런 생각을 하셨는지 모르겠습니다."

"최진성⋯⋯ 술 깨면 찾아와. 그때는 모든 것을 말해 주마."

"아니요! 전 지금 다 말해야겠습니다! 아버지! 아버지! 나의 아버지!"

버럭 소리를 지른 진성은 울화로 인해 울렁거리는 시선으로 최 의원을 보았다. 버럭 소리를 지른 덕분에 마지막 목소리는 갈라졌지만 서재 안을 쩌렁쩌렁 울릴 정도로 큰 목소리였다.

화가 난 진성의 몸이 부들부들 떨렸다. 그리고 자신의 감정을 쏟아냈다.

"아버지, 잘 아시지 않습니까! 허락하지 않으셨습니까! 제 곁에 설이가 있다는 것, 제가 설이를 얼마나 사랑하는지 아주 오랜 시간 곁에서 보지 않으셨습니까! 원래라면 지금쯤 전 밝게 웃으면서 설이에게 갔어야 합니다! 그런데 갑작스러운 아버지의 변덕 때문에 전 설이에게 갈 수가 없습니다!"

최 의원은 온몸을 파르르 떠는 진성에게 다가갔다. 그의 얼굴에는 안타까움이 가득했다. 그것이 의도된 것이든 진심이든, 그는 겉으로 보기에는 아들의 사랑을 어쩔 수 없이 가로막아야 하는 아픈 아비의 탈을 쓰고 있었다.

"진성아, 아들아. 나도 너의 행복을 빌어 주고 싶었다. 그래서 태현이의 반대가 있기도 했지만…… 설이가 좋다는 네 말에 그 아이를 여지껏 호적에도 올리지 않고 지켜봤던 거다. 딸이나 며느리나 한 가족이니까."

"아버지! 그러면 끝까지 지켜보셨어야 합니다! 왜, 왜 절 속이고 그 자리에 내보내신 겁니까! 왜요, 왜!"

"네가 그 자리에 끝까지 남아 있었던 이유, 너도 잘 알고 있어서 그랬던 것 아니냐?"

"권력이요? 아버지가 지금 앉아 있는 그 자리를 유지하기 위해서요? 그깟 게 무슨 소용입니까!"

진성의 눈이 급기야 붉어졌다. 눈물이 맺힌 얼굴로 최 의원을 보던 진성은 거칠게 고개를 돌렸다. 뭐라도 때려 부수고 싶은 충동이 들었다. 그의 가슴속 깊이 잠들어 있던 폭력성이 튀어나와 당장이라도 엉망이 된 이 상황을 정리해 달라며 최 의원에게 겁을 줄 것 같았다. 하지만 조금 남아 있는 그의 이성이 폭발하려는 분노를 막았다.

진성은 깊게 호흡을 들이마시고 내쉬며 거칠어진 호흡을 가다듬었다. 그리고 자신의 물음에 답하려는 최 의원을 슬픈 눈으로 바라보았다.

"그 또한 너도 알고 있을 것이라 생각한다. 무슨 소용이냐고? 어린아이처럼 굴지 마라."

"아버지!"

"어쩔 수 없는 일이다. 넌 내 아들로 태어나 내가 가진 권력으로 호의호식하며 살았다. 넌 물건을 살 때, 학교를 다닐 때, 대학을 다닐 때, 그리고 직장을 구하고 나서도 단 한 번도 돈 걱정을 하지 않았고, 아비의 후광을 이용해 지금 그 자리에 있을 수 있었다."

"그래서요……? 그래서 지금 그 빚을 갚으라는 말씀이십니까?"

그의 말에 최 의원은 작게 고개를 저으며 말했다.

"아니. 내 권력을 지킬 수 있도록, 앞으로 너의 앞길이 열릴 수 있도록 노력하란 말이다. 사랑이란 장난에 네 평생을 진흙탕 속에 처박지 마! 내가 쌓아 온 것들을 무너트리지 마라."

단호한 최 의원의 말에 진성은 몸을 비틀거렸다. 온몸을 몽둥이로 두드려 맞은 듯 끔찍한 고통이 느껴졌다.

더 이상 아버지와 이야기할 것이 없다고 느낀 진성은 거칠게 뒤돌아섰다. 그리고 최 의원에게 인사 한 마디 남기지 않고 집을 빠져나왔다.

그 또한 알고 있었다. 그가 속해 있는 세상이 어떤 곳인지 그는 너무나 잘 알고 있었다. 결혼은 사업의 일환일 뿐이고, 자신들의 권력을 유지하기 위해 필요한 장치 중 하나였다. 하지만 그것은 자신과는 별개인 줄 알며 살았다. 아버지가 설을 허락했고, 그 또한 평생 설만을 가슴에 품으며 살았다.

그런데 이제 와서……. 왜 자신의 사랑이 드디어 결실을 맺을 이 순간 그는 현실에 부딪혀야 하는가.

지나가던 택시를 잡아탄 진성은 익숙한 설의 집주소를 말했다. 그리고 눈을 질끈 감았다.

숨을…… 쉴 수가 없다.

설은 창틀에 걸터앉아 창밖의 세상을 보고 있었다. 며칠 전 찬연과 함께 열심히 가꿨던 화단에서 싹이 뾰족 올라온 것이 보였다. 평소의 그녀라면 그 모습에 기특해하며 기뻐했을 테지만 온몸에 수분이 빠져나간 듯 생명력을 잃은 그녀의 표정엔 아무런 감정도 남아 있지 않았다. 설은 문득 저 화단을 가꿨던 날이 떠올랐다.

'그런데 사람은 아니에요. 얼마나 많은 사랑을 주든 얼마나 관심을 쏟든 상관없죠. 어긋난 마음이라면 질색하기도 하고, 가끔 현실이란 것 때문에 사랑을 받아 주지 못하기도 해요. 때로는 무조건 믿음을 보였던 상대에게 배신을 당하기도 하고, 상처를 받기도 해요.'

그때는 아버지가 했던 이야기를 고스란히 읊었을 뿐이다. 하지만 지금은 아니었다.

"끝까지……."

설은 멍하니 중얼거렸다.

어떻게 시간이 흘렀는지도 몰랐다. 찬연과 헤어진 뒤 정해진 프로그램이 입력되어 있는 로봇처럼 씻었고 옷을 갈아입었다. 배가 고프자 밥을 먹었고, 평소 보지 않았던 쇼 프로그램도 봤다. 깔깔 웃을 이야기였지만 그녀는 웃을 수가 없었다. 자신의 속에 있던 것들이 텅 비어 버린 듯 아무런 감정도 느낄 수가 없었다.

멍하니 어두운 창밖을 보던 설은 곧 자신의 집 앞에 멈춰 서는 택시 한 대를 보며 놀란 듯 굽히고 있던 허리를 폈다. 누굴까 생각하기도 전에 택시에서 내린 진성의 모습을 발견한 설의 눈빛이 날카롭게 변했다.

비틀거리며 택시에서 내린 진성이 대문을 열고 마당 안으로 들어서고 있었다. 설은 그 모습을 보며 소파 위에 대충 던져뒀던 카디건을 걸치고 밖으로 나왔다.

비틀, 비틀. 어지러운 듯 가끔 고개를 흔드는 진성을 보며 설은 그 자리에서 멈춰 섰다. 걸음을 옮기던 진성도 곧 그녀를 발견한 듯 환하게 웃었다.

"우리 예쁜 설이네? 오빠 온 줄 알고 마중 나왔어?"

그는 설을 보며 실성한 사람처럼 헤실헤실 웃었다. 그가 그녀의 앞으로 다가오자 역한 술 냄새가 풍겼지만 설의 표정에는 변화가 없었다. 그녀는 차가운 목소리로 말했다.

"왜 이렇게 많이 마셨어요?"

"오빠가 속상해서— 속상해서 좀 많이 마셨다."

말이 끝나자마자 진성이 균형을 잃고 비틀거렸고, 설은 서둘러 그의 몸을 받쳐 주며 깊은 한숨을 내쉬었다. 내일 아침에 일어나면 오늘의 일은 모두 까마득하게 잊을 정도로 그는 술독에 포옥 빠진 상태였다. 그와 할 말은 많았지만, 이런 상태의 그라면 감정 소모밖에는 되지 않는다.

설은 진성의 몸을 똑바로 세워 주며 말했다.

"오늘은 그만 집으로 돌아가요. 우리 내일 말해요."

이제야 그녀의 반응이 차갑다는 것을 안 것일까. 진성은 설의 눈치를 보았다. 방금 전까지만 해도 미소 가득하던 얼굴은 당황해 찌푸려져 있었고, 뭔가를 말해야겠다는 듯 입술을 달싹였다. 그리고 곧 그는 그녀의 냉랭한 얼굴에서 모든 것을 읽었는지 놀란 얼굴로 물었다.

"다 알고 있었어?"

"네, 대한호텔에서 봤어요."

그녀의 말이 이어질수록 진성의 얼굴은 점점 창백하게 굳었다.

"서, 설아……."

"마침 그곳에서 사장님 스케줄이 있으셨거든요. 참 기가 막힌 우연이죠?"

그녀가 모든 일을 우연히 봤다는 사실에 그는 눈을 치뜨더니 이내 자리에 털썩 주저앉았다.

"아아……."

숨길 수가 없다. 단 며칠만이라도 숨기고 싶었는데 그럴 수가 없었다. 이미 모든 것을 알고 있다 말하는 그녀에게 거짓말은 무의미하다. 그저 자신의 잘못을 빌어야겠다는 생각밖에 떠오르지 않았다.

"미안하다, 미안해. 정말 미안하다, 설아."

"일어나요. 여기서 이러지 말아요."

"설아, 제발……."

진성은 애처로운 눈길로 설을 올려다보며 말했다. 그의 목소리가 파들파들 떨리고 있었다. 자신을 버리지 말아 달라는 애원도 담겨 있었다.

그의 눈빛에 오히려 상처받은 것은 설이었다. 왜 당신이 그런 표정을 짓고 있는데? 아픈 건 나라고! 그렇게 소리치고 싶었다.

"왜 날 그렇게 봐요?"

"설아……."

냉랭한 그녀의 목소리에 결국 진성의 눈에서 눈물이 떨어졌다. 눈가는 곧 그의 눈물로 얼룩졌고, 그가 눈물을 쏟아 낼수록 설의 마음은 천 갈래 만 갈래로 찢어졌다.

설은 눈물을 닦을 생각도 하지 못한 채 자신을 올려다보는 그의 애달픈 얼굴을 보며 버럭 소리를 질렀다.

"내 이름 부르지 말아요!"

"설아, 제발……."

"나가 주세요. 오빠, 이제 나와는 아무런 관련도 없는 사람이잖아요."

"일부러 그런 게……."

"네, 알아요. 최 의원님이 그렇게 하라고 하셨겠죠. 그래서 저도 더 이상 뭐라고 말씀 안 드리는 거예요. 여기까지예요. 돌아가 주세요."

냉정한 설의 말에 진성은 이마를 땅에 박고 잘못을 빌었다. 그의 이마가 흙으로 더러워졌지만 그는 상관하지 않았다.

"설아, 설아. 그러지 마. 응? 제발 그러지 마……."

"그럼 먼저 들어가 볼게요."

몸을 돌려 냉정하게 집 안으로 들어가는 설의 뒷모습을 보며 진성은 눈물을 흘렸다. 아무런 힘도 없는, 아버지의 말에 거역할 수 없는 나약한 자신이 너무나 싫었다. 아버지의 설득에 고개를 끄덕일 수밖에 없는, 아버지의 결정을 이해하는 자신이 싫었다.

땅에 이마를 박고 온몸을 푸들푸들 떨어 대는 진성은 한동안 그 자리에 있었다. 그 모습을 집 안에서 보고 있던 설은 커튼을 치고 뒤돌아섰다. 달빛까지 가려 버린 집 안은 어두웠다.

"아……."

설은 짧게 탄성 같은 그 말을 뱉어 냈다. 그리고 소파로 뚜벅뚜벅 다가가 털썩 앉았다. 그리고 무릎을 끌어안고 무심한 표정으로 중얼거렸다.

"이젠 정말 혼자다."

＊　＊　＊

기나긴 밤. 한숨도 자지 못했다. 피곤할 때, 잠이 부족할 때는 그리도 빨리 지나가던 밤이 잠들지 못하자 숨이 막힐 정도로 길었다. 째깍, 째깍 흘러가는 초시계를 멍한 시선으로 보고 수만 마리의 양을 세었지만 잠들지 못했다.

결국 아침 동이 떠오를 때까지 잠들지 못한 설은 자리에서 일어났다. 시원한 바닥 때문에 온몸이 차갑게 식어 가자 설은 소파 위에 무릎을 껴안고 앉았다. 조용한 집이 견디기 힘들어 리모컨을 TV를 틀었고, 방송되는 일곱 시 뉴스를 무감각한 눈으로 바라보았다.

「어제 새벽 양화대교에서 교통사고로 두 명이 사망했습니다. 경찰은 과속으로 인한 사고로 보고 사고 경위에 대해 조사 중입니다.」

남성 앵커가 또박또박한 말투로 뉴스를 진행하고 있었다. 한참 멍하니 텔레비전을 보던 설은 잠시도 다른 곳에 눈을 떼지 않았다.

뉴스가 끝나고 주부들을 위한 드라마가 시작되었다. 드라마가 끝나자 아침 브리핑이 시작되었고, 또다시 뉴스가 이어졌다.

오랜 시간이 흘렀지만, 시간의 흐름에 무뎌진 설은 그렇게 한동안 멍하니 텔레비전에서 시선을 떼지 않았다.

딩동.

설은 집 안 가득 울리는 초인종 소리에 자리에서 일어났다. 현관문을 열자 찬연이 서 있었다.

"아! 죄송해요. 출근할……."

아침부터 찾아온 찬연을 보며 깜짝 놀란 설은 다급한 목소리로 말했다.

"한설, 정신 차려. 오늘 토요일이야."

"아…… 그, 그랬군요."

멍하니 자리에 서 있는 설을 끌어 소파에 앉힌 찬연은 그녀의 앞에 쪼그리고 앉아 시선을 맞췄다.

"밥은 먹었어?"

그의 말에 설은 고개를 저었다. 그녀의 말에 찬연은 그녀의 머리카락을 부드럽게 쓸어내리며 말했다.

"기분은 어때?"

그의 말에 설은 또다시 고개를 저었다. 그의 손길이 연신 부드럽게 머리칼을 쓸어내리고 있었지만, 감정을 잃은 듯 설은 인형처럼 가만히 앉아 있었다.

찬연은 걱정스러운 눈길로 설을 올려다보며 말했다.

"옷 갈아입을 힘은 있지?"

"왜요?"

이제야 조금 관심이 생긴 것일까. 설이 의아한 얼굴로 그를 내려다보며 말하자, 찬연은 미소 띤 얼굴로 말했다.

"원장 수녀님한테 전화 왔어. 요즘 잘 지내고 있냐고. 시간 괜찮으면 같이 가자고."

그의 말에 설은 고민하기 시작했다. 온몸에 힘이 하나도 없어 집에서 쉬고 싶은 마음이 굴뚝같았지만, 딱히 집에 있는다고 하더라도 잠을 잘 수 있을 것 같지 않았다. 더욱 혼자 집에 있어 봤자 멍하니 텔레비전만 쳐다보거나 시간이 어서 흘러가기만 바랄 것 같았다.

설은 찬연의 제의에 고개를 끄덕이며 말했다.

"네, 좋아요. 준비할게요."

대답을 마친 설이 자신의 방으로 들어가는 것을 본 찬연은 그제야 자리에서 일어나 그녀가 앉아 있던 소파에 앉았다. 방금 전까지만 해도 부드러운 미소로 그녀를 달래는 듯한 표정을 짓고 있던 그의 얼굴은 차가웠다.

✳ ✳ ✳

설은 아이들과 함께 운동장을 누비는 찬연을 보며 미소 지었다. 흙먼지에 옷이 더러워지는 것도 모른 채 공을 차고 있는 찬연의 셔츠가 땀으로 흠뻑 젖어 있었다. 찬연이 화려하게 드리블을 할수록 아이들의 웃음소리는 더욱 커졌고, 상대편 아이들도 땀에 흠뻑 젖어 찬연을 막기 위해 고군분투하고 있었다. 그때 찬연이 찬 공이 골대에 들어가자 아이들이 환호했다.

"우와!"

"오빠 멋져요!"

같은 편 아이들이 찬연에게 달려가 안겼고, 응원하던 여자아이들은 삼삼오오 모여 소리를 지르고 있었다. 그 모습을 멀리서 보고 있던 설은 자신에게 다가오는 원장 수녀님을 보며 말했다.

"아이들과 참 친하네요."

"2년 전부터 꾸준히 왔으니까 그렇지. 사랑과 관심에 굶주린 아이들이니 더 좋아하는 것 같구나."

원장 수녀의 말에 설이 고개를 끄덕였다. 아이들은 하나같이 찬연을 좋아하고 있었다. 설은 원장 수녀와 함께 걸음을 옮기며 원장실이 있는 쪽으로 향했다. 이불 빨래를 마친 뒤라 그런지 당장이라도 어디에 앉고 싶은 마음이었다.

원장실에 들어온 설이 의자에 털썩 주저앉자 원장 수녀가 음료 하나를 꺼내와 그녀에게 내밀며 말했다.

"일은 할 만하니? 찬연이랑 같이 일한다며."

"네, 좋아요. 오빠도 잘해 주고요."

"그렇다면 다행이다."

원장 수녀가 고개를 끄덕이며 오렌지 주스를 마셨다. 그때 열어 둔 창밖 너머로 또다시 함성이 들려왔다. 찬연이 또 골을 넣은 듯했다.

"아이들이랑 하는 시합이면 좀 봐주면서 하지."

"처음에 찬연이가 아이들이랑 놀아 줬을 때 봐줬었거든. 그 후로 아이들이 한참을 놀려 댔어. 그 뒤로는 사력을 다해서 놀아 주던데?"

"그래도 저건 너무 심했잖아요."

설이 입술을 삐죽 내밀며 말하자 원장 수녀가 하하 웃음을 터트렸다. 그리고 뭔가 생각이 난 듯 오렌지 주스가 반 정도 든 유리병을 테이블 위에 올려 두며 말했다.

"처음 찬연이가 이곳에 찾아왔을 때 너에 대해서 참 많이 물어봤었어."

"오빠가요?"

그녀의 물음에 원장 수녀는 고개를 끄덕였다.

"찬연이도 너처럼 호락호락한 인생이 아니었거든. 중학교 때 입양 간 집에서 파양당하고, 그 뒤로는 계속 영업일을 했다고 들었다. 그런데 2년 전 이곳을 찾아왔을 땐 어엿한 사장님이 되어 있구나."

원장 수녀의 말에 설은 놀란 눈으로 그녀를 바라보았다.

"그럼 학교도 제대로……."

"그래, 중학교도 제대로 졸업을 못 했다고 하더구나. 그런 애가 얼마나 노력을 했기에 저 자리에 앉아 있겠니? 원래는 아이들 간식비 정도 보내 줬는데, 2년 전부터는 열 명의 아이들 대학 학비는 댈 수 있을 정도로 큰돈을 보냈어. 처음에는 그게 너무 부담스러웠는데, 찬연이가 그러더구나. 공부하고 싶을 때 공부 못 하는 서러움은 배가 고픈 것보다 더 크다고. 그래서 요즘은 너무 고마워. 대학에 가고 싶어 하는 아이들 학비만큼은 걱정 안 하니까."

원장 수녀의 말에 설은 미간을 찌푸렸다. 그가 중학교 과정도 제대로 못 마친 사람이라고? 스스로에게 물은 설은 곧 단호하게 고개를 저었다.

그는 대학교 과정은 물론 대학원까지 마쳤다고 생각될 정도로 많은 것을 알고 있는 사람이었다. 더욱 요즘이 어떤 시대인가. 학벌에 관해서는 끔찍할 정도로 고정관념을 가지고 있는 사회였다. 중학교도 제대로 마치지 못한 그가 그 자리에 앉아 있다는 것은 상식적으로 말이 안 됐다. 그게 사실이라면 그는 정말로 대단한 사람이었다. 하지만 설은 계속 그건 아니라고, 있을 수 없는 일이라고, 그게 어떻게 가능한 일이냐며 끊임없이 속삭이는 마음속 물음을 애써 무시했다. 이런 의심을 해서 무엇하겠나? 지금의 그는 그녀가 존경할 정도로 대단한 사람이었다.

"그렇네요. 제가 보기에도 참 존경스러운 사람이에요."

"그래, 그래서 난 너희들이 우연히 만났다고 했을 때 얼마나 놀랐는지 모른다. 찬연이가 계속 찾아와서 너에 대한 추억도 듣고, 또 널 얼마나 찾고 싶어 했는데."

추억을 물었다……. 설은 그 말에 의아한 마음이 들었다.

"원장 수녀님께요?"

"그래, 그 아이가 혼자서 힘들게 살아서 그런지 유독 이곳에서의 추억이 각별하다고 하더구나. 그리고 그 아이에게도 넌 어린 시절의 특별한 주억이기도 했고."

"그래요? 우와, 정말 인연인가 봐요."

설은 애써 환하게 웃었다.

가슴속 한 편에 들기 시작한 의심을 애써 떨쳐 내며.

세상에 어둠이 내려앉아서야 겨우 집으로 돌아온 찬연과 설은 차에서 내렸다. 피곤한 기색이 역력한 찬연을 본 설은 작게 혀를 차며 말했다.

"그러게 무슨 축구를 두 시간씩이나 해요. 그것도 초등학생이랑."

"네가 한번 해 봐. 꼬맹이들이 얼마나 속을 뒤집는 줄 알아? 처음에 한 번 졌다고 그 뒤로 계속 우려먹는데, 그런 이야기를 못 하게 하려면 확실히 싹을 밟아 줘야 해."

찬연의 말에 설은 한심하다는 듯 그를 보았다. 찬연은 아무래도 좋다는 듯 리모컨을 눌러 차 문을 잠근 뒤 사무실로 휘적휘적 들어가려 했다. 그의 뒷모습을 보던 설이 충동적으로 말했다.

"오빠, 맥주 한잔할래요?"

그의 말에 찬연은 뒤돌아서서 그녀를 보았다. 그리고 멀건이 그녀의 얼굴을 보더니 한숨을 쉬며 말했다.

"네가 사면 생각해 보지."

"물론 제가 사죠. 맥주는 냉장고에 두둑하게 있어요. 안주는 오징어인데 괜찮아요?"

"그 정도면 훌륭하지."

둘은 가로등 불만이 밝혀 주는 길을 나란히 걸었다. 설은 원장 수녀에게 들었던 이야기를 떠올리다 이내 고개를 저었고, 곧 집이 보이자 피곤한 눈을 꿈뻑이는 찬연을 보며 말했다.

"마당에서 마실까요?"

"마당에서?"

"네, 적당한 원목 테이블이랑 의자는 있어요. 그럼 제가 안주랑 맥주를 준비할 테니 오빠는 자리를 완벽하게 세팅해 주세요."

말을 마친 설이 문을 열고 마당 안으로 들어서자 찬연은 한숨을 쉰 뒤 그녀의 뒤를 따랐다.

설은 옷 방에 있던 작은 테이블과 접이식 의자를 가리켰고, 그는 그
녀가 시키는 대로 그것들을 양손에 들고 마당으로 향했다. 적당한 곳에
테이블과 의자를 둔 찬연은 집 안을 보았다. 커다란 창문 안으로 설의
뒷모습이 보였다.

"모기향은 없어?"

찬연은 창틀에 팔꿈치를 대며 말했다. 여름이라 모기향이라도 피워
두지 않으면 30분도 채 되지 않아 집으로 들어와야 할 것 같았기 때문
이나. 그의 밀에 설은 갈 구워진 오징어와 마요네즈, 그리고 얼음 통에
맥주를 담아 찬연에게 건네며 말했다.

"모기향은 제가 가지고 갈게요."

"알았어."

찬연은 테이블 위에 오징어를 내려놓은 후 작은 원형 테이블을 보았
다. 테이블 면적이 작아 얼음 통까지 놓아 둘 공간은 없어 보였다. 바닥
에 쓰러지지 않게 통을 세워 둔 뒤 자리에 앉은 그는 피곤한 눈을 손으
로 비볐다. 오랜 시간 운전을 해야 했고, 아이들과 소림축구 저리 가라
할 정도로 격하게 운동도 했으니 그가 피곤한 것은 어찌 보면 당연했다.

어느새 다가온 설은 테이블에 모기향을 올려 두며 말했다.

"피곤해요?"

"조금."

"아…… 맥주 괜히 마시자고 했나 봐요."

"아니야. 괜찮아."

가볍게 말한 찬연이 웃자 설은 애써 배시시 웃으며 캔을 따 그에게
건넸다.

"어제 저녁부터 맥주가 너무 마시고 싶었는데, 혼자 집에서 술 마시
는 것만큼 궁상도 없잖아요. 그런데 오늘은 도저히 못 참겠더라고요."

설은 말을 마친 후 자신의 것까지 따 숨도 쉬지 않고 들이켰다. 울대가 크게 움직일 정도로 벌컥벌컥 술을 들이켠 설은 짧게 감탄사를 내뱉은 후 오징어 다리를 뜯으며 말했다.

"역시 여름에 마시는 맥주가 가장 맛있는 것 같아요."

"술꾼처럼 말한다?"

찬연 역시 시원한 맥주를 들이켠 후 그녀를 놀리듯 말했다.

"에이, 설마요. 맨해튼에 있을 때도 개인적으로 술 마신 일은 손에 꼽는 걸요."

"그래?"

그의 물음에 설은 가볍게 고개를 끄덕였다.

"일이 너무 바빴어요. 주말도 없이 일하다 보니 술은 마실 엄두도 안 나더라고요. 그리고 보면 대학 시절 때도 그랬어요. 학교 수업 쫓아가랴, 장학금 받으랴 동동거렸던 것 생각하면 지금도 끔찍해요."

"부지런하게 살았군."

그의 말에 설은 작게 웃었다.

"네, 그리고 보면 참 열심히 살았어요. 그런데 지금은 참 후회가 되요. 뭘 위해 그렇게 열심히 살았나. 그 나이 때 즐길 거 즐기지도 못한 거 생각하면 조금 억울해요. 지나간 시간은 다시 돌아오지 않잖아요."

"그건 그렇지."

그의 호응에 설은 피식 웃었다. 이제 와 후회하면 뭐가 달라지나 싶었던 것이다.

한참 맥주를 들이켜던 설이 두 번째 맥주를 땄다. 찬연은 거의 입도 대지 않아 새 캔이었지만, 술을 마시자고 한 당사자는 정말 술이 고팠던 것인지 물처럼 들이켜고 있었다.

그녀가 막 캔을 테이블 위에 올려놨을 때였다. 가만히 그녀가 하는 행동을 보고 있던 찬연이 말했다.

"혼자서 힘들어하지 마라."

"그게 무슨 말이에요?"

설은 그가 그러한 말을 한 의도를 알지 못하겠는지 그를 보며 물었다. 그는 깊은 눈동자로 그녀를 응시하고 있었고, 입술은 굳게 닫은 채 굳이 그녀에게 상처될 말은 꺼내지 않았다. 그와 가만히 눈을 마주하던 설의 눈이 순간 크게 일렁였다. 잊고 있었던 진성이 떠올랐던 것이다. 하루 종일 바쁘게 돌아다녀야 했던 설은 어느새 아픔의 존재였던 진성까지 잊고 있었다. 그가 자신을 집 밖으로 끌어냈던 작전은 성공한 듯 보였다.

우울한 빛으로 흔들리는 설의 눈동자에 찬연은 단호한 목소리로 말했다.

"힘들면 나한테 의지하라고."

"오빠······."

그의 말에 아려 오던 심장이 어느새 두근, 뛰고 있었다.

"좋은 오빠······."

"······."

"그거 해 줄 테니까."

"아······!"

목이 메었다. 그의 슬픈 눈동자에, 꾹 다문 입술에, 굳어져 있는 턱에. 설은 그가 아파하는 모습에 자신 또한 아파한다는 것을 느꼈다. 하지만 그녀는 어떠한 말도 내뱉을 수 없었다. 그의 고백을 몇 번이나 거절했고, 그를 아프게 했다. 그런데 이제 와 그에게 기대고 위로를 받는다? 그건 자신이 너무 이기적이고 못된 아이처럼 느껴졌다.

그런데도 설은 어쩔 수 없었다. 혼자 남았다는 사실에, 이 세상엔 이제 자신 혼자만 덩그러니 남아 버렸다는 사실에 견딜 수가 없었다.

"나 너무 이기적인 거 아는데, 지금 너무 힘들어요. 내 삶의 전반이 모두 뒤틀리는 느낌이에요. 그래서, 그래서…… 너무 힘들어요."

"괜찮아."

그의 위로에 설의 눈에 눈물이 고였다. 그녀는 붉어진 눈동자로 그를 올려다보며 말했다.

"오빠…… 날 떠나지 않을 거죠? 부모님처럼, 진성 오빠처럼…… 떠나지 않을 거죠?"

"내가 먼저 네 곁에서 떠날 일은 없어."

단호한 그의 목소리에, 자상한 빛으로 빛나는 그의 눈동자에 설은 눈을 질끈 감았다. 그리고 아주 작은 목소리로 속삭이듯 말했다.

"고마워요, 오빠."

그가 그녀의 팔을 붙잡고 자신의 품 안에 품었다. 넓은 가슴에 얼굴을 묻은 설은 계속해서 감사하다 속삭였다. 그리고 주책없이 흐르는 눈물을 참지 못해 한동안 그렇게 울었다.

※　※　※

진성이 준 반지를 단 한 번도 빼놓지 않고 다녔던 설은 그에게 처음 선물 받았던 그날 이후 처음으로 손가락에서 뺐다. 하얗게 반지 자국이 생긴 네 번째 손가락을 보고 있는 설의 눈동자에 잠시 슬픔이 머물다 사라졌다. 이젠 털어 버려야 할 때였다.

오랫동안 그의 곁에, 최 의원의 곁에 남아 있고 싶었지만, 이젠 더이상 그럴 수가 없었다. 이 또한 받아들여야 할 때다.

화장대 위에 올려 둔 반지를 서랍 안에 넣는 설의 손끝이 떨렸다. 하지만 결국 정리되기 시작한 마음처럼 단호하게 서랍을 닫았다.

자리에서 일어난 설은 초인종 소리에 서둘러 현관으로 달려 나갔다. 인터폰을 통해 상대를 확인하는 설에게 헬멧을 쓰고 있는 남자가 건조한 목소리로 말했다.

─퀵입니다.

"아, 네. 잠시만요."

노란색 조끼를 입고 있는 남자는 문이 열리자마자 설에게 커다란 상자를 안겨 주며 말했다.

"한설 씨 맞으시죠?"

"네."

"박찬연 씨가 보내셨습니다. 다음에 퀵 이용하실 일 있으시면 이리로 연락 주세요."

홍보를 잊지 않은 남자가 쪽지를 건넨 후 사라지자, 설은 그제야 화려한 색상의 상자를 내려다보았다. 길쭉한 직사각형 모양의 상자를 바닥에 내려놓은 설은 뚜껑을 열자마자 보이는 내용물을 놀란 눈으로 보았다.

심플한 디자인의 원피스와 그와 어울릴 법한 구두와 가방, 주얼리까지 완벽하게 갖춰져 있었다. 가방 위에 있던 카드를 집어 든 설은 내용을 눈으로 훑었다.

「예쁘게 입고 사무실로 올 것. 오자마자 날 보고 한 번 웃어 준 뒤 고맙다고 인사할 것.」

메시지를 읽은 설은 다시 한 번 그가 보내 온 물건을 보았다. 겉으로 보기만 해도 이 물건들의 가격이 얼마인지 대충 예상은 되었지만 설은 고개를 저었다.

"예쁘게 입고 가서 고맙다고 인사하자."

그가 준비한 깜짝 이벤트를 망치는 것이 오히려 더 미안할 것이라 생각하며 설은 서둘러 욕실로 들어가 몸을 깨끗이 씻었다. 서랍장을 열어 평소보다 훨씬 오랜 시간 속옷을 고른 후 갈아입었다.

상자에서 원피스를 꺼낸 설은 부들부들한 천의 감촉을 느끼며 조심스럽게 발을 끼워 넣은 후 허리에서 겨드랑이 밑까지 지퍼를 올렸다.

"아."

사이즈는 딱 맞았다. 어떻게 그가 자신의 사이즈를 알고 있는지는 모르겠지만.

벨벳 박스에 들어 있던 목걸이까지 걸고 나서 거울을 보자 새삼 그의 센스에 감탄했다. 선물 중 자신의 취향에 맞는 물건은 하나도 없었지만, 설은 스스로의 모습에 만족했다.

한참 거울 속 자신의 모습을 보던 설은 화장대에 앉아 익숙하게 화장을 한 후 시계를 확인했다. 어느새 1시간이 훌쩍 넘어 있었다. 사무실에서 기다리고 있을 찬연을 만나기 위해 설은 구두를 신고 서둘러 집 밖을 나섰다. 약속에 늦은 사람처럼 걸음을 옮겼고, 어느새 사무실 앞에 도착했을 땐 100m 달리기를 한 사람처럼 목까지 숨이 차올랐다.

"후."

호흡을 가다듬은 설은 초인종을 눌렀다. 하지만 익숙한 그의 목소리 대신 현관문이 열렸다 닫히는 소리가 들렸고, 곧 커다란 대문이 열렸다.

"아……."

설은 검은색 슈트에 하얀 넥타이로 멋을 낸 그의 모습에서 눈을 떼지 못했다. 그리고 그건 찬연 또한 마찬가지였다. 그는 한동안 변신한 설의 모습을 멍하니 보더니 곧 얼굴 가득 미소를 띠며 말했다.

"예쁘다."

그의 미소에, 그의 말에 설은 숨이 멎을 것만 같았다.

"오빠도…… 멋있어요."

둘은 한참이나 마주 보고 서서 웃었다.

"진짜 어디 가는 거예요?"

"가 보면 알아."

설은 빠르게 움직이는 창밖을 보며 물었지만, 찬연은 은밀한 미소를 지으며 답을 회피했다.

한참 달리던 차량이 〈세종 문화회관〉 앞에 멈춰 서자, 찬연은 설에게 잠시 기다리라고 말한 뒤 차에서 내렸다. 설은 의아한 얼굴로 차를 둘러 보조석으로 다가오는 그의 모습을 보았다.

"내려."

"뭐예요, 갑자기 매너가 너무 좋아지셨는데요?"

그녀의 말에 찬연은 미소 띤 얼굴로 말했다.

"데이트하는 중이니까."

차에서 내리던 설은 놀란 눈으로 그를 바라보았다. 그녀의 눈동자에 찬연은 처음으로 설의 앞에서 웃음을 터트렸다. 멍한 표정이 귀여운 듯 설의 뺨을 손으로 감싸며 말했다.

"설마 모르고 있었던 거야?"

"그냥 날 위로하려고……."

"아무리 좋은 오빠라고 하더라도, 동생을 위로하기 위해 고가의 옷을 선물하고 좋아한다는 공연에 데리고 오진 않아."

찬연은 그녀를 청담역에 내려 줬을 때 클래식 공연을 좋아한다고 했던 말을 기억했다. 그의 말에 설은 어색하게 고개를 끄덕이며 말했다.

"그렇죠."

"자, 그럼 지금이라도 알았으니까 손이라도 잡을까?"

가볍게 말하는 그의 목소리에 설은 어색하게 고개를 끄덕인 후 그가 내민 손 위에 자신의 손을 겹쳤다. 차가운 감촉이 이젠 익숙했다.

"가자."

그가 이끄는 길로 걸음을 옮기던 설은 바람을 타고 오는 그의 체향에 눈을 감았다. 처음 그를 만났던 날에도 유독 신경 쓰였던 향. 그때처럼 설의 심장이 콩닥콩닥 뛰기 시작했다.

무대 위에서 연주하는 뉴욕 필 하모니를 보았다. 그날 그의 차 안에 들었던 운명 교향곡이었다.

두근두근.

웅장한 사운드를 따라 그녀의 심장이 뛰기 시작한다.

설은 공연에 집중하지 못했고, 마주 잡고 있는 손에만 신경 썼다. 그런 그녀의 마음을 용케 알아차린 찬연은 그녀의 귓가에 입술을 가져다 대며 말했다.

"집중해."

"집중하고 있어요."

설은 화들짝 놀란 마음을 애써 숨기며 말했다. 그녀의 반응이 귀여운 것인지 찬연은 설의 귓가에 웃음을 내뱉으며 말했다.

"나한테?"

그의 장난스러운 말에 또다시 가슴이 뛴다. 그리고 꿀 먹은 벙어리마냥 닫힌 입술 대신 그녀의 심장이 답했다.

네, 오빠한테요.

＊ ＊ ＊

등받이에 편히 등을 기대고 있는 찬연은 눈을 지그시 감고 있었다. 겉으로 볼 땐 잠이 들었다 생각이 들 정도로 움직임이 없었다.

삐그덕, 그가 움직이자 의자에서 듣기 싫은 쇳소리가 들렸다. 눈을 뜬 찬연의 무심한 시선이 앞을 향했다. 시선에는 흔들림이 없었다.

그는 빛보단 어둠이 익숙한 사람이었다. 10년 동안 저녁 아홉 시가 되면 어둠이 찾아오는 곳에서 지냈었다. 그래서 그는 밝은 곳보단 어두운 곳에서 편안함을 느꼈고, 여럿과 함께 있는 것보단 혼자 있는 것이 익숙했다.

그는 긴긴 시간 어둠 속에서 미래를 생각했었다. 이를 악물고, 고통을 참아 가며 그렇게 견뎠다. 순간 그의 눈앞에 샤프로 그린 수백 장의 그림이 휙휙 지나가자 그의 눈빛이 날카로워졌다.

띠리리.

찬연은 테이블 위에서 울리는 휴대전화를 무심한 눈길로 보았다. 액정에는 〈김길중 의원〉이라 적혀 있었다. 세, 네 번 정도 벨이 울릴 동안 찬여은 기다렸다, 상대를 애태우기 위해. 전화가 막 끊기려던 찰나, 찬연은 그제야 전화를 받았다. 그러자 굳은 길중의 음성이 들렸다.

—나 김 의원일세.

"네, 알고 있습니다. 김 의원님."

—좀 더 일찍 연락을 줬어야 했는데, 늦어서 미안하네. 딸아이를 설득하는 데 시간이 걸렸어.

그의 말에 찬연은 굳어 있는 얼굴과는 달리 웃음이 가득한 목소리로 말했다.

"아닙니다. 어느 정도 시간이 걸리리라 생각했습니다."

—우리 딸아이의 고집이 쇠심줄이라는 게 자네의 귀에까지 들어갔나 보군.

길중의 말에 찬연은 낮은 음성으로 웃었다. 하지만 그의 웃음에도 길중은 깊은 한숨을 내뱉었다. 설득을 하는 데 시간이 걸릴 줄은 알았지만, 무거운 침묵을 봐서는 설득조차 실패했나 보다.

찬연은 냉랭한 얼굴로 말했다.

"어떻게 됐습니까?"

—딸아이는 선을 볼 생각이 없다고 하네. 계속 설득은 해 봤지만, 애초에 자신의 인생에 결혼은 없다고 선언했던 아이라 쉽지가 않아.

그의 말에 찬연은 작게 웃었다.

"자리를 만들어 주십시오. 그 뒤는 제가 하겠습니다."

─자네가?

"네. 거절도 직접 얼굴을 보고 하라고 말씀해 주십시오. 그러면 김성은 씨는 움직일 것입니다."

─마치 모든 것을 꿰고 있는 것처럼 말하는군.

"어떻게 제가 김 의원님 따님분을 모두 꿰고 있겠습니까. 다만 자립심이 강한 여성이라 들었으니, 분명 그렇게 행동할 것이라 생각했습니다."

그의 말에 길중은 잠시 말을 잇지 못했다. 그는 찬연의 생각에 동의했다. 딸아이는 프라이드가 높고 자신의 인생을 스스로 설계하기를 원했다. 애초에 찬연에게 잠시 기다리라 한 것도 혹시나 하는 마음에서였지, 딸아이가 자신의 뜻대로 움직여 줄 것이라고 기대는 하지 않았었다.

그의 말에 수긍한 길중이 말했다.

─박 사장, 자네의 말대로 하는 것이 좋겠어.

"평일에는 일을 할 테니 주말에 약속을 잡는 것이 좋을 것 같습니다. 이번 주 토요일 빛고을에서 12시에 만났으면 합니다."

─그래, 알았네. 그럼 그때 직접 나가 거절하라고 이르겠네.

"네, 알겠습니다. 그럼 쉬십시오."

─자네도 쉬게.

전화를 끊은 찬연은 등받이에 등을 기댔다. 그는 또다시 눈을 감고 깊은 생각에 잠겼다.

❋　❋　❋

"한설, 설아!"

설은 2층에서 자신을 부르는 찬연의 목소리에 들고 있던 서류를 내려놓았다. 자신이 찬연의 곁에서 일하기 전, 그가 경매를 통해 구입한 수많은 그림과 예술품을 다시 되팔기 위해 서류를 작성하고 있었는데, 목록이 상당히 많아 신경 쓸 것이 한두 가지가 아니었다. 설은 아픈 머리를 손가락으로 꾹꾹 눌러 지압하며 2층으로 걸음을 옮겼다.

"무슨 일…… 이게 다 뭐예요?"

설은 커튼을 치는 그에게 물었다. 언제 설치한 것인지 바로 하얀 벽에 쏘아 영상을 볼 수 있도록 영사기가 설치되었다.

"영화 보자고."

"영화는 밑에 있는 텔레비전으로 봐도…….'

설은 자신의 어깨를 끌어 침대 위에 앉히는 그의 손길에 미처 말을 끝맺지 못하고 입을 꾹 다물었다.

"브라운관으로 보는 거랑 다르거든?"

"저 밀린 일도…….'

"내가 사장이니까 그건 걱정하지 말고. 얼마나 급한 일인지는 모르겠지만, 사장이 영화 보고 싶다는데, 그걸 들어주지 않는 비서는…… 직무 유기 아닌가?"

"가져다 붙일 걸 붙이세요."

설은 입술을 삐죽 내밀었지만, 곧 영사기에서 나온 불빛이 하얀 벽에 가서 비치자 입을 꾹 다물었다.

영화는 몇 년 전 개봉한 로맨틱 코미디였다. 세상 물정 하나도 모르는 남자 주인공과 소녀 가장 여자 주인공이 나오는 영화로, 지금은 많은 사람들에게 사랑받는 〈마진〉이 슬럼프 때 찍었던 영화였다.

화면에선 막 영화를 찍기 위해 멋들어지게 근육을 만든 마진이 핑크색 스쿠터에 올라타는 장면이 나오고 있었다.

'그럼 여자지, 제가 남자예요?'

'으응, 그렇지. 여자지, 우리 나리 여자고말고.'

어리버리한 표정을 짓는 마진의 얼굴에 설이 찬연의 어깨를 탁탁 두 드리며 말했다.

"진짜 귀엽지 않아요?"

"글쎄."

"오빠는 마진의 매력을 몰라요."

"유부남이 좋은 건가? 애가 둘이라던데."

실없는 찬연의 목소리에 설은 입술을 삐죽 내밀며 화면으로 시선을 돌렸다.

영화는 어느새 클라이막스로 달려, 남자 주인공이 여자 주인공에게 막 사랑한다고 고백하고 있었다. 한참 이 영화의 가장 중요한 부분이 나오자 설은 더욱 신경을 바짝 세우며 집중했다. 하지만 옆에서는 계속 부스럭거리는 소리를 내며 오랜만에 하는 영화 감상을 방해하고 있었다. 결국 참다못한 설은 항의하듯 도끼눈을 뜨고 고개를 돌렸다. 그 순간 팔을 앞으로 뻗는 그의 모습에 눈을 동그랗게 뜨며 물었다.

"지금 뭐…… 아!"

설은 손바닥을 펴는 찬연의 모습에 깜짝 놀라 신음을 뱉었다. 손바닥을 펴자 세 번째 손가락에 끼워진 체인이 주르륵 흘러내렸고, 체인에는 영롱한 빛을 띠는 반지가 꿰어 있었다.

"오빠……?"

화면에는 지금 그가 하는 것처럼 남자주인공이 똑같이 여자주인공에게 반지를 선물하고 있었다. 그제야 그가 갑자기 영화를 보자고 한 이유가 이해되었다.

그는 직접 반지를 사고, 자신을 위해 영화를 골랐을 것이다.

설의 눈빛이 감동으로 촉촉하게 젖어 들었다.

"지금 너에게 난 아직도 오빠야?"

설은 그의 고백에 천천히 고개를 저었다. 그리고 말했다.

"당신은…… 오빠는……."

"……."

"내가 만들어 놓은 세상 속에 있는 유일한 사람이에요."

찬연의 얼굴을 똑바로 바라보며 설은 또박또박하게 말했다. 그녀의 말에 찬연은 천천히 손을 뻗어 하얀 볼을 감싸 쥐었고, 곧 입술을 내렸다.

둘의 입술이 부딪혔다. 따뜻하게, 혹은 차갑게.

설은 자신의 네 번째 손가락에서 반짝이는 반지를 보았다. 예쁘게 반짝이는 티아라 형태의 반지. 막상 받을 때는 얼떨떨한 기분이었는데, 지금 자신의 손가락 한 곳을 차지하고 있는 반지를 보자 웃음을 멈출 수가 없었다.

그녀는 지금쯤 그의 목에 걸려 있을 반지를 떠올렸다. 외부 사람들을 만나야 하기에 직접 착용하고 다니지 못할 것이라며 특별히 체인까지 따로 준비했다는 그의 말이 떠올랐다. 그리고 그는 부담스러우면 그녀도 펜던트처럼 목에 걸고 다니라 말했다.

하지만 설은 고개를 저었다. 자신의 네 번째 손가락에 끼워져 있는 반지를 본 사람들이 자신에게 짝이 있다는 사실을 알아주면 더 기쁠 것 같았다. 그냥…… 온전히 그의 것이 된 기분을 만끽하고 싶었다.

그녀는 문득 달콤한 키스를 떠올렸다. 그리고 그가 말했다.

'나도 그래. 내 세상 유일한 사람이야.'

❊ ❊ ❊

차에서 내린 성은은 커다란 한옥집을 보며 한숨을 쉬었다.

'박 사장과는 이미 이야기를 끝낸 상태다.'

'아버지! 어떻게 제 의견 한 번 구하지 않고 일을 벌여요?'

'만나서 직접 거절하는 것이 도리다. 그래야 박 사장도 이번 일을 문제 삼지 않을 거다.'

성은의 얼굴이 찌푸려졌다. 아버지가 벌인 일이니 스스로 해결하시라 소리치고 싶었지만, 아버지의 말씀도 옳았다.

결국 아버지가 일러 준 시간에 빛고을 앞에 도착한 성은은 유리에 비친 자신의 모습을 확인한 후 식당 안으로 걸음을 옮겼다.

현재 그녀가 일하고 있는 곳은 〈세종 문화회관〉으로, 〈빛고을〉과는 떼려야 뗄 수 없는 사이였다. 비슷한 시기 왕실에서 조선의 문화를 계승하기 위해 만든 〈빛고을〉, 〈진사백자〉, 〈세종 문화회관〉은 이윤과는 거리가 먼 비영리기관이었었다. 물론 지금이야 민영화가 이루어져 일반 기업과 다를 바가 없었지만.

성은은 자신에게 다가와 허리를 굽히는 매니저에게 물었다.

"3호실이 어디죠?"

"박 사장님의 손님이십니까?"

매니저의 입에서 익숙한 사람의 호칭이 흘러나오자 성은은 고개를 끄덕였다.

"네, 12시에 이곳에서 만나 뵙기로 했습니다."

"안내해 드리겠습니다."

꾸벅 고개를 숙인 매니저가 길을 안내하자 성은은 불편한 기색이 역력한 얼굴로 그 뒤를 따랐다. 구불구불한 복도를 걸어 세 번째 방 앞에 도착한 매니저가 고개를 숙인 후 문을 열어 주었다.

"감사합니다."

성은이 신발을 벗고 룸 안으로 들어가자, 뒤에서 문 닫히는 소리가 들렸다. 고객 서비스 한번 끝내주는군. 자신의 의견과는 다르게 만들어진 자리라 비틀린 마음이었던 성은은 작은 부분까지 마음에 들지 않는지 속으로 중얼거린 후 자신을 기다리는 남자를 보았다.

"김성은 씨죠? 처음 뵙겠습니다. 박찬연입니다."

"김성은입니다."

그래, 저러한 이름을 가진 남자였다.

자리에 앉은 성은은 관찰하는 눈빛으로 찬연을 보았다. 새하얀 피부에 검은 눈동자, 날카로운 콧날과 붉은 입술은 마치 뱀파이어를 떠올리는 인상이었다. 얼굴은 미남이었고, 섰을 때의 키를 대충 가늠해 봐도 대한민국 성인 남자 평균을 크게 웃도는 키였다.

이렇게 잘난 남자였다니. 성우은 속으로 생각했다.

"의도하지 않게 아버지와 박찬연 사장님께서 저의 혼사를 두고 이야기를 나누셨다고 들었습니다. 실제로 찾아뵙고……."

"뭐가 그렇게 급하십니까? 점심 식사를 하면서 이야기하시죠."

찬연의 말에 성은은 말을 채 끝내지 못하고 입을 다물었다. 그는 정중한 말투로 그녀에게 말하고 있었지만, 그 속엔 감추지 못한 권위가 숨어 있었다. 그 모습이 마음에 들지 않았지만 성은은 미소 띤 얼굴로 말했다. 기왕 이렇게 된 거 아버지의 얼굴에 먹칠은 하지 말자고 생각하며.

"좋죠. 그리고 보니 배가 고프네요."

"빛고을은 매화차림이 가장 좋습니다."

"네, 박찬연 사장님께서 이곳 단골이라 들었습니다. 그래서 저와의 약속도 일방적으로 이곳으로 잡으셨다고 하시더군요, 아버지께서. 그걸로 하죠."

가시 돋친 그녀의 말에 찬연은 작게 웃으며 테이블에 있는 벨을 눌렀다. 그러자 앞에서 대기하고 있던 여직원이 문을 열며 말했다.

"주문하시겠습니까?"

"매화상차림 중에 유제품이 들어가는 요리는 타락죽뿐입니까?"

"후식으로 나오는 디저트에는 치즈가 들어갑니다."

"그럼 타락죽 하나는 호박죽으로 바꿔 주시고, 디저트도 다른 것으로 바꿔 주십시오."

"아! 저도……."

성은이 번쩍 손을 들며 말하자 찬연은 고개를 저으며 말했다.

"성은 씨 것을 바꾸는 겁니다."

"네?"

"성은 씨가 유제품 알레르기가 있다는 것을 알고 있습니다."

찬연의 말에 성은의 눈이 커졌다. 자신의 알레르기를 그가 어떻게 알고 있단 말인가? 아버지께서 말씀하셨나, 라는 생각이 잠시 머릿속을 스쳐 지나갔지만 그런 세세한 부분까지 말씀하셨을 리가 없다.

종업원이 나간 후 찬연은 들고 있던 메뉴판을 한쪽으로 밀어 놓으며 말했다.

"많이 놀란 얼굴이십니다."

"당연히 놀라죠. 그건 어떻게 아셨어요?"

성은은 유제품에 관련된 음식이라면 한입도 먹을 수가 없었다. 먹는 순간 호흡이 곤란해질 정도로 알레르기가 심해 어렸을 적부터 무척 음식을 가리는 편이었다. 초등학교 때 급식으로 나눠 줬던 우유를 몰래 먹다 응급실로 실려 간 이후론 더욱 그랬다.

성은은 입을 꾹 다물고 있는 찬연을 보았다. 날카로운 그의 눈빛은 웬만한 담력을 가진 사람이 아니라면 제대로 쳐다볼 수 없을 정도로 냉랭했다.

한참 그와 시선을 마주한 성은은 어느새 딱딱하게 굳어 있던 그의 표정이 부드럽게 풀어지는 것을 의아하게 바라보았다. 그가 밝은 목소리로 말했다.

"오랜만이다, 김성은. 너 많이 늙었구나?"

"네?"

그의 친숙한 말에 성은은 놀라 되물었다. 미간을 찌푸리며 자신을 보는 성은의 표정에 찬연은 턱을 괴며 말했다.

"아직도 못 알아보다니. 뭐 많이 변하긴 했지. 시간도 많이 지났고."

"그게 무슨……."

"뭐야, 아직도 몰라보는 거야? 스쳐 지나간 남자 중 하나여서 기억을 못 하는 건가."

그의 말에 성은은 더욱 알 수 없다는 듯 그를 보았다. 그는 서운하다는 듯 오른쪽 눈실을 찌푸린 상태였다. 그의 표정을 보던 성은은 굳은 얼굴로 말했다.

"박 사장님. 장난하지 마시고……."

"세자 저하는 태양이야."

찬연의 말에 성은은 처음에는 의아한 얼굴로 그를 보았다. 하지만 그의 이야기를 완전히 이해한 뒤 눈이 커졌고, 눈동자가 흔들렸다.

그녀는 테이블을 쾅 내려치며 말했다.

"너……!"

"이제 기억난 거냐?"

"저, 저하가 어떻게 여기……. 아, 아니! 부, 분명 2년 전에 죽은 걸로……."

그녀의 말에 찬연은 가볍게 고개를 끄덕였다.

"맞아. 죽었지. 넌 알고 있었구나."

뉴스로 제대로 소개되지 못한 사실을 그녀는 알고 있었다. 아니, 어쩌면 조금 더 훗날에 알게 되었는지도 모른다.

"그게 말이 돼?"

"말이 되니까 눈앞에 있겠지."

"죽은 사람이 내 눈앞에 있는데, 그게 어떻게 말이 되냐고!"

성은은 2년 전 독일에 있을 때 그의 사망 소식을 들었다. 고등학교 기억 한 켠에 있는 남자. 처음은 친구였고, 그다음에는 이성으로 만났던 친구.

처음 그가 죽었다는 이야기를 전해 들었을 때 그녀는 믿지 않았다. 하지만 신문 한 편에 작게 난 기사를 보고서야 알았다.

그가 죽었구나. 해처럼 밝았던 그 친구가 죽었구나.

그런데 지금 이 순간 그가 앞에 앉아 있다는 사실도 믿어지지 않았다.

"부, 분명히…… 어떻게……."

"많은 일이 있었어."

"저, 정말 맞아? 정말 세자 저하 맞아?"

"아니, 세자 저하 아니야, 이젠. 박찬연이야."

그의 말에 성은은 여전히 이해할 수 없다는 얼굴로 그를 보았다. 그녀의 얼굴을 보며 찬연은 작게 웃었다.

"엄청 많이 변했어, 너! 진짜 못 알아보겠다."

"넌 그대로야."

"진짜 어떻게 된 일인데? 2년 전에 죽었던 네가 어떻게 박찬연 사장으로 내 앞에 있는 건데?"

그녀의 물음에 찬연은 입을 다물었다. 잠시의 침묵이 흐른 후 찬연은 천천히 입술을 뗐다.

"내 대답을 들으면 넌 날 도와줘야 해."

"왜?"

"모든 것을 알게 되었으니까."

"세자 저하, 웃기지 마. 당신이 날 여기에 부른 건 이미 내가 널 도울 걸 알아서잖아?"

그녀의 말에 찬연은 고개를 끄덕였다. 위험을 감수하면서까지 성은과 만난 이유는 이 결혼을 성사시켜야 하기도 했지만, 그녀가 꼭 자신을 도와주리란 확신이 있었기 때문이다.

그만큼 둘은 고등학교 시절 단짝으로 지냈다. 함께 도서관을 오고 가며 공부를 했고, 바이올린을 전공한 그녀가 연습 때문에 시간을 낼 수 없으면 연습실에서 만남을 즐기기도 했다.

좋았던 시절, 반짝 빛나던 시절, 그녀는 그곳에 있었다.

"2년 전 박찬연과 만났어, 우연히. 그리고 죽었어. 난 그의 사망신고서에 박찬연이란 이름 대신 내 이름을 적어 넣었지. 그리고 날 죽은 사람으로 만들었어."

"어떻게……!"

그녀는 믿기지 않는다는 듯 말했다. 하지만 자조적인 미소를 지으며 말하는 찬연의 얼굴을 보자 그가 진실만을 말하고 있다는 사실을 알 수 있었다. 그래, 당장 아버지에게 그에 대한 정보를 들을 때도 박찬연으로 듣지 않았던가.

"세자 저하 왜 그랬어? 왜……."

성은은 안타까운 목소리로 중얼거렸다. 피폐해진 그의 얼굴을 보자 예전 그의 모습과 대조되며 가슴 한 켠이 찌르르 아파 왔다.

"복수해야 할 사람이 있어. 그 사람들을 지옥으로 떨어트리기 전까지 먹을 수도, 잠들 수도, 숨을 쉴 수도 없었어. 그래서 박찬연으로 살고 있는 거야."

"……."

그의 말에 말문이 막힌 성은은 입을 다물었다.

잠시의 침묵 이후 노크 소리와 함께 종업원이 들어왔고, 한참 테이블 가득 음식을 놓은 후 고개를 숙였다. 종업원이 밖으로 나가고 문이 닫히는 소리가 들리자 그와 동시에 성은이 입을 열었다.

"아직은 세자 저하가 무슨 이야기를 하는지 잘 모르겠어."

"그래, 천천히 생각해야겠지. 나라도 쉽게 받아들일 수 없었을 테니까."

"응…… 조금 복잡하네."

성은은 어색하게 웃으며 말했다. 둘은 식사 때라는 것도 잊은 채 음식만 멀뚱히 보고 있었다. 성은은 테이블에 놓인 음식이 싸늘하게 식어 갈 때쯤에야 입을 열었다.

"좋아. 그래서 내가 도와줄 건 뭔데?"

성은의 물음에 찬연은 진중한 시선으로 말했다.

"결혼하자."

"뭐?"

놀란 성은의 얼굴에 찬연은 작게 웃으며 말했다.

"풋사랑이라도 사랑했던 사이잖아. 결혼 안 할 거라고 김길중 의원님께도 말씀드렸다며."

"그건 그렇지만……."

"불효하지 말고 나랑 하자, 그 결혼."

커다랗게 변한 성은의 동공을 보며 찬연의 입술 끝이 부드럽게 휘었다. 그는 한참 아무 말도 못한 채 꿀 먹은 벙어리처럼 구는 성은을 보며 말했다.

"그냥 해 달라는 거 아니야."

"……그럼?"

성은의 물음에 찬연은 미간을 찌푸리며 말했다.

"넌 모든 것을 가진 여자니까 필요한 것 말해. 그게 무엇이든 들어줄게."

❋　❋　❋

여우비가 내렸다. 화창한 날씨에 쏟아지는 잠시의 비는 폭염으로 녹아내릴 것 같은 한낮 더위를 조금 식혀 주고 있었다.

설은 일요일 낮 세 시에 하늘 미술관으로 자신을 불러낸 찬연의 의도를 몰라 주차를 하는 그 순간까지도 의아한 얼굴이었다. 주차를 마친 설은 차에서 내린 후 건물 전체가 유리로 되어 있는 하늘 미술관을 보았다. 유리에 비친 하늘 때문일까. 건물은 하늘과 하나처럼 보였다.

건물 앞에는 지금 열리고 있는 전시회에 대한 정보가 자세히 소개되어 있었다.

1980년 인간문화재로 지정된 장인 장장춘의 도자기 전시가 한창 이뤄지고 있었다. 그는 현재 칠순의 나이에도 〈진사백자〉에서 일하며 후학을 가르쳐 조선자기의 명맥을 이어 가기 위해 노력 중이었다.

설은 미술관 앞에 비치되어 있던 팜플렛을 들고 미술관 안으로 걸음을 옮겼다.

미술관 안은 한적했다. 요즘 시대에 도자기 장인의 전시회에 관심을 가질 만한 이들은 없을 것이다. 더욱 〈세종 문화회관〉에서 한창 마릴린 먼로 사진회가 열리고 있었기에 사람들의 관심은 모두 그쪽으로 쏠려 있었다.

전시회장을 둘러보며 찬연을 찾던 설은 멀리서 푸른빛의 기왓장 앞에 서 있는 그를 발견하곤 걸음을 옮겼다. 그의 옆에 선 설은 아주 작은 목소리로 속삭였다.

"왜 이곳에 오라고 한 거예요?"

"음? 왔어?"

찬연은 설을 돌아보며 환하게 웃었다. 그에게서 행복한 기운을 받은 설은 덩달아 미소 지었다. 설은 그가 보고 있던 푸른 기왓장을 보며 말했다.

"도자기 사이에 기왓장이 있네요."

"이번에 복원한 전통 기왓장이지."

"아, 그래요?"

설은 기왓장을 보며 별 관심이 없는 듯 웅얼거렸다. 그리고 한참 화려한 맛 하나 없는 기왓장을 보고 있을 때였다. 그녀의 손에 닿는 감촉에 고개를 옆으로 돌렸다. 그는 부드럽게 미소 지으며 그녀를 바라보고 있었다.

"데이트하자고. 한 번쯤은 약속 장소에서 만나 문화생활을 즐기는 것도 좋을 것 같아서."

설은 자신의 손을 잡고 있는 휘의 커다란 손을 내려다보았다. 그녀의 네 번째 손가락에서 화려하게 반짝이는 반지. 그리고 자신을 지켜 주듯 단단하게 잡고 있는 그의 손. 충만한 감정에 그녀의 얼굴은 행복한 기운으로 가득했다.

"네, 이것도 좋네요."

설과 찬연은 손을 마주 잡고 걸음을 옮겼다. 전시회장 안에는 장장춘 선생의 작품들로 가득 차 있었다.

은은한 빛깔의 도자기를 둘러본 둘은 근처에 있는 한일호텔로 향했다. 의아한 그녀의 시선에 2층에 있는 레스토랑을 예약해 뒀다고 말한 찬연은 부드럽게 그녀의 손을 이끌었다. 둘은 레스토랑 안에 들어서자마자 바로 자리를 안내받을 수 있었다.

"다른 곳에서도 음식을 드시네요?"

"이곳 주방장과는 프랑스에서 잠시 만난 적이 있었지. 아주 맛이 좋아."

"그래도 양식을 드시는 줄은 몰랐어요."

"뭐든 먹지."

찬연은 메뉴판을 자세히 설명해 주며 몇 가지 음식을 추천해 주었다. 설은 그가 추천해 준 음식 중 가재 스프와 연어 스테이크를 골랐고, 찬연은 육류로 된 코스를 골랐다.

곧 코스대로 음식이 나오기 시작했고, 소믈리에가 다가와 두 개의 병을 찬연에게 확인시켜 주며 말했다.

"여성분은 해산물에 잘 어울리는 화이트 와인을, 박 사장님은 평소 즐기시는 와인을 준비했습니다."

그에게 와인 병을 확인시켜 준 후 잔에 솜씨 좋게 와인을 따랐다.

그가 허리를 숙인 후 자리를 뜨자 설은 빛 고운 스프를 즐거운 듯 보았다. 찬연이 먼저 숟가락을 들자 그녀도 수저를 들고 스프를 한 입 떠먹었다. 눈이 동그랗게 변할 정도로 맛있었다.

"우와, 정말 맛있네요? 오빠 덕분에 요즘은 정말 맛있는 음식만 먹고 다니는 것 같아요. 이러다가 음식 가리게 되는 건 아닐까 모르겠어요."

"가려도 돼. 산채진미, 맛있는 것만 사 줄 테니까."

"기대할게요."

와인 잔에 든 물을 한 모금 마시는 설을 보며 찬연은 붉은색 빛깔로 물든 와인 잔을 들며 말했다.

"와인 괜찮아?"

"물론이죠."

와인 잔이 서로 맞부딪히며 맑은 소리를 냈다. 설은 입 안 가득 풍기는 상큼한 향에 만족한 듯 미소 지었다.

"너무 좋아요. 오빠와 함께 있는 이 시간이 너무 좋아요."

"나도 좋아."

찬연의 말에 설의 얼굴이 더욱 맑게 빛났다.

그와 함께하는 만족스러운 시간들. 그는 그녀에게 안정감을 주었고 만족감을 주었다. 사람과의 관계에서 이런 감정을 한 번도 느껴 본 적이 없었던 그녀는 행복했다. 가슴 깊은 속에 품고 있던 슬픔, 아픔 따위 그가 주는 사랑에 눈 녹듯 녹았다.

설은 레스토랑을 나오며 찬연의 손을 잡았다. 그의 체온에 기분이 좋았다. 자신보다는 조금 서늘한 기운. 남과 체온을 공유한다는 것이 이렇게 행복하고 사랑스러운 일인지 몰랐던 그녀는 마주 잡은 손을 내려다

보며 만족스러운 웃음을 지으며 말했다.

"다음 코스는 어딘가요?"

"간단하게 술 한잔하려는데, 괜찮아?"

"물론 좋죠."

"가자."

둘은 손을 마주 잡고 지하에 있는 바로 향했다. 숙박을 하는 고객이 대부분 외국인이었기 때문에 바 안엔 다양한 언어를 구사하는 사람들로 가득했다.

구석진 자리에 앉은 찬연은 맞은편에 앉으려는 설의 팔을 잡은 후 자신의 옆에 끌어 앉혔다. 놀란 설이 동그랗게 눈을 뜨며 말했다.

"왜 그래요?"

"그냥 옆자리에 앉고 싶어서. 싫어?"

그의 말에 설은 놀란 듯 바라보다 이내 사랑스럽게 웃은 후 작게 고개를 저었다.

웨이터에게 스카치블루와 안주를 시킨 찬연은 설의 목에 걸려 있는 목걸이를 만지작거렸다. 그가 지난번 깜짝 이벤트를 해 줬을 때 선물로 준 목걸이였다. 자신의 쇄골 언저리를 더듬는 그의 손길에 설이 주위의 눈치를 보더니 작게 속삭였다.

"왜 그래요? 남들이 보잖아요."

"보면 어때서."

"그래도……."

"싫어?"

그렇게 묻는 찬연의 목소리는 은밀했다. 검은 눈동자와 마주한 설은 자신도 모르게 멍한 얼굴로 고개를 저었다. 코끝에 그의 체향이 닿았다.

불가리 블루 옴므. 그를 처음 보았던 날의 일이 떠올랐다. 존 F 케네디 공항에서도 그녀는 찬연을 홀린 듯 바라봤다. 그가 내뿜는 독특한 분위기에, 권위적인 시선에, 냉랭한 표정에, 그녀가 너무도 좋아하는 향수 냄새에.

그날 보았던 그가 이제는 자신의 남자로 옆자리에 앉아 있었다.

찬연은 설의 어깨를 끌어 자신의 어깨에 기대게 만들었다.

"설아, 행복하다. 나."

"저도 그래요, 오빠……."

낮에 만나 예술품 관람. 그리고 이어진 만족스러운 식사. 마지막으로 지하에 있는 바에 내려와 그와 마주하는 시간은 그녀의 가슴을 부풀어 오르게 만들었다. 하루 종일 그와 함께한 일정은 즐거웠고, 이런 게 연애인가, 라는 생각도 들었다. 평생 자신에게 오지 않으리라 생각했던 행복이 너무 갑작스러웠고, 꿈처럼 느껴졌지만 아무래도 좋았다. 그가 자신의 손을 마주 잡아 줬고, 사랑이 가득 눈길로 보아줬고, 달콤한 말을 속삭여 줬으니까.

"끔찍했던 시간 속에서 살았던 나인데, 지금도 그 시간은 변하지 않았는데 네가 있어서 견딜 만해."

"힘들어요……?"

설의 목소리가 흔들렸다. 그가 왜 이토록 힘들어하는지 그녀는 모른다. 그에게 물어봐도 그 이유에 대해 이야기해 주지 않을 것이다. 하지만 설은 그를 위로하고 싶었다. 품고 싶었다. 그가 그녀에게 준 안정감을 그녀 또한 그에게 주고 싶었다.

찬연은 그녀의 물음에 가볍게 고개를 저었다. 그의 작은 몸짓에 설은 머리를 들고 그를 올려다보았다. 그녀의 눈동자가 흔들렸다. 뭐라 말하려는 듯 그녀의 입술이 달싹일 때였다. 커다란 쟁반을 들고 온 웨이터가 테이블 위에 안주와 양주를 세팅했다.

"좋은 시간 되십시오."

고개를 꾸벅 숙인 후 사라지는 젊은 청년을 보던 설은 시선을 돌려 찬연을 보았다. 다시 한 번 그에게 묻고 싶은 말들이 속에서 샘솟았지만, 설은 그가 위스키를 따르는 모습을 멍하니 보고 있었다. 잔을 설에게 내민 찬연은 몸을 약간 틀어 그녀를 보며 말했다.

"그럼 한 잔 할까?"

가볍게 잔을 부딪친 설은 잔을 기울여 쓰디쓴 위스키를 들이켰다. 알코올이 울대를 크게 울렁이게 만들었고, 곧 온몸이 화끈해졌다. 평소 술을 즐기지 않는 설에게 있어 위스키의 알코올 도수는 지나치게 높았다.

"후아."

"왜? 독해?"

"네, 술은 잘 못해서. 그래도 가끔은 괜찮아요."

설은 계속 몸에 열이 오르는지 손으로 부채질을 하며 말했다.

"이게 뭐가 맛있다고 먹는지 모르겠어요."

"맛으로 마시는 건 아니지."

"그럼 왜 마셔요?"

설은 진짜 모르겠다는 듯 고개를 저었다. 맨해튼에서 모셨던 윌 카터도 지독한 위스키 마니아였다. 자기 전 꼭 위스키 한 잔을 마시고 잠자리에 드는 그는 위스키의 독특한 향이 좋다며 술 좀 줄이라는 설의 잔소리에 허허 웃곤 했다. 한국에서 모시게 된 찬연 또한 위스키 한 잔을 비웠지만 얼굴색 하나 변하지 않은 채 다음 잔을 채우고 있었다.

그가 우울한 목소리로 중얼거렸다.

"잊을 수 있으니까."

"뭘요?"

"기억하고 싶지 않은 것들. 이걸 마시는 순간 기억이 흐릿해지거든."

그의 말에 설은 술을 따르고 있는 그의 손을 잡으며 말했다.

"술로 잊지 말아요. 어차피 그건 잠시뿐이잖아요."

"……."

"저도 너무너무 잊고 싶은 기억들이 많은데 이젠 오빠 때문에 기억이 나질 않아요. 아니, 기억은 다 나지만 이제 더 이상 슬픔이나 분노는 느껴지지 않아요."

촉촉하게 젖은 눈으로 그녀를 내려다보던 찬연은 한쪽 입꼬리를 휘며 말했다.

"지금은 아프지 않아?"

그의 말에 설은 가볍게 고개를 끄덕였다. 그리고 해맑게 웃는 얼굴로, 조금은 슬픈 얼굴로 손을 뻗어 그의 머리카락을 쓸었다. 어린아이를 위로하듯 그의 머리칼을 쓸어내리던 설은 얼굴 가득 행복한 기운을 가득 담으며 말했다.

"전 치유받았어요. 오빠한테. 요즘 제 마음은 아주 평화로워요. 예전처럼 심한 모래 바람이 불지 않고, 차갑지도 않아요. 봄볕처럼 따뜻해요."

"……."

"오빠도 그랬으면 좋겠어요. 오빠를 그렇게 변하게 하는 사람이 저였으면 좋겠어요."

"설아."

"처음부터 그랬어요. 오빠가 계속 신경 쓰이고 제 시선은 늘 오빠를 좇았어요. 그런데도 오빠를 받아들이지 못한 것은……."

그녀가 말을 마치기 전 찬연은 설의 입에 입술을 맞췄다. 짧게 맞췄다 떨어지는 입술에 호흡이 뺏긴 듯 설은 입을 꾹 다물었다. 일렁이는 눈으로 찬연을 올려다보던 설은 입을 천천히 뗐다.

"좋아해요, 오빠. 좋아해요."

그녀의 고백에도 굳은 찬연의 시선은 여전했다. 찬연은 손을 뻗어 그녀를 품에 안았다. 그리고 귓가에 아주 작은 목소리로 속삭이듯 말했다. 그의 숨소리에 온몸의 솜털이 바짝 서는 느낌이었다.

"올라갈까?"

그의 유혹에 설은 천천히 고개를 끄덕였다.

"네, 좋아요."

문이 열리자 찬연은 그녀의 어깨를 잡고 거칠게 벽으로 밀어붙였다. 뜨거운 혀가 그녀의 입속을 헤집었고, 달콤한 향락이 온몸을 지배했다. 설은 자신의 가랑이 사이로 찔러 오는 찬연의 단단한 허벅지에 숨을 들이켰다. 정신없이 몰아붙이는 그의 몸짓에 정신을 차릴 수가 없었다.

현관에 달린 센서에 불이 들어왔다 곧 꺼졌다. 어두운 공간 속에서 그의 숨소리와 자신의 숨소리만 뒤섞였다. 그의 타액이 입 안 가득 머금어졌고, 온몸에 그의 체향이 배어들었다.

거칠게 입을 맞추는 그의 입술에 설은 어깨를 탁탁 두드렸다. 호흡이 가빠져 제대로 숨을 쉴 수 없자 어지러워졌다. 흐물흐물 녹아내린 몸을 그의 다리에 의지한 채 입술을 뗀 설은 촉촉하게 젖은 눈으로 그를 올려다보았다.

"수, 숨이……."

그녀의 입가에 묻은 타액을 엄지손가락으로 닦아 준 찬연은 그녀의 겨드랑이에 손을 찔러 넣고 가볍게 들어 올렸다. 설은 그에게서 떨어지지 않기 위해 허리에 다리를 둘렀다. 침대로 향하는 그 짧은 시간조차 둘은 입술을 떼지 않았다.

새하얀 침대에 설을 앉힌 찬연은 그녀의 앞에 무릎을 꿇고 앉았다.

"정말 괜찮겠어?"

그의 마지막 물음이었다. 이대로 괜찮냐. 그의 물음에 설은 고개를 끄덕이며 웃었다.

"네, 오빠라면 괜찮아요."

그녀의 허락에 찬연은 커다란 손으로 새하얀 볼을 감쌌다. 뜨거운 호흡을 내뱉은 그는 부드럽게 입술을 맞췄다. 방금 전 다급하고 성급했던 키스와는 달리 부드러운 입맞춤이었다.

온몸이 흐물흐물 녹아내릴 것만 같았다. 몸에 힘을 뺀 설은 그에게 의지하며 눈을 감았다.

"하아."

설의 몸을 침대에 눕힌 찬연은 무거운 시선으로 그녀를 내려다보았다.

찬연은 설이 입고 있던 셔츠 위로 빼곡하게 달려 있는 단추를 톡톡 풀었다. 하얀 셔츠가 풀어헤쳐지고, 곧 하얀색 레이스 브래지어가 드러났다. 그는 그녀의 하얀 가슴 무덤에 얼굴을 묻은 후 입을 맞췄다.

"아!"

설의 얼굴이 붉어졌다. 그리고 고개를 살짝 내려 자신의 가슴을 혀끝으로 핥는 그를 떨리는 눈으로 바라보았다.

그녀의 등 뒤로 손을 찔러 넣은 찬연은 브래지어 후크를 풀어내고 속옷을 들췄다. 곧 그녀의 핑크빛 정점이 드러나자 혀끝으로 그녀의 정점을 입 안에 넣고 굴렸다.

"하아, 오, 오빠……."

"쉬이. 걱정하지 마."

그가 그녀를 토닥이며 말했다. 소담한 가슴을 한데 모아 두 개의 정점을 한 입에 베어 물고는 달콤하게 핥았다. 그녀의 하얀 가슴이 침으로 번들거릴 때까지 입 안에 머금고 있던 찬연은 손을 내려 그녀의 치마를 벗겨 냈다. 곧 살색 팬티스타킹이 드러났고, 그것조차 단숨에 벗겨 낸 후 그녀의 여성을 손으로 만졌다.

하얀색 팬티가 젖었다. 흥분한 그녀의 여성이 뜨거워지는 것이 손가락 끝으로 느껴졌다. 손가락 두 개로 그녀의 여성을 농락하던 그는 고개를 들어 그녀의 얼굴을 내려다보았다. 그의 무겁고 집요한 시선에 설의 얼굴이 붉어졌다.

"처, 쳐다보지 마세요."

설이 부끄러운 듯 얼굴을 가리자 찬연은 그녀의 양손을 한데 모아 쥐었다. 단숨에 제압당한 설이 몸을 바르작거렸다.

"얼굴 가리지 마."

"그래도 부끄러운 걸요."

"예뻐. 그리고 내 손 끝에서 흥분하는 너, 보고 싶어."

집요하게 속삭인 찬연이 그녀의 팬티를 벗기자 검은 숲이 드러났다. 설은 다리를 웅크리며 온몸으로 부끄럽다 말했다. 하지만 찬연의 시선은 한동안 그녀의 여성에서 떨어질 줄 몰랐다.

그녀의 몸을 내려다보던 찬연은 쥐고 있던 그녀의 손을 풀어 준 후 아래로 내려갔다. 허벅지를 양손으로 잡은 후 다리를 벌린 그가 여성에 입을 맞췄다. 깜짝 놀란 설의 몸이 튀어 올랐다.

"그러지 말아요!"

"가만히 있어."

"싫어요, 오빠! 싫다니까요?"

설은 몸을 비틀며 온몸으로 싫다 외쳤지만, 찬연의 단단한 손에 붙잡혀 여성은 그의 눈앞에 고스란히 노출되었다.

찬연은 낮은 목소리로 말했다.

"가만히 있어."

명령조로 내뱉은 그의 말에 설은 움직임을 멈췄다. 그리고 그가 주는 감각에 몸을 맡기며 침대보를 붙잡았다.

"아아……."

그의 혀가 여성을 크게 핥았다. 달콤한 액체가 그의 입가를 축축하게 젖게 만들었다. 뜨거운 숨이 닿을 때마다 설의 몸이 바르작 떨렸다. 곧 룸 안에는 그녀가 내뱉는 신음성이 가득 울렸다.

"아! 아아, 오빠 그만! 그만하세요! 네?"

그녀가 부탁했다. 하지만 찬연은 결코 자신의 행동을 멈추지 않았다.

그녀의 약점을 집요하게 훑으며 그녀의 여성 안으로 손가락을 밀어 넣었다. 부드러운 여성이 그의 손가락을 꽉 쥐었다.

"아앗!"

여성 안을 그의 손가락이 휘저으며 긁자 설의 몸이 다시 튀어 올랐다. 그녀의 눈에 눈물이 글썽했다. 처음 경험하는 쾌락은 그녀를 끝까지 몰아붙였고, 견딜 수 없게 만들었다.

그녀의 여성이 축축이 젖자 모든 준비를 마친 찬연이 단숨에 옷을 벗었다. 긴팔 셔츠를 벗자 곧 그의 단단한 몸이 드러났다. 정신을 반쯤 빼놓은 채 그를 올려다보는 눈이 흐리멍덩했다. 바지와 속옷까지 단숨에 벗은 찬연이 그녀에게 다가와 자리를 잡았다.

"괜찮지?"

그의 물음에 설은 거칠게 고개를 저었다. 정신이 쏘옥 빠져 지금 자신이 무슨 일을 하고 있는지 알 수가 없었다. 방금 전까지만 해도 결심을 했었는데, 지금은 너무나 강한 쾌락에 겁부터 났다.

그녀의 거부에 찬연은 설의 입술에 부드럽게 입을 맞췄다. 서로의 목에 걸려 있던 반지가 부딪혀 소리가 났다.

"괜찮아."

"하지만…… 나 지금 너무 떨려요."

온몸이 쾌락에 덜덜 떨렸다. 그가 떨리는 그녀의 허벅지를 쓸어내리며 말했다.

"그래서 싫어?"

그의 단단한 남성이 그녀의 여성 위를 지분거렸다. 팽팽한 긴장감에 신경이 끊어질 것 같았다.

그의 물음에 설은 가만히 그의 모습을 올려다보았다. 떡 벌어진 몸은 근육으로 단단했고, 흥분해 서 있는 남성은 당장이라도 그녀의 안으로 꿰뚫고 올 듯 위협적이었다.

"그게 아니라……."

"쉬이, 걱정하지 마."

그가 그녀의 몸을 다정하게 쓸어내렸다. 평소 서늘할 정도로 차가웠던 손은 그녀의 몸보다 더욱 뜨거워져 있었다. 그의 말에 결국 설은 고개를 끄덕이며 동의했다.

그녀의 허락이 떨어지자 그는 단숨에 그녀의 안으로 파고들었다. 짜릿한 아픔에 온몸을 비틀었다. 온몸이 쪼개질 듯 끔찍한 고통이었다. 설은 다급하게 그의 등을 두드리며 외쳤다.

"아, 아파요!"

괴로움에 구겨져 있는 얼굴을 보며 찬연은 엄청난 인내력으로 그녀의 안에서 행동을 멈췄다. 그는 거친 호흡을 내뱉었다. 아픔에, 괴로움에 점점 조여 오는 여성은 그의 정신을 끊어 버릴 듯 강력하게 유혹하고 있었다.

한참 설의 얼굴을 내려다보던 찬연은 곧 그녀의 얼굴이 부드럽게 풀어지는 것을 보며 소리 나게 입을 맞췄다.

"많이 아파?"

그의 물음에 설은 고개를 끄덕였다. 그리고 모든 준비를 마쳤다는 듯 말했다.

"괜찮아요, 이젠."

그녀의 허락에 찬연은 천천히 허리를 움직였다. 부드러운 그녀의 느낌에 온몸이 뜨겁게 달아올랐다. 참을 수 없는 쾌락이 그의 온몸을 지배했지만, 그는 최대한 천천히 설을 배려하며 움직였다.

그의 허리가 들썩일수록 설의 미간이 찌푸려졌다. 하지만 그녀의 양팔은 그의 등을 꽉 끌어안고 있었다.

"아아!"

그녀의 입에서 신음성이 터져 나왔다. 괴로움이 아니라 쾌락이 담긴 신음을 들으며 그제야 찬연은 제 속도를 내며 빠르게 움직이고 있었다.

곧 방 안에는 달콤한 향내와 함께 커져 가는 설의 음성으로 가득 찼다. 뜨거운 열기, 그녀의 향기에 찬연은 정신을 차릴 수가 없었다.

빠르게 그녀의 몸 안에서 움직이던 찬연은 허리를 두르고 있는 설의 허벅지에 힘이 점점 빠지는 것을 느꼈다. 그녀가 울먹이며 말했다.

"그, 그만해요…… 그만!"

설의 음성에는 간절한 부탁이 담겨 있었다. 하지만 찬연은 더욱 빠르게 그녀를 몰아붙이며 더욱 깊숙이 그녀의 안에 자신을 묻었다. 그녀의 양필을 갑아당겨 무릎 위에 앉힌 찬연은 그녀의 등을 끌어안고 안으로 파고들었다. 그의 뿌리가 보이지 않을 정도로 끝까지 파고들고서야 그는 만족한 듯 진한 신음을 흘렸다.

"흐으……."

그의 어깨가 촉촉하게 젖었다. 결국 울음을 터트린 그녀는 거친 숨을 내뱉었다.

"하아, 하아……."

쾌락에 눈물을 터트린 그녀가 어깨를 들썩였다. 천천히 또다시 몸을 움직이기 시작한 찬연은 그녀와 입을 맞췄다.

"사랑해."

"저도 사랑해요, 오빠."

쾌감에 나누는 고백은 순수하지 않다. 하지만 서로의 고백에 그들의 행동은 더욱 과감해졌다.

찬연은 그녀를 엎드리게 한 후 다시 한 번 그녀의 안으로 파고들었다. 팔을 들고 잡아당겨 더욱 밀착한 뒤 단단한 허리를 흔들었다.

침대 시트가 그녀의 체액으로 축축하게 젖을 때까지 그녀를 몰아붙이던 그는 한참이 지나서야 그녀의 안에 자신을 쏟아 냈다.

설은 지친 듯 눈을 감았다. 그리고 자신의 안에서 뜨겁게 피어오르는 느낌에 정신을 잃었다.

어둠이 물러가고 새 빛이 찾아온 시각, 잠에서 깨어난 설은 화들짝 놀라 몸을 일으켰다.

그가 주는 강력한 쾌락에 정신을 잃고 잠이 든 설은 자신의 옆에서 곤한 숨을 내뱉는 찬연을 보며 다시 자리에 누웠다. 진한 상처가 있는 그의 왼팔을 쓸어내리던 설은 만족스러운 미소 지었다.

"사랑해요……."

그의 입에서 처음 들었던 말. 잠든 그의 얼굴을 보던 그녀는 해맑게 웃었다.

이 남자에게 모든 것을 주었다. 자신의 마음도, 자신의 몸도. 완전히 그의 것이 되었다는 생각에 설은 가슴속에서 피어오르는 달콤한 감정을 느꼈다.

심장이 두근, 두근 뛴다.

그를 품었다는 그 사실만으로 이렇게 만족스러운지 몰랐다. 이젠 온전히 그의 것이 된 느낌이었고, 그도 자신의 것처럼 느껴졌다. 그 사소한 생각의 변화가 그녀를 더욱 들뜨게 만들었다.

한참 그의 얼굴을 올려다보던 설은 손을 뻗어 그의 얼굴을 쓸어내렸다. 그때 찬연이 잠에서 깨어났다.

"음, 일어났어?"

"죄송해요. 저 때문에 깼어요?"

"아니야. 충분히 잤어."

찬연은 눈을 비비며 잠이 가득한 목소리로 말했다. 그의 모습에 작게 웃음을 터트린 설은 시계를 보며 말했다.

"벌써 아홉 시예요."

"그래, 일어나자."

설이 몸을 일으키자 목 뒤로 손을 뻗은 그가 그녀를 자신에게 끌어당기며 짧게 입을 맞췄다.

"굿모닝."

그 달콤한 음성에 설의 얼굴은 점점 환해졌다.

"좋은 아침이에요, 오빠."

여느 때와 마찬가지인 하루의 시작이었지만, 여느 날과는 달리 더욱 특별하게 느껴지는 아침. 설은 침대에서 벗어나며 말했다.

"그럼 저 먼저 씻고 올게요."

설은 그의 액체로 엉망이 된 허벅지가 찝찝하자 먼저 일어나 샤워실로 향했고, 찬연은 가볍게 끄덕이는 것으로 답을 대신했다.

그녀가 샤워실에 들어가는 것을 보며 찬연도 몸을 일으켰다. 막 이불을 걷던 그의 시선이 멈췄다. 하얀 시트 위에 피어 있는 붉은 흔적을 바라보는 그의 시선은 무심했다.

"처음이었군."

그렇게 말하는 그의 목소리에 한기가 돌았다.

로비로 내려온 찬연은 주머니에서 울리는 벨소리에 걸음을 멈췄다.

"여보세요?"

—나야, 세자 저하.

"그래, 결정은 했어?"

설은 전화를 받는 그의 모습을 멀뚱히 바라보았다. 그는 사업상 중요한 이야기를 하는 듯 차분한 얼굴로 전화를 받고 있었다.

—결혼하자, 우리.

그의 말에 찬연은 고개를 끄덕이며 말했다.

"날짜는 빠를수록 좋아."

—알았어, 아버지께 말씀드릴게. 그런데 조건이 있어.

"조건?"

─약혼식부터 했으면 해. 그리고 결혼하고 나서도 계속 일하고 싶어.

"그래, 알았다."

─고마워.

상류사회의 여성들은 정략결혼 후 자연스럽게 집 안에 들어앉는 것이 룰이었다. 하지만 그녀는 음악의 열정을 안고 계속 세종 문화회관에서 일하고 싶었다.

자신의 인생에서 음악을 떼어 놓을 수 없었던 그녀는 그의 말에 진심으로 감사하단 인사를 건네고 밝은 목소리로 말했다.

─원하는 것은 차차 말할게. 아직은 생각나는 게 없어.

"그래."

설은 짧은 통화를 끊는 그를 보며 말했다.

"무슨 일이에요?"

그녀의 물음에 찬연은 고개를 저었다. 그리고 로비 앞에 주차되어 있는 차를 향하며 말했다.

"곧 알게 될 거야. 그럼 가자."

설은 그의 뒷모습을 바라보았다.

찬연, 그는 가면 속에 있는 남자 같았다. 비밀도 많고, 상처도 많은 사람. 온전히 그에 대해 아는 날이 오길 바라며, 그의 뒤를 따라 걸음을 옮겼다.

7.

사랑이 아프다

아침 일찍 출근한 설은 마당에 던져져 있는 신문을 들고 사무실로 들어섰다. 안을 둘러보며 찬연을 찾던 그녀는 샤워실에서 물소리가 들리자 피식 웃었다. 늘 부지런을 떨던 그가 오늘은 늦잠을 잤나 보다.

크게 기지개를 켜며 자리에 앉은 설은 신문을 둘로 나눈 후 한 뭉치는 찬연의 책상 위에 가지런히 올려 두었다.

사무실에는 현재 같은 신문을 두 부씩 받고 있었다. 하나는 찬연이 읽는 용도로 쓰였고, 하나는 설이 읽은 뒤 필요한 기사는 스크랩해서 따로 모아 놓는 용도로 사용되었다.

자리로 돌아온 설은 세 개의 신문 중 한민족 신문을 펴 들었다. 한민족 신문은 일제강점기 시절 설립되어 독립운동 소식을 전하면서부터 유명해진 신문사였다. 현재 대한민국 언론매체 중 가장 오래된 신문사로 스스로에 대한 프라이드도 높았고, 그곳에서 근무하는 직원들 또한 스스로를 자랑스럽게 여겼다.

한민족 신문을 쭉 읽어 내리던 설은 경제 면에서 스크랩할 기사 몇

가지를 체크하곤 다음 신문을 펴 들었다. 몇 페이지를 넘겼을까. 그녀의
시선에 작은 기사 하나가 들어왔다.

『최진성 의원, 해우건설 회장 손녀 이민아와 핑크빛 사랑』

둘이 손을 꼭 잡고 뮤지컬을 보고 있는 사진이 실려 있었다. 그들은
지난해 우연한 자리에서 만나 서로 호감을 느꼈고, 곧 약혼식을 올림으
로 둘의 사랑이 드디어 결실을 맺는다고 적혀 있었다.

어느새 설에게 다가온 찬연이 그녀의 어깨에 손을 얹었다. 막 씻고
나와서인지 그의 머리카락이 촉촉하게 젖어 있었다.

"아직도 신경 쓰여?"

그의 물음에 설은 고개를 저었다. 완전히 신경이 쓰이지 않는다고 말
할 수는 없었지만 예전처럼 가슴이 아프거나 심장이 터질 것 같은 분노
는 느껴지지 않았다.

찬연은 고개를 돌려 자신을 보고 있는 설의 입술에 부드럽게 입을 맞
췄다.

"다행이다. 아프지 않아서."

"이제 제게는 오빠가 있는 걸요."

찬연은 다시 한 번 그녀의 입술에 입을 맞췄다. 그의 머리카락에서
떨어진 물방울이 그녀의 뺨을 타고 아래로 흘러내렸다.

"차가워요. 머리 제대로 말려요."

"저절로 마를 거야."

귀찮다는 듯 손으로 대충 머리카락을 툭툭 털자 꽤 많은 양의 물방울
이 그녀에게 날아들었다. 그를 밉지 않게 흘겨본 설이 자리에서 일어나
그의 손을 이끌었다. 그리고 2층으로 올라가 의자에 그를 앉힌 후 드라
이기를 찾아 그의 머리카락을 말렸다.

위이잉, 소리와 함께 그녀의 손가락 사이에서 그의 검은 머리카락이 춤을 췄다.

"머리카락이 꽤 많이 길었어요."

"정리해야지."

"네, 그런데 오빠는 긴 머리도 잘 어울릴 것 같아요."

구레나룻까지 꼼꼼히 말린 설은 거울에 비친 그와 시선을 마주하며 말했다.

"아유, 우리 오빠. 진짜 멋있다."

"이제 알았어?"

그의 장난스러운 말에 설은 깔깔 웃음을 터트렸다. 무심한 얼굴로 농담을 하니 더 웃겼다. 설은 표정 없는 찬연의 얼굴을 보았다. 그는 참표정이 없는 사람이었고, 감정적으로도 굳건한 사람이었다. 그가 감정의 변화를 보여 줬던 적은 딱 한 번, 동덕궁에서뿐이었다.

설은 굳어 있는 그의 얼굴을 보며 미소 지었다.

"사랑해요."

"나도 사랑해."

표정 없는 얼굴. 그의 눈빛이 변한 것 같았지만, 그것도 잠시였다. 그의 얼굴을 애달픈 눈으로 바라보던 설은 곧 밑에서 초인종 소리가 들리자 자리에서 일어났다.

"손님 오셨나 봐요."

말을 하는 와중에도 또 한 번 초인종 소리가 들렸다. 1층으로 내려온 설은 서둘러 현관문을 열고 밖으로 나갔다. 마당으로 나온 설은 의외의 손님에 눈을 크게 떴다.

"오랜만이네?"

그 여자였다. Kr 캐피탈 대표 이은주.

설은 놀란 눈으로 그녀를 보다 표정 관리를 하며 고개를 숙였다.

"안녕하세요."

"안에 찬연 씨 있지?"

친숙하게 그를 부르는 리의 모습에 설은 입을 다물었다. 그는 이 여자를 투자자라 했다. 하지만 그녀가 보기에 둘의 관계는 단순히 투자자와 투자를 받는 사람이 아니라 좀 더 친숙하고 깊은 관계처럼 보였다.

설은 애써 사무적인 표정을 지으며 말했다.

"네, 안으로 모시겠습니다."

설의 말에 마당으로 들어선 리는 활짝 핀 그녀의 얼굴을 보며 무심한 어투로 물었다.

"아직도 눈치 못 챘어?"

"무슨 말씀이세요?"

"아니야."

그녀의 입술에 뒤틀린 미소가 걸렸다. 설의 눈을 한동안 바라보던 리가 그녀의 곁을 스쳐 지나 사무실 안으로 들어갔다. 그녀의 뒤를 따른 설은 리와 악수를 하고 있는 찬연을 보며 말했다.

"차는 어떤 걸로 준비해 드릴까요?"

"차는 괜찮아. 그런데 우리 둘만 있었으면 좋겠는데."

그녀의 말에 설은 찬연을 보았다. 찬연은 잠시 나가 있으라는 듯 눈짓했고, 설은 허리를 숙인 후 현관으로 향했다.

설이 밖으로 나가자 리가 등을 편안히 뒤로 기대며 말했다.

"저 여자 아직도 눈치 못 챘어?"

그녀의 물음에 찬연이 가볍게 고개를 끄덕였다.

"보기보다 멍청하네, 정말."

"여섯 살 때 부모가 죽고, 그 뒤로는 쭉 혼자였던 여자입니다. 믿었던 약혼자에게 배신당한 뒤 세상에서 고립되었죠. 저 여자의 옆에는 저밖에 없습니다. 의심하더라도 티 내지 못할 겁니다."

"흠, 그래? 그럼 이젠 어떻게 할 건데?"

"이제 모든 사실을 알게 해야겠죠."

그의 말에 리는 고개를 끄덕였다. 그리고 그를 보며 혀를 찼다.

"당신 참 나빠."

"알고 있습니다."

"그래, 그 점이 더 나빠. 알고 있다는 것. 당신의 계획에 난 자의로 참여한 것이지만, 밖에서 지금 우리가 무슨 이야기를 하고 있을까 촉각을 세우고 있는 저 여자는 아무것도 모르겠지."

리의 말에 찬연은 고개를 끄덕였다.

"아무것도 몰라야 하니까요. 곧 당신에게 갈 겁니다."

"그래, 계획은 당신이 짜더라도 실행하는 건 저 여자여야 할 테니까. 알았어, 당신이 시킨 대로 할게."

말을 마친 리가 자리에서 일어났다. 그리고 무관심한 그의 표정을 보며 말했다.

"설마 그런 얼굴로 저 여자한테 사랑한다고 말하는 건 아니겠지?"

"물론입니다."

"그래, 그 표정에 속아 모든 걸 내준 거면 저 여자는 진짜 멍청한 거겠지. 좋아, 대한그룹 건은 당신의 말대로 처리했어. 은행 거래는 원래대로 돌려놨고, 대한그룹 주식도 매수했어. 여자가 날 찾아오면 연락할게."

"알겠습니다."

엉덩이를 흔들며 사무실을 빠져나가는 리에게서 시선을 떼지 않던 찬연이 자리에서 벌떡 일어났다. 창가로 향한 그의 얼굴은 화석처럼 딱딱하게 굳어 있었다.

흔들리지 마라, 박찬연. 흔들리지 마. 지금은 흔들릴 때가 아니야.

"젠장."

말아 쥔 그의 주먹이 파르르 떨렸다. 리가 나간 지 얼마 지나지 않아

설이 사무실 안으로 들어왔다. 찬연이 내뿜는 위험한 기운을 느끼며 다가간 설은 갑작스럽게 뒤돌아서 자신을 내려다보는 찬연과 시선을 마주했다.

"싸웠어요?"

그의 얼굴이 차갑게 굳어져 있었다. 설은 걱정스러운 얼굴로 그를 올려다보았다. 그러다 갑자기 자신의 뒷목을 끌어당겨 급작스럽게 입을 맞추는 그의 행동에 놀란 듯 숨을 들이켰다.

그의 혀가 입 안 가득 찼다. 입 안이 얼얼할 정도로 거친 키스에 설이 비틀거리자 찬연은 그녀의 허리를 붙잡아 자신에게 바짝 당겼다.

그가 그녀의 타액을 빨아들였고, 숨까지 훔쳐 갔다. 폭력처럼 느껴지는 키스에 설이 그의 어깨를 주먹으로 내려치자, 찬연이 그녀의 아랫입술을 깨물었다.

"앗!"

그녀가 몸을 바르작거렸다.

그제야 정신이 돌아온 찬연이 고개를 들었다. 흐트러진 그녀의 모습을 훑어보던 그의 시선이 부풀어 오른 입술에서 멈췄다.

"사랑해."

"알아요."

"사랑한다."

※　※　※

낮 시간 갑자기 걸려온 전화를 받은 설은 찬연에게 양해를 구하고 최 의원의 집으로 향했다. 설은 서재로 안내하는 여주댁의 뒤를 따랐다. 여주댁은 걱정하는 얼굴로 그녀를 보고 있었다.

"최 의원님이 다 생각이 있으셔서 그랬을 거다. 그러니까 너무 상처받지 말고."

"저 괜찮아요, 아주머니."

"그래, 의원님 기다리시겠다. 얼른 들어가 봐."

커다란 문을 열고 안으로 들어온 설은 허리를 숙여 인사했다.

"오랜만에 뵙습니다, 의원님."

"그래, 설아. 이리 앉아라."

최 의원의 말에 고개를 숙인 설은 그의 맞은편에 놓인 원목 의자에 앉았다. 최 의원은 요즘 또다시 건강이 안 좋은지 얼굴색이 좋지 못했다.

"안색이 안 좋으세요."

"요즘 부쩍 또 이러는구나. 걱정할 정도는 아니니 너무 마음 쓰지 말거라."

최 의원은 자신을 걱정스럽게 바라보는 설의 눈빛에 표정을 굳혔다. 좋지 못한 일로 이 아이를 곁에 두긴 했지만, 그래도 함께한 세월이 23년이었다.

처음 설이 집에 왔던 몇 년간은 아이의 얼굴도 제대로 보지 못했었다. 하지만 점점 커 가는 아이를 보며, 싹싹하게 아픈 김 여사와 자신을 챙기는 것을 보며, 그는 어느새 설을 딸처럼 생각하고 있었다. 그래서 민 회장이 진성과 설을 부부로 엮었으면 좋겠다고 했을 때도 고개를 끄덕일 수 있었다. 아들도 이 아이를 좋아했지만, 그 또한 미안한 마음을 조금이라도 떨쳐 낼 수 있을 것이라 생각했었기 때문이다.

"설아……."

최 의원이 조심스러운 목소리로 입을 열자 설은 작게 고개를 끄덕였다.

"편안하게 말씀하세요."

"이번 일은 미안하다. 미리 너한테 연락했었어야 했는데, 일이 워낙 급박하게 돌아가다 보니 그러질 못했다."

"아니에요, 의원님. 이해해요."

그녀의 말에 최 의원은 고개를 저었다.

"넌 내게 좋은 딸이 되어 주었다. 원래는 며느리로 들이려고 했으나, 일이 이렇게 되었으니…… 양녀로 들어오는 것이 어떻겠냐."

최 의원의 말에 설은 놀란 듯 그를 보았다. 생각지도 못했던 이야기였다.

"갑작스러운 것 나도 안다. 하지만 우리가 같이 지낸 시간이 몇 년이냐. 진성이와의 일이 아니더라도 난 널 곁에 두고 싶다."

그의 말에 설이 가볍게 고개를 끄덕이며 답했다.

"……네. 생각해 볼게요."

잠시 뜸을 들이기는 했지만 설의 답이 떨어지자 최 의원은 만족한 듯 고개를 끄덕이며 말을 돌렸다.

"그래, 밥은 먹었냐."

"네, 먹고 왔어요."

"아쉽구나. 같이 밥이라도 먹었으면 했는데."

"사장님께 양해를 구하고 나온 거라 돌아가 봐야 해요. 식사는 다음에 해요, 의원님."

그녀의 말에 최 의원은 고개를 끄덕였다.

"그래, 멀리는 못 간다. 살펴 들어가거라."

"네, 그럼 연락드리겠습니다."

허리를 숙여 인사한 설이 서재를 나왔다. 문에 등을 기대고 숨을 고르던 그녀는 눈을 질끈 감았다.

찬연은 홀로 사무실에 있었다. 목에 걸려 있는 반지를 손으로 만지작거리는 그의 모습은 어딘가 불안해 보였다. 그의 체온에 어느새 반지가 따뜻하게 데워졌다.

그는 오랜 시간 책상 위에 올려져 있는 물건에서 시선을 떼지 못하고 있었다.

그가 오랫동안 보고 있었던 것. 그것은 박찬연의 주민등록증이었다. 자신의 사진이 박힌 것이 아니라, 원래 그의 것. 2년 전 자신의 이름으로 세상에서 사라져 버린 남자.

무거운 시선으로 주민등록증을 보던 찬연은 첫 번째 서랍을 열어 잘 보이는 자리에 놓았다. 그리고 익숙한 번호로 전화를 걸었다.

—아, 사장님! 안 그래도 지금 돌아가는 길이었어요. 죄송해요.

"아니야. 나도 지금 외출하는 길이야. 시킬 일이 있어서 전화했어."

—뭔데요?

"사무실에 가서 두 번째 서랍 열어 보면 서류가 하나 있을 거야. 그 서류 팩스 좀 넣어 줘. 팩스 번호는 메모 남겨 놨어."

—네, 알겠습니다. 사무실로 복귀한 후 바로 처리하겠습니다.

"그래."

전화를 끊은 찬연은 자리에서 일어났다. 살짝 열려 있는 첫 번째 서랍을 보던 그가 가벼운 발걸음으로 사무실을 빠져나갔다.

찬연이 사무실을 나선 지 얼마 되지 않아 설의 차가 사무실 앞에 멈췄다.

사무실로 들어선 설은 가장 먼저 그의 책상으로 향했다.

"몇 번째 서랍이라고 했더라?"

기억을 떠올려 보려고 했지만 쉽게 떠오르지 않았다. 설은 조금 열려 있는 첫 번째 서랍 문을 열었다.

"어?"

설은 속에 있던 주민등록증을 꺼냈다. 박찬연이라고 쓰여 있는 주민등록증이었지만, 이 책상 주인의 사진이 아닌 다른 사람의 사진이 박혀 있었다.

"어디서 많이 본 사람인데……."

작게 중얼거리던 설은 번뜩 머릿속을 스친 생각에 손을 떨었다. 그리고 책상으로 가 하얀 파일을 꺼내 몇 장 넘겼다. 원하던 것을 찾아냈는지 그녀의 얼굴이 파리하게 굳었다.

설은 금융거래를 위해 사본을 떠 둔 찬연의 주민등록증을 보며 몸을 떨었다.

"똑같아……."

두 명의 박찬연. 그리고 서로 다른 사진이 박혀 있는 주민등록증.

다리가 풀린 듯 설이 자리에 털썩 주저앉았다. 그리고 멍한 얼굴로 중얼거렸다.

"서로 다른 사진…… 똑같은 주민번호…… 그리고……."

말을 내뱉던 설이 눈을 질끈 감았다.

"아아……."

서랍장에서 발견한 주민등록증 속의 사람이 누구인지 떠올랐다.

'설아, 울지 마. 응? 울지 마.'

"찬연 오빠……."

여섯 살, 그녀의 기억 속에 있는 남자. 설은 사진 속에서 어릴 적 찬연의 모습을 찾아낸 것인지 한참이나 그의 이름이 불렸다.

'우리 설이 착하지? 뚝!'

"찬연 오빠, 찬연 오빠……."

설의 눈에 눈물이 고였다.

"어떻게…… 어떻게……."

원장 수녀님의 말이 떠올랐다. 2년 전부터 새빛 고아원을 찾아와 그녀와의 추억을 물어봤다는 그. 그즈음 아이들의 대학 학비를 댈 수 있을 정도로 큰 금액을 보냈다는 것. 중학교를 겨우 졸업한 그가 한 사업체를 굴린다는 것.

'난 너희들이 우연히 만났다고 했을 때 얼마나 놀랐는 줄 모른다. 찬

연이가 계속 찾아와서 너와에 대한 추억도 듣고 또 널 얼마나 찾고 싶어 했는데.'

머릿속에서 떠오른 그 짧은 대화에 설은 눈물을 흘렸다.

칠흑 같은 어둠이 내려앉았다. 찬연은 자신의 사무실 앞에 세워져 있는 설의 빨간 승용차를 보았다. 손목시계를 보니 열한 시 반. 이 차가 아직 이곳에 있다는 것은 설이 주민등록증을 발견했다는 것이다. 내가 그녀의 어린 시절 추억 속에 있던 그 박찬연이 아니란 사실을 알았겠지.

"생각대로 움직여 주는군."

사무실 안으로 들어선 찬연은 어둠 속에 앉아 있는 설을 발견했다. 바닥에 주저앉아 무릎을 끌어안은 채 아무런 미동도 보이지 않는 그녀를 보며 그는 가벼운 음성으로 말했다.

"뭐야? 아직도 있었어? 이거 시간 외 수당이라도 줘야겠는데?"

찬연이 소파에 앉자, 설은 멍한 시선으로 그를 올려다보았다. 그녀는 찬연을 보며 자리에서 천천히 일어났다. 꽤 오래 앉아 있었던지 움직임이 굼떴다.

그녀가 천천히 그에게 다가갔다. 바닥에 실내화를 질질 끌며 다가가던 그녀는 손만 뻗으면 닿을 수 있는 거리에서 멈춰 섰다.

"묻고 싶은 게 있어요."

"뭘?"

설은 무거운 눈으로 남자를 보았다. 정막이 내려앉은 집. 불을 켜지 않아 한 치 앞도 볼 수 없는 어둠은 그녀의 신경을 더욱 곤두서게 만들었다.

그는 아무것도 모르겠다는 듯 그녀를 올려다보고 있었다.

"당신⋯⋯."

"왜 그래? 왜 떨고 있어."

찬연의 말에 설은 눈을 감았다. 언제 들어도 듣기 좋은 목소리. 그윽한 향. 그는 아주 짧은 시간에 그녀의 모든 것을 자신의 것으로 만들어 버렸다.

설은 천천히 눈을 떴다. 긴 속눈썹을 깜빡이며 입을 꾹 다무는 설을 보며 찬연은 팔을 벌렸다.

"이리 와."

"싫어요."

찬연의 말에 설은 온몸으로 그를 거부했다. 그는 천천히 손을 내렸다. 그리고 미간을 찌푸렸다. 그녀의 반항이 마음에 들지 않는다는 듯이.

설은 잔뜩 겁을 집어먹은 눈으로 그를 바라보았다.

"당신 누구예요?"

"무슨 말이지."

"당신…… 찬연 오빠 맞아요?"

"……."

"정말 내가 알고 있는 찬연 오빠 맞아요?"

설의 말에 찬연이 자리에서 일어났다. 그가 움직이자, 설은 또다시 몸을 움찔 떨었다. 새하얀 얼굴에 검은 눈동자. 그녀는 깊이를 알 수 없는 그의 눈동자에 순식간에 빠져들었다. 마치 질척한 늪처럼 그에게 발을 내딛는 순간 빠져나올 수 없게 되어 버렸다.

하지만…… 하지만…….

"아니죠? 오빠 아니죠?"

그 눈동자는 단 한 번도 진심을 담은 적이 없었다. 그걸 그녀도 어쩌면 알고 있었는지도 모른다. 하지만…… 애써 외면해 왔다. 그걸 그에게 말하는 순간, 그녀를 떠나 버릴 것만 같아서.

흔들리는 그녀의 눈빛에 그는 한 걸음 더 다가왔다. 그리고 그녀의 허리를 끌어당겨 몸을 밀착했다. 하지만 찬연의 무거운 입은 열릴 줄 몰랐다.

"당신은…… 당신은……."

결국 설의 눈에서 눈물이 흘러내렸다.

"누구예요? 왜 박찬연으로 살아가죠? 왜 그 이름으로 제게 접근했던 거죠? 말해 줘요, 제발……. 제게 진실을 말해 줘요. 당신이 날 사랑한다면, 날 조금이라도 사랑한다면 말해 주세요, 제발."

그녀는 애원했다, 그의 곧은 눈동자를 올려다보며. 무겁고 음습한 그의 눈동자를 볼수록 그녀의 슬픔은 깊어졌다.

그는 조금의 흔들림도 보이지 않았다. 그녀의 말에 미동도 하지 않았다.

"제게 말해 줄 게 아무것도 없는 건가요? 아니면 입이 붙어 버린 거예요? 제발 무슨 말이든 해 보세요! 내가 이 상황을 납득할 수 있게 이야기해 달라고요!"

설은 그의 얼굴에 박찬연의 주민등록증을 던졌다.

"당신은 제 기억 속에 없어요! 처음엔 그냥 살면서 많이 바뀌었다고 생각했어요! 20년이란 세월이 지났으니까, 너무 많은 일을 겪었을 테니까! 그런데 알았어요. 저 주민등록증을 보고 나서야 알았다고요!"

"……."

"저 사진 속의 남자가 찬연 오빠야! 내 기억 속에 있는! 당신은 아니야, 찬연 오빠가 아니야! 그럼 당신은 누군데!"

설의 절규에도 찬연은 여전히 깊은 눈으로 그녀를 보고 있었다. 그녀의 시선과 마주하던 찬연은 서서히 고개를 숙여 그녀와 눈높이를 맞췄다. 그리고 낮고 음울한 목소리로 중얼거렸다.

"내가 박찬연이든 아니든, 그게 무슨 상관이지?"

"중요해요, 내겐!"

그녀가 지지 않고 외치자 그의 입술에 가소롭다는 듯 웃음이 걸렸다.

"네가 사랑하는 건 난가, 아니면 기억 속의 그인가."

그의 물음에 설은 입을 꼭 다물었다. 흔들리는 그녀의 눈동자를 마주한 찬연은 고개를 들었다. 그의 얼굴은 무겁게 가라앉아 있었다. 나에게 사랑한다 속삭이던 그의 모습은 그 어디에도 없었다.

그녀가 자리에서 비틀거리자 찬연은 그녀의 어깨를 잡으며 말했다.

"떠나고 싶으면 떠나."

그는 그녀의 고개를 돌려 자신과 시선이 마주하도록 만들었다. 그는 좀 더 잔인하게 속삭였다.

"하지만 넌 날 못 떠나."

악마의 속삭임처럼…….

"네 곁엔 나뿐이니까."

그녀는 흔들리는 눈으로 찬연을 보았다. 그의 곁을 떠나지 않으리라는 자신감은 어디서 나오는 것일까. 스스로에게 질문을 던진 설은 너무도 쉽게 답을 맞혔다.

"왜 내 주위에 있는 사람들은 하나같이 나를 이렇게 힘들게 하는 걸까요?"

설은 쓰게 웃으며 말했다.

"다들 대체 내게 왜 이러는 거죠? 내가 뭘 잘못했다고!"

의원님도, 진성 오빠도, 그리고 당신도…….

왜 하나같이 날 아프게만 해요? 도대체 왜……!

설은 떨리는 목소리로 그에게 물었다.

"당신…… 날 사랑하긴 했나요?"

"……."

"사랑하긴 했냐고요…… 왜 답을 못 해요, 왜……."

그녀의 물음에 답해 주지 못하는 남자. 이 남자는 어제만 해도 자신에게 너무나 달콤한 목소리로 사랑한다 속삭였었다.

모든 것이 거짓이었을까? 자신에게 속삭였던 목소리도. 따뜻하게 안아 주던 그 품도.

끔찍한 기분이 들었다. 끔찍한 생각이 들었다. 그래서 그 자리를 도망치듯 빠져나갈 수밖에 없었다.

❋　❋　❋

설은 눈을 감고 자신에게 일어난 일을 생각하고 있었다. 하지만 그 생각은 꼬리에 꼬리를 물고 질문을 이어 나갈 뿐 깔끔하게 정리되지는 않았다.

"어떻게 나한테 이런 일이 일어날 수가 있을까."

이런 일이 일어날 것이라 단 한 번이라도 예상해 봤다면 좀 더 쉽게 이 상황에 대처할 수 있었을 것이다. 하지만 설은 자신에게 이러한 일이 일어날 것이라 생각해 본 적이 없었다.

내 곁에 있는 누군가가, 그것도 사랑하는 남자가 거짓 인생을 살아가고 있고, 왜 그렇게 살 수밖에 없는지 이유조차 말해 주지 않는다면······.

왜 찬연으로 살 수밖에 없는지 이유라도 말해 준다면 좀 더 그를 이해하기가 쉬울 것이리라. 하지만 그는 그녀에게 그 작은 배려조차 해 주지 않았다.

덫에 걸린 기분이었다. 그가 쳐 놓은 덫에 걸린 느낌.

"미워."

미웠다. 날 속인 그가.

"끔찍해."

끔찍했다. 그에게 한 마디도 못 하는 자신의 모습이.

아침이 오자 설은 늘 그랬던 것처럼 씻고 출근 준비를 서둘렀다. 밖에선 비가 내리고 있었고, 검은 우산을 챙겨 들고 밖으로 나왔다. 종종걸음으로 사무실에 온 그녀는 문을 열고 안으로 들어왔다. 그 또한 평소처럼 그 자리에 앉아 있었다.

그는 설을 냉랭한 눈으로 보고 있었다. 차가운 그 시선에 설은 현관에서 더 이상 나아가지 못하고 그 자리에 섰다.

"왔으면 일 시작하지."

그의 차가운 목소리에 설은 고개를 끄덕였다. 공과 사는 분명히 구분해야 한다며 이성이 말했다. 사랑은 사랑이고 일은 일이었다. 이 순간까지도 프로 의식을 보이려는 자신이 끔찍했지만 어쩔 수 없었다.

설은 늘 그랬던 것처럼 가장 먼저 커피를 내린 후 창을 열었다. 비 냄새가 사무실 안을 가득 채우고 나서야 그녀는 다이어리를 들고 그의 자리로 향했다.

"12시에 한중 중소기업 최태인 사장님과 미팅이 있고, 3시에는 세종문화회관에서 열리는 한국인 신예 조각가 전시회에 참석하셔야 합니다. 4시에는 세종 문화회관 이민영 원장님과 미팅이 있고, 6시에는 대한그룹 민희락 회장님과 미팅이 잡혀 있습니다."

"12시 한중 중소기업 최태인 사장 미팅은 내일로 미뤄 줘. 그 시간에 김길중 의원을 만나기로 했어."

그의 말에 설은 고개를 끄덕였다.

설은 자신의 자리로 돌아와 최태인 회장의 비서와 이야기를 나눴고, 미팅은 내일 오전 11시경으로 변동했다. 미팅을 조정한 설은 신문을 집었다. 미팅에 나가기 전 스크랩을 하고 주식 동향 등 살펴야 할 것이 많았기에 마음이 조급해졌다.

그녀가 막 신문을 펴 들려고 할 때였다. 어느새 다가온 찬연이 신문을 손바닥으로 가리며 말했다.

"말해 줄 것이 있어."

"뭐죠, 사장님?"

그녀의 물음에 찬연은 한 편에 놓여 있는 소파를 곁눈질했다. 그가 먼저 소파에 가서 앉자 그녀도 뒤따라 맞은편에 앉았다. 그녀의 표정이 사무적으로 굳어 있자 찬연은 그제야 입을 열었다.

"한 달 반 뒤 내 약혼식이 있을 거야. 아마 세 개 신문에 지금쯤 기사가 실렸겠지."

그의 말에 설은 놀란 얼굴로 그를 보았다. 무슨 말을 꺼내야 할지 몰라 입을 꾹 다물고 있는 그녀를 보며 찬연은 계속 말을 이었다.

"약혼식은 측근들만 모아 두고 간소하게 치를 예정이야."

"……날 이해시킬 생각도 하지 못하세요?"

그녀가 힘겹게 입을 열었다. 가슴이 찢어질 듯 아팠다. 그는 분명 그녀에게 약속했다. 곁에 있어 주겠노라고. 외롭지 않게 늘 함께 있어 줄 것이라 약속했다.

하지만 지금의 그는 그 약속 따윈 까맣게 잊은 듯 무덤덤한 얼굴로 자신의 약혼 이야기를 하고 있었다. 끔찍했다. 아팠다. 눈물이 터질 것만 같았다. 하지만 그녀는 애써 자신을 컨트롤했다. 왜 이런 일을 벌이는지, 왜 모든 것을 결정한 뒤 자신에게 말해 주는 것인지 확실히 들어야 했다. 그리고 자신의 위치까지도.

그녀의 물음에 그가 답했다.

"뭐가 궁금한데? 궁금한 것이 있으면 말해. 모두 말해 줄 테니까."

"다요."

그녀의 말에 찬연은 등을 편안히 기댔다.

입술이 비틀렸다. 그의 마음처럼.

"뭐부터 말해 줄까? 아, 어제 질문한 것부터 답하는 게 좋겠군."

"……"

"왜 박찬연으로 사냐고 물었었지? 답은 아주 간단해. 나 자신을 숨길 필요가 있었으니까. 난 10년이 넘는 시간 동안 아주 끔찍한 고통을 겪었어."

"……."

"내게 고통을 안겨 준 사람들에게 나와 똑같은 감정을 느끼게 해 주고 싶었지."

"……그래서요?"

"그들에게서 도망칠 때 차를 얻어 탔어. 아주 천운이었지. 그때도 지금처럼 비가 내리는 날이었거든. 아니, 지금보다 훨씬 많은 양의 비가 내렸어. 길바닥에서 얼어 죽을 운명에서 날 꺼내 준 게 박찬연이었어."

그의 말이 이어질수록 설의 표정은 차분하게 가라앉았다.

"원래의 계획대로라면 그는 날 서울에 내려 주고, 난 나를 도와줄 사람을 찾을 생각이었지. 딱 한 명 떠올랐으니까. 리, 그 여자가 날 도와주리라고 생각했어. 그 여자는 우리 아버지와 친분이 깊었거든. 아니, 사랑하고 있다고 해야 옳을까. 그 여자를 찾아갈 계획이었어. 원래는. 위험한 도박이었지만 아무리 생각해 봐도 그것밖에 떠오르지 않더군. 그래서 박찬연에게 말했어. 서울까지 데려다 달라고."

그의 말은 흔들림 없이 곧게 흘러나왔다. 그의 목소리에는 감정의 변화가 없었다. 기계처럼 흘러나오는 음성을 설은 말없이 듣고 있었다.

"그런데 사고가 났어. 나도 예상하지 못했던 사고지. 그 자리에서 박찬연은 죽었어. 난 살았고."

"주, 죽었어요? 오빠가?"

"그래, 2년 전 이맘때쯤 죽었지."

기억 속 자신을 구해 주던 여덟 살의 어린 왕자님이 죽었다는 사실에 그녀는 크게 놀랐다. 성인이 되고 나서는 한 번도 만나지 못한, 아니 그녀가 새빛 고아원을 떠나고 나서는 한 번도 만나지 못한 그였지만 가슴이 아팠다.

그녀의 표정이 일그러지는 것을 보며 그는 계속 말을 이었다.

"병원 수속 서류에 난 그의 이름 대신 내 이름을 적어 넣었어. 시신은 화장을 했고, 산에 뿌렸지."

"어, 어떻게 그럴 수가 있죠?"

마지막 그 말에 설은 중얼거렸다. 어떻게 그런 생각을 했는지, 고인의 시신을 마음대로 산에 뿌렸는지, 그녀로서는 이해할 수 없는 행동이었다. 하지만 찬연은 그게 큰 문제가 되냐는 듯 어깨를 으쓱였다.

"순간 머리에 떠오르더군. 이 사람의 이름으로 살게 된다면 난 위험에서 벗어날 수 있고, 좀 더 편하게 그들에게 다가갈 수 있을 거라고. 그래서 박찬연으로 살기로 한 거야. 날 위해서. 한국에 온 리를 만났지. 그녀는 예상했던 것처럼 날 도와주겠다 하더군."

설은 몇 번이나 마주쳤던 여자를 떠올렸다. 그리고 고개를 끄덕였다. 이해할 수는 없었지만, 지금은 그럴 수밖에 없었다. 뭐라 말해야 할지 몰라서.

"그 뒤로 2년 동안 난 수 많은 덫을 쳤어. 그들에게 접근하기 위해. 그들을 파멸로 이끌기 위해. 모든 것을 부숴 버리기 위해."

"……그게 누구죠? 당신을 그렇게 만든 사람, 당신이 복수할 대상…… 그게 누군데요?"

그녀의 물음에 찬연의 얼굴에 서늘한 미소가 걸렸다.

"대한그룹 민희락, 국민당 최부식 의원."

그의 입에서 흘러나온 이름에 설이 자리에서 벌떡 일어났다. 흔들리는 그녀의 시선을 마주한 찬연은 자리에서 일어나 그녀에게 다가갔다.

"그래서 당신이 필요했어."

"나에게 접근한 것도 의도적이었군요."

"그래."

그는 모든 사실을 그녀에게 털어놓았다. 끔찍한 사실이 드러나자 그녀가 비틀거렸다. 두 다리로 땅을 지탱해 서 있을 수가 없었다. 술을 마신 듯 어지러웠고, 가만히 있는 땅이 자신에게 덤벼드는 것 같았다. 설의 입에서 탄식 같은 신음이 흘러나왔다. 그와 우연처럼 만났던 기억들. 자신에게 사랑한다 고백했던 그 순간. 그에게 뜨겁게 안겼던 자신.

눈물이 나올 것만 같았다.

난 그에게 모든 것을 줬는데! 그에게 따뜻한 안식을 받았다 생각했는데! 너무 끔찍한 진실이 그녀의 피부를 갉아 먹는 것만 같았다. 심장에 피어난 상처가 그녀의 전신을 좀먹고 있는 것만 같았다.

아팠다. 너무 아팠다. 세상이 어둠으로 가득 차는 느낌이었고, 온몸의 수분이 다 빠져나가는 끔찍한 고통이 들었다.

그녀가 흔들리는 것을 보며 찬연은 그녀의 어깨에 손을 얹었다. 그리고 점점 붉어지는 그녀의 눈동자와 마주하며 말했다.

"아주 운이 좋았어. 우연히 살게 된 인생이 너의 어릴 적 추억 속에 있다는 그 사실이. 그 사실은 내 인생 중 가장 큰 행운이라고 생각할 만큼 특별한 것이었지."

"그럼……."

"그래, 너에게 의도적으로 접근했어. 널 내 사람으로 만들기 위해."

"왜 그랬어요, 왜?"

설의 입에서 원망의 말이 쏟아져 나왔다. 왜 자신에게 그랬냐며, 왜, 왜……!

그녀의 물음에 찬연은 웃으며 말했다.

"필요했어, 당신이."

"왜요……? 제가 최 의원님 아들이랑 약혼해서? 그 집안사람이니까?"

그녀의 물음에 찬연은 가볍게 고개를 저었다. 그리고 낮고 음울한 목소리로 중얼거렸다.

"넌 최 의원을 무너트린 가장 큰 무기니까."

"……."

"민희락의 수족을 단번에 지옥으로 떨어트릴 수 있는 사람이니까."

"……."

"그래서 네가 필요했지."

잔인한 그 말에 설은 다리에 힘이 풀려 바닥에 주저앉았다. 멍한 시선에선 결국 참지 못한 눈물이 쏟아져 나왔다.

타닥, 타닥, 후두둑…….

비처럼 쏟아지는 그녀의 눈물에도 찬연은 흔들림 없는 시선으로 그녀를 보았다. 그리고 소파에 앉아 턱을 괴었다.

"전…… 그렇게 대단한 사람이 아니에요."

"아니야, 넌 대단한 사람이야."

그의 말에 설은 고개를 저었다.

"아니요, 전 겁쟁이에요. 그래서…… 당신의 뜻대로 움직일 수 없어요."

"한설."

깊고 낮은 음성이 경고를 담고 있었다. 제 뜻대로 움직이지 않는다면 여기서 당장이고 널 부숴 버릴 수 있다며. 처참하게 갈가리 찢고 끔찍한 고통 속에 처박을 수 있다며.

하지만 그의 위협에도 설은 흔들리지 않았다. 곧은 시선으로 그를 올려다보며 자리에서 일어났다. 그리고 여전히 눈물이 흘러내리지만 단호한 시선으로 말했다.

"죄송하지만 전 당신의 뜻대로 움직일 수 없어요."

눈물이 바닥으로 투둑 떨어졌다. 하지만 찬연은 말을 멈추지 않았다.

"지금보다 더 끔찍한 고통을 겪을 수도 있어."

내가 그랬던 것처럼.

그는 뒷말을 삼켰다. 하지만 그녀는 이미 너무나 끔찍한 지옥에 떨어진 듯 연신 눈물을 쏟으며 원망스러운 눈으로 그를 보고 있었다.

"죄송합니다. 전 여기까지만 할래요. 당신의 체스 판의 말이 되고 싶지는 않아요."

"……."

"그런데 이건 기억해 주세요, 사장님."

그녀의 목소리가 떨렸다.

"그 두 분이 사장님께 어떤 고통을 줬는지는 모르겠지만……."

말을 멈춘 설은 호흡을 크게 가다듬었다. 그리고 쉴 새 없이 흘러내리는 눈물을 거칠게 닦아 냈다. 화장이 번지고 엉망인 모습이 되었겠지만, 자신의 마음보단 못할 것이다. 마지막 이 말만은 그에게 꼭 해 주고 싶었다.

"지금 제게는 그 두 분이나 사장님이나 똑같아요."

그는 조용히 분노를 쏟아 냈다. 날카롭게 얼어 있는 눈빛과 이를 악문 턱이 움찔거리며 움직였음에도 불구하고 설은 끝내 말을 멈추지 않았다.

설은 미소 띤 얼굴이었다. 하지만 붉어진 눈 때문일까. 그 모습이 애처롭게만 느껴졌다.

"자신의 상처 때문에 남의 상처는 못 보는 당신…… 전 견딜 수가 없어요."

"한설……!"

"사무실에는 오늘까지만 나오겠습니다. 갑작스럽게 그만둬서 죄송합니다."

허리를 깊이 숙인 후 고개를 든 설은 그의 얼굴을 안타깝게 바라보았다. 상처에 뒤덮여 뒤는 보지 못하고 앞만 보고 달리는 경주마. 그는 지금 미친 듯이 앞만 보고 달리는 중이었다. 그런 그를 자신이 안아 줬으면 좋겠지만, 그녀 또한 너무 큰 상처를 입어 남의 상처 따윈 눈에 들어오지 않았다.

자신은 이기적인 사람이지 않는가.

어서 이 똥물이 튀기는 전쟁터에서 벗어나 안식을 찾고 싶었다.

현관으로 가 구두를 꿰어 신는 그녀를 보며 찬연은 차가운 어조로 말했다.

"넌 다시 내게로 돌아올 거야."

그의 말에 설은 뒤돌아서 그를 보았다. 그는 여전히 그 자리 그대로 앉아 있었다.

이 남자는 자신이 원하는 것을 손에 넣기 전까진 늘 그 자리에 있을 터였다. 그런 그를 자신은 견딜 수 있을까? 자신을 속이고 일방적으로 상처 낸 그의 곁에 남아 있을 수 있을까?

설은 작게 고개를 저었다.

"아니요, 전 다신 돌아오지 않을 거예요."

"……"

"만약…… 제가 사장님께 다시 돌아온다면 그때는 온전히 사장님을 이해하고 있을 때, 당신의 차가운 마음을 녹여 주고 싶을 때겠죠. 하지만 전……."

"……"

"절 상처 준 사람 옆에서 천사병에 걸린 사람처럼 웃고 있을 수 없어요."

말을 마친 설은 힘없이 웃으며 말했다.

"전 이기적인 사람이거든요."

현관문을 열고 나가는 설을 보며 찬연이 자리에서 벌떡 일어났다. 그리고 느긋한 걸음을 옮겨 자신의 자리로 간 그는 휴대전화에서 익숙한 이름을 찾아 통화버튼을 눌렀다.

"리, 접니다. 곧 한설이 당신에게로 갈 겁니다."

❉ ❉ ❉

커다란 원목 책상에 앉아 있던 민 회장은 신문 기사를 읽으며 손을 부들부들 떨었다. 자신의 혈압이 위험 수치에 있다는 것을 알면서도 가끔 감정을 주체할 수 없을 때가 있다. 예를 들어 지금 같은 상황에서.

『김길중 의원 장녀 김성은 양. 핑크빛 로맨스에 활짝 웃다』

헤드 카피 밑으로는 기대주였던 바이올린 솔리스트 김성은이 5년 전 불행한 사고를 겪고 혼자선 아무것도 할 수 없을 때, 애널리스트 P씨와 만나 정신적인 교감을 나눴다는 이야기가 줄줄 적혀 있었다. 더욱이 그 사랑이 한 달 반 뒤면 이루어져 지금은 그 어느 여자보다 행복하다는 것. 시신경이 끊어져 더 이상 바이올린을 켤 수 없을 때 곁을 지켜 준 그와 함께 여생을 보낼 생각을 하니 지금은 너무 행복하다고 적혀 있었다.

기사를 눈으로 훑어 내리던 민 회장은 결국 테이블을 손으로 내려쳤다.

"이 새끼, 무슨 생각인지 내가 알 수가 없다."

기사는 이니셜로만 성은의 약혼자를 전하고 있었지만, 민 회장은 그 사람이 찬연이란 사실을 너무도 쉽게 유추해 냈다.

이젠 자신의 사람이라 생각했던 남자가 자신의 뒤통수를 치자 그는 잠시 찬연의 의중을 파악하기 위해 머리를 굴렸다.

왜 이 남자가 자신의 적과 손을 잡았는지…….

날카로운 눈으로 신문을 보던 민 회장이 크게 호흡을 내쉬었다. 그리고 전화를 들어 찬연의 번호를 눌렀다.

"아이고, 박 사장. 내가 박 사장의 약혼 소식을 신문으로 접하게 될 줄은 몰랐다."

—죄송합니다. 일이 너무 급박하게 처리되어 미리 말씀드리지 못했습니다.

민 회장은 찬연의 말에 애써 얼굴에 미소를 띠었다. 그의 외모에서,

풍기는 분위기에서 심상치 않은 놈이라고는 생각했지만, 생각보다 더욱 독사 같은 놈이었다.

생각을 알 수 없었던 그의 얼굴을 떠올리며 민 회장은 손을 휘저으며 다음 말을 이었다.

"아이다, 아이다. 그냥 내는 일이 어떻게 돌아가는지 궁금해가 전화 안했나. 김길중 의원이랑은 어떻게 이야기가 됐노."

—다음 대선은 노동당이 승리할 겁니다. 여당은 노동당이 되고, 제1 야당이 국민당이 되겠지요. 그때를 대비하는 것뿐입니다.

"그래, 미리 대비해가 나쁠 건 없제. 그래, 내한테 쪼까 내줄 시간 없나? 이번에 박 사장 도움으로 한숨 돌렸는데, 내 밥 한 끼 사 줄라 안 그라나."

민 회장의 말에 찬연은 최대한 정중한 목소리로 말했다.

—민 회장님 편한 시간으로 말씀해 주시면 스케줄 잡겠습니다.

"오야, 오야. 그럼 다음에 보재이."

—네, 연락 기다리겠습니다.

통화를 끝낸 민 회장은 날카로운 눈으로 전화를 보았다. 앞으로 이놈을 예의 주시해야겠다고 생각하던 민 회장은 또다시 전화를 들고 익숙한 번호를 눌렀다.

—네, 회장님.

"내가 전에 알아보라고 했던 거 기억하나?"

—네, 현재 인천국제공항을 통해 입, 출국 리스트는 다 추렸습니다. 그중에서 이상한 움직임을 보이는 여자가 하나 있는데…….

"그래, 그게 누고?"

—Kr 캐피탈 대표 이은주입니다. 현재로서는 저희가 찾는 인물에 가장 가까운 사람입니다.

"혹시 그 여자, 전에 드림기업에 돈 대 줬던 여자 아이가?"

―네, 맞습니다. 드림기업뿐만 아니라, 우리나라 대부분의 회사에 자금을 한 번씩은 다 대 줬습니다.

　"그년 참 돈 많나 보네. 사채질해 가 번 돈이 한두 푼이 아닌가 보다. 그래, 좀 더 자세히 알아봐라. 뒤에서 헛짓거리 한 인간이 누군지 알아야 내가 대처를 할 꺼 아이가."

　―네, 기다리게 해 드려서 죄송합니다. 최대한 빠른 시일 내에 꼬리를 잡겠습니다.

　동식의 말에 민 회장은 고개를 끄덕이며 짧게 답했다. 민 회장은 조심스러운 음성으로 다음 말을 이었다. 목소리는 방금 전보다 작았고, 낮았다. 아주 비밀스러운 이야기를 하듯.

　"박 사장에 대해 알아봐라."

　―박찬연 사장이요?

　"그래, 금마 행동이 심상치가 않다. 늘어놓는 말이야 청산유순데, 어디 내가 그놈 속을 알 수가 있어야제. 최대한 빠르게, 조심스럽게 알아봐라."

　―네, 알겠습니다.

　"그래, 수고해라."

　짧게 통화를 끝낸 민 회장이 자리에서 일어났다. 그리고 한강 야경이 한눈에 보이는 창가로 다가가 꽉 막혀 있는 도로를 보았다.

　"교통정리 한번 제대로 해야겠구만."

　도로를 보고 있는 민 회장의 눈빛이 날카롭게 빛났다.

❋　❋　❋

　평일 낮, 세종 문화회관에는 생각보다 많은 사람들이 모여들었다. 찬연은 카페 창문을 통해, 고상한 옷으로 차려입은 여성들이 쉴 새 없이 웅장한 건물 안으로 들어가는 것을 보고 있었다. 그는 의식하지 못하는 동안 목에 걸려 있는 반지를 만지작거리고 있었다.

그는 창밖으로 향해 있던 시선을 돌려 성은을 보았다. 그녀는 신문을 보며 입술을 삐죽 내밀며 투덜대고 있었다.

"정말 왜 하필이면 이 사진이래? 적당한 사진이 없으면 세자 저하처럼 실루엣으로 처리해 주든가! 각도 엉망에 머리카락은 미친년처럼 삼발이고. 진짜 마음에 안 들어. 세자 저하가 보기에도 이 사진 이상하지? 그치? 완전 내 외모 다 죽이는 사진이지? 그렇다고 말해 줘!"

"그래."

찬연이 고개를 끄덕이며 편을 들어주자 성은은 만족스러운 표정을 지었다. 그리고 그다음에는 기사에 난 내용을 꼬투리 잡기 시작했다.

"기사는 또 왜 이래? 우리 보좌관 아저씨도 참 센스 없어. 완전 신파를 써 놓으면 어떻게 한데? 안 그래도 내 주위에 있는 사람들이 네가 언제부터 그렇게 지고지순했냐고 난리도 아니었어. 사람 봐 가면서 아름다운 핑크빛 이야기를 늘어놔야지, 에휴!"

그녀는 마지막에 한숨까지 쉬며 기사를 눈으로 훑고 있었다. 김 의원의 보좌관이 작성해 각 신문사로 발송한 내용이 마음에 들지 않는 듯 그녀는 한동안 푸념을 늘어놓고 있었다.

찬연은 그녀를 초점 없는 눈으로 보고 있었다. 어렸을 적부터 바이올린 솔리스트가 되는 것이 꿈이었던 그녀가 팔을 다쳐 더 이상 악기를 연주할 수 없다는 사실은 이 기사를 통해 알게 되었다. 고등학교 때도 내내 연습실에서 살았던 그녀가 어떠한 사고를 겪게 됐는지, 그리고 그일을 어떻게 이겨 냈는지 그는 아무것도 알지 못했다. 그저 밝은 그녀를 보며 특유의 성격으로 잘 이겨 냈다고만 생각한 뿐이었다.

"무슨 일 있어? 세자 저하, 얼굴 안 좋아 보인다."

그녀의 물음에 찬연은 멍한 시선으로 고개를 저었다. 아무런 일도 없다. 모든 것은 그의 계획대로 이루어지고 있었고, 지금 이 순간도 마찬가지였다.

"세자 저하 아니야."

"뭐?"

그녀는 그의 말 속에 숨겨져 있는 의도를 알지 못하겠다는 듯 큰 눈을 끔뻑였다. 찬연은 다시 한 번 확고한 목소리로 말했다.

"박찬연이라고 불러."

"그래도 그 이름 이상한데……. 세자 저하한테는 더 예쁜 이름이……!"

그녀의 말에 찬연은 단호하게 고개를 저었다.

"아니, 난 2년 전에 내 과거를 죽였어. 지금은 박찬연이니까 그렇게 불러."

성은은 불만이 가득한 얼굴로 고개를 끄덕였다.

"알았어, 박찬연 씨."

"약혼식 날짜는 김 의원님이랑 잡아 뒀어."

그의 말에 성은은 씁쓸한 듯 중얼거렸다.

"당사자인 나한테는 통보 식으로 말하네."

"그것들은 중요한 게 아니니까. 드레스는 같이 고르러 가자. 평일에는 힘들지?"

그의 물음에 성은은 고개를 끄덕였다. 그리고 들고 있던 신문을 테이블 위에 놓으며 말했다.

"일 때문에 안 돼. 독일 국립 오케스트라 초청 건으로 한창 바쁘거든."

"시간 나면 연락해. 그 스케줄은 당신의 뜻대로 잡지."

"좋아."

그녀의 말에 고개를 끄덕인 찬연은 자리에서 일어났다. 그의 앞에는 입도 대지 않은 아이스커피가 맹맹한 색을 띠고 있었다. 얼음이 녹아

넘칠 듯 위태로운 커피를 내려다보던 찬연이 말했다.

"그럼 먼저 들어가 볼게. 일이 바빠서."

그의 말에 성은은 어깨를 으쓱이며 자신 또한 자리에서 일어났다. 옆에 놓아두었던 가방을 든 그녀는 그의 목을 힐끔 쳐다보며 말했다.

"그 목걸이 주인한테는 당신 약혼 소식 전했어?"

그녀의 물음에 찬연의 표정이 굳어졌다. 방금 전까지의 여유로운 모습은 모두 거짓이었다는 듯 단번에 굳어진 얼굴은 살짝 쳐도 와르르 무너질 듯 위태로워 보였다.

그는 낮고 음울한 목소리로 중얼거렸다.

"신경 쓰지 마."

말을 마친 찬연이 카페를 빠져나가자 성은은 결국 넘쳐 버린 그의 커피를 보며 중얼거렸다.

"신경 안 쓰게 하든가. 얼굴이 죽상인데 어떻게 신경을 안 쓰나?"

❋ ❋ ❋

습관처럼 아침 일찍 일어난 설은 하루 종일 몸을 바쁘게 움직였다. 미루고 미뤘던 청소도 했고, 빨래통 가득 넘치는 빨래도 깨끗하게 빨아 널었고, 맨해튼에서 온 메일도 일일이 답장을 썼다.

그녀는 일 때문에 신경 쓰지 못했던 아주 세세한 곳까지 신경 쓰며 하루 종일 몸을 혹사시키고 있었다. 멍하니 앉아 있으면 불쑥불쑥 신경을 긁는 생각들을 떨쳐 내기 위해 애썼고, 자신의 마음과 다르게 움직이려는 몸을 붙잡으려 노력했다. 그리고 더 이상 할 일이 떠오르지 않고 나서야 땅바닥에 엉덩이를 붙이고 앉을 수 있었다.

"이젠 뭐한다."

작게 혼잣말을 중얼거린 설은 무릎을 모아 얼굴을 묻었다.

하루가 너무 길었고, 시간이 너무 느리게 흘러갔다. 평소에는 그렇게 아까운 시간이었건만, 넘쳐흐르자 막상 무엇부터 해야 할지 몰랐다.

외출이라도 할까?

그 생각에 설은 한숨을 쉬었다. 막상 나가도 만날 사람이 없었다. 이제껏 열심히 잘 살아 왔다 생각했었는데, 지금 이 순간 만날 친구 하나 없다 생각하자 29년간 살아왔던 인생이 허무하게 느껴졌다.

깊은 한숨을 내쉰 설은 눈을 감았다. 그러자 잊고 싶었던 기억들이 그녀의 머릿속을 빠르게 훑고 지나갔다.

그가 날 속였어! 그가 나에게 말했던 것은 모두 거짓이었어! 그는 진실이 없는 사람이야. 내가 알고 있는 그에 대한 건 다 거짓일지도 몰라.

그렇게 생각하자 심장에 서늘한 바람이 불었다. 몸을 잔뜩 웅크린 설은 순간 머릿속에 떠오른 생각에 몸을 일으켰다.

'모든 진실을 알고 싶을 때, 그때 찾아와.'

리, 그 여자는 모든 것을 알고 있을 것이다. 마치 이 모든 상황을 예상한 듯 처음 만난 그 순간 자신에게 했던 말이 떠올랐다.

자리에서 벌떡 일어난 설은 아무렇게나 던져 둔 가방으로 향했다. 안에서 다이어리를 꺼낸 설은 형형색색의 메모를 대충 눈으로 훑으며 명함을 찾았다. 하지만 다이어리에는 명함이 없었다.

"어디에 뒀더라?"

그녀는 빠르게 머리를 굴렸고, 곧 지갑을 꺼냈다. 업체 사람들에게 받았던 명함을 몽땅 꺼내 확인한 설은 곧 하얀색 명함 한 장을 찾아냈다.

Kr 캐피탈 대표 이은주.

복잡한 시선으로 명함을 보던 설은 곧 그녀에게 전화를 걸었다.

"한설이에요."

—생각보다 연락이 늦었네.

　모든 것을 예상했다는 듯 말하는 그녀의 목소리에 설은 입을 꾹 다물 었다.

　—그에게 모든 이야기를 듣지 못했나 보지?

　그녀의 물음에 설은 조심스러운 음성으로 말했다.

　"아니요, 그에게 모든 이야기를 들었어요. 하지만⋯⋯."

　—그럼 나한테 더 듣고 싶은 이야기가 남았나 보네. 지금 시간 괜찮 아? 내가 보기보다 성격이 급해서 말이야.

　"네, 괜찮아요."

　그녀의 답에 리는 잠시 말이 없었다. 그리고 곧 깔깔 웃음을 터트리 며 말했다.

　—평일 대낮에 시간이 괜찮다는 걸 보면 일은 그만뒀나 보네? 좋아, 너희 집에서 볼까? 아니면 나올래?

　"제가 갈게요."

　—알았어. 여기 한라호텔 1201호야. 그럼 좀 있다가 보자.

　그녀는 인사도 받지 않은 채 전화를 끊었다. 무거운 시선으로 휴대전 화를 보던 설이 자리에서 벌떡 일어났다. 명함을 찾느라 엉망이 된 집 이 보였지만 설은 서둘러 욕실을 향했다. 그리고 미지근한 물로 몸과 함께 잡생각도 씻어 냈다.

　자주색 카펫 위를 걷고 있는 설의 구두가 평소보다 유난히 높았다. 전투에 임하는 전사처럼 검은색 정장으로 차려입은 설의 얼굴에는 아무 런 감정도 비치지 않았다.

　1201호.

　그 여자가 일러 준 방 앞에 멈춰 선 설은 잠시 호흡을 가다듬었다.

　이 안에서 어떠한 이야기를 듣든, 어떤 끔찍한 말을 듣든 흔들리지 않으리라. 아니, 적어도 그녀의 앞에서는 아무런 감정도 내비치지 않으리라 다짐했다. 그녀는 그의 계획에 가담한 사람이었으니까. 자신의 모습 그대로를 그에게 전할 것이다.

자신이 그녀를 찾아왔음을 그 또한 알게 되겠지만, 설은 망설이지 않았다. 알아야 했으니까. 왜 그가 복수의 늪에 허덕이며 스스로를 어둠 속에 몰아넣었는지 그녀는 알아야했다.

애써 복잡한 생각을 지우며 지극히 사무적인 얼굴로 벨을 눌렀다. 곧 안에서는 높은 리의 음성이 들려왔다.

"생각보다 늦었네. 들어와."

문을 연 리가 먼저 룸 안으로 들어갔다.

룸 안은 생각보다 훨씬 넓었다. 리는 한국에 올 때마다 이 방에 묵는다며 서비스가 만족스럽다는 이야기를 하고 그녀의 앞에 차가운 냉수 하나를 놓아두었다. 자신을 보는 설의 시선에 리는 미소 지었다.

"커피보단 물이 좋을 것 같아서."

"……네."

"당신이 날 찾아온 걸 보면 진실이 궁금해서겠지?"

그녀의 물음에 설은 무거운 시선으로 고개를 끄덕였다. 굳어 있는 그녀의 표정을 보며 리는 웃음을 터트렸다.

"이봐, 아가씨. 표정 관리 좀 하라고. 물론 지금부터 내가 할 이야기는 내가 생각하기에도 아주 답답하고 끔찍한 이야기긴 하지만, 그래도 웃으면서 이야기하자고."

그녀의 말에 설은 애써 웃었다. 그녀가 웃는 낯으로 자신을 보자 리는 어깨를 으쓱이며 그녀의 앞에 두꺼운 서책 하나를 올려 두었다. 서책은 일반 노트가 아닌 비단 천을 덧대 만들어진 것이었다. 척 보기에도 심상치 않은 물건을 본 설은 의아한 듯 그녀를 보았다.

설의 시선에 리는 등을 편안히 기대며 다리를 꼬았다. 매끈한 다리는

20대의 것처럼 매혹적이었다.

"우선 이야기를 시작하기 전에 당신에게 당부할 것이 있어."

"그게 뭐죠……?"

"이 이야기는 철저하게 비밀에 붙일 것. 물론 당사자인 박찬연, 그에게도 비밀이야."

그녀의 말에 설의 손을 떨렸다. 그의 이야기를 들으러 그녀는 이 자리에 왔다. 하지만 정작 당사자인 찬연에게도 비밀이라니. 설은 알 수 없는 눈으로 리를 보며 말했다.

"왜죠? 그게 그렇게 대단한 이야기인가요?"

"물론. 아주 대단한 이야기지. 이 이야기를 들으면 당신은 그의 곁을 떠나지 않을 거야. 아니, 떠나지 못할 거야. 그건 내가 장담할 수 있어."

리가 호언장담하며 말했다. 그녀의 말에 설은 미간을 찌푸렸다. 그리고 시간이 조금 흘러서야 고개를 끄덕였다.

설은 테이블 위에 올려져 있는 서책을 보며 말했다.

"저건…… 뭐죠?"

"박찬연을 부숴 버릴 수 있는 무기."

짧게 답한 리가 웃음을 터트렸다. 엄청 즐거운 이야기를 하듯 얼굴 가득 주름을 잡으며 깔깔 웃음을 터트리던 그녀가 몸을 바로잡으며 낮은 음성으로 말했다.

"어때, 들을 준비됐어?"

그녀의 말에 설은 애써 사무적인 얼굴을 만들며 고개를 끄덕였다. 리는 들을 준비를 모두 마쳤다는 듯 무릎 위로 손을 가지런히 모은 설을 보며 말했다.

"찬연에게 내충 이야기는 들었을 기야. 어디까지 들었지?"

"나에게 의도적으로 접근한 것. 대한그룹 민 회장님과 최부식 의원님께 자신의 아픔을 되돌려 주려고 하는 것. 찬연 오빠는 죽었다는 것. 그리고…… 그가 박찬연으로 살아가는 것까지요."

"뭐야? 정작 중요한 이야기는 하나도 안 해 줬네?"

리가 머리를 긁적였다. 그녀 스스로도 어디까지 이야기를 털어놓아야 할지 감을 잡지 못하겠다는 듯.

한숨을 쉬던 리가 자세를 바로잡았다. 그리고 날카로운 눈으로 설의 얼굴을 훑었다.

"좋아, 선왕의 이야기부터 해야겠군."

이야기를 시작하는 리의 얼굴이 슬픔으로 굳었다.

*　*　*

설은 앞에 놓여 있는 크리스털 컵을 덜덜 떨리는 손으로 붙잡았다. 그녀의 두 눈동자는 초점을 잃고 이리저리 흔들렸고, 단숨에 물을 들이켠 설은 소리 나게 잔을 내려놓았다. 리가 왜 커피 대신 냉수를 줬는지 알 것 같았다.

"다 이해했어?"

리의 물음에 설의 눈에서 눈물이 후두둑 쏟아져 내렸다.

그의 마음을 백 프로 이해하지는 못했지만, 왜 그가 그렇게 살아야 하는지 그녀는 온전히 다 이해하지 못했지만, 거칠게 고개를 끄덕일 수밖에 없었다.

"……그는 제가 만들어 준 죽을 먹었어요."

아주 볼품없는 그 죽을 아주 맛있게 먹어 줬어요. 바닥이 보일 때까지.

설의 말에 리는 깜짝 놀란 눈으로 그녀를 바라보았다. 예상치 못한 말이라는 듯. 한동안 둘의 눈이 마주했다. 그리고 먼저 입을 연 것은 리였다.

"지독한 그 남자의 마음에 어떤 신경의 변화가 생겼는지 모르겠네. 만약 내가 똑같은 경험을 했다면 난 절대 그 죽을 받아먹지 못했을 거야."

"날…… 조금이라도 믿어 준 것 아닐까요?"

"글쎄…… 당신 같으면 그런 일을 겪고 난 후 다른 사람을 믿을 수 있을 것 같아?"

리의 말에 설은 거칠게 고개를 저었다. 믿지 못할 것이다, 나라면. 절대.

그녀의 눈에서 계속해 눈물이 쏟아졌다. 안타까움에 흐르는 눈물이 아니었다. 슬픔을 가득 담은 눈물은 그녀의 피부를 태워 버릴 듯 뜨거웠다.

비틀 몸을 가누지 못하며 자리에서 일어나는 설을 보며 리는 한숨을 쉬었다. 시계를 보니 이야기를 시작한 후로 벌써 두 시간이나 훌쩍 흘러 있었다.

그래, 아주 긴 이야기였다. 처음부터 끝까지 한다면 하루는 족히 걸릴.

리는 테이블 위에 있는 서책을 내려다보는 설을 보았다. 마음 약한 아가씨는 벌써부터 눈물을 쏟아 내고 있었다.

"이걸 그에게 보여 주면……."

"부서질 거야, 분명."

리의 확언에 설은 또다시 눈물을 흘렸다. 그리고 떨리는 손길로 서책을 들어 품에 안았다. 그녀의 모습을 눈으로 좇던 리는 무거운 시선으로 말했다.

"서책은 당신이 보관해."

리의 말에 설은 허리를 숙여 서책을 들었다. 여러 감정이 뒤섞인 눈동자로 서책을 보던 설은 인사도 잊은 채 비틀거리는 걸음으로 룸을 빠져나왔다.

투벅, 투벅.

바닥에 깔린 두꺼운 카펫이 그녀의 발소리를 앗아 갔다. 후두둑 떨어지는 눈물조차 단숨에 빨아들여 흔적을 지웠다.

VIP 전용 엘리베이터를 타고 지하주차장으로 내려온 설은 애써 다리
에 힘을 주며 걸음을 옮기고 있었다.

"하!"

그녀의 입에서 한숨이 터져 나왔다. 그리고 그와 함께 눈물이 장맛비
처럼 쏟아져 내렸다.

애써 꾹꾹 참고 있던 아픔이 한꺼번에 쏟아져 나오자 그녀는 아픈 가
슴을 부여잡았다. 아니, 쥐어뜯었다. 슬픔을 견딜 수 없어 손톱으로 가
슴을 긁었고, 쿵쿵 두드렸다.

숨을 쉴 수가 없었다. 그녀가 알게 된 현실은 상상했던 것보다 훨씬
끔찍했다. 그 썩은 내 나는 현실에 그녀는 아파했고, 안타까워했다. 그
녀는 얼굴이 엉망이 되는 것도 모른 채 어린아이처럼 눈을 비볐다.

"흐어, 흐아아……."

그리고 목 놓아 울었다.

"아아! 하아아…… 흑! 흐어엉."

한참을, 한참 동안을 안타까움에 눈물을 쏟아 냈다.

무릎 위로 후두둑 떨어져 내리는 눈물이 강을 이뤘다. 주차장에 그녀
의 울음소리가 가득 울릴 정도로 목 놓아 울었다.

아팠다, 너무 아팠다.

그가 가진 아픔이…….

그가 가진 과거가…….

너무나 가여워 눈물을 쏟았다.

그녀는 눈두덩이 불어 터질 정도가 돼서야 정신을 차렸다.

그녀는 서둘러 차를 몰았고, 그의 사무실로 향했다. 그가 사무실에
있을 확률은 낮았지만 그녀는 정신없이 운전했다. 그를 지금 당장 만나
야 한다는 생각밖엔 없었다.

끼이익, 거친 타이어 소리와 함께 차에서 내린 설은 서둘러 대문을

손으로 내려쳤다. 옆에 초인종이 있음에도 불구하고 그녀는 한참이나 쇠문을 두드렸고, 찬연이 문을 열고 나오자 곧바로 그를 안았다.

"어쩐 일이야."

그가 물었음에도 그녀는 한참이나 대답하지 못했다.

너무도 가슴이 아팠다.

찬연을 품에 안은 설은 그의 머리카락을 쓸어내렸다. 겉으로 보면 위로를 받아야 할 사람은 그가 아닌 그녀처럼 보였다. 설은 침대에 누워 그를 품에 안았다. 따뜻한 품에 안아 그를 녹여 주고 싶다는 듯, 한겨울의 나뭇가지처럼 바스락 부서질 것 같은 나약한 그의 마음을 품어 주고 싶다는 듯.

한참 그녀의 손길을 묵묵히 받아 내던 찬연은 몸을 바르작거려 그녀의 품에서 빠져나왔다. 그리고 여느 때와 마찬가지로 무거운 시선으로 그녀를 보았다.

"울지 마."

그는 그녀의 눈물을 닦아 주며 말했다. 울고 있지는 않았지만, 눈은 촉촉하게 젖어 있었다. 그의 말에 설은 작게 고개를 저었다. 그녀의 얼굴엔 미소가 걸려 있었다.

"안 울어요."

"울고 있잖아."

그의 말에 설은 입을 꾹 다물었다. 하지만 그의 머리카락을 쓸어내리는 손길을 결코 멈추지 않았다. 찬연은 자신을 안고 있는 설을 보며 한숨을 쉬었다.

"돌아오지 않겠다며."

"말씀드렸잖아요. 나 이기적인 여자라고. 전 제멋대로 해요. 제가 하고 싶은 일은 꼭 해야 하는 성미고요."

261

그녀의 말에 찬연은 작게 웃었다.

"참 제멋대로네."

그녀를 양팔 안에 가둔 채 무거운 시선으로 설을 보던 찬연은 짧게 웃음을 비쳤다. 그의 웃음에 설은 손을 뻗어 그의 차가운 몸을 어루만졌다.

그의 얼굴을 보자 계속 눈물이 났다. 웃어 줘야 하는데. 그를 어떻게 해서든 위로해 줘야 하는데, 어떻게 위로를 해야 이 남자의 아픈 가슴이, 이 남자의 슬픈 과거의 상처가 사그라질지 예상이 되지 않았다.

설은 촉촉하게 젖은 눈으로 그를 올려다보며 말했다.

"안아 줘요."

화장기 없는 새하얀 얼굴이 청초하게 빛났다. 찬연은 한동안 그 모습을 내려다보고 있었고, 곧 그 말에 화답하듯 그녀의 입술에 입을 맞췄다.

"약속은 지킬 거야."

그녀의 셔츠를 들어 올린 찬연은 검은색 속옷을 음습한 눈동자로 바라보았다. 속을 꿰뚫어볼 듯 날카로운 눈으로 한참을 내려다보던 찬연은 단숨에 속옷을 들쳐 올리고 정점을 부드럽게 혀로 핥았다.

그가 그녀의 젖무덤에 얼굴을 묻으며 거친 숨을 내뱉었다. 숨이 꼴깍 넘어갈 것 같은 쾌락에 정신을 차릴 수 없었던 설은 그 와중에도 그의 말에 질문을 던졌다.

"뭐가요……?"

"내가 먼저 네 곁을 떠날 일은 없어."

"네, 믿어요."

그의 말에 설은 눈을 감았다. 다른 여자의 남자가 될 사람. 하지만 설은 리의 이야기를 들은 뒤 더 이상 그를 막을 수가 없었다. 시꺼먼 어둠에 갇혀 허우적거리는 그를 위로해야 한다는 생각뿐, 그를 어떻게 막아야 할지 아무런 생각도 들지 않았다.

따뜻하게 안아 줘야지.

설은 자신의 옷을 거칠게 벗겨 내는 찬연의 손길을 막았다. 날카롭게 내려다보는 그의 눈빛을 보며 설은 해맑게 웃었다.

그의 양 볼을 잡고 고개를 내린 설은 그의 입술에 짧게 입을 맞췄다.

"천천히요……. 우리에겐 시간이 아주 많아요."

그 긴 시간 동안 당신의 상처를 어루만져 주고 싶어요.

"그러니까 너무 성급하게 굴지 말아요."

아픈 당신의 상처에 약을 발라 주고 싶어요. 당신에게 안락을 주고 싶어요.

"늘 당신의 곁에 있을 테니까."

서늘한 그 얼굴에 미소가 머물길 바래요.

그녀의 진심 어린 눈빛에 찬연의 시선이 흔들렸다. 그녀는 고개를 들어 날카로운 콧날에 입을 맞췄다.

"사랑해요."

당신이 쳐 놓은 덫조차도.

"정말 사랑해요."

당신의 마음이 결코 나에게 향하지 못한다 하더라도.

"그러니 아프지 말아요."

설의 말에 찬연의 얼굴이 차갑게 굳어졌다.

"어떤 말을 듣고 왔는지는 모르겠지만, 동정하지 마."

그의 말에 설은 고개를 저었다. 그는 자존심이 강한 사람이었다. 프라이드가 높다는 것은 그의 권위 의식 어린 말투에서도 알 수 있다. 하지만 설은 이 사람이 마치 어린아이처럼 느껴졌다.

설은 벌어진 상처에서 붉은 피를 뚝뚝 흘리며, 그 상처를 어찌할 줄 몰라 자신에게 상처 낸 인물들에게 날카로운 이를 드러내는 그를 감싸 안았다.

"동정이 아니에요."

"……."

"사랑이에요. 전 제가 사랑하는 사람이 빛에서 살길 바라요. 당신의 세상이 온통 어둠뿐이라면, 전 당신에게 빛이 될 거예요."

당신이 앞을 똑바로 볼 수 있도록. 걸을 때 넘어져 다치지 않도록.

그 말에 찬연의 얼굴이 일그러졌다. 심장을 두르고 있던 단단한 벽이 허물어진 듯 그의 얼굴에 고통이 머물렀다.

찬연의 커다란 손이 그녀의 가슴을 꽉 움켜쥐었다. 거친 손길에 설의 입에서 비명이 터져 나왔다.

"악!"

그것을 시작으로 그는 무자비하게 그녀의 옷을 벗겨 냈다. 셔츠 단추를 풀어내던 그는 답답했던지 힘주어 뜯어냈고, 사방으로 펄 단추가 흩어졌다. 거친 행동에도 설은 온전히 그의 손길을 받아 냈다.

"아!"

그가 그녀의 가슴을 한데 모아 거칠게 정점을 빨아들이자 설은 몸을 바르작거렸다. 그녀의 눈동자가 초점을 잃고 이리저리 흔들렸지만, 그는 행동을 멈추지 않았다.

"아앗!"

그의 손가락이 그녀의 벽 안을 긁었다.

사무실 안엔 그녀의 거친 신음성이 울려 퍼졌다. 온몸이 열락에 붉어졌고, 뜨거운 숨을 연신 뱉어 냈다. 그녀의 손이 갈 곳을 잃고 공중에서 허우적거리다 곧 시트를 움켜쥐었다.

정신을 잃을 듯 강한 쾌감에 세상이 뒤틀리는 기분이 들었다.

설은 촉촉하게 젖은 눈으로 그를 올려다보았다. 그는 그녀의 옷을 벗겨 내고 자신의 것도 한꺼번에 벗어 던지고 있었다. 그녀의 안으로 들어갈 기대감에 그의 남성은 뻣뻣하게 서 있었고, 혈관이 울룩불룩 돋아 있었다.

찬연은 자세를 잡은 후 무자비하게 그녀의 안으로 파고들었다.

"앗!"

두 번째 관계는 처음의 것보다 더욱 쾌락이 컸다. 온몸의 세포가 달
떠 몸이 공중에 붕 떠 있는 느낌이 들었다. 아랫배가 간질거리자 설은
몸을 일으켜 그의 목에 손을 둘렀다.

"괜찮나 보군."

설은 자신의 안을 휘젓는 남성이 주는 쾌락에 미친 듯이 고개를 저었
다. 그녀의 반응에 만족한 듯 그는 허리를 더욱 크게 돌리며 흥분한 남
성을 그녀의 안으로 밀어 넣었다. 온몸이 강하게 조여드는 느낌에 만족
스러운 신음이 흘러나왔다.

"으."

"처, 천천히요. 천천히 해 주세요."

그녀의 부탁에도 찬연은 쾌감에 도취되어 이를 무시했다.

빠르게, 더욱 빠르게…… 그는 점점 속도를 올렸다. 그럴 때마다 그
녀의 허리가 호를 그리며 공중에 떠올랐다.

"으."

빠르게 허리를 놀리던 그는 그녀의 몸속에 자신의 것들을 풀어 놓았다.

설은 자신의 옆에 누워 있는 찬연을 보았다. 그의 얼굴은 땀에 흠뻑
젖어 관계가 준 느낌을 음미하듯 나른하게 풀려 있었다.

손을 뻗어 그를 안은 설은 미소 띤 얼굴로 말했다.

"사랑해요."

당신을…… 상처받은 늑대 같은 당신을…….

그녀는 지켜 주고 싶었다.

찬연은 곤히 잠이 든 설의 얼굴을 한동안 내려다보았다. 얼마나 울었

는지 눈이 금붕어처럼 퉁퉁 부어 있었다.

예상대로 그녀는 리를 찾아갔다. 그리고 리에게서 모든 이야기를 듣고 자신에게 찾아왔다. 모든 것은 계획대로였다. 그가 예상했던 그대로 움직이는 그녀가 시시하게 느껴질 정도였다.

찬연은 자신의 팔을 꽉 붙잡은 채 놓아주지 않는 그녀의 작은 손을 보았다. 그리고 그 다음에는 네 번째 손가락에 끼워져 있는 반지를 보았다.

"멍청한 여자……."

그가 작게 읊조렸다. 바보같이 자신에게 속았다는 것을 알면서도, 사랑이란 그 이름 하나에 다시 돌아온 그녀가 멍청하게만 느껴졌다.

사랑? 그건 쓸데없는 것이다. 사람의 마음을 나약하게 만드는 것. 그건 남녀 간의 사랑이든 가족 간의 사랑이든 마찬가지였다.

그는 그 끔찍한 감정이 싫었다. 그 감정으로 인해 자신이 얼마나 피눈물을 흘렸던가.

거칠게 고개를 저은 그가 자리에서 일어나 침대를 벗어났다.

8.
빛과 그림자,
그 남자의 기억

설은 무거운 시선으로 그를 내려다보았다. 유독 더위를 타는 그 때문에 에어컨 온도를 최대한 낮게 설정해 둬서 그런지 그는 몸을 떨며 자신의 품속으로 파고들고 있었다.

그를 보며 설은 속삭이듯 작은 목소리로 말했다.

"찬연 씨……."

"으음……."

유독 잠귀가 밝은 그가 몸을 뒤척였다. 하지만 그는 단잠에서 깨어나지는 않았다. 자신의 젖무덤으로 파고든 그를 품에 안으며 설은 흐린 눈동자를 깜빡였다.

"당신은…… 왜 이렇게 아픈 사람인가요."

그녀는 작게 속삭였다. 그리고 모든 진실을 터놓겠다며 몇 번이고 망설였던 리가 꺼내 놓았던 이야기를 떠올렸다.

그녀는 이야기가 시작되기도 전에 목부터 축였다. 그리고 아주 긴 이야기가 될 것이라고 말했다.

'마음의 준비해.'

그녀의 경고에 설은 물었다. 왜 그래야 하냐고. 도대체 어떤 이야기이기에 마음의 준비까지 하라고 하는 것이냐고.

그 짧은 물음에 리는 가벼운 조소를 보였다.

'나 같은 인간도 감당 못 할 이야기니까.'

그리고 곧 그녀의 이야기가 시작되었다.

✳ ✳ ✳

세상에 어둠이 내려앉은 시간. 밤손님처럼 뒤꿈치를 들며 살금살금 걸음을 옮기는 남자의 얼굴이 긴장에 굳어 있었다. 숨을 참으며 최대한 자신의 기척을 숨겨 걸음을 옮기던 남자는 갑작스레 자신의 앞을 막는 그림자에 놀라 몸을 움찔 떨었다.

"세자, 어디에 다녀온 길이세요?"

"아, 아바마마……."

늦은 시각, 자신을 기다린 것인지 이영(影)의 복장은 잠자리에 들 때 입는 잠옷 차림이었다. 이영의 얼굴이 엄하게 굳어지자, 남자는 식은땀을 흘리며 구부정하게 굽히고 있던 허리를 폈다.

"아바마마가 이 시간에 웬일로……."

영은 늘 9시가 되면 잠자리에 들었고, 매일 아침 새벽녘에 일어나 업무를 봤다. 그런 영의 생활 패턴을 알고 있는 세자는 늘 그가 깊은 잠에 들었을 때나 되어야 집에 들어오곤 했다. 하지만 오늘은 단단히 마음을 먹은 듯 그의 방 앞에 서서 기다리고 있는 영의 모습에 세자는 애써 밝은 표정을 짓기 위해 노력했다. 아들의 웃는 얼굴에 이영의 표정은 더욱 굳었다.

"아드님, 통금시간은 분명 12시라고 일렀던 것 같습니다만."

"그게 친구들이랑 놀다 보니…… 헤헤, 죄송해요!"

새하얀 이가 드러날 정도로 세자는 크게 웃었다. 하지만 영의 표정은 여전히 풀릴 줄 몰랐다.

이영은 자신의 아들을 보았다. 새하얀 얼굴에 늘 머물러 있는 웃음 때문일까. 그는 아들을 엄하게 꾸짖을 수가 없었다. 대학에 진학하고 나서부터는 캠퍼스 생활을 즐기느라 하루가 멀다 하고 외박을 일삼아 그의 속을 새까맣게 태우기 일쑤인 철없는 아들을 보며 영은 더욱 얼굴을 엄하게 굳히며 말했다.

"세자는 장차 대한민국을 이끌어 갈 지존이 될 겁니다."

"요즘 시대에 지존이 웬 말이에요, 아바마마."

"백성을 보살피고, 조선의 명맥을 이어 나가야 하는 것이 우리가 할 일입니다. 바른 본보기를 보여야 할 세자가 매일 술독에 빠져 있으니, 아비는 나날이 걱정 근심에 잠을 이룰 수가 없어요."

영의 말에 세자는 자신의 옷에 코를 박고 킁킁거렸다. 옅은 술 냄새가 느껴지자 그의 얼굴이 굳었다. 궁에 들어오기 전 나름 향수를 뿌리고 물로도 씻어 냄새를 모두 지웠다 생각했건만, 채 다 지워 내지 못했나 보다.

구겨지는 아들의 얼굴을 보며 영은 뒷짐을 지고 있던 손을 풀어 훌쩍 커 버린 아들의 머리에 손을 얹었다.

"세자."

"네?"

세자의 얼굴이 울상이 되었다. 자신에게 늘 존댓말을 하고, 바른 본보기만 보이는 아버지였다. 하지만 오늘은 범인을 색출해 내듯 밤이슬을 맞으며 그를 기다리기까지 했으니 크게 호통이라도 치실 것 같았다.

세자의 얼굴이 움찔움찔 떨리는 것을 보며 영은 인자한 얼굴로 그의 머리를 쓰다듬으며 말했다.

"어느새 아비보다 키가 더 훌쩍 큰 것이…… 이젠 남자가 다 됐습니다."

"당연하죠, 저 올해로 스무 살이란 말이에요! 스무 살! 이젠 성인이라고요."

세자는 자신이 이젠 다 컸다며 항의하듯 외쳤다. 그리고 통금시간 좀 제발 없애 달라는 듯 애달픈 눈으로 바라보았다. 하지만 이영, 그는 애원의 눈빛을 무시했다. 그의 눈에 세자는 아직 어린아이일 뿐이었다.

세상에서 가장 귀한 아이. 자신에게 있어서 세자는 그런 존재였다. 그 무엇과도 바꿀 수 없는 소중한 아이. 그래서 밤늦게 들어오는 날이면 밖에서 기다리진 않았지만, 그의 기척이 들리길 기다리기도 했고, 가끔은 텅 빈 방을 보며 가슴앓이를 하기도 했다.

자신보다 훌쩍 큰 세자의 머리를 쓰다듬던 영은 누가 들을세라 조용한 목소리로 말했다.

"그럼 늦게 온 벌로 아비랑 목욕이나 할까요?"

"목욕이요?"

세자가 눈을 깜빡이며 되물었다. 동덕궁 제일 후미진 곳에 따로 목욕을 할 수 있는 시설이 마련되어 있었지만, 세자는 단 한 번도 아버지와 함께 목욕을 해 본 적이 없었다. 처음에는 잘못 들은 이야긴 줄 알고 다시 되물었는데, 자신이 들은 이야기가 사실인 듯 영은 고개를 끄덕이고 있었다.

욕실로 들어온 세자는 새삼스러운 눈으로 아버지를 보았다. 늘 자신의 편이 되어 주는 자상한 아버지지만, 이 늦은 저녁에 함께 홀딱 벗고 욕조에 몸을 담그고 있는 것은 생소한 경험이었다.

왕실의 법도상 대한민국의 왕인 아버지와 살결을 부딪치는 것조차 엄히 금지되어 있었고, 살결을 마주하는 것은 그의 어미인 시은이나 가능한 일이었다. 그래서 세자는 아버지임에도 불구하고 그의 나신은 처음 보았다. 그 생소한 모습에 세자는 얼굴을 붉혔다.

"아바마마, 그런데 꼭 같이 씻어야 돼요?"

"일반 가정에서는 아버지와 아들이 가끔 등을 밀어 준다고 하더군요."

허허, 웃음을 터트리는 영을 보며 세자는 미간을 찌푸렸다. 요즘 아버지가 즐기곤 하는 일반인 코스프레 놀이인가 보다, 라고 생각하며.

뜨거운 욕조 안에 몸을 담근 둘은 나무창틀 사이로 달을 보았다. 세자는 뜨거운 물과 수증기 때문에 술김이 올라오는지 붉어진 얼굴로 물었다.

"이다음은 뭐예요?"

"뭐가 말입니까."

"요즘 아바마마께서 일반인들의 삶을 따라 해 보는 것이 취미라 들었거든요. 늦게 귀가하는 아들을 기다리셨고, 그 아들과 목욕도 했으니 그다음은 뭔가요?"

세자의 물음에 영의 입에서 웃음이 터져 나왔다. 얼굴 가득 뜨거운 수증기에 땀이 흐르자 손으로 쓸어내린 영은 욕간에 팔을 걸치며 말했다.

"내 평생 궁 밖을 나가 본 적이 없어 세자가 부러울 때가 많습니다."

"아바마마 배려 때문에 제가 대학까지 외부에서 다닐 수 있었던 것 알고 있어요."

아들의 말에 영은 고개를 저었다. 그가 해 줄 수 있는 일이 너무도 미약하다 생각하며. 기간이 정해져 있는 자유는 완전한 자유가 아니었고, 오히려 사람의 마음을 더 답답하게 만들고 조급하게 만드는 법이었다.

그는 아들에게 더 넓은 세상을 보여 주고 싶었지만 그렇지 못해 늘 미안한 마음뿐이었다.

"세자도 나중에는 이 좁은 궁에서만 지내야 합니다. 그래서 조금이나마 자유를 주고 싶었지요. 부왕은 나에게 그런 세세한 부분까지 신경 써 주지 못했습니다."

영은 나약했던 아버지를 떠올렸다. 그는 자신에게 훌륭한 아버지가 되어 주지 못했다. 일본에서 한국으로 돌아온 후 늘 주위의 시선을 인식해야 했고, 죽음의 그림자에 두려워하며 사셨다. 그래서 자신은 훌륭한 아버지가 되고 싶었다.

잠시 추억에 잠겨 있던 영은 인자한 미소를 지으며 말했다.

"그래서 난 궁 밖의 세상이 어떤 줄 모릅니다, 세자. 밖의 모습을 세자가 보고 나에게 가르쳐 주세요. 평범한 이들의 부자 관계는 어떤지 일러 주시고, 함께할 수 있는 건 함께합시다. 그래야 조금이나마 아비 노릇을 할 수 있지 않겠습니까."

영의 말에 세자는 미소를 지었다. 그 스스로는 훌륭한 아비가 아니라 말하지만, 영은 자신에게 있어 좋은 아버지였다. 늘 자신의 생각을 먼저 물어보고 꿈을 심어 주는 사람.

세자는 자리에서 일어나 영을 내려다보며 말했다.

"일반 부자지간에는 서로 등을 밀어 준다고 하던데요? 등 밀어 드릴까요?"

밝은 세자의 물음에 영이 자리에서 일어났다. 그리고 고개를 끄덕이며 눈을 반짝였다.

"그렇습니까? 그럼 등을 맡기지요."

욕간 안은 둘의 웃음소리로 가득 찼다.

세자는 어느새 굽고 초라해진 아버지의 등을 손으로 쓸어내렸다. 어릴 적 보았던 아버지는 누구보다도 넓은 등과 어깨를 가진 사람이었는데, 자신이 커 버린 만큼 아버지의 젊음도 함께 사라졌는지 지금은 초라하고 나약해 보였다.

그는 아버지의 등을 밀어 주며 말했다.

"운동 좀 하셔야겠어요."

세자의 말에 영은 허허 웃으며 말했다.

"왜요, 아비의 몸이 볼품없습니까? 그래도 비께서는 내가 세상에서 제일 멋진 사람이라 해 줍니다."

"입 바른 소리에 넘어가지 마세요."

세자가 장난스럽게 말하자 영의 입에서 또 헛헛한 웃음이 터져 나왔다. 웃음을 멈춘 영이 몸을 돌려 아들을 보았다.

"세자."

"네, 아바마마."

"세자는 왕실이 무엇이라 생각합니까?"

"허울만 남은 연예인 아닙니까."

자칫 기분 나빠질 말에도 영은 미소를 머금은 얼굴로 고개를 가볍게 저었다. 그리고 아들의 넓은 어깨에 손을 얹으며 말했다.

"왕실은 대한민국의 자존심입니다. 발언권 하나 없는 곳이지만, 그래도 국민들은 우리를 사랑해 줍니다."

"……."

"왕실은 어느 왕이 오르냐에 따라 그 색이 달라집니다."

"……."

"세자……."

영이 아들을 작은 목소리로 불렀다. 세자는 방금 전부터 무슨 뜻으로 그리 말하는지 모르겠단 얼굴로 아버지를 바라보았다. 영은 아무것도 모르는 순진한 눈빛을 보며 미소 지었다. 언젠간 세자도 자신의 말뜻을 이해할 그날이 올 것이다. 굳이 이렇게 말을 하지 않아도 스스로가 깨닫는 그날이.

"세자의 할아버지인 부왕께서 말했었습니다. 영아, 넌 어둠이 되어라. 그래서 저들의 눈에 띄지 말고 살아남아라."

"아바마마……."

"그래서 내 이름은 그림자 영을 써서 이영이라 지으셨습니다. 하지만 세자는 다릅니다. 모든 어둠은 이 아비가 거둬 갈 것입니다. 그러니 세자만은 빛이 되십시오."

"……."

"늘 지금처럼 환한 빛이 되십시오, 세자."

그의 말에도 세자는 큰 눈만 깜빡였다. 아직 아무것도 모르는 순진한 아들의 눈빛에 영은 자애로운 미소를 지었다.

"오늘 일은 비에겐 비밀입니다."

"알고 있어요, 아바마마. 저도 아바마마의 권위가 무참히 바닥으로 떨어지는 건 보기 싫어요."

부자는 그렇게 모종의 계약을 맺었다. 오늘 일은 어머니에겐 비밀이다. 만약 어머니에게 들키는 날에는 아버지뿐만 아니라 자신에게도 한 시간은 족히 넘는 잔소리가 날아올 테니.

부자는 한 마음이 되어 킬킬 웃음을 터트렸다.

＊　＊　＊

한바탕 비가 쏟아지더니 동그란 해가 떠올랐다. 하늘은 그 어느 날보다 푸르렀고, 높았다. 빗물에 찝찝했던 기분이 싹 가실 만큼 화창한 하늘이었다.

"세자 저하, 곧 카퍼레이드가 있을 예정입니다. 준비하시옵소서."

그를 어렸을 때부터 돌봐 준 김 상궁의 말에 고개를 끄덕였다. 오늘은 조선이 건국된 지 정확히 608년이 되는 날이었다.

608년 전 이날, 조선건국이 이루어졌다. 푸르른 이 하늘 밑에서. 나라의 이름은 조선에서 대한제국으로, 그리고 대한민국으로 바뀌었지만 왕실의 명맥만은 이어져 내려와 여전히 그 자리에 있었다.

2000년 새해가 뜬 기념으로 오랜만에 국민 앞에 서게 된 그는 더욱 옷차림에 신경 썼다. 남색 실크 재질의 셔츠에 수놓아져 있는 화려한 무궁화는 왕실을 상징하는 문양으로, 오색 실로 치장되어 되어 있었고, 아래는 검은색 바지로 멋을 냈다. 그는 거울 속 자신의 모습에 만족한 듯 해맑게 웃었다.

"아바마마께서는 밖에서 기다리고 계세요?"

"아직 납시지 않으셨나이다."

김 상궁은 얼른 서둘러 달라는 듯 허리를 더욱 깊숙이 숙였고, 세자는 해맑게 웃으며 고개를 끄덕였다. 그의 미소에 김 상궁의 얼굴이 붉어졌다.

밖으로 나온 그의 뒤로 두 명의 상궁과 검은색 슈트를 입은 보디가드가 따랐다. 세자는 곧 멀리 보이는 붉은 곤룡포 차림의 남성을 향해 서둘러 걸음을 옮겼다.

"늦어서 죄송해요."

"보아하니 세자께서는 오늘도 하루 종일 거울 앞에 서 계셨나 봅니다."

"제가 공식 석상에 나갈 때마다 인터넷에 기사가 몇 개나 뜨는 줄 아세요? 저 팬클럽도 있다고요. 인기 많은 남자가 꾸미지 않는 것은 죄라고요, 아바마마."

가볍게 말을 내뱉는 아들을 보며 영은 환하게 웃었다. 그리고 어젯밤 했던 모종의 약속을 눈짓으로 다시 한 번 확인한 둘은 마지막으로 옷을 가다듬는 상궁의 손길을 받으며 작게 웃음을 터트렸다. 아들이 채신머리없이 굴자 옆에 서 있는 왕비 시은은 미간을 찌푸리며 낮은 목소리로 그에게 주의를 주었다.

"세자, 전하 앞에서 그 무슨 무례한 행동입니까."

"괜찮소, 부인. 아비와 자식 간의 예의 정도만 지키면 그걸로 족하네."

"하지만 전하."

시은은 아들 앞에선 한없이 약해지는 영을 보며 미간을 찌푸렸다. 왕족이라면 응당 채신에 신경 써야 했고, 행동 하나하나에도 생각해야 함이 옳았다. 하지만 어려서부터 영에 의해 자유분방하게 자란 세자는 그러지 못했다. 자유로운 아이였고, 웃음이 많은 아이였다. 그래서 여느 아이들처럼 행복한 미소를 짓고 있는 아이였지만, 그 때문에 왕족으로서 응당 가지고 있어야 하는 기품은 없었다. 그 점은 늘 시은의 마음에 걸리는 것 중 하나였다.

"허허, 괜찮다니까. 어서 나가기나 합시다. 국민들이 기다리겠습니다."

부드럽게 미소 지은 영이 시은의 손을 잡았다. 주름진 서로의 손을 맞잡는 그들은 잠시 애틋한 눈길로 서로를 응시했다. 그 모습을 뒤에서 보던 세자는 고개를 돌리며 킬킬 웃었다.

누구보다도 행복했던 그날의 그는 아무런 의심 없이, 아무런 긴장 없이 부모님의 뒤를 따라 걸음을 옮겼다.

경복궁에서 행사가 있었기에 그곳까지 오픈카로 이동하기로 되어 있던 그들은 환대하는 국민들에게 손을 흔들며 차에 올랐다. 하얀색 스포츠카에 오르는 영과 시은을 보던 그는 바로 뒤에 준비되어 있는 파란색 차량에 올랐다.

곧 부드럽게 차가 출발하였고, 세자는 흐트러짐 없이 양 길가에 쭉 늘어져 있는 국민들을 향해 손을 흔들었다. 그의 예상대로 젊은 아가씨들과 시선을 마주할 때마다 터져 나오는 함성에 그의 미소는 더욱 진해졌다.

"우와아!"

축제였다, 그날은. 적어도 높은 총성이 들리기 전까진.

탕!

"까악!"

그는 날카로운 총성과 사람들의 고함 소리에 놀라 몸을 낮췄다. 그의 시선이 앞서 가던 부모님에게 향했다.

낙엽처럼 쓰러지는 아비의 모습에 그의 눈이 놀라움으로 커졌다.

"아바마마!!"

그가 소리를 질렀다. 영의 주위로 재빨리 사람들이 모여들자 곧 세자의 시야에서 피를 흘리고 있는 영의 모습이 사라졌다. 그 대신 절규 어린 고함만이 그의 귓가에 날카롭게 박혔다.

"전하!"

"피, 피가!"

시은은 쓰러지는 영의 몸을 치맛자락에 뉘었다. 곧 노란색의 치맛자락에 영의 피가 번져 흘렀다.

그녀의 입에서 연신 절규와 함께 눈물이 쏟아졌다.

"전하, 눈을 떠 보세요. 전하……."

"쿨럭! 컥!"

"안 돼요…… 안 돼. 흑……!"

영의 입에서 핏물이 터져 나오자 그녀의 눈빛이 흐릿해졌다. 평생을 사랑하고 평생을 모신 그가 죽어 가고 있었다.

시은의 애달픈 목소리가 시끄러운 와중에도 세자의 귓가에 꽂혔다. 그는 서둘러 스포츠카를 뛰어넘어 그들에게 달려가려 했다. 하지만 양 팔을 붙잡는 검은 사내들에 의해 더 이상 앞으로 나아가지 못했다.

"세자 저하, 가까이 가시면 안 됩니다!"

"이거 놔! 이거 놓으라고! 젠장! 놔!!"

"위험합니다, 전하!"

그가 소리를 지르며 몸을 비틀었다. 숨통이 끊어질 듯 자신에게 손을 휘젓는 아버지에게 가야 했다. 하지만 건장한 사내들은 그를 놓아주지 않았고, 검은 차로 끌고 가기 시작했다.

"이거 놓으라고, 이 새끼들아! 놔!!"

그가 이를 악물고 그들의 팔을 떨쳐 냈다. 눈물이 흘러내릴 것만 같았지만 죽을힘을 다해 참았다. 아직은 눈물을 보여선 안 됐다. 어서 아버지에게 가 그의 손을 잡아야 했다.

죽을힘을 다해, 사력을 다해 얇은 생명을 부여잡고 있는 영에게 달려간 세자는 생명을 잃어 가는 아버지의 모습을 보며 자리에서 털썩 주저앉았다. 심장을 관통한 총상은 생각보다 심각했다.

"아바마마…… 아바마마! 아바마마!!"

사람들이 어서 의사를 부르라며 소리 질렀지만, 그 어디에도 영의 생명을 연장해 줄 사람은 없었다. 아니, 세자가 보기에도 자신의 아비는 병원으로 간다 하더라도 살아날 가능성이 희박해 보였다. 그만큼 많은 피가 쏟아져 나오고 있었다.

세자는 뭐라 말해야 할지 몰라 아비만 계속 불러 댔다.

"아바마마!!"

"세자…… 채신머리없게 왜 울고 있습니까."

영이 아들의 얼굴에서 쉴 새 없이 흘러내리는 투명한 눈물을 보며 말했다. 주위 모든 이들의 얼굴은 심각하게 굳어 있었지만, 이영 그만은 평안한 듯 미소 짓고 있었다.

"숨을 크게 쉬세요! 절대 정신을 놓으시면 안 됩니다, 아바마마!"

그의 절규에도 영은 허허 웃기만 할 뿐 연신 가쁜 숨을 몰아쉬었다. 세자의 손바닥이 영의 피에 붉어졌다. 영은 아들의 눈물을 닦아 내기 위해 손을 들었다. 하지만 손은 그의 얼굴에 닿기도 전에 아래로 바스러질 듯 떨어졌다.

"아비가 힘이 없어 아들의 눈물 하나 닦아 내지 못합니다."

"흐윽!"

"아직 할 일이 참으로 많은데…… 쿨럭쿨럭!"

"아바마마, 아바마마!"

"아드님과도 할 일이 참으로 많은데…… 아직은…… 아직은 죽을 수가 없는데…… 쿨럭!"

그가 계속해 그의 이름을 불렀다. 죽어 가는 아비와 아들이 손을 맞잡고 있는 모습을 보며 시은은 연신 눈물만 흘렸다.

"아드님…… 아드님은 나처럼……."

"아바마마……."

"나처럼………."

말은 이어질 듯 이어지지 못했다. 그리고 그때 뒤에서 대기 중이던 사내들이 누군가의 지시를 받고 그들에게 빠르게 다가왔다. 그들은 또다시 세자의 양팔을 잡았다.

"이곳은 위험합니다, 세자 저하. 서둘러 다른 곳으로 피하셔야 합니다."

"이거 놔, 이 새끼들아! 놓으라고! 놔!"

그의 절규에도 그들은 붙잡은 팔을 놓지 않았다. 세자의 시선이 일그러져 있는 영의 얼굴에 닿았다. 그는 아직 세자에게 할 말이 더 남아 있다는 듯 뻐끔뻐끔 입을 움직였다. 하지만 사내들은 더 이상 시간을 지체할 수 없다는 듯 그를 자동차 안으로 욱여넣었다.

"아바마마! 아바마마!"

세자를 태운 차는 빠르게 현장을 벗어났고, 곧 강원도로 향하는 고속도로 위에 올랐다.

그날 조선 제29대왕 이영은 숨을 거뒀다.

그의 나이 49세.

아직은 앞날이 창창한 나이였다.

세자는 밖이 어둑해지고, 차가 쉴 새 없이 지방도로를 달리자 그제야 조용해졌다. 사내들에게 내려 달라, 아바마마에게 데려다 달라, 아무리 외쳐도 그들은 답이 없었다. 그저 시끄러운 여름밤의 매미인 듯 귀찮은 표정으로 앉아 있을 뿐이었다. 세자는 깊은 한숨을 내쉬었다. 마치 벽에 대고 소리를 지르는 것 같은 무력감에 입을 다물었다.

온몸에 진이 빠져 앉아 있던 그는 차가 하얀 병원 앞에 멈추어 서자 그제야 수상한 점을 깨닫고 그들을 보았다.

"여기가 어디냐?"

그가 명령조로 이곳이 어디인지, 왜 자신을 이곳으로 끌고 왔는지 말하라며 사내들을 윽박질렀다. 하지만 차에 타 있는 네 명 중 누구 하나 답해 주는 이는 없었고, 차에 태웠을 때처럼 세자를 질질 끌고 병원 안으로 들어갔다.

"여기가 어디냐고!"

그가 거칠게 몸을 비틀며 외치자 정신병자가 수용된 방 안에서 커다란 웃음소리가 울려 퍼졌다. 그 소리는 동시다발적으로 일어나 건물이 흔들릴 정도였다.

"하하하!"

세자는 몸을 비틀며 반항을 하다가 소름 끼치는 웃음소리에 몸을 움찔 떨었다. 두려움이 몰려왔다.

"왜 날 이곳으로 데려온 거지?"

물음에도 그들은 여전히 묵묵부답이었다. 그리고 저들 할 일만 하고 있었다.

경비원이 한 개의 자물쇠를 열고 안으로 걸음을 옮겼다. 그곳의 병실은 대부분 비어 있는 것인지 쇠창살에 매달려 소리 지르는 환자가 드문 드문 보였다. 두려움에 찬 얼굴로 그들을 보던 세자는 자신의 등을 퍽 내려치는 손길에 떠밀려 더욱 깊숙한 곳으로 걸음을 옮겼다.

손 한 뼘 정도 되어 보이는 두꺼운 쇠문을 연달아 다섯 개를 열고 안으로 들어갔다. 커다란 쇠문은 꼭 맞춘 듯 똑같은 자물쇠로 잠겨 있었고, 열쇠는 경비원만 들고 있는 듯했다.

병원 가장 깊숙한 병실로 들어간 세자는 자신을 떠미는 손길에 병실 안으로 발을 디뎠다. 그들은 망설임 없이 문을 잠갔다.

"이것 봐! 여기가 어디야! 왜 날 여기에 가두는 거야!"

그의 고함 소리에 흥분한 환자들이 또다시 동시다발적으로 소리를 질렀다. 그래도 세자를 이곳에 가둔 이들은 말없이 그곳을 떠나갔다.

세자는 자신에게 일어난 일을 믿을 수가 없었다. 이 모든 일이 꿈처럼 느껴졌다. 하지만 자신의 손바닥에 말라 있는 아버지의 피가 이 모든 것이 현실이라고 말해 주고 있었다.

"말도 안 돼……."

그가 읊조리듯 작게 말을 내뱉었다.

사내들에게 밀려 털썩 주저앉아 있던 세자가 자리에서 벌떡 일어났다. 그리고 문으로 달려가 작은 창살을 부여잡고 외쳤다.

"여기가 어디야! 왜 날 이곳에 가둔 거야!"

문을 흔들어 보았지만, 두터운 철문은 꿈쩍도 하지 않았다.

"꺼내 줘! 날 아바마마께 데려다 달라고! 이봐!"

그가 소리를 지르며 애원했다. 자신의 손에 잔뜩 묻어 있는 피의 주인에게 데려다 달라며. 하지만 그의 애원을 듣는 이는 없었다. 그리고 그를 가둬 둔 자들은 곧 병원을 빠져나갔다.

❋ ❋ ❋

손끝이 차가웠다. 어제까지만 해도 시은을 다정하게 안아 주던 영은 싸늘하게 식어 생명의 빛 따윈 모두 잃은 채 잠들어 있었다. 시은은 애처로운 눈길로 영을 바라보았다. 이 모든 사실이 믿겨지지 않는 듯 그를 보며 두 눈을 감았다. 그러자 그녀의 눈에서 두 줄기의 눈물이 길을 만들며 흘러내렸다.

"전하…… 이건 꿈입니까?"

"……."

"전하, 그곳은 편하십니까? 안식을 찾으셨습니까? 괴로운 현실에서 홀로 벗어나니 좋으십니까?"

시은은 며칠 전 자신에게 변고가 있을지도 모른다던 그의 말을 떠올렸다. 허울뿐이던 왕실이 영의 시대에 이르러 커지고 단단해지자 이를 마땅치 않아 하는 이들이 생겼다. 그들과의 악연은 선왕 이건 때부터 이어져 내려오던 것이었다.

애초부터 나약했던 왕실이었다. 일본 앞잡이를 자청하던 그들은 왕실을 조롱하고 천대하며 스스로 경복궁을 허물라 명했고, 새로 지은 동덕궁에서 한 발자국도 나오지 말라고 협박했다. 그들의 말에 선왕은 왕실의 긍지이던 경복궁을 무너트리고 더욱 깊숙한 곳으로 숨어들었다.

그런 왕실이 이영의 대에 이르러서는 큰 사업체를 세 개나 운영하는 단단한 곳이 되었고, 자금력 또한 웬만한 회사는 우습게 볼 만큼 커졌다.

그게 그들의 눈에 거슬렸던 거다……. 그래서 끊임없이 전하를 협박하고 핍박했던 거다…….

영은 어제까지만 해도 그들에게 협박을 들었었다. 그러하니 자신에게 그리 타일렀겠지.

'부인, 세자를 지켜야 합니다. 그들의 손에서 무슨 수를 써서라도…….'

끝까지 자신의 안위는 잊은 채 아들만 걱정하다 떠나간 영을 애달픈 눈으로 보던 시은은 자리에 털썩 주저앉았다. 힘없이 침대 밖으로 나와 있는 영의 차가운 손을 잡은 그녀는 눈물을 흘렸다.

"전하…… 전하……."

코끝을 찌르는 썩은 내. 시신 안치실에서 바닥이 더럽다는 것도 잊은 채 눈물을 흘리는 시은은 머리부터 발끝까지 피를 뒤집어쓴 채였다. 그리고 그녀는 이 말도 안 되는 현실을 잊기 위해 쉴 새 없이 눈물을 흘렸다. 어쩌면 마지막일지도 모르는 낭군의 손을 잡고서, 한참이나.

그녀의 모습을 뒤에서 보고 있던 검은 양복의 사내들은 이어폰을 통해 누군가에게 지시를 받고 시은에게 다가왔다. 그리고 그녀의 겨드랑이에 손을 찔러 넣어 그녀를 일으켜 세우며 말했다.

"장례는 국장(國葬)으로 치를 예정입니다. 국가가 모든 성비를 부담하고, 국가의 명의로 거행할 예정입니다."

시은을 뒤로 물린 사내들은 영이 누워 있는 침대로 다가가 그를 옮기려 했다. 시은은 그들의 손에 영이 닿자 번뜩 정신을 차린 듯 팔을 떨쳐 냈다. 힘이 풀려 바닥에 주저앉은 그녀는 엉금엉금 기어 영에게 다가갔다. 그리고 억지로 몸을 일으켜 싸늘한 그의 몸을 껴안으며 말했다.

"장례는 왕실에서 치를 것이오!"

"그건 안 됩니다, 중전마마. 상주 없는 국장은……."

"상주가 없다니요! 세자가 상주가 될 것입니다! 건장한 아들이 있으십니다!"

시은은 악을 쓰며 외쳤다. 그녀의 눈에선 절대 영의 시신을 내줄 수 없다는 확고한 신념이 보였다. 그녀의 모습에 사내들이 서로의 눈치를 보더니 그녀에게 신문을 건넸다. 신문은 오늘 아침에 나온 따끈따끈한 것이었고, 1면에 왕의 서거 소식이 실려 있었다. 기사를 본 시은은 눈을 질끈 감았다 떴다. 눈물이 차고 흘러 시야가 흐려졌다.

"이것을 왜 내게 주는 것이오!"

"뒷장을 보십시오, 마마."

그들의 말에 시은이 신문을 한 장 넘겼다. 잠시 후, 그녀는 바짝 얼은 채 신문을 툭 떨어트렸다.

『흔들리는 왕실! 광기에 사로잡힌 세자!』
『왕을 저격한 테러리스트는 일용직 노동자!』
『세자, 분노에 정신을 놓다』

시은이 바람 앞에 놓인 초처럼 위태로운 목소리로 말했다.

"버…… 범인이 잡혔습니까?"

"현장에서 잡혔습니다. 50대 남자로 왕실에 꾸준히 기부해 오던 사람입니다. 나라가 바뀌길 바라며 왕실에 기부를 했는데, 아무것도 바뀌지 않자 분노해……."

남자의 말이 아득하게 멀어졌다. 시은은 온몸을 부르르 떨며 자리에 털썩 주저앉았다. 남자의 말은 더 이상 들리지 않았다. 그 대신 신문의 기사만 눈에 들어왔다.

그녀가 보고 있는 것은 왕을 저격한 테러리스트에 관련된 기사 밑에 실린 기사였다. 아버지의 죽음을 눈앞에서 본 왕세자가 미쳐 치료를 받고 있다는 기사였다. 시은의 눈에서 눈물이 후두둑 떨어져 내렸다.

"세자가 미쳤다니요?"

"현재 병원에서 치료를 받고 계십니다. 면회는 금지된 상태입니다."

"어…… 어디서요? 어, 어디에……."

"중전마마께서는 병원에 가실 수 없습니다. 지금부터 국장 준비에 들어가셔야 합니다."

남자의 말에 시은은 고개를 거칠게 저으며 말했다.

"아니요, 먼저 세자가 있는 병원에 가야겠습니다."

"그러실 수 없습니다."

"왜죠……?"

시은의 눈에서 눈물이 흘러내리는 것을 보면서도 남자의 표정은 조금의 흔들림도 없었다.

"면회는 가족도 금지입니다. 중전마마께서는 지금부터 국장을 준비하셔야 합니다."

남자는 앵무새처럼 방금 전 했던 말을 또다시 조잘거렸다. 그의 말에 시은은 거칠게 고개를 저었다. 그녀의 머릿속에는 전날 영이 해 줬던 말이 거친 폭풍처럼 몰려왔다.

'부인, 세자를 지켜야 합니다. 그들의 손에서 무슨 수를 써서라도 지켜야 해요. 그들은 왕실을 무너트리려 합니다. 비께서도 몸조심하세요. 내가 죽으면 그 즉시 왕실을 떠나세요.'

시은은 눈을 질끈 감았다. 그녀의 주위에는 아무도 없었다. 그리고 아무런 힘도 없었다.

국장은 성대하게 치러졌다.

국민들은 왕의 관이 운반되는 길목에 서서 눈물을 흘렸고, 안타까워했다. 그 모습을 두 눈에 담은 시은은 가슴을 쥐어뜯었다.

아팠다. 아픔이, 이 모든 것은 꿈이 아닌 현실이라 말해 주고 있었다.

❋ ❋ ❋

"난 미치지 않았어! 미치지 않았다고!"

그가 거친 음성으로 외쳤다. 목소리는 오랜 가뭄을 겪은 땅처럼 쩍쩍 갈라져 있었다. 그가 날카로운 눈으로 철장을 흔들었다.

"이거 안 열어? 날 이곳에서 꺼내 달라고!"

흥분한 짐승처럼 거칠게 문을 흔들던 그는 곧 힘이 빠진 듯 뒤로 나가떨어졌다.

　방 안은 온통 깨진 물건들로 가득했다. 오늘 점심때 들어온 식판도 바로 던져 버려 방 안은 음식물로 난장판이 되어 있었고, 병실마다 두 개씩 들어 있던 컵들도 던져 깨버렸다. 플라스틱 조각이 사방에 떨어져 그의 발을 날카롭게 베었지만, 그는 굳은 표정으로 연신 자신이 미치지 않았다며 외치고 있었다.

　"헉, 헉!"

　그가 숨을 몰아쉬었다. 이곳에 오기 전까지만 해도 하늘을 향해 부드럽게 휘어져 있던 입꼬리는 아래를 향해 있었고, 인상을 찌푸려 미간은 구겨져 있었다.

　이곳에 들어온 지 족히 일주일은 넘었다. 하지만 그 긴 시간 동안 물 한 모금 마시지 않은 그는 탈수증상을 보이며 심하게 헛구역질을 했다. 몸을 동그랗게 만 그가 괴로움에 몸을 비틀었다.

　"우엑! 억!"

　먹은 것이 없어서 쏟아져 나오는 것은 위액이 전부였지만 그는 한참 구역질을 했다. 그의 눈에서 눈물이 쏟아져 내렸다. 속이 뒤틀려 눈물을 흘렸다. 그리고 작게 읊조렸다.

　"난…… 미치지…… 않았어……."

　정신이 나갈 것 같았다. 배고픔은 느껴지지 않았고, 몸의 고통도 느껴지지 않았다. 문을 열어 달라며 철문을 긁은 덕에 열 개의 손톱이 모두 빠져 버렸지만 그 또한 고통은 없었다.

　몸을 일으키기도 힘들었지만, 그는 자리에서 비척 일어났다. 그리고 깨부순 것들 중 적당한 것을 골라내 꽉 움켜잡았다. 손에서 피가 후두둑 떨어지자 그제야 차갑게 식어 있던 체온이 올라가는 것을 느꼈다.

　날카로운 눈으로 고통을 참아 내던 그는 플라스틱 조각이 어느 정도 피에 젖자 그것을 창틀 사이로 던져 버렸다. 이 말도 안 되게 좁은 방으로 그들을 부르는 방법은 아주 간단했다.

플라스틱 조각이 바닥에 떨어지는 소리가 들리자 곧 푸른색 옷을 입은 간호사 둘이 방 안으로 뛰쳐 들어왔다.

"이 새끼 또 시작이네! 야, 이 새끼야, 뒤지려면 곱게 뒤지든가! 시발, 죽지도 않을 거면서 맨날 이 지랄이야!"

"야야, 꽉 붙잡아!"

세자는 자신의 몸을 잡는 그들에게 강하게 저항하며 문밖으로 뛰쳐나가려 애썼다. 하지만 문밖으로 발걸음을 옮기기도 전에 잡혀 버렸다. 허기는 그의 몸에서 에너지를 빼앗아 갔고, 움직임도 더디게 만들었다.

남자 간호사 하나가 그의 몸을 포박하자, 철통에서 주사기를 꺼낸 간호사가 그의 혈관을 찾아 주사 바늘을 꽂았다. 곧 속이 울렁거리더니 시야가 흐려졌다.

"어디서 이런 쌩또라이가 들어왔데?"

"몰라, 원장님한테 물으니까 비밀이라고 하던데?"

"그래? 무슨 죄를 지었길래 얜 강원도 산골까지 끌려와서 이러고 있나?"

약 기운에 정신에서 서서히 멀어졌다. 멀어지는 시야에도 그는 작게 읊조렸다.

"나는…… 미치지…….”

"알았어, 새끼야. 이 병원에 있는 사람 중에서 나 미친놈이다 하는 새끼는 한 놈도 못 봤거든?"

킬킬거리는 간호사의 이야기가 들렸다. 그 소리를 들으며 그는 눈을 천천히 감았다.

나는, 미치지…….

않았어…….

✽ ✽ ✽

눈두덩이 퉁퉁 부어 있는 시은은 49제가 치러지는 긴 시간 동안 단한 순간도 눈물을 멈추지 않았다. 국민들 앞에서만큼은 눈물을 흘리지 않으리라 다짐했던 그녀지만 그 다짐도 3일 만에 무너졌고, 그 뒤로는 매일 눈물바람이었다.

그녀는 태평전에 모여든 사람들을 눈으로 훑었다. 여전히 소복 차림이었지만, 그녀의 얼굴은 근엄했다. 현재 왕실을 지탱할 수 있는 사람은 자신뿐이었다. 이영은 죽었고, 세자는 어딘가로 끌려가 모습을 감췄다. 자신만이라도 정신을 바짝 차려야 저 독사 같은 놈들에게 잡아먹히지 않을 것이다.

시은은 모여든 사람들이 갑론을박하는 것을 보며 주먹으로 의자 팔걸이를 내려쳤다.

"언성이 높습니다! 이곳은 왕께서 정무를 보는 태평전입니다! 목소리를 낮추세요!"

카리스마 있게 외친 그 말 한마디에 사람들의 말소리가 멈췄다. 시은은 사람들과 일일이 눈을 마주치며 말했다.

"예를 지켜 주십시오."

그녀의 말에 헛기침을 내뱉은 남자들은 서로 고개를 돌리며 딴청을 부렸다.

시은은 모여든 사람들의 얼굴을 보았다. 왕실에 많은 돈을 기부하는 사람들과 문화부장관, 그리고 왕실에 속해 있는 〈빛고을〉과 〈세종 문화회관〉, 〈진성백자〉의 원장들이 모여 있었다. 그들을 일일이 눈으로 훑던 시은은 자신의 옆자리에 앉아 있는 문화부장관을 보며 계속 말하라는 듯 눈짓했다. 그녀의 눈짓에 현직 문화부장관이 입을 뗐다.

"중전마마, 왕의 자리를 오랫동안 비워 둘 수는 없습니다."

"그래서요?"

"중전마마께서도 아시다시피 유일한 세자 저하는 정신이 온전치 못하여 병원에서 치료를 받고 계십니다."

그의 말에 방금 전까지만 해도 평온을 지키고 있던 시은의 얼굴에 균열이 생겼다.

"세자는 미치지 않았습니다."

그녀의 말에 문화부장관은 이제는 인정하라며 곧은 목소리로 말했다.

"세자는 미쳤습니다, 중전마마. 그 점을 인정하고 싶지는 않으시겠지만, 그것이 진실입니다."

"아닙니다! 정말 세자가 미쳤다면 제게 보여 주세요! 세자와 만나게 해 달라 이 말입니다. 만약 세자가 정말 미쳤다면 나에게 못 보여 줄 이유는 무엇입니까?"

그녀의 말에 사람들이 술렁였다. 왕비는 왕의 국장이 시작된 그 순간부터 세자를 만나야겠다며 악을 썼다. 그 모습은 여러 번 뉴스를 통해서 나갔고, 이를 본 국민들은 안타까워했다. 그리고 정말 세자가 미치지 않은 것이 아니냐며, 혹 음모가 있는 것이 아니냐며 음모론이 들끓었었다.

이 모든 일을 꾸민 자들은 그 모습이 마음에 들지 않았다. 언론이야 들끓더라도 시간이 지나면 잠잠해지겠지만, 언제까지고 그들의 말을 듣지 않는 시은을 가만히 둘 수는 없었다. 그때 많은 돈을 왕실에 기부하고 있는 최부식 의원이 자리에서 벌떡 일어났다. 그 모습을 보던 시은은 자신의 앞으로 와 무릎을 꿇는 그의 모습을 의아하게 보았다.

"왜 그러는 것입니까? 그대가 나에게 세자를 보여 줄 참입니까."

그녀의 말에 고개를 숙이고 있던 그가 자리에서 일어났다. 그는 날카로운 눈빛을 숨기지 않으며 낮은 목소리로 말했다. 마치 속삭이듯 작은 목소리로 말해 시은의 신경을 긁어 댔다.

"중전마마께서는 지금 큰 착각을 하고 있습니다."

시은의 미간이 구겨졌다. 의아한 그녀의 얼굴을 보며 최 의원은 계속 말을 이었다. 그의 얼굴에 어느새 비열한 미소가 걸려 있었다.

"우리가 미쳤다고 하면 세자는 미친 겁니다."

"저, 저!"

"마마, 온실 속 화초처럼 지내게 해 드렸으면 이제는 저희들한테 뭔가 해 줘야 할 차례가 아닙니까?"

"네, 네 이놈!"

"세자는 미쳤습니다. 그리고 그 사실은 중전마마께서도 인정하시는 부분입니다. 안 그렇습니까?"

협박조로 속삭이는 그의 말에 기가 질린 시은은 입을 꼭 다물었다. 그녀가 더 이상 반항할 의사를 보이지 않았음에도 최 의원은 굳이 그녀의 기를 꺾어 놓았다. 반항 따위 용서하지 않겠다며.

"왕실의 앞으로 진 빛이 얼만지 아십니까? 그 말도 안 되는 사업체를 키운다고 진 빚만 천억이 넘습니다. 그게 다 선왕이 한 일입니다. 마마, 지금 돈 있습니까? 아니, 궁에서 쫓겨나면 지낼 곳은 있냐 이 말입니다."

그의 말에 시은은 온몸을 부들부들 떨어 댔다. 무서움에 공포심에 떤 것이 아니었다. 그녀는 분노하고 있었다.

"모든 것을 바로잡고 세자를 왕으로 세우겠다."

"하하하하!"

그녀의 말에 최 의원이 커다랗게 웃음을 터트렸다. 그의 웃음을 따라 안에 있는 사람들에게서도 웃음이 터져 나왔다.

"바로잡다니요? 뭘 말입니까? 땡전 한 푼 없는 왕실은 아무런 힘도 없습니다. 잘 들으세요. 처음이자 마지막으로 왕실의 위치가 어디인지, 그것부터 바로잡아 드릴 테니까요. 왕실에서 진 빚이 천억입니다. 왜 이런 큰 빚이 생겼냐고요? 그건 다 선왕이 왕실 홀로 사업체를 운영해야 한다고 고집을 피웠기 때문입니다. 지금이야 사업체를 운영하며 많은 수익금을 얻어서 우리가 주는 푼 돈 따위야 안 받아도 상관없겠지만, 앞으로는 어쩔 생각이십니까? 선왕은 죽었습니다."

"⋯⋯."

"명심하십시오, 마마. 선왕이 해 놓은 것이 언제까지 갈 것이라 생각하십니까?"

"무엄하다."

시은이 낮은 목소리로 중얼거렸다. 기백을 담아 말을 했음에도 불구하고 그녀의 눈동자는 쉴 새 없이 떨리고 있었다.

두려웠다. 자신의 눈앞에 있는 이 남자가. 자신의 힘을 감추지 않고 온전히 드러내고 있는 이 남자가 무서웠다. 힘 하나 없을 것 같은 이 비쩍 마른 남자는 태평전 안에 있는 수많은 사람들의 기를 꺾고, 자신의 기까지 꺾어 놓고 있었다.

그는 긴말 끝에 자신이 원하는 것을 말했다.

"선왕은 죽었습니다. 그리고 선왕이 이루어 놓은 것도 왕실의 손에 있으면 진탕이 될 게 뻔하지 않습니까? 〈빛고을〉, 〈세종 문화회관〉, 〈진성백자〉는 우리한테 주십시오. 그러면 선왕의 의지를 이어받아 저희가 잘 운영하겠습니다. 아아, 그냥 달라고 말씀드리는 건 아닙니다. 모두 제 값을 치르겠습니다."

"줄 수 없다! 그것은 왕실의 것이다! 국가의 것이야!"

"중전마마."

그가 낮은 목소리로 중얼거렸다. 두 치 정도 떨어져 있던 걸음을 옮긴 그는 바로 시은의 앞까지 다가왔다. 그리고 속삭이듯 작은 목소리로 말했다.

"계속 반항하시면 세자의 목숨이 어떻게 될 것 같습니까?"

그는 세자의 목숨을 담보로 선왕이 이룩해 놓은 모든 것을 내놓으라 말하고 있었다. 금액으로 계산하면 족히 수천억, 세 개의 회사가 가진 뜻까지 합치면 계산으로 환산할 수 없을 만큼 큰 가치를 가진 것들을 그는 얼마의 돈과 세자로 거래를 하자 말했다.

시은의 몸이 부들부들 떨렸다. 그녀의 눈동자는 세차게 흔들렸지만 최 의원에게서 떨어지지 않았다. 하지만 그는 날카로운 그녀의 눈을 보며 비웃었다.

"모든 것을 주겠다. 하지만 그전에 세자를 한 번만 만나……."

"지금 저랑 장난하십니까? 이게 거래 같습니까? 아닙니다. 이건 협박입니다."

그의 말에 시은은 결국 눈을 질끈 감을 수밖에 없었다. 그리고 그들이 내미는 서류에 국새를 찍을 수밖에 없었다. 그들에게 한식을 대표하는 〈빛고을〉, 조선의 음악 명맥을 지켜 가기 위해 세워진 〈세종 문화회관〉, 조선의 자기를 지켜 내기 위해 세워진 〈진성백자〉를 푼돈에 넘긴 시은은 우루루 태평전을 나서는 그들을 두고 볼 수밖에 없었다.

그녀에게는 선왕이 이룩해 놓은 업적보다 아들의 목숨이 더 중요했다. 그리고 왕실의 전 재산을 그들에게 내어 주더라도 아들만은 살리고 싶었다.

다음 날 시은은 초점을 잃은 눈으로 뉴스를 보았다. 그곳에서는 세 개의 업체가 민영화가 되었다는 소식이 한창 보도되고 있었다. 최 의원의 손에 의해 빛고을은 대한그룹의 밑으로, 나머지 두 개의 기업은 다른 사람의 손에 넘어갔다.

그녀의 하얀 소복 자락에 눈물이 후두둑 떨어져 내렸다.

❋　❋　❋

세자의 입에서 절규가 흘러나왔다.

"아악! 꺼내 줘! 꺼내 달란 말이야!!"

복도 가득 세자의 고함 소리가 울리자, 밖에서 환자들을 감시하고 있던 간호사들은 혀를 찼다.

"또 시작이다, 또."

"그러니까. 지치지도 않나 보다."

막 세자의 방 옆을 지나가던 간호사 하나가 방문을 발로 확 걷어찼다.

"새끼야, 미치려면 곱게 미쳐! 왜 맨날 소리만 지르고 지랄이야?"

거친 남자 간호사의 말에 세자의 눈빛이 날카로워졌다. 그는 정말 미친 사람처럼 눈에는 분노만 가득 담고 있었다. 하지만 단단한 문에 가로막혀 있는 그를 간호사는 겁내지 않았다. 마치 우리 안에 갇혀 있는 맹수를 보듯 힐끗 훑어보던 간호사가 침을 튀어 가며 말했다.

"네가 아무리 소리 질러도 너 여기서 꺼내 줄 사람 아무도 없어. 그러니 얌전히 닥치고 잠이나 자."

차갑게 말을 내뱉은 간호사가 멀어지자 세자는 크르릉, 낮은 분노를 쏟아 냈다.

이곳에 온 지 얼마나 시간이 흘렀는지 모른다. 모든 감각을 상실했고, 시간개념 따위 쓰레기통에 처박았다. 일정한 시간에 소등했고, 불을 켰지만 그는 이곳을 빠져나가야 한다는 그 생각에만 사로잡혀 이곳에 갇혀 있은 지 6개월이란 긴 시간이 흘렀는지도 몰랐다.

그는 계속해서 외쳤다.

난 미치지 않았어!

날 이곳에서 꺼내 줘!

아버지 곁으로 가야 해!

제발, 제발……!

그런데도 사람들은 그의 절규를 무시했다. 그가 자신의 입으로 이 나라의 세자라 말했음에도 불구하고 무시했다. 그들은 뉴스 따위 안중에 두지 않는 일반 국민이었고, 이 촌구석까지 그가 붙잡혀 왔으리라고는 생각하지 못했다.

그는 이곳에 들어온 지 7개월이 됐을 때부턴 더 이상 소란스럽게 굴지 않았다.

세자는 매일 멍하니 사방이 막힌 방 안에 홀로 앉아 있었다. 병실 안은 온통 하얀색이었고, 흰색은 그를 점점 미치게 했다. 매일 소리를 지르며 괴로워했고, 그럴 때면 간호사들이 뛰어와 그에게 주사를 놓았다. 그럴수록 그는 약에 취해 더욱 미쳐 날뛰었고, 어느 순간이면 정신이 몽롱해져 하루 종일 앉아 있는 날이 길어졌다. 그가 절규를 할 때마다 강제 투입된 신경안정제가 그의 뇌를 망가트렸고, 생각을 빼앗아 갔다.

바닥에 아무렇게나 철푸덕 누운 그는 천장에 있는 하얀 벽돌을 세기 시작했다. 천장은 정확히 159개의 벽돌로 이루어져 있었다. 천장 벽돌 숫자를 모두 센 그는 이번에는 침대 맞은편에 있는 벽돌을 세기 시작했다.

자신은 점점 미쳐 가고 있었다. 소리 하나 없는 이 공간이 무서웠고, 일정한 시간이 되면 형광등이 꺼지고 찾아오는 어둠에 미쳐 날뛰고 있었다.

그는 원래의 생활을 잊어 갔다.

사랑하는 아버지, 홀로 힘들어할 어머니…… 그 모두를 잊고 홀로 괴로워했다. 그건 그가 이곳에 갇힌 지 2년이 되는 해까지 그랬다.

약물에 지배된 그는 암에 걸린 환자가 으레 그렇듯 이 현실을 받아들이며 어느 순간 익숙해져 있었다.

자신이 처한 현실에…….

그리고 그는 어느새 이곳에서 자신을 꺼내 달라는 말 대신에 다른 말을 내뱉고 있었다.

"난 미쳤어……."

2년 전까지만 해도 햇살처럼 빛나던 그의 얼굴에 어둠이 내려앉았다.

그리고 모든 희망을 버린 채 그곳에서 홀로 시간을 보냈다.

✵　✵　✵

억겁의 세월이 흘렀다. 왕실의 모든 것을 빼앗아 간 그들은 받아 낼 것이 더 남아 있는지 시은을 괴롭혔다.

"언제까지고 왕의 자리를 비워 둘 수는 없습니다, 중전마마!"

그녀는 요즘 밤마다 잠을 이룰 수가 없었다. 잠시라도 눈을 붙이면 꿈에 아들이 나와 눈물을 흘렸다. 시뻘건 자신의 가슴을 드러내며 그녀를 원망하고 있었다.

어마마마…… 절 이곳에서 꺼내 주세요. 절 구해 주세요…….

아들의 절규 어린 외침에도 그녀는 아무것도 해 줄 수 있는 게 없었다. 왕실의 전부라고 할 수 있는 세 개의 업체를 그들에게 넘겼음에도 그들은 세자를 그녀에게 보내지 않았다. 애초에 보낼 생각이 없기도 했지만, 총명한 세자가 돌아와 빼앗긴 왕실의 재산을 모두 되찾아갈까 그들은 두려워했다.

그들은 세자를 폐위시키고, 새로운 왕을 세우길 원했다. 세자의 병환이 좋아질 때까지 대리청정을 하겠다는 그녀의 말에 반대하며 그녀를 압박하고 있었다.

"중전마마께서 대리청정을 한 지도 5년이란 세월이 흘렀습니다! 하지만 세자 저하의 병환은 여전히 깊고, 나아질 낌새를 보이지 않고 있습니다."

"네, 그렇습니다! 중전마마께서 대리청정을 한 뒤 왕실의 국고는 바닥을 드러내고 있습니다. 새로운 왕을 세우셔서 이 힘든 현실을 타파해야 합니다."

그들의 요구에 시은은 눈을 감았다. 힘이 없는 그녀는…… 당장 내일의 끼니도 그들에게 의지해야 하는 그녀는 할 수 있는 일이 아무것도 없었다.

그녀는 끔찍했던 지난 5년을 떠올렸다. 그리고 그냥 이대로 있을 수만은 없다 생각했다.

"좋습니다. 그럼 새로운 왕으로는 누굴 세우는 것이 좋을까요?"

그녀의 긍정적인 답변에 그들의 얼굴에 비열한 미소가 걸렸다. 그들의 모습은 마치 하이에나처럼 보였다. 그리고 점차 그들에게 길들여지는 그녀를 보며 만족한 듯 웃었다.

"선왕의 첫째 따님 미령 공주의 손주가 어떻습니까?"

그들의 말에 시은의 얼굴이 굳었다. 그들이 말하는 자는 이제 겨우 세 살이 된 어린 남자아이였다. 그 아이를 꼭두각시로 세우겠다는 그들의 말에 시은은 눈을 감았다. 그 검은 속내에서 너무도 지독한 악취가 나서 정신이 아득해지는 기분이었다.

"……그 아이는 너무 어립니다. 또한 이씨가 아닌……."

"양자로 들이면 되지요."

최 의원의 말에 시은의 눈이 붉게 타올랐다. 하지만 그녀는 고개를 끄덕일 수밖에 없었다.

"잠시만…… 잠시만 생각할 시간을 주시오."

"오랜 시간을 드릴 수는 없습니다."

그들의 말에 시은은 주먹을 꽉 쥐었다. 많은 것을 양보했다 생각한 그녀는 떨리는 목소리를 애써 억누르며 말했다.

"세자는……."

"이젠 세자가 아니십니다. 폐세자이시지요."

"그래요, 폐세자는 만나 볼 수 있습니까……?"

그녀의 말꼬리가 길어졌다. 길게 늘어진 말에는 제발, 한 번만, 단 한 번만 그 아이를 보게 해 달라는 그녀의 애원이 담겨 있었다. 하지만 그들은 그녀의 애원을 단번에 잘라 냈다.

"아직은 중전마마께서 만나 보시기에는 너무 위험합니다. 폐세자의 병환이 나날이 깊어져 이제는 손도 써 보질 못할 만큼 중하니…… 힘들 것 같습니다."

그들의 말에 시은은 눈을 감았다.

5년이나 흘렀는데…… 사랑하는 아들의 얼굴을 5년이나 보지 못했는데…….

아들은 이제 어린 티를 벗어 내고 청년이 되어 있을 터였다. 사랑하는 아들의 얼굴도, 늘 밝았던 아이의 목소리도…… 그녀는 아무것도 보지도, 듣지도 못했다.

사람들이 물러나고, 그녀를 오랫동안 모셨던 노상궁만이 그녀의 곁을 지켰다.

그녀는 속삭이듯 작은 목소리로 말했다.

"아주 긴밀하게…… 믿는 자들을 시켜 세자가 있는 곳으로 알아내라."

"하지만 중전마마……!"

"그래, 저들의 귀에 이 사실이 들어가는 날에는 내 목숨도, 세자의 목숨도 온전치 못하겠지."

시은은 무너진 왕실의 권위에 슬퍼하며 우울한 목소리로 말했다. 하지만 그들의 말을 계속 따른다고 해서 아들을 만날 수 있다는 보장은 없었다.

시은의 눈동자가 눈물로 붉어졌다. 그녀는 결심을 한 듯 단호한 목소리로 말했다.

"긴밀히 알아내어라. 그리고 나에게 세자를 안겨다오."

그녀의 말에 노상궁의 눈에도 눈물이 맺혔다.

간절한 시은의 표정에 노상궁은 허리를 깊숙하게 숙이며 말했다.

"꼭 알아내겠습니다, 마마. 꼭 알아내어……."

노상궁은 결국 말을 끝맺지 못했다.

＊　＊　＊

얼마의 시간이 또 흘렀을까.

세자는 하얀 천장을 보며 눈을 끔뻑였다. 그리고 힘없는 몸을 일으켜 오늘 자신의 아침으로 나온 음식을 곁눈질했다.

아침 식사는 거의 메뉴에 변동이 없었다. 국과 밥, 그리고 김치와 김, 감자볶음. 음식을 무심히 보던 세자는 수저를 들었다. 그리고 반찬에는 손도 대지 않은 채 콩이 섞인 밥을 입 안으로 욱여넣었다.

세자가 밥을 먹는 것을 보며 검은 양복을 입은 사내가 철장으로 얼굴을 빼꼼 내밀었다.

"돼지 새끼."

그의 입에서 흘러나오는 험한 말에 세자의 고개가 들어졌다. 멍하니 초점을 잃은 눈을 보며 사내는 비웃었다.

"저런 새끼가 세자였다니. 나 참, 믿겨지지가 않네."

그가 비아냥거리며 말했다. 하지만 세자는 여전히 멍한 시선이었다. 정신을 놓은 듯 입 주위로 밥풀을 붙이고 있는 모습을 보며 그는 비틀린 입술로 말했다.

"너 같은 새끼 처먹인다고 세금 낭비한 게 아깝다. 여물을 줘도 처먹을 새끼한테 진수성찬을 갖다 바쳤으니 내가 지금 배가 안 아프게 생겼어? 정신 나간 새끼가 지 애비 뒤진 줄도 모르고 밥이나 처먹고 있으니…… 쯧쯧."

그는 세자를 감시하는 사람 중 하나였다. 일주일씩 돌아가며 감시하는 자 중 그에게 가장 비틀린 마음을 가지고 있었다. 세자는 늘 그들이 자신을 지켜보고 있음을 알면서도 신경 쓰지 않았다. 그들이 아무리 악

담을 쏟아 낸다 하더라도 무시했고, 불쌍하다 여겨도 무시했다. 하지만 오늘은 달랐다. 그의 입에서 흘러나온 말에 숟가락을 던진 그는 자리에서 벌떡 일어나 문으로 달려갔다. 그리고 입 안 가득 들어 있는 밥을 무시한 채 철창을 흔들며 말했다.

"아바마마가 돌아가셨어? 아바마마가!"

소리를 지르자 그의 입에서 밥풀이 뿜어져 나왔다. 남자는 옷에 음식물이 묻자 더럽다는 듯 팔을 툭툭 털어 냈다. 그리고 세자의 물음에 욕설을 내뱉었다.

"병신 같은 새끼야. 니 애비는 벌써 5년 전에 죽었어. 이미 염라대왕 앞으로 간 지 오래라고."

멍했던 그의 눈동자에 생기가 돌아왔다. 그의 시선이 날카롭게 변하는 것을 보면서도 사내는 말을 멈추지 않았다.

"미친년 널뛰기하냐? 이미 5년 전에 뒤진 애비를 왜 이제 와서 찾아? 밥이나 처먹어!"

남자의 말에 세자의 눈에 분노가 어렸다. 그리고 그는 미친 듯이 외쳤다.

"악!!! 아아아악!!"

"또 시작이냐, 또?"

남자는 대수롭지 않게 문을 뻥 찬 뒤 뒤돌아섰다. 하지만 한참이고 세자의 입에서는 절규가 터져 나왔다. 눈에선 눈물이 흘렀다. 아니, 피눈물이 흘렀다.

5년 만에 아비의 죽음을 안 그는 그렇게 한참 절규했다.

"아바마마! 아바마마아. 흐윽! 아바마마!"

❀   ❀   ❀

3년이란 세월이 흘렀다. 그리고 그가 이곳에 들어온 지 8년이란 세월이 흘렀다.

봉사자들이 잘라 준 덕에 그의 머리카락은 귀 밑에서 찰랑였지만, 그의 얼굴이 그렇게 말해 주고 있었다.

아주 오랜 시간이 흘렀구나, 그래서 늘 밝았던 얼굴이 이렇게 어두워졌구나.

아버지의 죽음을 들은 그는 그날부터 변했다. 얌전히 생활했고, 그들이 주는 음식은 남김없이 깨끗이 먹어치웠다. 혹 음식에 독이 들어 있을까, 걱정하기도 했지만 이미 오랜 시간이 지난 터라 의심 따위는 깨끗이 지웠다. 죽이려고 했으면 진즉에 죽였을 것이다. 그가 아버지의 죽음을 알기 전에. 그는 체력을 키우기 위해 잔반 처리는 하지 않아도 될 정도로 식판을 깨끗이 핥아 먹었고, 그들의 눈을 피해 운동했다.

그는 그곳에서 성실히 치료받는 환자가 되었다. 더 이상 약을 투여하지 않도록 조용히 지냈고, 자신을 지키던 간호사들이 한 번 바뀌고, 두 번이 바뀔 때까지도 그는 얌전한 환자였다. 늘 미소로 그들을 대했고, 들끓는 분노도 애써 억눌렀다.

지금은 화를 낼 때가 아니었기에.

그는 아무리 꺼내 달라 애원을 해도 꺼내 줄 리 없다는 사실을 깨닫고, 어떻게든 이곳을 탈출하기 위해 있는 듯 없는 듯 생활했다.

그는 정신을 차린 그날 간호사에게 물어 오늘이 몇 년 몇 월 며칠이냐 물었다. 그 가벼운 질문에 그들은 날짜를 말해 주었고, 그날부터 그는 날짜를 세기 시작했다.

그가 정확히 이곳에 들어온 지 5년 7개월 만의 일이었다.

그는 하얀색 종이와 볼펜을 가져다 달라 말해 그날부터 그림을 그리기 시작했다. 밖에서 지낼 때는 그림에 관심조차 두지 않았지만, 자신의 계획을 글자로 적는 것보단 그림이 좋을 것 같아 매일 열 장의 흰 종이와 잉크가 떨어질 때마다 새 펜을 요구했다.

얌전히 생활하는 그를 보며 그들은 늘 그의 요구를 들어줬고, 그의 스케치가 백 장을 넘어선 뒤에는 마당이지만 외출도 허락했다.

그가 이 병원을 빠져나가기 위해선 커다란 자물쇠를 다섯 개나 열고 나가야 했다. 그 열쇠는 자신의 방을 담당하는 수간호사나 경비원들에게만 있는 것이었고, 부수거나 날카로운 것으로 쑤셔도 열리지 않을 정도로 튼튼한 것이었다.

그는 늘 마당으로 나가 마당 전경을 그리는 것을 취미로 삼았다. 그리고 그는 다른 환자들과는 달리 자신에게만 따로 경호를 서는 이가 둘이 붙어 있다는 사실을 깨달았다.

그는 그렇게 늘 병원과 마당 전경을 그리는 것으로 시간을 보냈다. 그의 모습에 간호사들은 별다른 의심을 하지 않았고, 오히려 그를 좀 더 탈출이 쉬운 병실로 이동시켜 주었다.

새하얀 곳에서 그는 손가락에 굳은살이 잡힐 정도로 그림을 그렸다. 그리고 자신을 이곳에 가둔 인간들이 누굴까 끊임없이 생각했다.

탈출을 하면 그들에게 복수를 하리라.

나의 아비를 죽이고, 날 이곳에 가둔 그들에게 복수를 하리라, 그는 다짐하고 또 다짐했다.

❋　❋　❋

눈이 소복하게 쌓인 어느 겨울날.

시은은 자신의 앞에 서 있는 아이를 보았다. 곤룡포를 입고 있는 아이는 붉은 비단 자락을 바닥에 실실 끌며 그녀에게 디기왔다. 그리고 안아 달라는 듯 손을 뻗었다.

"대비마마."

그 아이는 그렇게 자신을 불렀다. 대비마마라고.

어린아이는 자신을 대비라고 불렀다. 그녀는 늘 그 부름을 모른 척했었다. 이 아이가 대한민국의 제30대 왕이 될 때도 모른 척했었고, 아이가 밤마다 울며 상궁들을 애태울 때도 모른 척했었다.

이 아이에게 모든 것을 책임전가하지 않으면 견딜 수가 없어 아이를 무시했다.

그렇게 벌써 몇 달이 흘렀다. 그사이 아이의 얼굴에선 웃음이 없어졌고, 보기 좋게 올랐던 살도 어느새 쏘옥 빠져 있었다.

사랑받고 클 나이.

하지만 그 나이에 이 아이는 죽어 버린 궁에 들어와 사랑을 갈구하고 있었다. 그 누구도 해 줄 수 없는 것만. 그렇게……

시은은 아이를 내려다보다 무릎을 꿇었다. 어린 왕과 시선을 맞춘 왕비는 그렇게 물었다.

"네 이름이 무엇이냐."

아이가 궁에 들어온 지 7개월이 지나 물었다. 아주 먼 사촌이기에 이름을 몰라…… 그렇게 물었다. 그녀의 물음에 어린 왕이 답했다.

"고민혁…… 여섯짤이에요."

아이의 답에 시은은 작게 고개를 저었다.

"아니, 너의 새 이름 말이다."

시은의 물음이 어려웠던 것일까, 아이는 한참이나 생각에 빠져 있었다. 그리고 곧 번뜩 생각났는지 밝은 얼굴로 답했다.

"이학(鶴)이에요."

학이라……

학처럼 고고하게 그 자리에만 있으라 붙여 준 이름인 듯 아이의 이름은 너무도 나약했다. 아이의 이름을 들은 그녀는 애달픈 얼굴로 작게 중얼거렸다.

"미안하구나……."

시은의 말을 이해할 수 없었던 아이는 고개를 기웃거렸다. 하지만 시은은 아이의 이해 따위 구하지 않았다는 듯 또다시 작게 중얼거렸다.

"너까지 너무도 불행하게 만들어 너무 미안하다, 아가."

그렇게 애달픈 목소리를 중얼거렸음에도 불구하고 그녀는 학을 안아 줄 수가 없었다.

✽　✽　✽

시은은 깊은 밤 자신의 방으로 찾아온 노상궁을 보며 몸을 일으켰다. 어차피 침대에 누워 있어 봤자 잠들지 못했기에 차라리 자신을 찾아온 노상궁이 반가웠다.

노상궁은 발소리를 죽이며 그녀에게 다가왔다. 그리고 아주 은밀하고 조용한 목소리로 말했다.

"세자 저하가 있는 곳을 알아냈나이다."

그의 말에 시은은 터져 나오려는 목소리를 애써 억눌렀다.

"어, 어디냐…… 그곳이."

시은의 눈에 감격이 서리는 것을 보며 노상궁은 허리를 숙였다.

"강원도에 있는 병원입니다. 민 회장이 매년 기부를 하고 있는 곳이었습니다."

"세자는…… 어떻게 지내고 있는가?"

시은의 목소리가 걱정에 부르르 떨렸다. 세자와 떨어진 지 근 십 년이란 세월이 흘렀다. 그녀의 얼굴에도 이젠 숨길 수 없는 주름이 잡혀 있었고, 괴로웠던 지난 나날을 보여 주는 듯 많이 늙고 쇠약해져 있었다. 젊은 시절, 아름다웠던 그녀의 모습은 그 어디에도 없었다.

"잘 지내고 있다 전해 들었습니다, 마마."

"다행이다. 참 다행이야……."

시은의 얼굴이 눈물로 흐려졌다. 감격의 눈물로 젖어 드는 그녀의 얼굴을 보며 노상궁의 눈에도 눈물이 어렸다.

"민 회장이 아주 긴밀히 십여 년 전부터 기부를 하고 있는 곳입니다. 세자 저하를 그곳에서 빼내 오는 일은…… 저희 힘만으로는 어렵다, 사료되옵니다."

노상궁의 말에 시은은 고개를 끄덕였다. 아주 오랫동안 병원이 유지될 수 있도록, 그들의 입을 틀어막을 수 있도록 아주 큰돈을 기부했을 터였다. 그들이 이제 와 자신의 편이 되어 줄 리는 만무했다. 그녀는 덮고 있던 이불을 걷고 자리에서 일어났다. 그리고 날카로운 눈으로 노상궁에게 명했다.

"지금 당장 김차익 문화부장관을 부르세요. 그라면 우리를 도와줄 겁니다."

최 의원을 뒤에서 조종하고 있는 민 회장과는 척을 지고 있는 그라면 분명 자신의 편을 들어줄 것이라 생각했다. 왕실이 저들의 손에 들어가지 않도록 자신의 편을 들어줬던 사람을 떠올리며 시은이 명했다. 그녀의 명에 노상궁은 빠르게 움직였고, 두 시간이 지나지 않아 그가 시은의 처소에 들었다. 그는 다급히 온 것인지 넥타이도 갖추지 못한 채 시은의 앞에 섰다.

"대비마마, 급히 들라 명하셔서 들었습니다."

그의 말에 시은은 고개를 끄덕였다. 두 시간이 그녀에겐 20년의 세월처럼 길게 느껴졌는지 아주 다급한 목소리였다.

"세자가 있는 곳을 알아냈습니다. 김 장관이 절 좀 도와줘야겠습니다."

그녀의 말에 김 장관은 다부진 얼굴로 고개를 끄덕였다.

"하문만 하시옵소서, 제가 지금 당장……."

"아닙니다. 일은 아주 신중하게 처리해야 합니다. 세자가 있는 곳을 일러줄 터이니, 그곳의 원장을 한번 만나 보세요. 그리고 억만금을 줘서라도 그를 우리의 사람으로 만드세요."

시은의 말에 김 장관은 고개를 끄덕였다. 그의 곧은 눈을 보며 시은은 그제야 안도를 느꼈는지 밝은 얼굴로 말했다.

"세자를…… 세자를 제 앞으로 데려오세요. 그 아이를…… 장성한 나의 아들을 안고 싶습니다."

고개를 끄덕인 김 장관은 서둘러 일을 처리하겠다 말하며 그녀의 처소를 빠져나왔다. 노상궁에게도 예의를 갖춰 고개를 끄덕인 그는 깊은 밤이라는 것도 잊은 듯 어디론가 다급하게 전화를 걸었다.

"저 김차익입니다."

─그래, 연락 기다렸대이.

"대비가 폐사자가 있는 곳을 알아냈습니다."

그의 목소리 뒤로 깊은 밤 매미가 울어 댔다. 그리고 뒤에서 노상궁이 그 모습을 몰래 지켜보고 있었다.

＊　＊　＊

시은과 민 회장만이 넓은 태평전 안을 지키고 있었다. 민 회장이 자신을 만나 뵙길 원한다는 노상궁의 말에 시은은 미소 띤 얼굴로 노상궁의 주름진 손을 붙잡았다.

'이젠 믿을 건 자네뿐이군요.'

'마마…….'

'그 아이가 무사히 이곳으로 돌아오면…… 지켜 주세요.'

그렇게 말한 시은은 이미 모든 것을 예상하고 있다는 듯 미소 지었다.

시은이 민 회장을 만나는 것은 처음이었다. 그는 늘 최 의원을 대변인으로 내세웠고, 뒤에서 일을 처리하곤 했다. 그런 그가 자신을 만나자고 하는 것은 이제껏 해 왔던 입씨름을 하자는 것은 아닐 것이다.

민 회장은 부드러운 미소로 차를 들고 있는 그녀를 보고 있었다. 알 수 없는 눈길로 시은을 보던 민 회장이 먼저 입을 열었다. 긴 침묵 끝에 나온 말이었다.

"세자가 있는 곳을 알아냈다 들었습니다."

진한 경상도 억양을 용케 알아들은 시은은 고개를 끄덕였다. 그리고 들고 있던 찻잔을 테이블 위에 내려놓으며 말했다.

"그 아이가 살아 있는지 궁금했습니다."

그녀의 말에 민 회장은 허허 웃었다. 긴 시간 동안 단단해진 시은은 그의 눈빛에, 그의 기백에 기죽지 않으며 다음 말을 이었다.

"다행히도 아주 잘 살아 있었습니다. 제정신인 채로요. 10년이란 긴 시간 동안 왜 그 아이를 제게 보내지 않았는지 이해가 되었습니다. 그 아이가 이곳으로 돌아오면 모든 것이 제자리로 돌아올 것을 민 회장은 알고 계셨더군요."

"하하…… 제가 알고 있었다니 그게 무슨 말씀이십니까? 전…….."

"모든 것을 알고 있습니다, 민 회장. 저는 바보가 아니에요. 당신과 최 의원이 뒤에서 긴밀하게 이야기를 주고받고 있다는 것. 또한 세자가 이곳으로 돌아오면 당신이 애써 왕실을 갈기갈기 찢어 놓았던 그 모든 일들이 수포로 돌아간다는 것도 잘 알고 있습니다."

그녀의 말에 찻잔을 들고 있던 민 회장의 손이 잠시 멈칫거렸다. 이미 모든 것을 다 알고 있다면, 굳이 숨길 필요가 있을까? 민 회장은 여전히 웃음을 거두지 않으며 말했다.

"대비마마께서는 참으로 많은 착각을 하고 있으십니다. 폐세자는 다시 이곳으로 돌아올 수 없습니다."

그의 말에 시은은 미소 지었다. 그리고 찻잔을 내려놓으며 말했다.

"이 찻잔에 독이 들었겠지요?"

그녀의 말에 놀란 민 회장의 시선이 그에게로 날아들었다. 무거운 시선으로 찻잔을 보던 시은은 손을 뻗어 잡았다. 손끝에 따뜻한 기운이 머물렀다. 그녀는 모든 것을 알면서도 차를 마셨다. 시은은 여전히 미소 띤 얼굴이었다.

"죽음은 각오하고 있었지만, 생각보다 아픕니다. 한 잔 들이켜자마자 얼마 되지 않아 속이 쓰린 것을 보면⋯⋯."

"⋯⋯."

"아닌가⋯⋯? 독 때문이 아닌⋯⋯ 내 아들의 얼굴 한 번 보지 못하고 죽어서일까요?"

그녀의 입에서 붉은 혈이 후두둑 떨어져 내렸다.

쿨럭!

그녀는 몸에 힘이 빠지자 서둘러 테이블을 손으로 짚었다. 그녀는 흔들리는 몸을 애써 가누며 그를 보았다.

"김 장관이시겠지요⋯⋯ 예상은 하고 있었습니다. 하지만⋯⋯ 궁 내부에 사람을 심어 두었는지는 몰랐습니다. 민 회장, 당신은 역시 대단한 사람입니다. 오랫동안 함께한 이조차 날 죽이려 들다니⋯⋯ 대단하지 않습니까? 쿨럭!"

그녀의 입에서 피가 쏟아져 내리는 것을 보며 민 회장이 자리에서 일어났다.

투벅, 투벅 걸음을 옮긴 그는 위태로운 목숨을 붙잡고 있는 시은을 보았다. 입 안 가득 피를 머금은 그녀는 여전히 그를 날카로운 눈으로 노려보고 있었다.

"이대로 모든 것이 끝난⋯⋯ 쿨럭! 생각하지⋯⋯ 켁!"

그녀의 입에서 피가 한 덩어리 후두둑 쏟아져 내렸다. 그 초라한 모습에 민 회장은 허허 웃으며 말했다.

"돈이면 안 되는 게 없는 세상이다."

"쿨럭, 쿨럭!"

"선왕은 아버지의 치부를 들춰내려 했고…… 넌 내 치부를 드러내려 했다. 폐세자는 내 치부다."

"쿨럭!!"

몸을 지탱하고 있던 팔이 꺾이고, 그녀의 고개가 결국 테이블 위에 떨어졌다. 쾅, 소리와 함께 그녀의 고개가 테이블에 처박혔지만 시은은 작은 움직임조차 보이지 못했다. 핏덩어리를 쏟아 내며 고통스러운 신음을 흘렸다.

"벌을…… 받을 겁…… 쿨럭!"

"벌 따위, 저승에서 받으면 그만이대이."

민 회장이 태평전을 빠져나가는 뒷모습을 보며 시은은 연신 피를 토해 냈다. 그녀의 눈꺼풀이 파르르 떨렸다. 하지만 애통한 얼굴이 아닌 미소 띤 얼굴이었다.

"한발…… 늦으셨습니다……."

❋ ❋ ❋

그는 드디어 자신을 10년 동안 가둬 둔 이곳에서 어떻게 빠져나갈지 모든 계획을 세웠다. 자신을 지키던 감시자 중 하나가 민방위 훈련으로 이틀을 빠지게 된 날, 이곳을 탈출하리라 마음먹었던 그는 모든 계획을 실행하기로 한 날 저녁 자신을 찾아온 사내들을 보고 놀랐다.

"무슨 일……."

"마마께서 승하하셨습니다."

그들의 말에 놀란 세자는 눈을 크게 떴다. 믿을 수 없는 사실에 혼란스러워하는 그를 보며 그들은 더 이상 기다려 줄 시간이 없다며 서둘러 환자복을 벗겼다.

검은 양복으로 갈아입은 그의 표정은 여전히 변함이 없었다.

"묶으십시오."

남자가 끈을 건네자, 남자는 기계처럼 긴 머리카락을 묶어 올렸다. 그는 차에 태워질 때까지 여전히 멍한 표정이었다.

어머니가 돌아가셨다…… 어머니가.

이제 곧 어머니를 뵈러 갈 참이었는데…….

밖에선 비가 세차게 쏟아져 내렸다. 새벽에 가까운 시간이라 한 치 앞도 보이지 않는 도로를 빠른 속도로 달리고 있었다.

이 모든 일이 현실처럼 느껴지지 않았다. 모든 것이 꿈처럼 느껴졌고, 몽환적이었다. 그는 멍하니 앞을 보며 빠르게 움직이는 와이퍼를 눈으로 좇았다.

어머니가 돌아가셨어……?

그럴 리가 없다.

그는 속으로 그렇게 읊조렸다. 그리고 그때였다. 빗길에 미끄러진 타이어가 요동쳤다.

"뭐야!"

"아씨! 타이어 펑크 났나 봐!"

운전석에 있던 남자가 다급한 목소리로 외쳤다. 최대한 빨리 시은에게 세자를 데려다 줘야 했던 그들의 마음은 그 어느 때보다도 조급했다. 그를 빼내 오기 위해 했던 거짓말을 지금쯤 병원에 있는 사람들은 눈치챘을 것이다. 그를 꺼낼 수 있는 유일한 거짓말이 그것뿐이었던 그들은 지금쯤 태평전에서 싸늘하게 죽어 간 그녀의 죽음을 예견하듯 핑계를 댔었다. 그리고 진짜 시은이 죽었다는 것은 상상조차 하지 못했다. 그들에게 명을 내릴 때만 해도 시은은 정정했으니까.

운전석에 있던 남자가 세찬 빗속으로 사라지자 세자의 옆에 있는 사람이 창밖으로 그 모습을 보았다. 왼쪽 뒷바퀴가 펑크 난 듯 한동안 창밖을 응시하던 남자는 타이어를 갈아 끼는 사람이 시원치 않아 보였는지 거칠게 차 문을 열고 빗속으로 몸을 던졌다.

차 안에는 그뿐이었다. 그들은 너무 쉽게 옆자리를 비웠고, 세자는 그 작은 틈을 노리지 않았다.

"거기 서!"

"거기 서십시오, 세자 저하!!"

그들이 다급한 목소리로 외쳤지만, 세자는 결코 뜀박질을 멈추지 않았다. 빠른 속도로 달리던 그는 뒤에서 다급히 소리치는 남자들을 피해 숲 속으로 몸을 던졌다. 온몸이 흠뻑 젖고, 나뭇가지가 엉겨 붙어도 결코 걸음을 멈추지 않았다.

"세자 저하! 멈추십시오, 저희는 마마가 보낸⋯⋯!"

그들이 뒤에서 다급한 목소리로 외쳤지만 세자는 그 말을 믿지 않았다. 10년이란 시간을 보냈던 그곳은 그 누구도 믿지 말아야 하는 곳이었고, 저 혼자 모든 것을 이겨 내야 하는 곳이었다.

그들의 음성이 멀어지고, 그의 발에 힘이 빠져나갈 때가 되어서야 그는 뜀박질을 멈췄다. 그들이 보이지 않는다는 것을 깨닫고 나서야 거친 호흡을 내뱉었다.

"헉, 헉⋯⋯!"

그가 숨을 내뱉었다. 그리고 그 순간 온몸을 얼려 버릴 듯한 추위가 느껴졌다.

얼어 죽을 것만 같았다. 칼날처럼 박히는 추위에⋯⋯.

하지만 그는 노란색 헤드라인 불빛이 보일 때까지 정신을 놓지 않았다. 얼어 죽을 것 같은 한기가 온몸을 휘감자 그는 사력을 다해 팔을 휘저었다. 하지만 어둠이 내려앉은 저녁이라 그의 모습이 보이지 않을 것 같아 걱정이 되었다.

그는 살아남아야 한다는 그 일념하에 몸을 던졌다. 곧 자신의 몸에 가로막힌 차가 거친 타이어음과 함께 멈춰 서는 것이 느껴졌다. 그 순간 그는 정신을 잃었다.

얼어 죽을 듯 온몸에 한기가 들었다.

따뜻한 기운에 정신이 든 세자는 운전을 하는 박찬연이란 사내를 보았다. 자신을 서울까지 데려다 주기로 한 그는 쉴 새 없이 이야기를 늘어놓고 있었다. 어머니의 장례식장으로 가는 길이었다는 말에 화들짝 놀란 그는 잠시 똥 마려운 강아지처럼 눈치를 보더니 이내 자신이 고아라는 사실을 떠들었다. 그리고 고아원에서 지냈던 일들을 자랑처럼 늘어놓았다.

"마음이 따뜻하신 분인가 보군요."

찬연은 그의 칭찬에 더욱 기분이 좋아진 듯 이야기를 늘어놓고 있었다. 하지만 그 이야기들은 세자의 귀에 들어오지 않았다. 어떻게 해서든 어머니의 장례식장으로 서둘러 가야 한다는 생각뿐이었다.

서울에 도착하면 가장 먼저 어머니 장례식장으로 가 그 앞에서 원통하게 눈물을 흘릴 것이다. 슬퍼한 뒤 자신과 아버지와 어머니를 그렇게 만든 사람들을 찾아가 잔인하게 난도질해 버릴 것이다.

그는 그렇게 다짐하며 빠르게 변하는 창밖을 무심한 눈길로 바라보고 있었다. 그 순간.

끼익!

아스팔트와 타이어가 심하게 마찰하는 소리가 들리더니 차가 미친 듯이 휘청거렸다. 그리고 곧 강한 충격과 함께 왼팔에 아픔이 느껴졌다.

"악! 으아악! 악!"

순간 고통이 그의 온몸을 엄습했다. 세포 하나하나가 부서진 듯 아팠고, 정신이 아득해지는 기분이 들었다. 하지만 그는 사력을 다해 정신을 붙잡았다.

고통에 울부짖던 그는 곧 상대편 운전자가 다가와 창을 두드리는 모습을 보았다. 갑작스러운 사고로 인해 그의 표정도 굳어 있었다.

"괜찮습니까!"

그의 대답에 세자는 아픈 팔을 부여잡았다. 끔찍한 고통이 그의 봄을 휘감았지만 그는 애써 이를 악물며 참아냈다.

세자는 운전석에서 앉아 있는 찬연의 몸을 흔들었다.

"괜찮습니까?"

"……."

"이봐요?"

찬연의 몸을 흔드는 순간, 그의 몸이 기우뚱 기울더니 보조석으로 쓰러졌다. 맥없이 쓰러지는 찬연은 신음도 흘리지 않았다. 움직임이 없는 그를 보자 그는 직감적으로 깨달았다.

이 남자 죽었구나, 라고.

그때 창문을 세차게 두드리는 소리가 들렸다. 그리고 곧 멀어지는 그의 신경을 붙잡는 목소리가 들렸다.

"기름이 샙니다, 빨리……!"

사고 운전자의 말에 세자는 정신이 번뜩 들었다. 여기서 죽을 수 없었다. 길에서 죽다니! 아직 아무것도 해 보지 못한 채 죽어야 한다니! 그건 말도 안 되었다. 자신은 아직 할 일이 남아 있었고, 갚아 줘야 할 일도 태산처럼 높이 쌓여 있었다.

"옮겨야 합니다."

세자의 말에 사고 운전자는 즉시 상황을 파악한 듯 찬연의 몸을 깨진 창문 밖으로 옮기고 있었다. 그 또한 운전자를 도와 찬연을 옮겼고, 순간 손끝에 닿는 지갑을 주머니에 넣은 뒤 무사히 차문 밖으로 몸을 빼내었다.

그는 멀어지는 시야와 함께 이 모든 상황을 정리했다.

고아가 죽었다. 그리고 그의 신분을 밝혀 줄 것은 자신의 주머니에 들어 있는 주민등록증 혹은 운전면허증뿐일 것이라며…….

✳ ✳ ✳

세자는 깨어나자마자 형사에게 이 모든 상황을 설명했다. 사고 당시의 것만 사실일 뿐 그 외의 것들은 모두 거짓이었다.

그의 머리가 빠르게 움직였다.

자신을 정신병원에 10년이나 처박은 자. 아비를 죽인 자. 그리고 어미를 죽였을지도 모르는 자들.

그들은 자신의 정체를 알고 있었다. 그리고 지금쯤 자신이 정신병원을 빠져나갔다는 사실을 알아챘을 것이고, 본래의 모습으로 그들 앞에 나타난다면 계획을 실행하기도 전에 그들의 손에 붙잡힐 것이 뻔했다.

그래서 그는 생각했다. 그리고 계획했다. 자신을 죽이고 찬연의 인생을 살 것을.

그는 찬연의 병원 기록에 자신의 이름을 적어 넣었고, 자신의 주민등록번호를 적어 넣었다. 완벽하지는 않지만 결코 허술한 계획처럼 느껴지지는 않았다. 시신이 없다면 그들은 그 무엇 하나 밝혀 낼 수 없을 것이라 생각했으니까.

화장을 할 때는 보호자가 필요하다는 말에 자신을 동생으로 소개했고, 모든 일을 완벽히 마쳤다.

그는 일이 끝나자마자 병원 안에 있는 매점으로 향했다. 그리고 그곳에서 어머니의 서거 소식을 보았다.

『시은 대비 급사!』

『대비의 죽음에 얽힌 미스터리!』

수많은 기사 중 그녀의 죽음에 대해 제대로 밝혀 주는 기사는 단 하나도 없었다. 병원 또한 선왕의 장례가 치러졌던 병원이라고만 언급되어 있을 뿐 자세한 것은 나와 있지 않았다. 그는 근처 PC방을 찾아가 시은의 장례식장을 겨우 알아내고서야 그녀의 영정사진이 모셔져 있는 곳으로 갈 수 있었다.

장례식장에는 기자들만 바글바글할 뿐 많은 국민이 찾지는 않았다. 목적에 의해, 일 때문에 온 사람들만 있을 뿐 개인적으로 그녀의 죽음을 애도하는 물결은 아주 작고 미미했다.

찬연이 된 그는, 어미의 장례식장에는 가까이 다가가 보지도 못한 채 멀리서 그 모습을 지켜봐야 했다.

그는 한동안 눈물을 흘렸다. 초라한 자신의 어미의 장례식을 보며.

그의 입에서 참아 내지 못한 슬픔이 터져 나왔다.

"흐어어엉! 흐어어엉!"

그는 아이처럼 목 놓아 울었다. 세상으로 10년 만에 나왔지만 그의 주위에 남아 있는 이는 아무도 없었다.

"흐어어엉! 죄송합니다…… 죄송합니다."

억겁과 같은 시간을 혼자 버텼을 어머니를 향해 그는 죄송하다는 말만 늘어놓았다. 하지만 영정사진 한 번 쓰다듬지 못한 채, 소리 내어 입 밖으로 어머니라고 한 마디도 꺼내지 못한 채 그는 장례식장 밖을 서성여야 했다.

※　※　※

설은 무거운 시선으로 찬연을 보았다. 그는 깊은 잠에 빠져 있다. 그의 얼굴을 보자 리의 목소리가 그녀의 귓가에서 떠나질 않았다. 그녀는 슬픈 목소리로 말했었다.

'그 아이의 눈앞에서 아버지가 죽었지. 괴한이 쏜 총에. 그는 미쳤지. 겉으로 알려진 건 그랬어. 그것 또한 최 의원이 돈 꽤나 쥐어 주고 시킨 짓이었지만. 그에게 아버지는 세상의 전부였어. 자신에게 피와 살을 준 사람, 자신을 세상 그 누구보다도 귀하게 여겨 준 사람, 자신이 가장 본받고 싶은 사람, 자신을 세상 누구보다도 사랑해 주는 사람…… 그리고 자신이 가장 사랑하는 사람.'

중간에 잠시 뜸을 들이던 리의 눈에 눈물이 맺혔다. 그녀는 선왕을 떠올리며 눈물을 흘리고 있었다. 그녀의 눈물을 보면서 그녀는 알 수 있었다.

아, 이 사람이 선왕을 사랑했었구나. 그래서 12년이 지난 일을 떠올리며 아직도 눈물짓는구나. 선왕을 직접 본 것은 아니지만, 그가 떠나고 오랜 시간이 흐른 뒤에도 이토록 눈물짓는 사람이 있다는 사실에 그는 참 멋진 사람이 아니었을까, 그녀는 생각했다.

'그런 사람이 눈앞에서 죽었어. 총알은 심장을 관통했고, 곧 그 자리에서 숨을 거뒀지.'

그 말을 내뱉는 순간 리의 얼굴이 아픔에 굳어졌다. 하지만 그녀는 말을 멈추지 않았었다.

'하지만 그 아이는 아버지의 장례식도 지키지 못했어. 그들의 손에 이끌려 곧바로 정신병원에 처박혔으니까. 그 뒤로 그는 10년 동안 정신병원에서 지냈어. 그 긴 시간 동안 그곳에서 미치지 않고 나왔다는 게 기적이지.'

10년은 결코 짧은 시간이 아니었다. 그것도 20대의 전부를 그곳에서 지내야 했던 그에게는 더욱 길었을 터였다. 끔찍했던 그 시간 동안 그가 미치지 않을 수 있었던 이유는 단 하나였다.

'그토록 나오고 싶었던 세상에서 그가 가장 먼저 향했던 곳은 어머니의 장례식장이었어. 그의 어머니도 그들의 손에 죽었지. 아니, 아들을 구하기 위해 스스로 지옥불 속으로 뛰어들었던 거야. 예상한 죽음. 사랑하는 아들을 지키기 위해서……. 그 아이는 그 사실에 이를 갈았어. 그리고 지난 10년 동안 생각하고 또 생각했던 계획을 실행에 옮겼지.'

그가 밖으로 나온 후 제일 처음 본 것은 어머니의 영정사진이었다. 그것마저도 그는 가까이서 지켜볼 수 없었다. 그는 이미 세자가 아닌 박찬연이었으니까.

그는 멀리서 그 모습을 본 후 뒤돌아설 수밖에 없었다.

'그리고 날 찾아왔어. 그리고 말하더군.'

설은 찬연의 머리를 다정한 손길로 쓸어내렸다. 그리고 속으로 그가 악몽을 꾸지 않도록 빌었다.

편히 잠들 수 있도록…… 꿈에서는 아버지, 어머니를 만나 행복하게 웃을 수 있도록.

'내 인생을 줄 테니까, 복수를 도와줘.'

"찬연 씨……."

그녀는 작게 그의 이름을 불렀다. 그리고…….

'그리고 스스로 어둠 속으로 뛰어들었어.'

그녀의 말을 떠올리며 설은 눈물을 흘렸다.

"아프지 말아요……."

'시은 대비가 독으로 죽었어. 그 아이가 한식을 좋아해서 빚고을 음식만 먹는 줄 아니? 천만의 말씀. 걘 아무도 믿지 못하는 거야. 세상사람 누구 하나 믿을 사람이 없어서 아직도 은수저를 사용하고, 모르는 곳에선 절대 음식을 먹지 않아.'

그 말에 설은 눈을 감았다. 문득 비가 세차게 내렸던 날 그에게 끓여 줬던 죽이 떠올랐다.

"당신…… 날 조금은 믿는 거죠? 그래서 맛없는 죽도 먹어 준 거죠?"

말없이 죽 그릇을 비웠던 그의 모습을 떠올리자 뒤늦게 눈물이 나왔다. 그때는 몰랐던 진실. 그래서 아무렇지도 않게 그가 내뱉는 씁쓸한 말도 가볍게 넘겼었다.

'난 그 아이가 혼자서 아파하길 원하지 않아. 아니, 그 지옥 속에서 빠져나왔으면 좋겠어. 하지만 그 아이한테 지금 이 서책을 보여 준다?'

리는 고개를 저었다.

'부서질 거야. 산산이. 이 세상에 흔적도 남지 않고 가루가 될 거야.'

설의 눈에서 눈물이 흘렀다. 그녀의 손은 연신 차가운 찬연의 뺨을 쓸어내리고 있었다.

'용서하라는 미친 말만 쓰여 있는 서책을 어떻게 그 아이한테 보여 줘! 나도 용서가 안 되는데! 그 착하기만 한 인간은 아들한테 무조건 용서만 하라고 했다고! 왜? 왜 그래야 하는데, 왜!'

그녀의 절규가…… 찬연의 절규가…… 그녀의 귀를 아프게 때렸다.

'일용직 노동자에게 돈을 주고 선왕을 죽이라고 사주한 최부식! 조상의 죄를 덮기 위해! 자신의 치부를 덮기 위해! 자신의 잇속을 채우기 위해 선왕을 죽이고, 대비를 죽이고, 그 아이의 인생을 지옥에 처박은 민희락!'

그녀는 악을 썼다. 사랑하는 이를 한순간에 잃어버리고 긴긴 시간 가슴에 담아 뒀던 그녀는 눈물도 흘리지 못했다. 그저 소리를 지르며 악을 쓰며 외쳤다.

'나도 용서 못 해! 모든 판을 짠 민희락, 그의 손에 놀아나 모든 일을 실행한 최부식! 둘 다! 둘 다!!'

끔찍한 상처는 곪아 터져 누런 진물이 흘렀다. 이미 손쓰기에는 너무 늦어 버린 상처는 악화만 될 뿐, 치유되지는 못했다.

9.

Empathy

설은 뒤돌아서서 셔츠를 입고 있는 찬연의 넓은 등을 바라보았다. 운동으로 다져진 근육 위로 오래된 상처들이 꽃잎처럼 번져 있었다. 설은 그 모습을 안타까운 눈으로 바라보았다. 예전에는 신경 쓰지 않았던, 마음 쓰지 않았던 것들이 하나둘 눈에 보이기 시작했다.

찬연은 침대에 걸터앉아 물끄러미 자신을 보고 있는 설을 보았다. 그녀는 자신의 커다란 셔츠를 걸친 채 지독히도 욕망을 불러일으키는 모습을 하고 있었다.

아랫도리가 뜨거워지자 애써 이를 악물며 욕망을 억눌렀다. 어젯밤에도 그녀를 마음껏 안았다. 그녀의 몸이 산산이 부서질 정도로 자신을 묻었고, 찢겨질 정도로 이로 지분거렸다. 그런데 아침에 또 들끓는 욕정이라니. 순간 자신이 짐승이라도 된 듯한 기분이 들었다.

애써 감정을 감춘 찬연은 나지막한 목소리로 말했다.

"사무실은 출근할 거야?"

그의 말에 설은 말없이 고개를 끄덕였다.

"표정을 보니 할 말이 있나 보네."

그의 말에 설은 말없이 고개만 끄덕였다. 찬연은 셔츠 단추를 완벽히 목까지 잠근 후 의자를 끌어와 그녀의 앞에 앉았다. 그녀는 우두커니 자신의 얼굴을 훑어보고 있었다.

"말해 봐."

"최 의원님이 저에게 양녀로 들어오라 제안하셨어요."

그녀의 말에 찬연의 검은 눈동자에 어둠이 머물렀다. 그는 이미 모든 것을 예상하고 있었다는 듯 표정에 변함이 없었다.

설은 한동안 입을 닫고 그의 모습을 보았다. 찬찬히 그의 얼굴을 살피며 나지막한 목소리로 말했다.

"거절하려고요."

그녀의 말에 그의 미간이 찌푸려졌다. 그는 그녀의 선택이 마음에 들지 않는다는 듯 한참 그녀의 얼굴만 보고 있었다.

그를 잘 알지 못했을 때, 그녀는 그가 참 표정이 없는 사람이라 생각했었다. 그래서 그 속을 들여다볼 수 없다 생각했고, 그를 알다가도 모를 사람이라 생각했다. 하지만 그에 대해 모든 것을 알게 된 후부터는 작은 표정 변화, 몸짓에서 그의 생각을 읽었다.

한동안 자신을 관찰하듯 바라보는 그녀의 얼굴에 그는 입을 굳게 다물었다. 굳이 묻지 않아도 눈치 빠른 그녀의 입에서 다음 말이 나올 것이라 예상했던 그는 한참이나 그녀의 다음 말을 기다렸다. 하지만 설은 말하지 않았다.

결국 긴 침묵을 깬 것은 찬연이었다.

"왜 거절하려고 그러지?"

그의 물음에 설의 입술에 미소가 걸렸다. 해맑은 웃음이 그녀의 입술에서 시작해 얼굴 전체로 번지자 그의 표정은 더욱 어두워졌다. 알다가도 모를 여자. 자신의 질문이 뭐가 그리 즐겁고 행복한 일이라고 저렇게 웃는 것일까.

"이젠 그분의 곁에 남아 있을 필요가 없어졌으니까요."

그녀의 말에 의아한 표정을 짓던 그는 곧 얼굴을 굳혔다. 사정없이 구겨지는 그의 미간을 보며 설은 여전히 맑은 눈동자로 그를 마주 보고 있었다.

"그래서 거절하겠다고?"

"네."

찬연은 설의 얼굴을 불안한 눈으로 보고 있었다. 이제껏 제가 짜 놓은 판 위에서 움직였던 그녀가 서서히, 보이지 않을 만큼 조금씩 엇나가고 있었다. 그는 완벽한 판이 그녀 때문에 흐트러지길 원하지 않았다.

어떻게 해야 그녀를 길들이고, 그녀가 자신의 손바닥 위에서 놀아날지 잘 알고 있는 그는 생각에 잠겼다.

"왜 그렇게 보세요?"

그녀가 눈을 깜빡이며 물었다. 한참이나 그녀를 알 수 없는 눈길로 바라보던 그는 가라앉은 목소리로 말했다.

"생각대로 움직여 주지 않는군."

그의 말에 설은 미소 지었다. 자신이 리를 찾아간 것을 그도 알고 있으리라 여겼기에 크게 놀라지 않았다. 하지만 그가 자신의 속내를 직접 드러내리라 생각하지 못했던 그녀는 즐거운 이야기라도 들은 듯 웃으며 말했다.

"리에게서 연락을 받으셨나 보네요. 모든 이야기를 들으면 제가 당신의 뜻대로 움직일 것이라고 생각했나요?"

그의 얼굴에 주름이 잡혔다.

"당신의 뜻대로 움직여 주진 않을 거예요. 제가 돌아온 건…… 당신에게 힘이 되고 싶었을 뿐이에요."

"왜지?"

그의 짧은 물음에 설은 막힘없이 이야기했다.

"사랑하니까요."

"……."

"하지만 당신이 선택한 길이 옳지 못하다는 것도 알고 있으니까요."

그의 얼굴이 차갑게 굳었다. 내 방법이 틀렸다고? 내가 선택한 길이 잘못된 것이라고? 천만의 말씀.

"설마, 농담이겠지. 모든 것을 들었는데도 그렇게 생각한다고? 난 그들의 욕심에 불행해졌어. 가족이 죽었고, 뜻하지 않게 이름을 버려야 했어. 내 인생을 송두리째 지웠고, 지옥 같은 시간에서 살게 됐지. 그런 그들에게 나와 똑같은 아픔을 주는 게 잘못된 일이라고?"

"네, 전 그렇게 생각해요. 그들에게 똑같은 짓을 했다간, 그 일로 인해 또다시 당신이 불행해질 테니까요."

이미 인생을 모두 통달한 사람인 양 그녀가 답했다. 하지만 찬연은 절대 그녀의 의견에 동의할 수 없었다.

"괜찮아. 이미 모든 건 각오했으니까."

그의 말에 그녀의 표정이 어두워졌다. 그가 그들에게 어떤 일을 저지른다 하여 그녀가 막아설 권리는 없었다. 그들의 농간에 그는 아파했고, 상처받았으며 모든 것을 잃었다. 그런 그에게 모든 것을 용서하고 당신의 인생을 새로이 개척하라고 하면 그가 고개를 끄덕일까? 그녀는 생각 끝에 고개를 저었다.

"당신을 말리진 않겠어요. 하지만 이것만은 알아주세요."

"……."

"전 언제나 당신의 곁에 있을 거예요. 당신이 가는 길이 가시밭길이라 하더라도 전 당신의 뒤를 따를 거예요."

"왜? 사랑이란 허상 때문에?"

그의 잔인한 말에 그녀의 얼굴이 일그러졌다.

허상. 그 말에 상처받았다. 그 단어 하나로 그는 자신을 사랑하고 있지 않다고 말했다. 사랑은 없다고 말했으니까.

하지만 그녀는 애써 얼굴을 펴며 웃었다. 그에게 그 어느 때보다도 행복하다는 듯 미소 지었다. 그리고 답했다.

"네."

❊ ❊ ❊

청담동에 위치한 웨딩샵은 최근 톱스타의 결혼식을 도맡아 진행했다는 이유로 유명세 몸살을 앓고 있었다. 하루에 한 커플씩만 상대하는 그들은 밀려드는 예약 주문과 하루에 한 번씩 꼬박꼬박 치러지는 예식을 진행하느라 눈코 뜰 새 없이 바빴다.

족히 4달 전에는 예약해야 하는 곳이었지만, 그들은 예약 손님에게 양해를 구하고 찬연과 성은의 약혼식 준비를 맡게 되었다.

적게는 수천만 원에서 많게는 수억에 달하는 드레스가 나열된 방에서 고심하며 드레스를 고르던 성은은 핑크색 미니 드레스를 꺼내 찬연에게 보여 주며 말했다.

"약혼식이니까 이런 가벼운 스타일이 좋지 않을까?"

그녀의 말에 찬연은 무심한 얼굴로 고개를 끄덕였다. 약혼녀가 몇 개의 드레스를 뽑아 그에게 보여 줬지만 그는 언제나 고개를 끄덕일 뿐 그 어떠한 의견도 피력하지 않았다.

고개를 끄덕인 뒤 시선을 내려 다시 스마트 폰을 보고 있는 찬연을 보며 성은이 입술을 뾰족하게 내밀며 말했다.

"이봐요, 아저씨. 지금 아저씨랑 같이할 약혼식에서 입을 드레스를 고르는 거거든요? 관심 좀 가지시죠?"

"다 괜찮아. 넌 뭘 입어도 예쁘니까."

"귀찮으면 그냥 그렇다고 말해."

성은이 틱틱거리며 말한 후 뒤에 서 있는 설을 향해 드레스를 팔랑이며 말했다.

"설이 씨는 뭐가 제일 괜찮은 것 같아요?"

초점 없는 눈으로 성은의 행동을 좇던 설이 입가에 흐릿한 미소를 지으며 말했다.

"제 눈에도 다 예뻐 보여요."

"제 눈에도 그래요. 다 예뻐서 뭘 골라야 할지 모르겠어요. 결혼식도 아닌데, 에구구."

성은은 앓는 소리를 하며 옆에 서 있는 직원에게 핑크색 드레스를 내밀었다. 이미 직원의 손에는 드레스가 한가득 들려 있었다.

"이거 입는 것도 일이겠다. 찬연 씨, 그럼 나 드레스 갈아입고 올 테니까 같이 골라 줘."

설은 피팅룸 안으로 사라지는 성은을 무거운 시선으로 바라보고 있었다. 굳게 닫힌 그녀의 입에선 그 어떠한 말도 흘러나오지 않았다. 멍하니 피팅룸만 뚫어져라 바라보는 그녀의 시선에 찬연은 들고 있던 휴대전화를 주머니 안으로 넣었다. 그리고 자리에서 일어나 그녀를 내려다보며 말했다.

"표정이 왜 그래?"

"아닙니다, 사장님."

찬연은 고개를 숙이고 있는 설의 정수리를 한동안 말없이 바라보고 있었다. 그녀가 지금 어떠한 표정을 짓고 있는지 보고 싶었다. 그녀의 얼굴을 보고 어떠한 생각을 하고 있는지 알고 싶었다.

망설임 없이 그녀의 턱 선을 어루만지던 찬연은 설의 고개를 들었다. 그녀의 얼굴을 본 그의 입술에 비웃음이 서렸다.

"괴로워 보이는군."

그가 부드럽게 그녀의 볼을 쓸어내렸다. 그의 얼굴에 부드러운 미소가 걸렸다. 설은 한동안 느른하게 풀려 있는 그의 얼굴과 자신의 얼굴을 다정히 쓰다듬는 손길을 받으며 눈을 감았다.

"힘들어하지 마."

"……"

"마음 쓰지 마."

"……"

"그럴수록 괴로워지는 건 너뿐이야."

그의 말에 설은 눈을 깜빡였다. 그의 얼굴에선 그 어떤 죄책감이나 자괴감은 보이지 않았다. 그는 자신의 마음을 추스르려고도 하지 않았다. 그것이 조금은…… 아주 조금은 마음이 아팠다. 자신을 신경도 쓰지 않는 그의 모습에.

"절 조금은 신경 써 주세요."

"물론이야."

"당신의 옆에 제가 있다는 것을 알아주세요."

그녀의 말에 찬연은 가볍게 고개를 끄덕였다. 그리고 그대로 고개를 내려 그녀의 입술에 부드럽게 입을 맞췄다. 둘의 행동을 보고 있던 여직원들의 얼굴이 당혹감으로 젖더니 붉어졌다. 찬연은 그녀의 입속으로 부드럽게 혀를 집어넣었다. 설의 입 안 가득 들어온 그의 혀가 가볍게 휘감았다. 고른 치열까지 부드럽게 쓸어내린 후 젖은 그녀의 입술을 엄지손가락으로 닦아 준 찬연은 그윽한 눈길로 바라보며 말했다.

"사랑해."

찬연의 입술이 비틀렸다. 찬연의 눈을 보던 설은 눈을 질끈 감았다.

마음에도 없는 말 하지 말아요. 거짓말하지 말아요. 아무것도 담겨 있지 않은 눈으로 날 보지 말아요. 설은 가슴이 쓰렸다.

그때 커다란 커튼이 쳐졌다. 노란색 드레스를 입고 나타난 성은은 심상치 않은 분위기를 느낀 듯 찬연을 향해 말했다.

"무슨 일 있어?"

찬연은 설에게 향해 있던 시선을 돌려 그녀를 보았다. 그녀의 모습을 눈으로 훑어 내린 그가 가볍게 말했다.

"네가 너무 아름답다는 것?"

"실없는 소리 하지 마."

웃음을 터트린 성은이 드레스 자락을 들어 올리며 자리에서 한 바퀴 돌았다. 그리고 예쁘게 웃으며 말했다.

"정말 괜찮아?"

"물론."

그의 말에 설은 한 발자국 떨어져 그들의 모습을 보았다. 둘은 누가 봐도 행복한 약혼식을 앞둔 커플처럼 보였다.

감정이 갉아 먹히는 소리가 들렸다. 사각, 사각. 너무나 행복해 보이는 모습에 설은 고개를 숙이며 그들을 시선에 담지 않았다.

행복한 미소를 짓던 성은은 어두운 얼굴로 고개를 숙이는 설을 보며 한숨을 쉬었다. 노란 조명이 집중되어 뜨거운 단상 위에서 내려온 성은은 찬연에게 다가갔다. 의아한 얼굴로 자신을 쳐다보는 그의 시선에 성은은 설에게는 들리지 않을 만큼 작은 목소리로 속삭였다.

"저 여자구나?"

뜻 모를 성은의 물음에 찬연은 그녀를 보았다. 그의 모습에 성은은 미소 지으며 말했다.

"목걸이의 주인."

"너……."

"신경 쓰지 말라고? 당신은 신경 안 쓰이는데 슬픈 얼굴을 하고 있는 저 아가씨는 신경 쓰이네?"

성은의 날카로운 목소리에 찬연의 미간이 찌푸려졌다. 학창 시절의 그녀도 하고 싶은 말은 당당히 하는 당찬 성격이었다. 그게 그녀의 매력이라 생각했던 적도 있었지만, 지금은 아니었다. 성은이 비난하는 눈길로 바라보자 찬연은 차가운 얼굴로 그녀와 시선을 마주했다.

"세자 저하, 내가 마음에 들지 않는다는 눈치네?"

"신경 쓰지 마. 저 여자는……."

"그래, 굳이 내가 신경 쓸 필요는 없겠지. 그런데 말이야, 세자 저하."

"……."

"당신 지금 어떤 얼굴을 하고 있는 줄 알아? 마치 본 부인에게 세컨드 걸린 사람처럼 굴고 있어."

찬연의 얼굴이 싸늘하게 굳자 성은은 재미있다는 듯 허리를 굽혔다. 낮은 시선에서 그와 시선을 맞춘 성은은 뒤에 서 있는 설을 힐끗 바라보며 말했다.

"나쁜 남자는 드라마에서는 매력적이고 멋있지만 현실에서는 영 아니거든."

"……."

"여자 상처 주면 오뉴월에도 서리 내리는 거 알지?"

상큼한 미소로 그를 바라보던 성은은 굽히고 있던 허리를 폈다. 그녀의 행동에 찬연의 시선이 따라붙었다. 하지만 성은은 아무 일도 없었다는 듯 단상 위로 올라와 미소 지었다.

"그럼 다음 걸로 갈아입고 올게. 피부색이 노래서 그런지 노란색은 영 아닌 것 같아."

커튼 뒤로 사라지는 그녀의 모습을 보며 찬연은 주먹을 꽉 쥐었다. 부르르 떨리는 그의 손길에 분노가 비쳤다.

다섯 번의 드레스를 갈아입은 성은은 결국 두 번째로 입었던 흰색 드레스를 골랐다. 목까지 올라오는 드레스는 청초했고, 고상해 보였다. 드레스를 고른 그녀는 만족스러운 듯 웃었다.

샵을 빠져나온 성은은 세워 둔 차에 올라타기 전 찬연을 보며 말했다.

"그럼 나머지 준비는 어떻게 할까?"

"한동안 시간은 없을 것 같은데……."

그의 말에 성은의 미간이 구겨졌다. 가방에서 다이어리를 꺼낸 성은은 빼곡하게 적혀 있는 스케줄을 눈으로 훑으며 말했다.

"다음 주 일요일은?"

"그날은 대한그룹 회장과 미팅이 있습니다."

뒤에 서 있던 설 역시 다이어리에 적힌 찬연의 스케줄을 훑으며 말했다.

몇 번이고 서로의 스케줄을 확인하던 성은은 신경질적으로 다이어리를 가방에 넣으며 말했다.

"약혼식장은 직접 고르고 싶어. 당신이 안 되면 나 혼자서라도 해야지."

"미안."

"미안하긴. 한량 약혼자보다는 능력 있는 약혼자가 좋아."

가볍게 말한 성은이 손을 저으며 말했다.

"식장은 결정하면 연락할게. 그럼 다음에 보자."

찬연에게 가벼운 어조로 말한 성은은 뒤에 서 있는 설에게 눈인사를 한 뒤 차에 올랐다. 빠르게 샵을 빠져나가는 성은의 뒷모습에 설은 그제야 허리를 숙였다. 뒤늦은 인사였다.

❋ ❋ ❋

아침부터 억수같은 비가 쏟아졌다. 설은 구두 안으로 들어오는 빗물을 상관치도 않은 채 커다란 대문 앞에 섰다. 흔들림 없는 시선으로 성벽처럼 높은 담을 보던 설은 미소 지었다.

찬연의 집도 그렇고, 최 의원의 집도 그렇고 담이 참 높았다. 뭔가 그리 두려워 이 높은 담을 쌓았을까, 뭘 그리 숨기고 싶어 2M는 훌쩍 넘어 보이는 담을 둘러야 했을까.

한참 생각에 잠겨 있던 그녀는 여주댁의 목소리와 함께 열리는 커다란 대문 안으로 들어섰다.

화려한 마당을 눈으로 훑던 그녀는 현관문을 열고 나오는 여주댁에게 인사를 건넸다.

"오랜만이에요, 아주머니. 별일 없으시죠?"

그녀의 말에 여주댁은 호들갑을 떨며 그녀를 집 안으로 이끌며 말했다.

"별일이 없긴! 요즘 아주 전쟁이 따로 없어."

"네?"

"하루가 멀다 하고 작은 도련님이 집에 와서 엎고, 깨고, 집어 던지고……! 어휴!"

그녀의 말은 사실인 듯 거실 안은 난장판이 따로 없었다. 테이블 위에 올려져 있었을 전화기는 두 동강이 나 바닥에 떨어져 있었고, 원래는 아름다운 꽃 모양으로 조각되어 있던 꽃병은 형체를 알아볼 수 없을 정도로 깨져 바닥에 흩어져 있었다.

설이 거실을 훑어보자 옆에 서 있는 여주댁은 앞치마에 눈물을 훔치며 말했다.

"오늘도 와서 한 바탕하고 갔어. 요즘 계속 그러는데, 내가 정말 사는 게 사는 게 아니다. 그 사이 좋던 부자가, 어휴!"

계속 푸념을 늘어놓는 여주댁을 등진 설은 무거운 시선으로 서재를 바라보았다.

"오빠에게 이야기할게요. 그러니 너무 걱정하지 마세요."

"그래 줄래? 너한테 이런 부탁하는 것도 웃기지만……."

"아니에요. 최 의원님은 서재에 계시죠?"

설의 물음에 고개를 끄덕인 여주댁은 서재 문을 두드렸다. 곧 안에서 들어오라는 최 의원의 음성이 들리자, 여주댁이 문을 열며 말했다.

"그럼 부탁 좀 할게."

커다란 원목 테이블 뒤에 앉아 있던 최 의원은 설의 모습에 자리에서 일어났다. 조금 전까지만 해도 그늘이 가득했던 그의 얼굴은 설의 모습에 한결 밝아졌다. 설은 책상에 몸을 지탱하며 일어나는 최 의원의 모습에 허리를 숙이며 인사했다.

"안녕하세요, 최 의원님."

"설아, 잘 왔다."

최 의원은 설에게 다가와 그녀의 어깨를 끌어안았다. 설은 따뜻하게 자신을 안는 최 의원의 비쩍 마른 등을 끌어안았다. 마지막 그를 보았을 때보다 더욱 마른 듯했다. 몇 년 전까지만 해도 천하를 지배할 듯 굳건했던 그는, 그의 할아버지와 아버지가 그랬듯 심장으로 오랫동안 고생하고 있었다.

설은 마른 나뭇가지처럼 연약한 그의 몸을 부축해 가죽소파에 앉혀 주며 말했다.

"건강은 어떠세요? 많이 안 좋아 보여요."

"늘 그렇지 뭐. 그래도 네 얼굴을 보니 몸이 한결 가벼워지는 것 같구나."

그의 말에 설은 촉촉이 젖은 눈으로 그를 보았다. 잠시 후 여주댁이 작년에 담근 매실차에 시원한 얼음을 띄워 둘 앞에 놓아 둔 후 총총 사라졌다.

한참 차를 마시는 설을 애잔한 눈길로 보던 최 의원이 들고 있던 잔을 테이블 위에 올려 두며 말했다.

"그래, 결정은 했니?"

달콤한 매실차를 음미하던 설은 반 정도 빈 잔을 테이블 위에 올려 둔 후 길게 호흡을 내뱉었다. 이미 결정을 내리고 온 자리였지만 선뜻 말을 내뱉을 수가 없었다. 그건 기대에 찬 최 의원의 얼굴 때문이었다. 하지만 그녀는 답을 줘야 했다.

굳이 찬연의 뜻에 따르기 싫어 최 의원의 제안을 거절하는 것은 아니었다. 오랜 생각 끝에 그녀의 내린 선택이었다.

"거절하려고 왔어요. 굳이 호적에 오르지 않더라도 최 의원님과 인연이 끊어지는 것도 아니고요. 호적에 오르지 않는다고 해서, 제가 최 의원님 딸이 아닌 것도 아니잖아요."

"설아, 그래도……."

최 의원은 다시 한 번 생각해 보라며 그녀를 설득했지만 설은 단호하게 고개를 저었다.

"최 의원님, 이젠 제게 마음 쓰지 마세요."

"넌 늘 내게 아픈 손가락이었다."

"알아요, 의원님. 그래서 그래요. 이젠 제게 신경 쓰지 마시고, 진성 오빠한테 신경 써 주세요."

진성의 이름에 최 의원의 얼굴이 굳었다. 아버지와 아들의 골이 얼마나 깊어졌는지 그의 얼굴만 보더라도 알 수 있었다. 그의 얼굴을 안타깝게 보던 설은 한숨을 내쉬었다.

"의원님, 모든 일은 되돌아와요. 부메랑처럼. 상대방이 아프면 아플수록 더 크게 돌아와요."

"설아……."

"진성 오빠 상처받게 하지 마세요, 의원님."

설의 무거운 시선을 의아하게 보던 최 의원의 눈빛이 날카로워졌다.

"설마……."

그의 말이 끝나기도 전에 설은 미소 지었다.

❁   ❁   ❁

대한그룹 스카이라운지. 설과 진성은 작은 테이블을 중간에 두고 앉아 있었다. 무거운 침묵에 설은 애써 미소 띤 얼굴로 말했다.

"얼굴이 많이 안 좋아 보여요."

"어떻게 좋을 수가 있겠니?"

말이 끝나자마자 되돌아온 답에 설의 얼굴에 머물러 있던 미소가 사라졌다. 그는 그녀의 말대로 얼굴이 좋지 않았다. 검은색 슈트 차림에 정갈하게 머리를 빗어 내렸지만, 까칠한 피부나 깊은 그림자가 내려온 눈 밑만 봐도 알 수 있었다. 설은 한참이나 안타까운 얼굴로 그를 보았다. 곧은 시선으로 자신을 보는 그녀를 진성은 한참이나 촉촉한 눈으로 바라보았다. 둘의 시선은 그렇게 한동안 마주했다.

먼저 침묵을 깬 것은 진성이었다.

"곁에 있어 줘."

수많은 감정이 뒤섞인 눈동자로 그녀에게 말했다. 아픈 감정이 고스란히 담겨 있는 눈빛으로 자신의 곁에 있어 달라 말했다. 하지만 설은 아무런 대답 없이 그를 보고 있었다.

"제발."

오늘의 그녀는 늘 그랬던 것처럼 아름다웠다. 시원한 푸른색 셔츠에 검은색 치마를 입고 있는 그녀는 청초해 보였다. 마지막으로 보았던 그때보다 살은 더 빠져 보였지만.

아주 오랫동안 마음에 품었던 여자. 가시처럼 자신의 심장에 박혀 빠지지 않는 여자. 그리고 지금도 사랑하는 여자. 그 여자가 타인을 대하듯 자신을 바라보자 진성은 아픔에 목소리가 메어 왔다.

"이런 말하는 내가 웃기다는 거 알아. 이런 말 할 자격 없다는 것도 알아. 하지만…… 하지만…… 양녀로 들어오라는 아버지의 제안 거절한 거, 그거 나 때문이 아니야? 나한테 아주 조금이라도 마음이 남아 있어서 그런 것 아니냐고."

그의 말에 설은 잠시의 망설임도 없이 고개를 저었다. 단호한 그녀의
모습에 진성의 눈이 슬픔으로 물들었다. 붉어지는 눈동자를 보며 설은
그를 달래듯 나긋한 목소리로 말했다.

"아니에요. 이미 저에겐 다른 사람이 있어요."

"뭐?"

그의 목소리가 갈라졌다. 앉아 있는 몸이 흔들렸다. 온몸에 힘이 빠
진 듯 비틀거리는 그의 모습을 안타까운 눈으로 바라보던 그녀는 한숨
을 내쉬었다.

그가 아파할 것은 알고는 있었지만, 그래도 확실하게 그의 마음을 거
절할 필요가 있었다. 그래야 그가 더욱 빨리 자리에서 일어나 앞으로
나아갈 테니까. 계속 최 의원과 부딪히며, 길 잃은 아이처럼 주저앉아
있다면 설의 마음은 더욱 아플 것이다. 그는 자신에게 오빠 같은 사람
이었고, 햇살 같은 사람이었다. 아픔에 허우적거리는 그를 다시 일으켜
세울 수 있는 방법은 자신의 감정을 솔직히 털어놓는 것밖에 없었다.

그의 뜻대로 곁에 남아 있어 주지 못할 바엔.

"사랑하는 사람이 생겼어요."

"뭐……?"

괴로움에 일그러지는 진성의 얼굴을 보면서도 설은 끝까지 굳은 목
소리로 말을 이었다.

"따뜻하게 품어 줘야 하는 사람이에요. 상처가 아주 많은 사람이거든
요. 자신이 어둠 속에서 살고 있다는 걸 알면서도 그곳에 남아 있길 바
라는 사람이에요. 아무도 없는, 아무것도 보이지 않는."

"설아……."

"그 사람을 품어 주기로 했어요, 따뜻하게. 얼음장처럼 차가운 그의
마음을 녹여 주고 싶어요. 그래서 그 지옥에서 꺼내 주고 싶어요."

"너도, 너도 아플 거야."

"그 정도는 이미 각오하고 있어요. 사랑하니까, 그렇게 살 수밖에 없었던 그의 인생을 이해하니까."

그렇게 말하는 설의 눈동자가 반짝 빛났다. 스스로 가시덩굴에 들어가겠다고 말하는 그 순간에도, 불나방처럼 스스로 불구덩이에 뛰어들겠다는 말하는 그 순간에도 그녀는 웃었다. 그녀의 미소에 진성은 손을 뻗어 그녀의 손을 붙잡으려 했다. 그녀를 말리려 했다. 하지만 그녀는 서둘러 손을 빼며 단호하게 고개를 저었다.

"오빠, 전 행복해요."

"……"

"그러니 오빠도 행복해져요. 전 오빠가 꼭 행복해졌으면 좋겠어요. 이 말 하고 싶어서 만나자고 한 거예요."

"……"

"지금 당장 최 의원님을 이해하라는 것 아니에요. 지금의 오빠는 최 의원님을 이해하긴 힘들겠지만, 훗날…… 의원님을 이해하는 날이 올 거예요."

"난 아버지를 이해할 수 없……!"

그의 말에 설은 고개를 끄덕였다.

"알아요. 하지만 그렇게 생각할수록 괴로워지는 건 오빠예요."

"……"

"오빠, 행복해지세요."

설은 미소 지은 후 자리에서 일어났다.

가벼운 걸음으로 사라지는 설의 뒷모습을 보며 그는 차마 그녀를 불러 세울 수가 없었다. 모든 것을 결정한 듯 가벼운 얼굴로 자신에게 행복하라고 말하는 그녀를 어떻게 붙잡을 수 있단 말인가. 사랑하는 사람이 생겼다며, 그와 함께라면 어딘든 갈 수 있다는 그녀에게 뭐라고 말한단 말인가.

무거운 시선으로 고개를 숙인 진성은 붉어지는 눈가를 느끼며 주먹을 쥐었다. 온몸에서 뿜어져 나오려는 분노를 삼키며 애써 속을 삭였다.

그때 설이 앉아 있던 자리에서 인기척이 느껴졌다. 그녀가 돌아온 줄 알았던 그는 밝은 얼굴로 고개를 들었다. 그리고 설의 자리에 앉아 있는 민아의 모습에 그의 얼굴이 흑빛으로 물들었다.

"당신이 어떻게……."

그의 말에 민아는 마스카라가 잘 칠해진 눈썹을 깜빡이며 말했다.

"저 여자 참 멋있네."

"뭐?"

"당신은 참 찌질하고."

그녀의 말에 진성의 얼굴이 일그러졌다.

"당신……!"

"저 여자 놔줘요. 내가 오지랖 넓게 이런 소리 하는 것도 웃긴데, 저 여자 참 행복해 보여. 나와의 약혼은 없었던 걸로 해도 상관없어요. 아니, 당신이 조금은 마음에 드니까 그렇게 되면 나도 좀 마음이 아프겠네."

그녀의 말에 진성이 놀란 듯 동그래진 눈으로 민아를 보았다. 민아는 예쁘게 화장한 얼굴을 일그러트리며 말했다.

"그래서 더 말리고 싶네요. 당신 아파하는 꼴이 눈에 보이니까. 당신 저 여자 떠나보내 줘요. 현실이 이렇다 저렇다 원망만 하지 말고 저 여자처럼 한 걸음 내딛어요. 그 한 걸음만 내딛으면, 다음 걸음을 내딛는 게 조금은 쉬워질 거예요."

붉어진 눈으로 자신을 보는 진성의 얼굴에 민아는 애써 얼굴을 폈다. 똑같이 구겨진 얼굴로 그를 본다면 그는 더 비참해질 테니까. 그 기분이라면 자신 또한 잘 알고 있었다.

사랑에 모든 것을 올인하면 그 후에 오는 아픔은 더욱 컸다. 남김없이 모든 것을 태워 버리고, 자신 또한 태워 버린 사랑은 더 이상 사랑이 아니다. 되돌릴 수 없는 관계는 후회와 미련이란 이름을 가진 감정이었다.

"술친구는 되어 줄 수 있어요. 필요하면 언제든 연락해요."

민아의 얼굴이 씁쓸해지는 것을 보며 진성은 고개를 숙였다. 그녀의 말에 뭔가 반박을 해야 했지만 할 말이 떠오르지 않았다.

사랑…… 그놈 참 아팠다.

사랑을 품고 있다 생각했던 가슴은 사랑이 아니라 어느새 가시를 품고 있었다. 뾰족뾰족하게 일어난 가시는 그의 가슴을 할퀴고 상처 냈다. 그래도 쉽게 떨쳐 낼 수가 없었다.

끔찍한 모습으로 변하고 누렇게 바랜 감정이지만, 어쨌든 사랑이니까.

　　　❊　❊　❊

사람은 으레 익숙한 것을 찾기 마련이다. 설 또한 그랬다. 불이 꺼지지 않는 그의 창문을 보며 그녀는 한참이나 생각에 잠겨 있었다.

익숙함…… 그 얼마나 무서운 말이던가. 상대방에게 익숙해지는 순간 그들은 서로 보이지 않는 족쇄에 묶이게 된다. 그건 서로 나눠 낀 커플링보다 더욱 강력한 힘으로 서로를 옭아맨다.

설은 한참이나 차에서 내리지 못하고 있었다. 아무런 소리도 들리지 않고, 앞도 보이지 않는 어둠 속에서 홀로 앉아 있었다. 어디로 가야 할지, 어떠한 행동을 보여야 할지 몰라 잠시 그곳에 멈춰 서 있었다.

앞으로 나아가야 하는데, 어떻게 나아가야 할지 몰랐다.

한참 찬연의 집을 보고 있던 그녀는 핸들에 머리를 박았다. 핸들에서 가죽 냄새가 맡아졌다. 차 안에 방향제를 두 개나 뒀지만, 그 냄새는 쉬이 빠지지 않았다. 처음부터 핸들은 가죽이었으니까. 그리고 그녀의 몸에 밴 그의 체향도 원래 그랬던 것처럼 여전히 불가리 블루 옴므였다. 늘 그랬던 것처럼. 그녀의 색은 잃은 채 그의 것만 뒤집어쓰고 있었다.

그러다 설은 창문을 두드리는 소리에 화들짝 놀라 고개를 들었다. 오랫동안 눈을 감고 있어서 그런지 순간 앞이 뿌옇게 보였다.

눈을 몇 번 깜빡이자 찬연의 얼굴이 보였다.

"무슨 일이야?"

창문을 내리자 그가 무심히 내뱉었다. 그를 보자 설의 얼굴에 미소가 머물렀다.

"그냥요. 집까지 갈 힘이 없어서요."

설의 말에 찬연은 그녀의 얼굴을 한참이고 내려다보았다. 그녀는 정말 모든 체력을 소진한 듯 어깨를 축 늘어트리고 있었다. 아무것도 담기지 않는 공허한 시선으로 그녀를 보던 찬연은 손을 뻗어 그녀의 어깨를 부축했다. 그의 손길에 이끌려 차에서 내린 그녀는 자신을 붙잡고 있는 단단한 팔을 느끼며 눈을 감았다.

등 뒤로 현관문이 닫히는 소리가 들렸고, 곧 그가 허리를 숙여 하루 종일 자신의 발을 괴롭히던 힐을 벗겨 냈다.

굽혔던 몸을 편 그가 설의 허벅지 밑으로 손을 찔러 넣은 후 가볍게 들어 올렸다. 순간 몸이 공중에 뜨자 놀란 설이 눈을 깜빡이며 말했다.

"아! 내, 내려 주세요."

"가만히 있어."

단호하게 말한 찬연은 힘든 기색 하나 없이 그녀를 안아 들고 2층 계단으로 걸음을 옮겼다. 깔끔하게 정리된 침대 위에 그녀를 내려놓은 찬연은 목을 졸라매던 넥타이를 푼 뒤 아무렇게나 던져 버렸다. 걸치고 있던 얇은 재질의 재킷도 벗어 던졌고, 팔목과 몸을 단단하게 묶어 두던 단추도 순식간에 풀어 버렸다. 그의 행동에는 거침이 없었고, 그녀에게 향해 있던 시선에는 움직임이 없었다.

한참 무거운 시선으로 바라보던 그는 근육질의 상체를 드러내고 나서야 그녀에게 다가왔다. 침대 위에서 그가 하는 행동을 눈으로 훑던 그녀는 자신에게 거침없이 다가온 그가 입술을 막아 버리자 두 눈을 감았다.

또다시 그녀의 세상에 그가 가득 찼다. 차에서 느꼈던 것보다 더욱 강렬한 향에 머리가 어지러웠고, 빠져나갈 수 없게 두른 긴 팔에, 넓고 단단한 가슴에 숨이 막혔다.

이제는 익숙해진 그 품이 서글펐다.

사람은…… 누구나 익숙한 것을 찾는다. 그리고 그녀에게 있어 그의 품은 이젠 너무도 익숙한 것이어서 너무나 당연스럽게 느껴졌다. 자신을 따뜻하게 품어 주는 이 손길도, 자신을 꿰뚫어 버릴 듯 날카롭게 바라보는 이 시선까지.

"무슨 생각해?"

그의 말에 설은 가볍게 고개를 저었다.

"당신 생각했어요. 이 품이 너무 익숙하게 느껴져서요."

그게 너무너무 좋아서 숨이 막혀요.

하지만 그는 그녀가 의도했던 것과는 다르게 받아들인 것인지 미간을 찌푸린 후 거칠게 입을 맞췄다. 입 안을 빠르게 훑던 혀가 그녀의 아랫입술을 어루만지더니 곧 이를 드러냈다. 아랫입술을 아프게 깨무는 그의 행동에 설의 몸이 바르작거렸다. 하지만 찬연은 거친 손길로 그녀의 옷 속에 손을 찔러 넣은 후 봉긋하게 솟아 있는 가슴을 아프게 움켜쥐었다. 그녀의 정점을 손가락으로 꼬집은 찬연은 그녀가 몸을 비틀며 자신의 품에서 빠져나가려 하자 용서할 수 없다는 듯 양손을 한데 모은 후 움켜쥐었다.

"도망가지 마."

"그런 적 없어요."

설은 숨을 헐떡이며 말했다. 그녀가 한 손에 움켜쥔 연약한 새처럼 날갯짓을 했지만, 그는 작은 틈도 허용하지 않았다. 그녀의 머리 위로 팔을 들어 올린 후 입술을 내린 찬연은 고개를 돌리며 반항하는 그녀를 가소롭다는 듯 내려다보며 말했다.

"지금 도망가고 있잖아?"

"거칠게 하지 말아요! 이런 건 싫어요!"

찬연은 그녀의 턱을 움켜쥔 손에 힘을 줬다. 아픔에 그녀의 입이 벌어지자 빠르게 그녀의 입속으로 혀를 집어넣었고, 입 안이 얼얼해질 정도로 빠르게 그녀의 입속을 함락했다. 정신을 쏙 빼놓는 행동 중에도 그의 손은 그녀의 치마를 걷어 올리고, 갈색 팬티스타킹 안으로 손을 집어넣었다.

하얀 허벅지를 손으로 쓰다듬던 그는 그녀의 사타구니 안으로 손을 넣어 속옷을 어루만졌다. 속옷이 그녀의 샘으로 축축하게 젖어 있는 게 느껴졌다. 진득한 액체에 미소 지은 그는 속옷 안으로 손가락을 밀어넣어 숲을 헤치고 샘을 찾았다.

"싫어요, 그만해요!"

"싫어? 그만해? 왜 그래야 하지?"

"이건 폭력이에요!"

그녀가 외쳤다. 하지만 찬연은 흐트러진 그녀의 차림새와 들썩이는 그녀의 소담한 가슴을 눈으로 훑으며 말했다.

"당신은 이미 내 여자야."

"으⋯⋯."

그녀의 입에서 신음이 흘러나왔다. 이를 악물며 자존감에 젖어 있는 그의 얼굴을 노려보았다.

"아무리 마음을 나눈 사이라 하더라도, 상대의 허락이 필요해요."

"네 몸이 허락하고 있어."

나지막한 말에 설은 그의 시선이 머무는 곳이 가슴이란 것을 알고 서둘러 옷을 여몄다. 그녀의 행동이 오히려 그의 욕정을 끓어오르게 한 것인지 평정심을 유지하고 있던 그의 얼굴에 금이 갔다.

찌푸린 얼굴로 설을 보던 찬연은 적대감을 불태우는 표정을 보며 깊은 한숨을 내쉬었다.

의자를 끌어와 앉은 그는 무거운 시선으로 말했다.

"어떻게 해 주길 원해?"

그는 나른한 얼굴로 그녀를 보고 있었다. 그 어떠한 열정도, 감정도 가지고 있지 않은 그의 차가운 눈동자를 보자 설은 온몸에 힘이 풀리는 것을 느꼈다.

당신은 날 어떻게 생각하나요? 난 당신에게 어떤 존재인가요?

물어보고 싶었지만 묻지 못했다. 그녀는 무서웠다. 그의 입에서 잔인한 말이 흘러나올까 봐.

멍하니 초점을 잃은 눈으로 자신을 보는 그녀의 시선에 찬연의 얼굴에 비웃음이 머물렀다.

"어떻게 해 주길 원하냐 물었어."

사랑해 주세요…… 라는 말이 목에 걸려 밖으로 나오지 못했다.

나에게 사소한 관심이라도 가져 주세요…… 라는 비참한 말을 차마 내뱉지 못하고 눈동자에 담았다. 하지만 그는 그녀의 마음을 알아주지 못했다. 그녀의 답이 나오길 기다리며 한참을 그렇게 바라보고만 있었다.

천천히 자리에서 일어난 설이 그에게 다가왔다. 그리고 손을 뻗어 그를 끌어안았다.

"그런 눈으로만 바라보지 말아요."

그녀의 음성에는 아무런 감정도 담겨 있지 않았다. 하지만 그녀의 눈동자만은 애절하게 빛나고 있었다. 설은 자신의 얼굴을 그에게 보여 주고 싶지 않았다. 그래서 한참을 따스하게 그를 안고 있었다.

가슴에서 그의 호흡이 느껴졌다. 눈을 감았다 뜬 그녀는 그가 자신을 밀어내지 않았다는 그 사실에 만족했다.

설은 그의 몸을 조금 밀어내며 말했다.

"조금은 날 따뜻하게 봐 주세요. 제가 원하는 건 그것뿐이에요."

뜻 모를 말에 그의 미간이 찌푸려졌다. 수수께끼처럼 느껴져 그는 한참이나 그녀를 올려다보고 있었다.

설은 의아함을 담고 있는 찬연의 눈동자를 보다가 고개를 내려 그의 눈에 입을 맞췄다.

그 어떤 쾌락도 담겨 있지 않은 짧은 입맞춤이었다.

*　*　*

온몸이 땀에 흠뻑 젖을 정도로 무더운 날씨에 짜증이 솟았다. 찬연은 저절로 찌푸려지는 미간을 손끝으로 누르며 한숨을 쉬었다. 더위에 취약인 그에겐 정말 살인적인 날씨였다. 찬연은 리모컨으로 에어컨 온도를 더욱 낮추며 의자에 흐느적 등을 기댔다.

"죽겠군."

불쾌지수가 더욱 높아지고 있었다. 하지만 짜증스러운 그의 감정은 단순히 날씨 때문만은 아니었다. 그의 신경을 계속 긁어 대는 존재, 한 손에 바스러질 듯 약한 존재 때문이었다.

한설. 그 여자는 자신의 뜻대로 움직여 주지 않는 유일한 사람이었다. 또한 늘 자신이 줄 수 없는 것만 바라는 사람이었다. 자신의 계획에 있어 그 무엇보다 중요한 사람이었지만, 계속 그의 신경을 긁어 대는 행동 때문일까. 그녀를 이용할 수가 없었다.

모든 것이 쉽게 흘러갈 줄 알았는데, 예상 밖의 복병에 그는 얼굴을 찌푸렸다.

"최부식의 밑으로 들어가야 하는데……."

어떻게 해야 그녀를 자신의 뜻대로 움직이게 할 수 있을까 고민했다. 그리고 고민이 길어지자 그는 목에 걸려 있던 반지를 의식하지 못하는 사이 만지작거리고 있었다.

서늘해지는 온도에 그의 기분이 부드럽게 풀릴 때였다. 찬연은 문이 열리며 설이 안으로 들어서는 것을 보며 기대고 있던 등을 곧추세웠다. 손은 어느새 테이블 위에 놓여 있었다.

"좋은 아침입니다, 사장님."

설은 온몸에 소름이 돋을 정도로 낮은 사무실 온도에 몸을 움찔 떨었다. 설은 미간을 찌푸리며 찬연에게 다가갔다.

"어디 아프세요?"

"머리가 좀."

그가 미간을 손가락으로 쿡쿡 찌르며 말하자 설은 한숨을 쉬며 테이블 위에 있던 리모컨으로 에어컨을 껐다. 그녀가 창가로 가 창문을 여는 것을 보며 찬연이 퉁퉁 부어 있는 목소리로 말했다.

"끄지 마, 더워."

"냉방병 때문에 머리가 아프신 거예요."

"차라리 냉방병에 걸리고 말지. 더워."

그가 짜증스럽게 말했다. 하지만 설은 어깨를 으쓱이며 그에게 다가와 다이어리를 펴 들었다. 오늘은 아침 일찍부터 스케줄이 있어, 평소보다 훨씬 바쁘게 움직여야 했다.

"11시에 대한그룹 민희락 회장님과 미팅이 있으십니다. 후에 2시부터……."

"오늘은 나와 움직이지 말고, 김성은 씨와 움직여 줘."

"네?"

"차가 고장났다더군."

그의 말에 설은 입술을 꾹 다물었다. 이를 악무는 것인지 그녀의 턱
선이 움찔거리는 것이 보였다. 인내심을 시험하듯 한참 그녀의 얼굴을
올려다보던 찬연이 말했다.

"왜? 문제 있나?"

찬연은 흔들리는 설의 눈빛을 보며 무심한 목소리로 말했다.

"싫으면 말해."

그의 말에 설은 들고 있던 다이어리를 접었다. 어느새 감정을 추스른
것인지 감정을 담지 않은 사무적인 얼굴이었다.

"네, 알겠습니다."

"강남역에서 10시 30분까지 만나기로 했어. 지금쯤 출발하면 되겠군."

그의 말에 고개를 끄덕인 설은 무거운 시선으로 그를 내려다보았다.
하지만 그의 시선은 여전히 모니터로 향해 있었다.

가방을 챙겨 들고 사무실 밖으로 나가는 그녀의 뒷모습을 보며 찬연
은 자리에서 일어섰다. 설은 막 마당을 벗어나며 그녀의 집이 있는 방
향으로 사라지고 있었다.

"길들여야겠지."

깊은 생각에 잠긴 듯 그는 한참이나 그 자리에서 움직이지 않았다.

성은은 난감한 얼굴로 설을 보았다. 분명 자신이 차를 빌려 달라고는
했지만, 설마 그의 여자를 보낼 줄은 몰랐다.

목걸이의 주인. 세자 저하의 여자.

성은은 그와 똑같은 얼굴로 차 앞에 서 있는 설을 보며 한숨을 쉬었
다. 어떻게 해야 할지 몰라 한참 설을 보고 있던 성은은 결국 어색하게
웃으며 말했다.

"귀찮게 해 드려서 미안해요. 전 분명 세자……!"

순간 자신이 실수한 것을 깨달았는지 입을 틀어막는 성은을 보며 설은 희미하게 미소 지으며 말했다.

"제 앞에서는 괜찮지만 남들 앞에서는 주의해 주세요."

"아, 미안, 미안! 이놈의 입이 방정이지, 정말. 차키 주실래요? 제가 얌전히 쓰고 가져다 드릴게요."

설은 한참 무심한 얼굴로 성은을 보았다. 그리고 이내 프로페셔널한 미소를 지으며 작게 고개를 저었다.

"아닙니다. 오늘 하루 수행하라는 지시를 받았으니, 끝까지 모시겠습니다."

그녀의 말에 성은은 검지로 볼을 긁적였다. 어쩜 앞, 뒤 꽉 막힌 것까지 똑같은지. 같이 동행한다면 성은도 불편하겠지만, 그녀의 속도 속이 아니리라. 다시 한 번 차만 빌려 달라고 말하려던 성은은 이내 작게 고개를 저었다. 얼굴을 보아하니 고집이 장난이 아닌 것 같았고, 찬연이 자신의 세컨드를 보낸 것을 보면 분명 뭔가 속뜻이 있으리라는 생각 때문이었다.

악취미였지만, 굳이 그녀를 자신에게 보낸 이유를 알고 싶었던 성은은 상큼하게 웃으며 그녀의 차에 올랐다.

"좋아요. 그럼 강남역 8번 출구에 있는 그린호텔부터 갈까요?"

설은 두 시간 만에 손바닥만 한 스테이크를 일곱 접시나 먹었다는 사실을 떠올리며 더부룩해진 속을 다스리기 위해 애썼다. 과식으로 인해 속이 미식거리는 것은 그녀로선 너무나 생소한 경험이었다.

설의 얼굴이 새하얗게 질리는 것을 보며 옆자리에 앉아 스테이크를 썰던 성은이 손을 저으며 말했다.

"미안해요. 직접 경험하고 해 봐야 직성이 풀리는 성격이라. 못 먹겠으면 그만 먹어요."

성은은 괜찮다 말하며 입을 닦는 설을 안쓰러운 눈으로 바라보았다. 자신의 지랄 맞은 성격 때문에 호텔을 돌아다니며 직접 음식을 맛보던 둘은 결국 일곱 번째 장소에서 두 손 두 발을 들었다.

"여기로 하죠. 여기가 제일 좋아요."

"죄송해요. 저 때문에 괜히……."

설의 눈빛에서 진심을 발견한 성은은 턱을 괴었다. 그녀의 얼굴에는 의아한 감정이 떠올라 있었다.

"이런 거 물으면 상처받을 거 아는데 정말 궁금해서요."

"네?"

"왜 그런 인간 옆에 있어요? 나 알아요, 한설 씨랑 박찬연 씨 관계."

그녀의 말에 설의 얼굴이 굳었다. 그녀의 반응에 성은은 어깨를 들썩였다. 순진한 건지 멍청한 건지 알 수 없는 반응이었다.

"설마 모를 거라고 생각한 건 아니겠죠? 그냥 모른 척하고 있으려 했는데, 그것도 좀 이상해서요. 포지션은 정확하게 해야 하지 않겠어요?"

"죄송합니다."

그녀의 얼굴이 우울하게 물드는 것을 보며 성은은 한숨을 내쉬었다.

"나한테 죄송할 건 없고요. 둘 관계 봐서는 내가 끼어든 것 같은데. 애초에 박찬연 씨가 당신의 존재를 내게 알렸다면 이 미친 결혼 따윈 하지 않았을 거예요. 다만……."

"……."

"이제는 알았으니 모른 척할 수 없잖아요."

설은 무릎 위에 올려져 있던 냅킨을 두 손으로 꽉 잡았다. 그녀에게 어떻게 설명을 해야 할지 너무나 난감했다.

"박찬연 씨가 세자 저하였다는 것을 알고 있는 것 보면 당신도 나처럼 계획에 동참한 사람인가요?"

설이 아무런 대답도 하지 못하는 것을 보며 성은은 고개를 끄덕였다. 가끔은 대답을 하지 않는 것이 그 어떠한 긍정의 말보다 강할 때가 있다.

"왜 동참하는 거죠? 사랑해서? 당신을 보면 그 못된 남자를 사랑하고 있다는 거 알 수 있어요. 그 무책임한 남자도 당신을 어떻게든 옆에 붙여 두고 싶어서 커플링까지 줬겠죠."

"……."

"뭘 바래서 다른 여자랑 결혼하겠다는 남자 옆에 붙어 있는 거예요? 나라면……."

"여자는 가끔씩……."

굳게 닫혀 있던 설의 입이 열리자 성은은 입을 다물었다. 그리고 등을 편안히 기대며 이야기해 보라는 듯 고개를 끄덕였다. 운을 떼 놓고 한참 뭐라 말하지 못하던 설은 입술을 달싹이다 혀로 입술을 훑었다. 입 안이 바싹 타는 느낌이었다.

"착각에 빠지곤 하잖아요."

"착각?"

"네. 아주 큰 착각이요. 나라면 그 사람을 변화시킬 수 있을 거다. 아픈 그 사람을 어루만질 수 있을 거다, 라는 그런 착각이에요. 철새처럼 이 사람 저 사람 옮겨 가며 만나는 남자도 자신과 만나면 정착할 수 있을 거라는 착각에 빠지고, 사랑을 모르는 남자도 자신과 만나면 사랑에 빠질 거라는 착각을 하잖아요."

그녀의 말에 성은이 고개를 끄덕였다. 그런 사랑, 그런 사람 한 번 못 만나 본 여자가 어디 있을까. 여자들은 으레 그런 착각에 빠지곤 한다. 특히 현실을 모르는 나이에는. 아주 잠시 스쳐 지나간 사람이라 하더라도, 착각에 빠진 여자는 큰 상처를 받고 오랫동안 이를 부득부득

갈기도 한다. 자신 또한 그랬던 적이 있었으니까.

"저도 그런 착각에 빠졌어요. 그 사람의 아픔을 감싸 줄 수 있을 거라고, 지금은 다른 곳만 보고 있지만 언젠가는 날 봐 줄 거라는 착각. 그런 착각에 빠져 있어요."

성은은 한심하다는 듯 설을 보았다. 그녀의 표정에 얼굴을 붉힌 설은 고개를 푹 숙이며 말했다.

"그래서 김성은 씨에게는 미안해요. 제 존재가 혹시……."

그녀의 말에 성은은 손을 저으며 말했다.

"아니, 아니. 여기까지 합시다."

성은이 가방을 들며 자리에서 일어났다. 혹 마음을 상하게 한 것은 아닐까, 걱정스러운 얼굴로 따라 일어나는 설을 보며 성은은 하하 웃음을 터트리며 말했다.

"그 표정 뭐예요? 설마 이제 와 나한테 미안한 감정이라도 느끼는 건가요? 그러지 마세요. 오히려 둘의 사랑을 방해한 것은 나인 것 같으니까."

"아……."

"뭐 박찬연 씨는 제게 아주 좋은 친구예요. 지켜 주고 싶은 친구고, 그가 아프지 않았으면 했어요. 내 힘이 필요하다고 해서 그에게 빌려 준 것뿐이에요."

"하지만……."

설의 얼굴이 안타까움에 굳어지는 것을 본 성은은 텅 빈 호텔 레스토랑 안을 둘러보며 말했다.

"당신이 그 아이를 지옥에서 꺼내 줘요. 그럼 이 모든 연극도 끝날 테니까. 이제 와서 미루기엔 저도 아버지가 무섭거든요. 미안해요, 아버지 따윈 쿨하게 이겨 주겠다며 이쯤에서 물러나야 하는데 그놈의 권력욕이 뭔지 아버지가 요즘 정신을 못 차리세요."

그녀의 말에 설은 입을 꾹 다물었다. 성은의 얼굴을 차마 바라볼 수가 없었다.

"오늘 고마웠어요. 혼자 먹는 것보단 역시 같이 먹는 게 좋네요. 오늘 이야기는 우리만의 비밀로 해요. 그리고……."

"……."

"그를 막아 줘요. 난 그가 그 어떠한 악행을 저지른다 하더라도 말릴 수가 없어요. 아니, 난 그의 모든 계획이 성공하길 바래요."

아주 오래전의 무언가를 떠올리듯 성은의 눈이 촉촉해졌다. 한참 입을 꾹 다문 채 생각에 잠겨 있던 그녀는 고개를 돌려 붉어진 눈을 감추며 말했다.

"그만큼…… 예전의 그 아이는 너무 찬란하게 빛났거든요. 바라보고 있는 사람이 행복해질 정도로……. 그래서 지금 그 아이의 모습을 보면 가슴이 아파요."

✳ ✳ ✳

민 회장은 날카로운 눈으로 커다란 탁상 한 편에 놓여 있는 전화를 노려보고 있었다. 지금쯤 동식에게서 연락 올 때가 됐는데, 생각보다 늦어지고 있었다. 드디어 이놈이 자신의 곁을 떠날 때가 됐나 보다 생각하고 있던 그는 초조한 마음을 감추지 못하며 자리에서 벌떡 일어났다.

책꽂이가 성벽처럼 둘러져 있는 서재 안을 서성이던 그는 순간 방 안 가득 울리는 벨 소리에 깊게 호흡을 내뱉었다. 수화기를 든 민 회장은 자신이 기다리던 목소리가 들리자 애써 평정심을 유지하며 말했다.

—회장님, 저 차동식입니다.

"그래, 동식아. 어디고? 밥은 묵고 댕기나?"

민 회장의 말에 동식은 잠시 말을 멈췄다. 오랜 시간 그를 모셔 왔던 동식은 평소와 다름없는 민 회장의 목소리에서 어지러운 심기를 용케 알아차리고 다급히 말했다.

—늦어서 죄송합니다.

"그래, 뭣 좀 알아냈나?"

—네, 그때 알아보라고 하셨던 이은주 사장에 대해 알아보았습니다. 재일교포 2세로, 겉으로 드러난 재산은 오천억 정도라고는 하지만, 이 금액은 빙산의 일각이라는 소문이 지배적입니다.

"뭐라꼬? 그리 돈이 많단 말이가?"

—네, 대대로 물려받은 재산도 상당하지만, 조부가 한국전쟁 때 군사 무기로 엄청난 돈을 벌어 들였다고 합니다. 최근 1년 사이 한국에 수십 번 입, 출국을 반복했고 도쿄에 있는 소식통에 의하면 박찬연 사장의 자금줄이라고 합니다.

"뭐? 박찬연?"

의외의 이름이 거론되자 민 회장의 수심이 깊어졌다. 그 많은 돈이 어디서 나왔나 했더니, 바로 이 여자의 손에서 나온 것이었다.

—네, 2년 전부터 꽤 큰 금액을 거래하고 있다고 합니다.

"그래?"

민 회장의 눈빛이 세차게 흔들렸다. 둘 사이에 있을 모종의 계약을 읽어 내기 위해 빠르게 움직이던 눈동자는 곧 동식의 말에 굳어졌다.

—그리고 박 사장에 대해서 조사해 봤는데, 박 사장이 폐세자의 죽음과 관련이 되어 있었습니다.

"폐세자?"

잊고 있었던 자가 거론되자 민 회장은 몸을 비틀거리며 의자에 주저 앉았다. 온몸이 부들부들 떨렸다.

—네, 사망신고를 낸 것도, 사고 현장에 있었던 것도 박 사장이었습니다. 경찰 조사 때 진술한 진술서를 확보했습니다. 곧 들어가서 나머지

보고를…….

"곧이라꼬? 곧이라꼬? 지금 당장 안 들어오나!!"

그의 벼락같은 음성에 동식은 아무런 답도 하지 못했다. 다시 한 번 더 윽박지른 민 회장은 전화를 끊은 뒤, 뒷목을 타고 흘러내리는 식은 땀을 손으로 닦아 냈다.

그가 모르는 곳에서 자신과 관련된 일이 일어나고 있다는 생각이 강렬하게 뇌리를 스쳤다.

"분명 뭔가 있대이. 분명히……."

그리고 이제껏 자신의 예감이 빗나간 적은 단 한 번도 없었다.

❊ ❊ ❊

어둠 속에서 거실을 서성이던 그는 창밖에서 번쩍이는 헤드라이트에 걸음을 멈췄다. 차는 빠른 속도로 그의 집 대문 앞에 멈췄다. 누군가 찾아오기엔 너무나 야심한 시각. 하지만 그는 방문자의 존재를 이미 알고 있는 듯 느긋한 얼굴로 마당으로 향했다.

밤늦게 찾아온 불청객은 초인종도 잊은 채 대문을 손으로 내려치고 있었다. 쾅쾅, 천둥이라도 친 듯 커다란 소리였다.

"박찬연! 문 열어! 문 열라고!"

평소 교양과 지성 넘치던 그녀의 모습은 어디로 갔는지, 거친 욕설을 내뱉으며 악을 쓰고 있었다. 자리에 멈춰 그녀가 하는 행동을 보고 있던 찬연은 망설임 없는 손길로 대문을 열었다. 그러자 붉은 얼굴로 씩씩거리고 있는 리가 눈에 들어왔다.

"이 시간에 무슨 일입니까?"

그는 평의한 목소리로 내뱉었다. 그의 목소리에 리의 미간이 와자작 구겨졌다. 한동안 고함을 질러 댄 목이 따끔거렸다. 너무 흥분해 있다는 생각이 머릿속을 스치자 리는 크게 호흡을 내뱉으며 화를 다스렸다. 그가 아무리 끔찍한 짓을 저질렀다 하더라도, 그가 어떠한 생각으로 그런 일을 저질렀다 하더라도, 참아야 했다. 우선 그의 생각을 들어 봐야 하니까. 그는 감정적으로 움직이는 사람이 아니었고, 사랑놀이에 미쳐 불구덩이로 뛰어드는 멍청이는 더더욱 아니었다.

"모든 걸 알고 있으리라 생각하는데?"

"모릅니다."

그의 말에 애써 평정심을 찾았던 그녀의 얼굴이 또 한 번 구겨졌다. 곱게 칠해 놓은 화장이 무색할 정도로 끔찍한 표정을 지은 리는 자신의 앞을 가로막고 있는 그의 가슴을 밀쳐 안으로 들어갔다. 터벅터벅 마당을 지나쳐 사무실 안으로 들어온 리는 허벅지를 겨우 가리고 있는 짧은 치마는 신경 쓰지 않으며 소파에 털썩 주저앉았다. 그녀는 날카로운 눈으로 소파에 앉는 찬연을 쏘아보며 신경질적으로 가방을 던졌다.

"가끔 네 생각을 알 수가 없어. 왜 그런 거야?"

"뭐가 말입니까."

"민 회장이 내 뒤를 캐고 있었어. 그래, 그 정도는 너도, 그리고 나도 예상했던 일이지. 지금쯤 이상한 낌새를 모를 놈이 아니니까."

"……."

"그리고 그걸 대비해 우린 모든 꼬리를 잘랐어. 철저하게 우리의 정체를 숨기고 움직일 생각이었어! 아니, 이 모든 일에 너와 나는 개입되지 않은 사람처럼 모든 행적을 지웠다고! 그런데 왜? 왜 그런 짓을 저지른 거야!"

그녀의 음성이 점점 높아졌지만, 찬연은 무심한 얼굴로 창밖을 보고 있었다. 마치 사색에 잠긴 듯 편안한 모습을 보며 리가 거칠게 머리를 쓸어 올렸다. 예쁘게 가꿔 놓은 손톱도 엉망이 되어 있었다. 이곳에 오기 전 이미 한바탕 난리를 피운 것인지 유독 중지손가락만 손톱이 댕강

짧았다.

"말해 봐. 경찰 진술서! 네가 맨해튼으로 갈 때 지워 버렸던 너의 흔적! 왜 그걸 민 회장에게 던져 준 거야! 왜 그들의 손에 넘어가게 한 거지?"

그녀의 말에 찬연은 낮게 웃음을 터트렸다. 낮고 그윽한 웃음소리는 듣기 좋았지만, 지금 상황에선 을씨년스럽게 느껴졌다. 그는 한동안 즐겁다는 듯 웃은 뒤 순간 웃음기를 싹 빼고 그녀를 보았다. 그의 눈빛은 냉랭하거나 날카롭지는 않았지만, 오히려 모든 감정을 비운 눈동자는 보는 사람으로 하여금 오싹하게 만들었다. 그 어떠한 죄를 짓더라도 죄책감 따위 가지지 않을 것만 같았다.

찬연은 꼬고 있던 다리를 풀고 자리에서 일어났다. 창가로 향한 그는 아주 오래전의 기억을 떠올리며 속삭이듯 작은 목소리로 말했다.

"2년 전 당신을 찾아갔을 때 말입니다. 선뜻 절 도와주시겠다고 하셨죠."

"그래, 넌 이미 모든 것을 알고 온 사람처럼 아주 당당했었지."

그녀가 입술을 비틀며 냉소적으로 말했다. 이미 모든 것을 다 알고 있다는 듯 찾아온 그는 대뜸 그녀에게 도와 달라 말했다. 천문학적인 금액이 들어가는 복수를 꿈꾸던 그는 너무도 당당히 많은 것들을 요구했고, 그녀는 그의 제안을 들어주었다. 너무도 쉽고 가볍게.

그리고 훗날 시간이 어느 정도 흐른 후 그가 물었다. 왜 날 도와주냐고. 그때 리는 아주 가벼운 어조로 답했다. 세상이 너무나 심심해 강한 자극이 필요하다고. 돈은 똥을 닦을 정도로 넘치고, 더 이상 그것들은 그녀에게 그 어떠한 자극도 되지 못했다. 그런 그녀에게 자극을 준 것은 그였다. 어느 날 갑지기 눈앞에 나타난 폐세자.

"그리고 조건을 걸었습니다. 네 손을 더럽히지 마라. 언젠가 궁으로 돌아가야 하니, 그때를 대비해 넌 그 어떠한 더러운 것도 만지지 말아야 한다고요. 그 이야기를 들었을 때 저는 당신에게 답하지 않았지만, 한 가지 생각했습니다."

"그게 뭐……."

"이미 너무 늦었다고요."

그의 얼굴이 느른하게 풀어졌다. 창밖을 향해 있던 그의 시선이 리에게 향했다. 놀란 얼굴로 그를 바라보는 그녀의 모습에 그는 미소 지으며 말했다.

"궁은 이제 저와는 어울리지 않습니다."

"넌……! 넌 이 나라의 유일한……!"

찬연은 무거운 시선으로 리를 보았다. 그의 검고 깊은 눈동자는 마치 밑바닥이 보이지 않는 거대한 호수처럼 느껴졌다.

"법을 어기지 않았다 하여 죄가 없는 것은 아닙니다."

그의 말에 리가 주먹을 부르르 떨었다. 온몸을 사시나무 떨듯 떨며 자리에서 벌떡 일어난 그녀는 그에게 손가락질하며 거칠게 외쳤다.

"난 분명히 네게 말했어! 네 손은 더럽히지 말라고! 넌 지금 나와의 계약을 어긴 거야!"

"……."

"그 여자에게 모든 진실을 털어놔! 네가 평생 은인으로 모신 인간은 사실 돈에 눈이 멀어 네 부모를 죽인 인간이다! 네 아버지가 평생을 바쳐 개발한 신기술을 민 회장에게 넘겼다! 그 모든 것을 목격한 건 사고 당시 살아남은 너뿐이다! 그렇게 말하라고!!"

그녀의 말에 찬연의 눈빛이 흔들렸다. 아주 작은 움직임을 리는 미처 눈치채지 못했다. 그는 한동안 생각에 잠긴 듯 말을 아꼈다가 곧 입을 열었다.

"……변경합니다. 그 여자, 필요 없습니다. 정치자금을 받은 내역만으로도 최 의원 제거할 수 있습니다. 민 회장을 움직이게 만들 겁니다."

"······그러니까 왜?"

아주 쉬운 길이 있는데, 위험을 감수하면서까지 왜 돌아가려 하냐고.

리는 애써 뒷말을 삼켰다.

"글쎄요······ 단순한 변덕입니다."

그는 모든 현실을 부정하듯 한동안 그녀에게서 뒤돌아 창밖만 내다

보고 있었다.

✳　✳　✳

정재계의 손꼽히는 인사는 모두 참석한 화려한 약혼식장.

평소 푸른색을 좋아하는 성은의 취향답게 약혼식장 안에는 온통 푸

른색 꽃으로 장식되어 있었다. 인위적으로 만든 푸른 장미. 꽃다발을 연

상시키는 수국은 시원해 보였다.

그 사이에서 걸음을 옮기던 설은 멀리서 사람들과 일일이 악수하고

있는 찬연의 뒷모습을 보았다. 그는 겉으로 보기엔 아주 행복한 남자처

럼 보였다. 웃음이 떠나지 않는 얼굴, 성은이 골라 준 턱시도를 입은 그

는 참으로 멋져 보였다.

식장 안에는 곧 약혼식이 거행될 예정이라며 스피커를 통해 사회자

의 음성이 들려왔다. 사람들은 어느새 자리에 착석을 마쳤고, 설은 뒤에

서 준비 중인 찬연이 홀로 있는 것을 발견하곤 걸음을 옮겼다.

수많은 사람을 만나며 흐트러진 것일까, 삐딱해진 그의 넥타이를 보

며 그녀가 한 걸음 다가섰다. 어느새 심장을 마주할 정도로 가까운 거

리에 서게 되자 손을 뻗어 그의 푸른색 넥타이를 잡았다.

"축하해요."

그녀가 넥타이를 똑바로 바로잡으며 말했다. 설은 해맑은 미소로 그

에게 축하인사를 건넸고, 그는 한참이나 무거운 시선으로 그녀를 내려

다보았다.

"표정이 좋지 않네."

"설마요. 저 웃고 있는걸요?"

그녀가 자신은 괜찮다는 듯 해맑은 미소로 말했다.

"다 됐다. 그럼 잘하고 오세요."

찬연은 자신에게서 멀어지는 그녀의 팔을 잡아채며 품으로 끌어당겼다. 주위의 시선 따위 상관하지 않은 채 그녀의 입술에 입을 맞춘 찬연은 놀란 눈으로 자신을 올려다보는 설을 무거운 시선으로 바라보며 말했다.

"그래, 늘 그렇게 말해. 감정을 철저히 숨겨야 내 옆에 있을 수 있을 테니까."

천천히 걸음을 옮긴 그가 밝은 클래식에 맞춰 단상으로 걸어 나갔다. 그가 단상 위에 올라서자 설은 걸음을 옮겨 제일 뒷자리에 앉았다.

엄숙한 분위기 속에서 약혼식은 진행되었다. 단상 위에 올라가 성은과 손을 마주 잡고 있는 찬연을 아픈 눈으로 바라보던 설은 찌르르 아파 오는 가슴에 고개를 숙였다.

성은이 서 있는 저 자리가 단 한 번도 자신의 것이라 생각해 본 적도 없건만, 왜 갑자기 끔찍한 기분이 드는 건지 모르겠다. 이곳에 도착하기 전 그와 이야기를 나누며 자신은 괜찮다, 괜찮다 연신 주문을 걸었는데…… 사람의 마음이란 것이 뜻대로 되지 않는다.

고개를 숙이고 있던 설은 천천히 고개를 들어 단상을 보았다. 어느새 식이 클라이막스를 향해 달려가고 있었다.

"아……."

설의 입에서 신음이 흘러나왔다. 성은과 입을 맞추고 있는 그의 모습에 그녀는 뻑뻑한 눈을 껌뻑였다. 키스는 길게 이어졌다. 여러 가지 생각이 뒤섞인 머릿속이 순간 정지하며 아무런 생각도 할 수 없게 만들었다.

위태로움 위에 피어난 사랑은 그녀를 벼랑 끝으로 밀었다. 순식간에 닥친 위험에 그 어떠한 생각도 하지 못했다.

세상이 뿌옇게 변하는 느낌이었다.

온통…… 회색으로.

✻　✻　✻

"당신, 정말 지독한 사람이야."

어느새 피로연 드레스로 갈아입은 성은이 팔짱을 끼며 말했다. 두꺼운 화장이 불편한 듯 클렌징 티슈로 얼굴을 문지르던 찬언은 냉랭한 그녀의 목소리에 어깨를 으쓱이며 말했다.

"뭐가?"

"설마 약혼식장에 조강지처를 데리고 올지 누가 알았겠어?"

그녀의 말에도 찬언은 무심한 표정으로 두꺼운 파운데이션을 닦아 내느라 여념이 없었다.

"내 수행비서야. 내가 어디를 가든 같이 가야겠지."

"그럼 수행비서로 왔다는 말이야? 한설 씨 표정을 보면 그게 아닌 것 같던데?"

그녀의 빈정거림에 들고 있던 티슈를 신경질적으로 쓰레기통에 던진 찬언은 위협적인 표정으로 자리에서 일어났다. 그는 가만히 그녀의 이야기를 들어 줄 수 없다는 듯 경고를 담은 싸늘한 음성으로 말했다.

"상관하지 마, 내 일에."

"설마 프라이버시를 지켜 달라는 개소리를 하는 건 아니겠죠, 세자 저하?"

빈정거리는 그녀의 모습에 찬언은 이를 악물었다. 이제 그에게 〈세자 저하〉라는 호칭은 빈정거림일 뿐이다. 그는 이제 더 이상 세자도, 뭣도 아니었으니까.

"그렇게 부르지 마! 난 더 이상 세자가 아니야!"

그가 격한 감정을 터트렸다. 그가 단 한 번도 언성을 높여 이야기 하는 것을 본 적이 없었던 그녀는 깜짝 놀라 그의 얼굴을 올려다보았다. 대한민국 평균 키였던 성은에게 찬연의 얼굴은 너무도 높은 곳에 있었다. 그래서인지 그가 유독 권위적이게 보였고, 위험하게 보였다. 여기서 더 이상 그를 자극하지 말아야 한다며 경고음이 울렸지만, 성은은 참지 않았다.

"그럼 적어도 나와 약혼식장에 들어설 때, 다른 여자와 나눠 낀 반지를 목에 걸고 오면 안 되는 거 아냐?"

성은은 풀어헤친 그의 셔츠 자락 사이로 보이는 반지를 보며 말했다. 그녀의 말에 찬연은 분노가 가라앉지 않는지 이를 악물었다.

"참견하지 마."

찬연의 낮은 음성에 성은은 울컥울컥 솟는 분노를 감추지 않았다.

"당신이 목걸이를 걸고 있으면 그 여자는 더 상처받을 거야."

"그 여자와의 일에 참견하지 말라고 경고했어."

"그럼 참견을 안 하게 해 줄래? 네 계획에 동참했다고는 하지만 이런 식으로 남을 상처 주면서까진⋯⋯."

"뭐? 상처? 하하!"

그녀의 말에 찬연의 입에서 비웃음이 터져 나왔다. 작았던 웃음은 어느새 커졌고, 작은 대기실 안은 온통 그의 웃음소리로 가득 찼다. 그녀의 말이 텔레비전 공개프로그램의 개그맨들이 하는 우스꽝스러운 말처럼 느껴졌는지 그는 한참이나 배를 잡고 웃었다. 하지만 어느 순간 웃음을 딱 멈춘 그는 정색하며 말했다.

"위선 떨지 마, 김성은."

"뭐?"

"남을 상처 주고 싶지 않다고? 네가 이 계획에 동참하는 순간 넌 이미 남을 상처받게 한 거야."

그의 말에 성은은 입을 꾹 다물었다. 한참 그녀의 얼굴을 노려보던 찬연이 굽히고 있던 허리를 곧추세웠다. 자세를 바로잡은 그는 그녀의 얼굴을 부드럽게 감싸 쥐며 말했다.

"내가 앞으로 어떻게 행동할지 다 알고 있잖아? 다 알고 있으면서 넌 내게 도와주겠다 말 한 거야. 그리고 그 순간."

"너……!"

"넌 나와 똑같은 인간이 된 거야. 너만 착한 척, 고고한 척 굴지 마. 나야 괜찮지만, 남들이 보면 역겨워 보일 거야."

그의 말에 성은은 표정을 굳혔다. 그의 말이 올무가 되어 그녀를 옴짝달싹하지 못하게 만들었다. 모든 말은 진실이었고 사실이다. 그와 결혼을 결심한 순간 그녀는 미래까지 모두 상상해 봤으니까. 그때 그녀의 감정이 어땠던가. 그가 당근으로 던져 준 〈원하는 것 한 가지〉에 혹하지 않았던가. 자신의 욕구를 충족하기 위해 남에게 상처 준 그들에게 복수한다는 생각에 통쾌하다고 느끼지 않았던가. 그리고 그의 복수가 성공하길 진심으로 빌지 않았던가.

그런데 그때 그녀는 단 한 가지, 생각하지 못한 것이 있었다.

"너…… 네가 생각하는 끝이 뭐야?"

그는 어디까지 그들을 파멸로 몰아야 만족할 것인가. 그녀는 아주 중요한 그 한 가지를 생각하지 못했다. 그리고 그는 아주 끔찍한 미래를 꿈꾸듯 입술을 비틀었다.

"글쎄. 적어도 나보다 더한 고통을 받게 되지 않을까?"

선왕은 그의 눈앞에서 죽었다. 10년이 넘는 시간 동안 정신병동에 갇혀 있었고, 시은 대비의 장례도 지키지 못했다. 불효를 저지르고, 모든 슬픔을 홀로 감내해야 했다. 그런 고통보다 더한 고통은 무엇일까.

성은은 차마 상상도 되지 않는 그의 검은 속내를 들여다본 것처럼 몸을 움찔 떨었다. 그의 모습에 소름이 돋았다. 머릿속에는 사이렌이 울리며 서둘러 이 자리를 피하라 명하고 있었다. 하지만 그녀는 그의 음침한 눈동자에 자력으로는 그의 곁을 떠날 수 없다는 것을 알았다. 그가 놓는 덫에 힘을 실어 주기 위해 그와 손을 잡았지만, 어느새 그녀도 그가 쳐 놓은 덫에 걸려 있었다.

그는 아무렇게나 목에 걸고 있던 넥타이를 매며 말했다.

"그럼 나갈까?"

서늘한 체온을 느끼며 성은은 입을 꾹 다물었다. 그는 틀린 소리 하나 하지 않았다. 친구라는 이유로, 그가 너무 괴로운 인생을 살았다는 자신의 주관적인 판단하에 내린 결론으로 그녀는 그에게 힘을 실어 주었다. 그가 내민 손을 잡았고, 그가 다른 이들을 파괴할 것이라는 것을 알면서도 그녀는 그의 제안을 수긍했다. 그리고 그녀의 아버지는 그와 마찬가지로 힘을 얻었다.

순간적인 충동으로 내린 결정이 얼마나 많은 파장을 불러올지 두려웠다. 하지만 이미 그녀는 그의 손을 붙잡고 피로연장으로 들어서고 있었고, 애써 굳은 얼굴을 폈다.

그가 만들어 놓은 연극무대 위에 올라서 스스로가 배우가 되길 자청했다. 그건 모두 그녀가 결정한 것이었다. 후회하지 않아야 할 자신의 결정.

찬연은 프로 배우처럼 웃고 있는 성은의 얼굴을 곁눈질로 보다 이내 자신에게 다가오는 민 회장을 보며 허리를 숙였다. 민 회장은 허허 웃으며 그의 어깨를 두드렸다.

"진짜 축하한대이. 신수가 훤해졌구만."

"어려운 걸음 해 주셔서 감사합니다."

민 회장이 뒤에서 웃고 있는 성은을 힐끗 쳐다보았다. 긴히 할 말이 있다는 듯 눈짓하는 그의 모습에 성은이 먼저 양해를 구하며 멀어졌고, 조금 떨어진 거리에서 그들을 걱정스레 바라보았다. 이미 모든 것을 다 알고 있는 그녀로서는 지금 저 현장이 전쟁터처럼 보였다.

주위를 물린 민 회장은 얼굴 가득 짓고 있던 웃음을 지우며 찬연을 보았다. 무거운 시선으로 자신을 내려다보는 사내의 눈빛에 민 회장은 비틀린 웃음을 지었다.

"천하를 얻은 기분이제?"

"그게 무슨 말씀이십니까."

"나와 야당으로노 모자라, 예쁜 신부와 제1야당의 실세랑도 손을 잡았으니 천하를 가진 느낌이지 않겠나?"

그의 말에 찬연은 입가에 잔잔한 미소를 띠며 말했다.

"아닙니다. 설마 그런 생각을 하겠습니까, 회장님."

그의 말에 민 회장이 허허 웃음을 터트렸다. 그리고 나이의 무게를 이기지 못해 조금 굽은 허리를 꼿꼿이 세우며 은밀한 눈길로 그를 바라보았다.

민 회장은 찬연에게 한 걸음 다가와 낮은 목소리로 말했다. 아주 중요한 이야기를 하는 사람처럼.

"니는 내 사람이라고 믿으니까 내가 말해 줄게 있다. 이건 오프 더 레코드대이."

민 회장은 머리 하나는 더 큰 그를 머리에서부터 발끝까지 훑었다. 마지막으로 본 것이 12년 전인데, 짧은 세월은 아닌지 참으로 건장하게 자라 있는 모습을 보자 입 안이 썼다.

조금은 더 빨리 알았어야 했는데. 2년 전 병원에서 빠져나간 후 교통사고를 당한 폐세자의 사망신고서를 살펴보고 안심해 버렸다. 드디어 자신의 존재를 위협할 인물들이 모두 제거되었다는 사실에 기쁘기도 했다. 시은 대비의 계략에 놓쳤다 생각하는 순간, 교통사고를 당해 죽다니! 이번에도 역시 하늘은 자신의 편이었다는 생각에 쾌감을 느끼기도 했었다.

그렇게 죽은 줄 알았던 폐세자였다. 하지만 지옥에서 살아온 것인지 그는 건장한 모습으로 자신의 앞에 서 있었다. 12년 전처럼 어중 띤 모습이 아닌, 자신의 적수로서 충분한 자질을 가지고서.

"내가 요즘 새로운 계획을 세우고 있대이. 그 일을 하기 위해선 박 사장의 힘도 쪼까 필요하다."

"그게 뭡니까?"

그의 물음에 민 회장의 입술에 걸려 있던 미소가 짙어졌다.

"대선이 끝나면 문화재청부 장관이 대통령한테 건의를 할끼다. 왕실에 대한 문제로."

그의 말에 찬연의 얼굴이 찰나의 순간 딱딱하게 굳었다가 원래대로 돌아왔다. 그는 자신의 감정을 억제하기 위해 애썼다. 그리고 그것은 그에게 너무나 익숙한 것이기에 곧 평정심을 찾았다. 하지만 아주 오랫동안 사람들을 모으고 다뤘던 민 회장은 찰나의 순간 그의 감정 변화를 알아챘다.

"지금 대한민국 왕실은 허울에 지나지 않대이. 스스로 자생할 수도 없는 버러지지. 그런 버러지를 군이 둘 필요가 있나 싶다. 지들이 해야 할 일도 제대로 못 하면서 나라에서 주는 세금과 십시일반 들어오는 기부금으로 연명할 바엔 있을 필요가 없제."

"……."

"그래서 이참에 왕실을 해체할라고 한다."

"굳이 그렇게 해야 합니까? 그들은 지금 우리들의 의견을 국민에게 전하는 꼭두각시 행세를 잘하고 있다고 생각합니다."

"이제 그 인간들의 말은 국민들한테 씨알도 안 맥힌다. 나와서 짖어 봤자 이미 국민들은 무관심해져 있재. 군이 그런 패를 쥐고 흔드는 것도 피곤해졌다."

"……."

"왕실은 원래 권위가 있어야 한대이. 근데 지금의 어린 왕이 무슨 권위가 있겠노. 그렇다고 시은 대비가 그랬는 줄 아나? 천만의 말씀."

"그게 무슨 말씀이십니까?"

찬연은 예의 바른 미소를 짓고 있던 가면을 벗고 그를 바라보았다. 냉랭한 얼굴에 민 회장의 얼굴에 비웃음이 서렸다.

"비러먹는 거지새끼처럼 내한테 돈 좀 달라 했다. 왕실의 감당할 수 없는 부채 때문에. 자기가 할 수 있는 일은 모두 다 한다고 했었다. 그래서 내가 물었지. 그러면 무슨 짓을 해서라도 그 돈 갚을 수 있냐고. 그러니까 무슨 짓을 해서라도 갚을 수 있다고 그랬다. 그게 무슨 말인 줄 아나?"

"……."

"아무것도 할 줄 모르는 온실 속 화초가 공이 열 개가 넘는 돈을 갚기 위해서 할 수 있는 일은 많지가 않다. 기껏 해 봐야 반반한 쌍판대기 가지고 몸 굴리는 것 정도 아이겠나? 그때 내가 왕실에 정이 떨어졌어. 그때 해체시켰어야 했는데 일이 너무 늦었다. 여유 부리면 안 됐었는데."

민 회장은 가벼운 농담을 하는 사람처럼 굴었다. 그의 이야기가 이어질수록 찬연의 얼굴이 분노로 굳어졌지만, 민 회장은 굳이 그 사실을 언급하지 않았다.

"그리고 요즘 케이팝이 대세 아이가? 이젠 돈으로 쉽게 움직일 수 있는 더 좋은 꼭두각시가 많대이."

허허 웃음을 터트리는 민 회장을 보며 찬연은 고개를 끄덕였다. 그의 턱 끝이 분노로 파르르 떨렸지만, 그는 애써 자신의 감정을 감추려 노력했다.

"그럼 저도 기부를 중단해야겠군요."

예의 바른 미소로 의견에 동조하는 그를 보며 민 회장이 킬킬 웃음을 터트렸다. 그의 모습을 보며 민 회장은 재미있다는 듯 말했다.

"그래, 앞으로 잘해 보자. 그럼 조만간에 밥이나 묵자."

멀어져 가는 민 회장의 뒷모습을 보는 찬연의 눈동자에 한기가 서렸다. 꾹 쥐고 있는 주먹은 한참 동안 분노를 삭여 낸 듯 파들파들 떨리고 있었다.

그 모습을 멀리서 보고 있던 설은 안타까움에 걸음을 멈췄다. 그의 주위로 수많은 사람이 스쳐 지나가고 있었지만, 그의 시간만 멈춰 버린 듯 그 자리 그대로였다. 그때 그녀의 시선에 찬연에게 다가가는 성은의 모습이 보였다. 그녀는 남의 시선을 의식하듯 웃는 얼굴로 다가가 그의 허리에 손을 두르고 있었다. 설은 찬연의 몸이 휘청거리는 것을 보았지만 그곳에서 한 걸음도 움직이지 못했다. 성은의 부축을 받아, 그가 피로연장을 빠져나가는 것을 보며 설의 눈에 절망이 스쳐 지나갔다.

"괜찮아?"

성은이 걱정스러운 목소리로 말했다. 한산한 로비를 둘러본 그녀는 찬연을 걱정스럽게 바라보았다. 파리하게 변한 얼굴과 하얗게 질릴 정도로 입술을 악물고 있는 모습은 겉으로 보기에는 위협적이었지만, 그 속엔 상처를 숨기고 있었다.

성은은 자신의 부축을 단호하게 쳐 내는 그의 몸짓에 한숨을 쉬었다.

"괜찮냐고 묻잖아."

"괜찮을 것 같아?"

그의 날카로운 음성에 성은은 입을 다물었다. 그는 마치 피를 흘리고 있는 짐승 같았다. 크르릉 낮게 분노를 쏟아 내는 그의 모습에 성은은 예쁘게 세팅되어 있던 머리카락을 아무렇게나 쓸어 올렸다.

한참 거친 호흡을 내뱉던 그가 주머니를 뒤져 휴대전화를 꺼냈다. 익숙한 뒷자리를 누른 그는 낮은 음성으로 거칠게 내뱉었다.

"박찬연입니다."

—목소리가 왜 그래?

리는 인사를 건네기도 전에 걱정스러운 음색으로 물었다. 그녀의 목소리에도 분노에 잠식된 머리는 본론부터 꺼내 놓고 있었다.

"실행해 주세요."

—지금?

"네, 지금 당장!"

乙의 말에 리는 한참 말이 없었다. 원래의 계획을 무시할 정도로 그를 분노케 한 인물이 누구일까 생각하던 리는 곧 단호한 음성으로 말했다.

—좋아. 언론 쪽부터 뿌릴게.

"확실한 자들이어야 합니다. 리스트는 최소한으로 간추려서 거대 언론사부터 뿌리세요."

—알고 있어. 최 의원부터 작업하면 되는 거지?

"네."

—좋아, 정확히 30분 뒤부터 인터넷 신문 쪽부터 살펴봐. 세상이 뒤집혀 있을 테니.

리의 말에 찬연은 짧게 대답한 후 통화를 끊었다. 지독히 위험해 보이는 그에게 성은은 떨리는 목소리로 말했다. 그녀의 눈동자에는 어느새 두려움이 서려 있었다.

"무슨 일을 벌인 거야?"

성은은 찬연을 닦달하듯 말했다. 하지만 찬연은 여전히 입을 꾹 다문 채 앞을 노려보고 있었다. 성은은 대답 없는 그에게 외쳤다.

"박찬연!"

"조용히 해! 제발!"

그의 말에 성은은 입술을 굳게 닫았다. 자신에게 와 닿는 그의 시선에 더 이상 말을 꺼낼 수가 없었다. 그는 아파하고 있었다. 그 아픔이 절절하게 보였다.

"왜, 왜 그래……. 박찬연, 아니, 세자 저하. 왜 그래?"

무슨 말을 들었기에 그렇게 아파하는 건데. 왜.

✶　✶　✶

사람들이 빠져나간 로비는 한적했다. 간간이 식이 끝난 자리를 치우기 위해 직원들이 찬연의 곁을 스치듯 지나다니고 있었다. 그 모습을 멀리서 보고 있던 설은 가라앉은 그의 기분을 살피듯 한동안 그 자리에 서 있었다.

너무나 멀어진 사람. 이제는 어쩜 자신이 손을 뻗어도 그에게 닿지 않을지도 모른다. 그 생각에 설은 한참 그의 모습을 바라보다 이내 성큼성큼 그에게 다가갔다. 그의 지시로 체크인을 한 설은 하얀색 카드를 그에게 건네며 말했다.

"2012호실입니다."

제일 위층으로 잡으라는 그의 지시를 충실히 따른 설은 하루 숙박료가 500만 원에 가까운 방을 잡았다. 성은과 묵기 위한 방을 자신에게 잡으라 지시한 그가 미웠지만, 그녀는 지시를 따를 수밖에 없었다. 이미 모든 것을 알고 있으면서도 그의 곁에 남기로 한 것은 자신이었다. 또한 오늘 이곳에 그녀는 그의 여자가 아닌 수행비서로 왔고, 그가 지시한 것이라면 개인적으로 아무리 불행한 일이라도 해야 했다.

찬연은 그녀가 내민 카드를 내려다보았다. 카드에 적힌 숫자를 확인한 찬연은 무감각한 표정으로 말했다.

"먼저 올라가 있어."

"네?"

찬연은 자신의 말뜻을 이해하지 못한 듯 되묻는 그녀의 말에 눈을 날카롭게 떴다.

"누구랑 묵는 방인 줄 알았던 거야?"

설은 솔직히 자신의 생각을 털어 놓아야 하나 고민하다가 이내 고개를 저었다. 안 그래도 기분이 좋지 않아 보이는 그의 신경을 자신까지 긁을 필요는 없다고 생각했다.

"알겠어요."

찬연에게 먼저 올라가 있겠다는 말을 남긴 설은 VVIP 전용 엘리베이터로 걸음을 옮겼다. 하루에 이용하는 손님이 극히 제한된 엘리베이터는 1층 로비에 멈춰 있었다. 빠른 속도로 올라가는 숫자를 보며 설은 한숨을 쉬었다.

오늘은 그의 약혼식이었다. 그런 날에 약혼식이 열렸던 곳에 묵을 필요가 있을지 곰곰이 생각해 보았다. 지금이라도 내려가 집으로 돌아가는 것이 좋겠다, 말하는 것이 옳은 일일까? 한참 고민하던 설은 곧 땡, 하는 소리와 함께 열리는 엘리베이터 밖으로 걸음을 옮겼다.

자주색의 고급스러운 카펫이 깔린 복도는 화려했다. 가장 큰 룸이 모여 있는 20층에는 총 3개의 방만 있었고, 들어가는 입구 또한 멀찍이 떨어져 있어 은밀한 관계를 갖는 고위 인사들이 자주 이용하는 곳이었다.

설은 2012호 방 앞에 걸음을 멈춰 섰다. 고민하는 얼굴로 방 번호를 보던 그녀의 얼굴이 죄책감에 물들었다. 오늘 하루쯤은 참아 줄 법도 한데, 그는 자신의 마음과 성은의 우정은 생각하지 않은 채 그녀를 이곳으로 보냈다.

왜 하필, 왜 하필 약혼식 당일에…….

문을 열고 룸 안으로 들어간 그녀는 한참이나 멍하니 침대에 걸터앉아 있었다. 아파 오는 자신의 가슴을 추스르기 위해 깊게 호흡을 내뱉었지만 허사였다.

한동안 초점 잃은 눈으로 붉은 카펫을 내려다보고 있던 그녀가 자리에서 일어났다. 어지러운 마음과 얽힌 실타래처럼 자꾸 꼬이기만 하는 머릿속을 정리하려는 듯 그녀는 단숨에 옷을 벗어 던진 후 욕실로 향했다.

쏴아—

물을 최대한 차갑게 튼 설은 한동안 그 밑에 서 있었다. 온몸이 얼음장처럼 차가워졌고, 피부에는 오소소 소름이 돋았지만, 그 무엇도 지금 그녀에게는 중요하지 않았다. 상처로 얼룩진 자신의 마음을 추스르고, 성은을 떠올리기만 해도 괴로워지는 머리를 정리하는 것만으로도 벅찼다.

한참 차가운 물줄기 아래 서 있던 그녀는 곧 김이 확 퍼지는 뜨거운 물을 튼 후 얼굴로 쏟아지는 물을 받아 냈다. 갑작스러운 온도의 변화가 온몸의 세포를 짜릿하게 반응했다.

그러길 한참, 그녀는 온몸이 붉게 달아오르고 나서야 물을 껐다. 그녀의 머리 위로 물방울이 토독, 떨어져 내렸다.

샤워실 앞에 있던 가운으로 몸을 감싼 설은 몸을 제대로 닦지 않고서 룸 안으로 발걸음을 옮겼다.

그때였다. 딩동, 초인종 소리가 방문객이 왔음을 알렸고, 설은 상대가 누군지 굳이 확인하지 않았다.

"씻었나 보네."

문을 열자 딱딱하게 굳은 얼굴로 서 있는 찬연의 모습이 보였다. 그는 물이 뚝뚝 흘러내리는 그녀의 머리카락을 보며 무심하게 말했다. 몸을 살짝 옆으로 튼 그녀는 그가 들어올 수 있도록 길을 내어 주며 말했다.

"네, 많이 피곤해 보여요."

"남들에게 보이기 위한 쇼에는 많은 인내심이 필요하니까."

그가 지독히 독선적이게 내뱉었다. 그녀를 스쳐 안으로 들어온 그는 목 끝까지 채워져 있던 셔츠 단추를 단숨에 풀어냈다. 그는 셔츠를 소파 위로 던지며 그녀를 향해 손을 뻗었다.

"이리 와."

그의 말에도 설은 한동안 그 자리에 서서 그를 바라보고 있었다. 그의 시선이 벌어진 가운 틈 사이에 닿는 것을 보며 손으로 가운 자락을 여민 그녀는 작게 고개를 저으며 말했다.

"오늘은 싫어요."

"왜지?"

"당신의 약혼날이니까요."

그녀의 말에 찬연의 얼굴이 냉랭하게 굳었다. 그는 한참 그녀와 눈을 마주하다 이내 성큼성큼 걸음을 옮겼다. 그녀가 놀라 탄성을 지르기도 전에 찬연은 다짜고짜 설의 양팔을 잡아 크게 벌렸다. 그리곤 설이 앗, 하는 소리를 낼 틈도 없이 그녀를 잡아 돌리고 벽으로 밀어붙였다.

차가운 맨 벽의 기운이 설의 전신을 휘어 감았다. 찬연이 돌연 이런 식으로 행동했던 것은 오늘만이 아니었지만, 이렇게 힘으로 제압한 적은 없었다. 설은 눈을 커다랗게 뜬 채 당황스런 목소리로 새된 비명을 질렀다.

"지, 지금 무슨! 잠깐만요! 찬연 씨!"

그녀의 외침에도 찬연은 들은 척도 하지 않았다. 그저 팔을 세게 쥐고 있던 손을 아래로 내려 설의 허리를 단단히 잡고, 제 다리를 그녀의 허벅지 사이에 끼워 넣곤 뒤에서 몸을 세게 눌러 왔을 뿐이다. 등 뒤로 묵직하게 실려 오는 그의 무게에 설이 앓는 신음을 흘렸다.

그는 온몸으로 분노를 표출하고 있었다. 그 어떠한 애무도, 사랑도 느껴지지 않는, 그저 짐승의 짝짓기처럼 자신을 몰아붙이는 그의 모습에 당황했다.

"왜 이래요, 찬연 씨? 잠깐만요! 멈춰요!"

그녀가 온몸을 비틀며 외쳤다. 가운 사이로 들어오는 그의 차디찬 손에 온몸에 소름이 오소소 돋았다. 온몸에 벌레가 기어 다니는 느낌이었고, 끔찍한 기분이 들었다. 한참 몸을 비틀던 그녀는 몸을 돌려 그의 가슴을 거칠게 밀쳤다.

"이건 폭력이에요! 이런 행위는 싫다고 했잖아요!"

그녀가 악을 쓰며 외쳤다. 발악에 가까운 그녀의 외침을 들은 찬연이 멈칫하며 그제야 그녀를 놓았다. 그리고는 그녀에게서 한 걸음, 두 걸음 뒤로 물러섰다. 찬연이 손을 뻗어야 겨우 닿을 정도의 거리까지 물러섰을 때야 그녀는 거칠게 숨을 내뱉으며 호흡을 가다듬었다.

"저번에도 말씀드렸죠? 이런 행위는 싫어요. 더욱 오늘은 당신의 약혼⋯⋯."

그녀는 말을 하다 말고 멈췄다. 지금쯤 엉망이 되었을 그녀의 모습을 바라보는 그의 눈동자가 사시나무 떨리듯 흔들렸던 탓이다. 잔잔한 호수 위로 던져진 파장은 생각보다 컸다.

설은 한동안 아무런 말도 하지 않은 채 찬연을 바라보고만 서 있었다. 그는 상처받은 짐승처럼 부들부들 떨고 있었다. 온몸은 척 보기에도 흔들리고 있었고, 말아 쥔 주먹 위론 혈관이 툭툭 불거져 나와 있었다. 설은 이제껏 한 번도 본 적 없는 고통에 찬 그의 얼굴을 보며 울 것 같은 표정을 지었다.

그는 흔들리고, 아파하고 있었다.

침묵이 길어질수록 그의 몸은 더욱 거세게 흔들렸다. 설은 그 모습을 보며 침을 꼴깍 삼켰다. 평소 그에게서 느꼈던 폐쇄적인 느낌을 지금은 전혀 느낄 수가 없다.

"이리 와요."

그녀의 나지막한 음성에도 찬연은 움직이지 않았다. 그곳에 서서 여전히 그가 엉망으로 만들어 놓은 그녀의 모습을 물끄러미 바라보고 있었다. 그의 모습에 설은 마음이 아팠다. 평소와는 달리 너무나 나약한 모습으로 서 있는 그가 안쓰러웠다. 그는 물가에 내놓은 어린아이 같았고, 사람이 많은 길가에서 부모를 잃은 아이처럼 보였다. 어떻게 행동할 줄을 몰라 멀뚱히 서 있기만 했다.

설은 눈을 끔뻑이며 자신을 보는 그의 모습에 천천히 걸음을 옮겼다. 그가 멀어진 두 걸음만큼 다가갔다. 그 걸음을 그는 두 눈에 담았고, 자신의 손을 잡는 그녀의 따스한 손길을 마음에 담았다. 그녀는 그의 손을 끌어당겨 품에 안았고, 그는 힘없이 그녀의 손길에 딸려 왔다.

"많이 힘들어요?"

그녀의 물음에도 찬연은 역시나 묵묵부답이었다. 그런 모습에 설 또한 상처받았다. 그녀는 그에게 그 어떠한 위로도 주지 못했다. 그녀가 받았다 생각했던 평안도 주지 못했고, 지옥불로 뛰어드는 발걸음을 막지도 못했다.

설은 그의 등을 천천히 쓸어내렸다.

"많이 아파요? 당신이 지금 원하는 건 거친 섹스가 아니잖아요. 원하는 걸 말해 주세요."

그녀의 말에 찬연은 비껴 나 있던 시선을 돌려 그녀를 바라보았다. 그제야 자신과 마주치는 그의 검은 눈동자에 설은 씁쓸한 미소를 지었다. 그는 감정을 잃은 사람처럼 텅 비어 있었다. 태산처럼 큰 사람이었는데, 지금의 그는 그랬다. 무능력한 사람처럼.

설은 그를 바라보며 해맑게 웃어 주었다.

"괜찮아요. 전 당신이 상처받지 않았으면 좋겠어요. 위로가 필요해요?"

그녀는 그의 손을 어루만져 주며 말했다. 눈은 어느새 눈물로 촉촉하게 젖어 있었다.

"오늘 위로를 받아야 할 사람은 나라고 생각했는데, 당신이 더 아파 보여요. 그 나쁜 사람이 당신을 아프게 한 거죠?"

그녀의 말에 찬연의 눈이 붉게 타올랐다. 끔찍한 고통을 투명하게 드러낸 눈동자는 깊고 음울한 것이 아니었다. 상처받아 핏물을 뚝뚝 흘러내리는 눈동자. 이 눈을 그녀는 전에도 한 번 본 적이 있었다. 동덕궁에서 어린 왕과 만났을 때, 그는 괴로움에 몸부림 쳤다. 평소 감정 조절을 잘하는 그가 한없이 무너져 내렸었다. 그리고 지금의 그가 그랬다. 그는 대답하지 않았지만 온몸으로 자신의 상처를 고스란히 드러내고 있었다.

그녀는 그 감정을 너무나 잘 알고 있었다. 그리고 그 감정이 얼마나 끔찍한 것인지, 자신의 심장을 얼마나 좀먹었는지도 잘 알고 있었다.

"위로해 줄게요. 대신 오늘 밤만큼은 온전히 저를 사랑해 주세요."

말을 마친 그녀는 부드럽게 그의 입술에 입을 맞췄다. 그의 입술은 바싹 메말라 있었지만, 왠지 눈물 맛이 느껴지는 것 같았다. 입술을 뗀 그녀는 붉은 그의 눈동자를 마주 보며 천천히 손을 이끌었다. 침대로 향한 그녀는 수동적으로 움직이는 그를 침대에 앉히고 그 옆에 앉았다.

그의 벗은 상체 위로 손을 가져다 댄 설은 눈을 지그시 감았다. 쿵덕쿵덕 뛰는 심장이 그녀에게 슬픔을 외치고 있었다. 그녀와 시선을 마주한 그는 가만히 앉아 있었고, 설은 천천히 손을 내려 그의 벨트를 풀고 버클을 내렸다. 그녀의 동작은 아주 느릿했다. 그녀의 행동을 찬연은 막을 수 있었지만, 그녀가 하는 행동만 바라보고 있었다.

"당신을 상처 낼 거야, 난."

"알아요."

"숨을 쉬고 있다는 그 사실도 끔찍하게 느낄 거야."

"이미 지금도 충분히 끔찍해요."

그녀의 말에 찬연의 입술이 비틀렸다.

"그런데 왜 내 곁에 있는 거지? 사랑 때문에? 그 감정은 언젠가 사라질 감정이야. 그러면 당신은 내 곁을 떠날 건가?"

그는 무관심한 얼굴로 그녀에게 말했다. 그의 목소리에는 얼굴과 마찬가지로 그 어떠한 감정도 실려 있지 않았다. 하지만 그녀는 알 수 있었다. 그의 눈동자에 서린 두려움을.

"어떻게 해 주길 바라세요?"

"……."

"당신은 나에게 그 어떠한 강요도 하지 않겠죠. 아니, 적어도 겉으로는 그러시겠죠."

"……."

"당신이 의도하는 대로 전 제 선택에 의해 당신의 곁에 남아 있을 거예요."

그녀의 말이 끝나자마자 그는 그녀의 머리카락 사이로 손을 찔러 넣어 얼굴을 끌어당겼다. 찬연의 행동에 자연스럽게 눈을 감았던 그녀는 곧 그의 입술이 다가오지 않는다는 사실에 눈을 떴다.

그는 머뭇거리고 있었다. 그리고 그녀는 그의 머뭇거림에 먼저 소리 나게 입을 맞췄다.

"너무 멀리만 가지 마세요. 그럼 전 언제나 당신의 편이 되어 드릴게요."

그녀의 말이 끝나자 그의 얼굴이 일그러졌다. 그의 아킬레스건을 건드린 듯 거칠게 다가온 입술이 그녀의 아랫입술에 생채기를 남겼지만 그는 결코 행동을 멈추지 않았다. 그의 기다란 팔이 그녀의 허리를 휘감았다.

"찬, 찬연 씨, 잠…… 읍!"

찬연은 그녀의 부름에 대답 대신 허리를 단단히 잡았던 손을 미끄러뜨려 그녀의 허벅지 안쪽을 더듬기 시작했다. 긴장감에 아랫배에 힘이 들어갔다. 설은 그를 설득하려는 듯 입을 열었지만 그마저도 찬연이 검지와 중지를 한꺼번에 입속으로 쑤셔 넣는 바람에 밖으로 뱉은 것은 이지러진 신음뿐이었다.

"……읏!"

설의 입에서 힘겨운 신음이 터져 나왔다. 그러나 찬연은 설의 신음 따위는 아랑곳하지 않는다는 듯, 제 긴 손가락으로 입속을 이리저리 헤집기 시작했다.

"흐윽!"

집요한 그의 행동에 설의 입에서 신음이 터져 나왔다. 쾌감과는 먼 것이었지만 찬연은 자신의 행동을 멈추지 않았다. 온전히 그녀의 모든 것을 자신의 것으로 만들고, 자신의 곁을 떠날 수 없게 엉망으로 만들어 버리려는 듯 그의 집요한 행동은 한동안 계속됐다. 더욱 과감하게, 더욱 집요하게 그녀의 속을 손가락으로 헤집었다.

그가 그녀를 침대로 밀친 후 자리에서 일어섰다. 그의 남성을 가리고 있던 팬티를 벗고 그녀의 배 위로 올라온 그는 다시 입술에 입을 맞춘 뒤 그녀의 허벅지를 끌어내려 그녀의 여성 위에 자신의 남성을 문질렀다. 그리고 어떠한 말 한 마디 없이 빠르게 그녀의 속을 꿰뚫었다.

"악!"

순식간에 등줄기부터 짜릿한 소름이 일었다. 몸에 일어난 닭살이 눈에 보일 정도였다. 찬연은 설의 동그란 어깨를 혀로 핥고 지분거렸다. 그가 손을 침대 아래로 찔러 내려 그녀의 동그란 엉덩이를 꽉 쥐자 그녀의 여성이 움찔대며 그의 남성을 조였다.

"으으."

쾌락에 지배된 그의 신음은 갈라져 있었다. 찬연은 설의 체액으로 젖은 손을 올려 그녀의 목덜미를 움켜쥐곤 천천히 그녀에게로 자신을 묻어 갔다. 그의 허리가 빠르게 움직일수록 룸 안은 살갗이 부딪히는 소리로 가득했다. 소리가 커질수록 찬연의 얼굴은 점점 쾌감으로 젖어 갔다.

설의 목덜미에서는 짙은 꽃 냄새가 났다. 특별할 것 없는 흔히 널린 바디클렌져의 향일 텐데도 머리가 폭격을 맞은 것처럼 어지럽다. 뇌가 절절 끓는 것 같은 기분이다. 펄떡거리며 날뛰던 흉포한 것들이 욕심껏 그녀를 애태워도 모자라다, 모자라다 끊임없이 아우성이다. 찬연은 고개를 흔들어 이마에 맺힌 땀방울을 털어 내고는 설의 가슴을 잡았다.

"흐아, 아, 아아앗, 아!"

"크······으윽."

그녀의 목덜미에 얼굴을 묻은 채로 찬연은 부들부들 몸을 떨어 대는 설의 옆구리를 손으로 쓸었다.

"하앗······!"

조금 더 깊게, 빠르게 찬연이 흉포해졌다. 자지러지는 설의 비명이 온 스위트룸 안을 둥둥 떠다닌다. 그만요, 라는 비명이 들린 것 같기도 하다. 숨이 차서 꺽꺽거리며 밭은 숨을 내뱉는 것이 들린 듯도 했다. 그러나 찬연은 사정을 봐주지 않았다. 지금은, 어떠한 것도 귀에 와 닿지 않았다. 한시라도 빨리 머릿속을 뒤흔들고 있는 이것을 그녀에게 쏟아 내고 싶었다. 추악한 그의 모습을 모두 알고 있는 그녀에게 모든 것을 받아 내라 이기적이게 굴고 있었다.

찬연은 미간을 찡그리며 설의 어깨에 이마를 댔다. 보이진 않아도 아마 그녀는 지금쯤 엉망으로 일그러진 얼굴을 한 채 울고 있으리라. 하지만 빠르게 움직이고 있는 허리는 결코 멈추지 않았다. 그리고 자신의 체액으로 그녀의 사타구니가 축축하게 젖었을 때쯤이야 그는 그녀 위로 무너지듯 쓰러져 내렸다.

"하아, 하아."

둘의 거친 숨소리가 하모니처럼 룸 안을 가득 채우고 있었다.

모든 감정을 쏟아 냈다. 자신의 밑바닥까지 모두 다. 하지만 머리를 휘젓던 생각들은 여전히 그 자리에 있었다.

그녀의 품에서 빠져나온 그는 말없이 자리에서 일어났다. 그리고 구겨진 얼굴로 엉망이 된 설을 바라보았다. 그의 예상대로 그녀의 얼굴은 온통 눈물로 젖어 있었다. 두 눈을 꼭 감고 있어 지금쯤 그녀가 어떠한 생각을 하고 있을지 읽을 수는 없었으나, 온통 눈물바다가 된 얼굴만 봐도 알 수 있었다.

내가 끔찍하지? 너도 내가 끔찍해서 견딜 수가 없지? 나도 그래. 나도 가끔 내 속을 들여다볼 때마다 구역질이 나서 참을 수가 없어. 너 또한 그렇지? 그런데 어떻게 해! 제정신으로는 견딜 수가 없는데…… 난 그렇게 강하지 못한데 어떻게 해.

그는 차마 입 밖으로 내뱉을 수 없는 말을 속으로 삼켰다. 그녀에게 변명 한 마디조차 하지 못했다. 무어라 말은 해야 했는데, 어디서부터 말을 꺼내야 좋을지 알 수 없다.

그녀는 자신을 위로해 주겠다고 했는데, 이 착한 여자는 자신에게 그렇게 말하며 품을 내어 줬는데, 그는 그녀의 가슴에 칼을 꽂았다. 매번, 매 순간. 그리고 그 행동은 앞으로도 멈추지 않을 것이다. 그럼 그녀는 부서져 내리겠지. 아무리 아름다운 꽃이라도 사랑으로 크지 않는다면 시들고 말 것이다.

그는 한참을 말없이 서서 그녀를 내려다보았다. 그녀의 모습을 눈에 새길수록 참담한 심정이 되어 갔다. 그는 절망적인 기분을 느끼며 그녀를 피해 욕실로 들어섰다.

쾅, 소리와 함께 문이 닫히자 설은 몸을 일으켜 그가 사라진 자리를 보았다. 욕실 안에는 차가운 물줄기 소리만 들릴 뿐이었다.

침대 밖으로 녹아내린 듯 흐물거리는 발을 내린 그녀는 천천히 걸음을 옮겨 욕실로 향했다. 그리고 시끄러운 물소리와 함께 들려오는 작은 소리에 욕실 문에 귀를 가져다 댔다.

"흐으."

싸아아, 흐으, 쏴아아, 흐으.

차가운 물소리와 함께 들릴 듯 말 듯 작은 울음소리가 들렸다. 그의 울음소리에 설은 두 손으로 입을 막더니 천천히 그 자리에 주저앉았다.

곧 그의 오열이 문밖으로 새어 나왔다. 짐승처럼 울음을 터트린 그는 모든 슬픔을 쏟아 낼 것처럼 굴었다. 그의 괴로움에 설의 눈에서 투명한 눈물이 솟았다.

"아프지 마요……."

그녀가 흐느끼는 목소리로 말했다. 괴로움에 젖어 자신의 감정을 주체하지 못하는 그는 결코 들을 수 없는 위로였지만, 그녀는 그의 울음소리를 들으며 연신 그의 마음을 어루만졌다.

"아프지 마세요."

욕실 안에서 그의 울음소리가 커질수록 그녀의 눈에서는 더욱 많은 눈물이 흘러내렸다.

툭, 툭.

그녀의 얼굴이 눈물로 젖었다.

"내가…… 내가 위로해 줄게요. 그러니까…… 그러니까……."

10.
메아리

설은 뻑뻑한 눈을 끔뻑였다. 메마른 눈으로 텔레비전을 보던 설은 샤워실 문을 열고 나오는 찬연을 향해 고개를 돌렸다. 그녀의 눈동자가 붉어졌고, 손가락은 텔레비전을 향해 있었다.

"당신이 그런 거죠?"

그녀의 물음에 찬연은 큰 문제가 있냐는 듯 수건으로 머리를 툴툴 털어 내며 화장대로 향했다. 수건을 아무렇게나 던진 그는 슬픔이 그득한 그녀의 눈동자를 보며 시니컬하게 웃으며 말했다.

"문제 있어?"

그의 말에 그녀는 비척 자리에서 일어났다. 시끄러운 앵커의 목소리가 점점 멀어지더니, 이내 앵앵거렸다.

"이게…… 당신의 복수인가요?"

그녀의 물음에 찬연은 고개를 끄덕였다. 그의 얼굴엔 죄책감 대신 희열이 보였다.

"이제 시작일 뿐이야."

그의 가운이 벌어져 탄탄한 가슴이 드러났다. 물기를 제대로 닦지 않은 가슴에는 물방울이 도롱도롱 맺혀 있었고, 맨발로 아무렇지 않게 설에게 다가온 그는 그녀의 양어깨에 손을 얹으며 말했다.

"아······."

차가운 그의 몸이 자신에게 닿는 순간 퍼뜩 정신이 돌아왔다. 그리고 멀게만 느껴졌던 소음이 한순간에 닥쳐 왔다.

「국민당 현직 국회의원 최부식의 비리가 세상에 낱낱이 공개되었습니다. 관련된 사람들의 이야기를 들어 보면 그의 비리가 이제야 드러났다는 게 의아할 정도라고 합니다. 대선을 앞둔 상황에서 야당의 음모론일 뿐이라 주장했던 국민당도 곧 비리 리스트 중 한 곳인 해우건설에서 돈을 긴낸 게 사실이라고 하자, 발뺌하기도 힘들어졌습니다.」

앵커의 말이 귓가를 파고들수록 설의 얼굴이 구겨졌다. 파리하게 굳어진 설의 얼굴을 똑바로 마주한 찬연은 그녀의 보드라운 뺨을 만졌다. 손끝에 닿는 피부가 버석버석하게 느껴졌다. 그녀의 메마른 얼굴을 본 찬연은 입술에 미소를 걸며 말했다.

"아파 보이네."

그의 말에 설은 기계처럼 고개를 끄덕였다. 그녀의 눈이 촉촉하게 젖어 가는 모습을 보면서도 찬연은 결코 말을 멈추지 않았다. 아니, 더욱 자신의 감정을 드러내며 말했다.

"난 이 정도에서 멈출 수 없어. 아니, 이 정도에서 멈추면 안 돼. 최부식과 민희락 둘 다 갈가리 찢어 이 세상에서 흔적도 없게 만들 거야. 추악한 그들의 진실을 세상에 낱낱이 공개할 거야. 아직 멀었어."

그의 말에도 설은 감정이 메말라 버린 사람 마냥 지극히 평온한 어조로 말했다.

"당신은요?"

"뭐?"

그녀의 말을 이해할 수 없다는 듯 찬연이 물었다. 텔레비전 화면에는 어느새 최 의원의 집이 조명되고 있었고, 그 옆으로 누군가가 언론사로 제보한 내용들이 자세히 올라오고 있었다. 이십여 년 전부터 그가 받아 온 정치자금과 권력을 쥐기 위해 서슴치 않았던 행동들이 세상에 드러 났다. 저 사실을 알아내기 위한 찬연의 노력이 눈에 잡힐 듯 생생하게 보였다. 한참 텔레비전을 향해 있던 그녀의 시선이 자신의 뒷말을 기다 리고 있는 찬연에게로 향했다. 그는 미간을 찌푸리며 그녀를 내려다보 고 있었다.

"남을 상처 주면 똑같이 자신도 상처받아요. 그걸 당신은 아직 모르 고 있어요."

"그들이 먼저 그랬어! 그들이! 그 인간들이 내 인생을 송두리째 뒤흔 들고 지옥으로 처박았어!"

그가 외쳤다. 하지만 설은 흔들리는 그의 시선을 마주하며 말했다.

"그들과 똑같은 사람이 되지 마세요."

"뭐?"

"지금 당신은 추악한 그들과 하등 다를 게 없어요."

조용한 어조로 말한 설은 분노로 부들부들 떨리는 그의 몸을 무감각 하게 내려다보았다.

"당신은 참…… 나쁜 사람이에요."

화면 밑으로 긴급속보가 뜨는 것을 보며 눈을 질끈 감았다.

〈최부식 의원 응급실행〉

텔레비전을 보고 있던 민 회장이 테이블을 거세게 내려쳤다. 분노가 그의 몸을 잠식해 버릴 것만 같았다. 자리에서 벌떡 일어난 그는 서둘 러 휴대전화를 꺼내 익숙한 번호를 눌렀다.

"아, 그래. 김성기 보도국장! 내 민희락이다. 잘 지냈나?"

―아, 네. 민 회장님.

성기의 목소리가 평소와는 달리 떨떠름한 기색이 가득하자 민 회장은 애써 허허 웃음을 터트리며 주먹을 움켜쥐었다. 그를 꺼려하는 것이 분명했다.

"다름이 아니라 지금 뉴스 보고 연락했대이."

―최 부식 의원 건은……

"아아, 정정 보도해 달라는 게 아이다. 다만 묻고 싶은 게 있어서."

원래 자신의 통제 아래에 있던 신문사와 방송국이 그의 허락도 없이 최부식을 건드렸다. 그렇다면 이 모든 일을 꾸민 이는 자신이 알지도 못하는 사이에 그들을 포섭했고, 그의 뒤통수를 치도록 만들었다는 뜻이다. 그들이야 원래 돈에 움직이는 자들이었으니 그 어떤 분노도 들지 않았다. 자신 또한 그들을 돈으로 옭아맸고, 돈으로 생긴 권력으로 언론을 휘둘렀으니까.

지금은 그것보다 더욱 중요한 것이 있었다.

"지금 어디까지 이야기가 흘러 들어갔노? 부식이 장부만 들어간기가?"

―사실…… 이번 일 때문에 먼저 회장님께 연락드리려고 했습니다. 최 의원이 옴짝달싹할 수 없게, 대기업에게 기부금 조로 받았던 정치자금 내역부터 시작해 관련 통장 사본까지 모두 메일로 입수되었습니다.

"전부 다?"

―네, 검찰에까지 보냈는지 그쪽 움직임도 심상치가 않습니다. 이번에는 민 회장님도 몸을 사리고 계시는 게 좋을 것 같습니다.

"내에 대한 건 하나도 안 들어갔다, 이 말이가?"

―민 회장님이야 워낙 철저한 분이시니……

그의 말이 점점 멀어졌다. 전화기를 통해서 계속 성기의 이야기가 흘러나왔지만 민 회장의 머릿속은 이미 다른 생각으로 가득 차 있었다.

너무 도발한 건가. 하지만 이제껏 그가 자신에게 했던 것을 생각하면 이 정도도 약한데…….

"생각보다 그릇이 작은 놈이었나 보다."

뜬금없는 민 회장의 말에 성기는 이야기를 하다 말고 물었다.

―그게 무슨……?

"아이다, 그럼 나와 관련된 건 아무것도 안 나왔다 이말이제?"

―네, 그렇습니다. 다른 기자나 앵커들이랑 연락을 취해 봤지만 저희와 같은 장부만 받은 것 같습니다.

"알았다. 저놈아가 뭘 원하는지."

작게 읊조린 민 회장은 재미있다는 듯 시니컬하게 웃었다.

또각, 또각, 걸음을 옮기던 설은 진성에게서 전해 들은 병실 앞에서 걸음을 멈췄다. 취재진의 통제가 이루어지고 있다는 소식은 들었으나 병실 앞은 그녀가 생각했던 것보다 훨씬 한산했다.

평소 최 의원을 호위하던 검정색 양복을 입은 익숙한 사람만이 병실 문 앞을 지키고 있었다. 그에게 다가간 설은 두 손을 가지런히 모으며 말했다.

"안에 의원님 계신가요?"

"네, 들어가 보십시오. 김필성 보좌관님은 언론사 기사 문제로 잠시 자리를 비우셨습니다."

그녀가 묻지 않았던 사실까지 친절히 이야기해 준 사내가 조심스럽게 문을 열어 주었다. 열린 병실 안을 똑바로 주시하던 설은 깊게 호흡을 들이마신 후 안으로 들어섰다.

그가 평소 이용하는 VVIP용 병실은 일반 호텔이라고 생각될 정도로 많은 것이 갖춰져 있었다. 평소 심장이 좋지 않았던 그는 이곳에 사람들을 불러 자신의 정치 행보를 지속했고, 어떤 해에는 자신의 집이나 대외적인 장소보다 이곳에 머물렀던 시간이 훨씬 긴 적도 있었다. 담당의는 그에게 대외적인 행보를 만류했었지만 최 의원은 끝까지 고집을 부렸었다. 자신의 일생을 바쳐 가꾸어 놓은 텃밭을 한순간에 포기할 수 없었기 때문이다. 그리고 그런 그의 권력욕을 보았을 때 설은 어쩜 이런 날을 미리 예상하고 있었을지도 모른다.

설은 침대 위에서 잠들어 있는 최 의원의 모습을 보며 의자를 끌어와 앉았다. 그는 평안한 꿈을 꾸며 단잠에 빠져 있었고, 설은 마지막 봤을 때보다 더욱 노쇠해진 그의 모습에 미간을 찌푸렸다. 그의 나약해진 모습에 마음이 아팠다.

가방을 곁에 내려 둔 후 그의 주름진 손을 잡은 설은 눈을 감고 하나님께 기도했다. 아니, 세상의 신 모두에게 기도했다.

"의원님이 건강하게 깨어나게 해 주세요. 그래서 그의 죄가 더해지지 않게, 그의 복수가 끝난 후 그가 괴로워하지 않게 해 주세요."

그녀는 진심을 다해 빌었고, 한동안 눈을 감고 최 의원의 곁을 지켰다. 그리고 그는 그녀가 병실을 빠져나가는 그 순간까지도 깨어나지 못했다.

✳ ✳ ✳

설은 아침부터 몸이 좋지 않자 콧잔등을 찡긋거렸다. 술을 진탕 마시고 난 다음 날처럼 머리에 모기 수백 마리가 들어 있는 것처럼 귓가가 웅웅거렸다. 요즘 일이 많아 그런 것이라 여긴 설은 오늘은 일찍 퇴근해 쉬어야겠다 생각하며 출근 준비를 서둘렀다.

"아, 머리야."

순간 머리를 쿡쿡 찌르는 느낌에 설이 이마를 짚었다. 바늘 수백 개로 누군가 자신의 뇌를 찌르는 느낌이었다. 끔찍한 고통에 잠시 굳은 얼굴로 고개를 숙인 그녀는 고통이 물러날 때까지 가만히 있었다.

고통이 어느 정도 가시자 설은 출근 준비를 서둘렀다. 아침부터 컨디션이 최악이어서 그런지, 손길은 더디기만 했다.

그때였다. 화장대 위에 올려 두었던 전화가 시끄럽게 울리기 시작했다. 설은 아침 일찍 걸려 온 전화를 의아한 눈으로 보았다. 처음 보는 번호를 한참 바라보던 설은 들고 있던 립스틱을 내려놓고 전화를 받았다.

—다행이다, 받는구나.

"누구세요?"

—나 김성은이에요.

설은 뜻밖의 이름에 몸을 굳혔다. 성은은 설이 아무런 말도 하지 않자 가볍게 웃으며 말했다.

—정말 놀랐나 보네요? 아침부터 죄송해요.

"아니에요, 무슨 일이신가요?"

약혼식 이후로 성은과 만났던 적이 단 한 번도 없었던 설은 그녀의 갑작스러운 연락이 반갑지 않았다. 그녀의 존재만으로도 설은 양심의 가책을 느끼곤 했다. 그녀가 아무리 우정이라 말한다 하더라도 그의 약혼녀였으니까.

—죄송한데, 오늘 점심때 시간 좀 내주실 수 있으세요?

"오늘 점심이요?"

—네, 중간에서 만나요. 제가 잠실로 갈까 하는데 괜찮을까요?

성은은 그녀의 의견을 묻고 있었지만, 어투는 꼭 오늘 만나야 하는 사람처럼 다급했다. 설은 난감한 기색을 숨기지 않으며 말했다.

"오늘은 평일이라 좀……."

—세자 저하와 관련된 이야기예요. 오늘 꼭 한설 씨를 만났으면 해요. 안 될까요?

성은의 말에 설은 결국 승낙할 수밖에 없었다.

"좋아요. 잠실에서 뵐게요."

―고마워요.

찬연은 책상에 앉아 업무를 보고 있는 설의 모습을 눈으로 좇았다. 설은 아침에 출근한 순간부터 자신과 눈도 마주치려 하지 않았다. 그런 그녀의 모습이 신경 쓰이지 않는다면 그건 거짓이다. 그저 모른 척 외면할 뿐. 그는 속에서 깊은 한숨이 흘러나오려는 것을 애써 틀어막으며 자신에게 다가오는 설을 올려다보았다.

"외출하려고 하는데 괜찮을까요?"

"왜?"

찬연의 얼굴에 의아함이 서렸다. 그의 물음에 설은 지갑을 들고 있던 손에 힘을 주며 말했다.

"누구를 좀 만나야 해서요."

그녀의 말에 찬연은 천천히 고개를 끄덕였다. 그녀가 만나야 한다는 사람은 굳이 물어보지 않아도 알 수 있을 것만 같았다. 최부식 의원, 그 자겠지.

"좋아. 오늘 4시에 김길중 의원과 미팅이 있어. 그전까지만 돌아와."

"네, 감사합니다."

말을 마친 설이 사무실을 빠져나가는 뒷모습을 보던 그는 그녀의 모습이 시야에서 사라지자 모니터로 시선을 돌렸다. 인터넷에서는 최부식 의원과 관련된 기사들이 쏟아져 나오고 있었다.

『대한그룹 관계자, 최 의원 리스트에 힘을 실어 줘』

새로운 기사를 클릭한 찬연은 내용을 빠르게 눈으로 훑었다. 지난

20년이 넘는 시간 동안 그에게 정치자금을 줄 수밖에 없었던 대한그룹은 해우건설과 마찬가지로 피해자라고 주장하는 내용이었다.

"예상대로군."

민 회장은 빠른 판단력으로 최 의원을 쳐 냈다. 꼬리자르기를 하며 몸통이 빠져나가는 모습이 좋은 그림은 아니지만, 그도 어느 정도 예상했던 일이고, 이러한 결과를 얻기 위해 최부식 의원부터 공격한 것이었다. 그는 한참 다른 기사를 클릭했다. 그리고 문득 지금쯤 최부식 의원을 만나 눈물짓고 있을 설의 모습을 떠올렸다.

"가끔은 진실을 몰라야 할 때도 있어."

그는 작게 중얼거렸다. 그가 저지른 추악한 짓들 중 빠트린 것이 있다면 그건 바로 왕실과 설에 대한 내용들이었다. 살인교사(敎唆)만큼 그를 빠르게 무너트릴 만한 죄목도 없었지만 찬연은 차마 그것까지 세상에 폭로할 수 없었다. 그러면 가장 크게 마음 아파할 사람은 한설, 그녀였기 때문에.

날카로운 눈으로 부식과 관련된 기사를 읽어 내리던 찬연은 테이블 위에서 시끄럽게 울리는 휴대전화를 받았다. 상대방은 인사를 건네기도 전에 본론부터 꺼냈다.

—최부식 의원, 검찰 수사 들어갈 거야.

"분위기를 보니, 윗선에서도 가만히 두지 못하는 것 같군요."

—그래, 그리고 민희락, 최부식이 저지른 왕실에 대한 내용도 이미 모두 조사 끝났어.

그녀의 말에 찬연의 눈이 기대에 차 반짝 빛이 났다.

"아버지를 죽인 그자는 이미 12년 전에 사형을 당했습니다. 법원에서 내린 판결로. 법원의 판결을 뒤집을 수 있을 정도로 대단한 정보입니까?"

—응. 꽤 재미있는 걸 발견했거든.

"뭐죠?"

—그 당시 일용직 노동자를 고용했던 사람은 최부식이야. 일이 일이니만큼 직접 나설 수밖에 없었지. 그때 최부식 의원에게서 그가 무엇을 받았는지 알아냈어.

"그게 뭡니까?"

그의 물음에 리는 망설임 없이 말했다. 그녀의 목소리는 그 어떤 때보다 자신감에 차 있었다.

—가평에 있는 땅과 집. 부동산보다 확실한 증거가 있을까?

"멍청한 짓을 했군요."

—그들도 가해자나 마찬가지니까. 설마 그들 스스로 자신들의 죄를 털어놓으리라 생각했겠어?

"그들을 설득하셨단 말씀이십니까?"

—그래, 돈으로 한 번 움직인 자들은 또다시 돈으로 움직여.

그녀의 말에 찬연의 눈이 우울하게 빛났다.

"지금쯤 이 사실이 민 회장의 귀에도 들어갔을지 모릅니다. 몸조심하세요."

—너나 조심해.

"계속 그들의 행동을 주시하고 있습니다. 쉽게 당하지는 않습니다. 아니, 혼자 죽진 않습니다. 같이 죽을 겁니다. 홀로 바닥으로 추락한 건 한 번으로 족합니다."

그의 날카로운 눈빛이 뜨거운 열기를 내뿜었다.

운전석에서 내리는 설의 안색이 파리하게 굳어 있었다. 갑자기 어지럼증이 몰려온 것인지 설은 손을 뻗어 가로수를 잡았다. 그리고 막을 쓴 것처럼 시야가 뿌옇게 변하자 눈을 깜빡였다.

"왜 이러지."

설은 핑글핑글 도는 머리를 흔들며 말했다. 아침에 잠시 왔다 간 두통이 또다시 시작되었다.

사무실에서 나오자마자 좋지 않던 몸은 급속도로 나빠지기 시작했다. 감기에 걸린 사람처럼 한기가 느껴지기도 했고, 차를 타자마자 방향제 향에 속이 미식거려 한참 애를 먹기도 했다. 그래도 차에 있던 생수를 들이켜자 조금 나아지는 것 같았는데.

한참 그 자리에 서 있던 설은 손목시계를 확인한 후 천근만근 무거운 몸을 옮기기 시작했다. 성은과 약속한 시간은 이미 조금 지난 후였다.

1층 로비에 있던 관리인에게 물어 무사히 성은의 사무실에 도착한 설은 환대를 받으며 소파에 앉았다. 성은은 미안하다는 듯 미간을 찡긋거리며 말했다.

"미안해요. 내가 만나자고 해 놓고. 갑자기 스케줄이 생겨 버려서 움직일 수가 없었어요."

"괜찮아요."

성은의 말이 멀게만 느껴졌다. 설은 점점 뿌옇게 변하는 시야에 또다시 눈을 깜빡였다. 하지만 이번엔 세상이 점점 핑그르르 도는 느낌이 들었다.

"차는 따뜻한 게 좋겠죠?"

"네."

성은은 한쪽 구석에 있던 탕비실로 향했다. 그녀는 찬장에 있던 박스에서 믹스 커피 두 개를 꺼내 종이컵에 쏟아 넣은 후 커피포터에 물을 끓이기 시작했다. 오늘 설을 불러 하려던 말과 함께 숨이 막힐 듯 이어지는 침묵을 어떻게 풀어 나가야 할지 곰곰이 생각하던 성은은 갑자기 뒤에서 와장창 뭔가 쏟아지는 소리가 들리자 화들짝 놀라 뒤돌아섰다.

"어머! 한설 씨!"

바닥에 쓰러져 있는 설을 발견하자 성은은 사색이 되었다. 설은 창백한 얼굴로 배를 움켜쥐고 있었다. 서둘러 설에게 달려간 성은이 설의 상체를 무릎으로 끌어와 그녀의 몸을 흔들었다.

"한설 씨? 한설 씨! 눈 좀 떠 봐요!"

성은이 가볍게 뺨을 때리며 설의 의식이 돌아오도록 애를 썼지만, 감겨 있는 그녀는 눈을 뜨지 못했다.

"어, 어떻게 하지?"

당황한 성은은 서둘러 주머니에 들어 있던 휴대전화를 꺼냈다.

—무슨 일이야?

그녀는 응급차 대신 찬연의 번호부터 눌렀다. 애초에 119 따위 생각도 하지 못한 성은은 찬연이 전화를 받자마자 다급한 목소리로 말했다.

"한설 씨가 쓰러졌어!"

—무슨…… 뭐라고?

설과 성은이 같이 있다는 사실을 몰랐던 찬연은 처음에는 의아한 목소리로 말했고, 그다음에는 딱딱하게 굳은 목소리로 물었다. 그의 목소리가 위험할 정도로 낮아졌지만, 성은은 알아차리지 못한 채 자신의 무릎에서 눈을 감고 있는 설의 얼굴을 내려다보며 말했다.

"몰라! 그냥 쓰러졌어! 왜 쓰러진지는 모르겠고!"

—거기 어디야?

"나 무서워 죽겠어!"

그녀의 말에 찬연이 참지 못하고 외쳤다.

—거기 어디 있냐고! 한설, 지금 어디 있어!

"여, 여기 내 사무실!"

이런 일은 처음이었던지라 성은도 쓰러진 설처럼 창백한 얼굴로 외쳤다. 그녀의 말에 수화기 너머로 부스럭거리는 소리가 들렸다. 옷을 입고 있는지 찬연은 흔들리는 목소리로 성은에게 말했다.

─지금 당장 119에 신고해. 나도 지금 갈게.

"1, 119! 맞다!"

성은은 여전히 전화기를 붙잡고 외쳤지만, 찬연은 전화를 끊은 뒤였다. 성은은 서둘러 119를 눌렀고, 신호음이 끊어지자마자 다급한 목소리로 말했다.

"사, 사람이 쓰러졌어요! 갑자기 팍! 하고 쓰러졌다고요!"

─거기가 어딥니까?

"여기 제 사무실이요!"

─그러니까 사무실 위치가 어디냐고요.

119에 연락 한 번 해 본 적이 없었던 성은은 횡설수설 떠들어 댔다. 설의 상태를 설명해 달라는 말에 잘 모르겠다는 말만 외쳐 댄 성은은 무사히 주소를 불러 주고 나서야 전화를 끊을 수 있었다.

"아, 정말 왜 안 와!"

전화한 지 1분 만에 닦달하기 시작한 성은은 휴대전화를 꼭 잡고 있었다.

차에 올라탄 찬연은 거칠게 차를 출발시켰다. 안전벨트를 착용하는 것도 잊은 채 빠르게 달리던 그의 차량이 곡예 수준으로 도로 위를 활보했다. 갑자기 끼어든 그를 향해 클랙션을 울리는 운전자도 있었고, 기겁해 앞을 열어 준 사람도 있었다.

빠르게 달리던 차가 붉은 신호에 끼이익 소리를 내며 멈춰 섰다. 그는 초조한 눈으로 붉은 신호를 보며 핸들을 내려쳤다.

"제발, 제발……!"

설이 쓰러졌다는 이야기를 듣자 그의 심장이 미친 듯이 요동치기 시작했다. 쿵덕, 쿵덕 뛰며 그녀의 걱정에 반쯤 돌아 버린 찬연은 신호불이 변하자 빠르게 차를 출발시켰다. 그리고 평소보다 15분은 일찍 도착한 세종 문화회관 앞에 아무렇게나 차를 세워 둔 뒤 안으로 뛰쳐 들어갔다. 지금쯤 응급실로 옮겼으리란 생각이 들 법도 하건만, 그는 미친 사람처럼 재빨리 성은의 사무실로 향해 달려가고 있었다. 그가 사무실 문을 거칠게 열며 안으로 튀어 들어갔다.

"찬연 씨."

찬연은 울먹이는 성은의 목소리에도 서둘러 한 사람만 찾았다. 그리고 소파 위에 누워 있는 설의 모습에 거친 숨을 내뱉으며 말했다.

"119는!"

사색이 된 그의 얼굴에 성은은 더듬거리며 말했다.

"근처에서 화재가 있었대. 다 그리로 갔나 봐."

성은의 설명에 찬연은 서둘러 설의 허벅지 밑으로 손을 찔러 넣었다. 그녀를 번쩍 안아 든 찬연이 서둘러 사무실 밖으로 뛰어나가자, 성은도 그의 뒤를 따랐다.

"여기 환자요!"

응급실 침대에 설을 눕힌 찬연은 호들갑을 떨며 의사를 데리고 오는 성은의 모습에 한 발자국 뒤로 물러섰다. 피곤한 기색이 가득한 의사는 설이 입고 있던 옷을 위로 들치며 청진기를 가져다 댔다.

"어떻게 된 일입니까?"

다급한 찬연과 성은의 표정과는 달리 의료진의 표정은 너무나 사무적이었다.

"갑자기 쓰러졌어요!"

"평소에 질환이나 가지고 계셨던 병력은요?"

의료진의 물음에 성은이 찬연을 보았다. 찬연은 그녀가 혹 먹었던 약이 있었나 곰곰이 떠올리다가 고개를 저었다.

"없는 걸로 알고 있습니다."

그의 말에 의사는 고개를 끄덕였다. 그리고 청진기를 목에 걸며 자세히 검사를 해 봐야겠지만, 너무 걱정하지 말라며 파리하게 굳은 두 사람을 안심시켰다. 그러다 문득 떠오른 사실에 간호사에게 차트를 건넨 의사가 찬연을 보며 물었다.

"환자분께서 혹시 임산부입니까?"

찬연은 허탈한 기분이 되어 밖으로 나왔다. 터덜터덜 걸음을 옮기던 그는 하늘을 올려다보았다. 똑바로 쳐다볼 수 없을 정도로 눈부신 태양이 떠 있었다.

그는 의사가 한 말을 떠올렸다.

'환자분께서 임신을 하셨습니다. 정확한 검사는 해 봐야겠지만, 아무래도 스트레스를 받으셔서 유산기가 있는 것 같습니다.'

그 말을 떠올리는 찬연의 눈동자에 알 수 없는 감정들이 뒤섞였다. 그는 신음도 내뱉지 못한 채 한참 그 자리에 서 있었다.

어느새 그를 따라온 성은이 찬연의 옷자락을 잡아당기며 말했다.

"어디가? 곁에 있어 줘야지."

"비밀로 해 줘."

"뭐?"

성은의 얼굴이 경악으로 물들었다. 자신이 생각하고 있는 것이 그의 본심이 아니길 바라며 성은은 다시 한 번 물었다.

"뭘 비밀로 해 달라는 거야?"

"……내가 알고 있다는 사실, 비밀로 해 줘."

"설마 모른 척하려고?"

찬연은 하늘을 향해 있던 시선을 옮겨 성은을 보았다. 성은의 얼굴을 보자 웃음이 터질 것 같았다. 그녀는 진심으로 자신을 비난하고 있었다. 하지만 찬연에게는 선택권이 없었다. 그는 점점 아파 오는 가슴을 무시하며 더듬더듬 말을 내뱉었다.

"저 여자에게…… 이 지옥에서 벗어날 수 있도록…… 한 번쯤은 배려하고 싶어."

그래, 내 옆에서 괴로워한 저 여자에게 도망갈 구멍을 만들어 주고 싶었다.

"한 번쯤은…… 한 번쯤은……."

그의 눈동자가 절망으로 물들었다.

눈을 뜬 설은 코를 찌르는 약 냄새에 자리에서 벌떡 일어났다. 설이 일어나자 곁에 있던 간호사가 5층에 있는 산부인과로 가 보라고 말했다.

"산부인과요?"

"네, 지금 당장 올라가시는 게 좋을 것 같아요. 환자분의 몸 상태에 대해 정확히 진단해 보셔야 해요."

그녀의 말에 고개를 끄덕인 설은 자리에서 일어났다. 그리고 멀리서 다가오는 성은의 모습에 안색을 굳혔다. 설의 얼굴이 순식간에 창백하게 굳어지는 것을 보며 성은은 미소 띤 얼굴로 말했다.

"왜 내가 여기에 있나, 궁금한 얼굴이네요?"

"아……."

"이제 기억나나 보네요? 맞아요. 한설 씨 저랑 있다가 쓰러졌어요. 산부인과는 5층인가요?"

설의 얼굴이 붉어졌다. 문득 그녀의 사무실에서 기억이 뚝 끊긴 것이 기억났다.

설이 움직이지 않자 성은은 가던 걸음을 멈추고 그녀를 돌아보았다. 그리고 민망함에 굳어진 설의 얼굴을 보며 말했다.

"설마 절 고등학생 정도로 생각하는 건 아니겠죠? 뭐, 지금 상황이 참 웃기게 됐지만, 그래도 검사받는 것까지는 보게 해 줘요. 아이가 무사해야 내 마음도 편하지."

"성은 씨……."

"아이를 위협한 건 나도 한몫했잖아요?"

성은이 다가와 그녀의 팔을 이끌자, 설은 더듬더듬 걸음을 옮겼다. 앞서 걷던 성은은 얼굴을 굳혔다. 자신의 말엔 틀린 것이 하나도 없었다. 그녀에게 스트레스를 준 것은 자신이었다. 원치 않았지만, 어떻게 됐든 일이 이렇게 되었으니 끝까지 그녀의 곁을 지켜 줄 참이었다. 지금쯤 홀로 괴로움에 떨고 있을 찬연을 대신해.

산부인과로 올라가 수속을 마친 설은 성은과 나란히 의자에 앉아 자신의 이름이 불리길 기다렸다. 그리고 얼마의 시간이 지나지 않아 자신의 이름이 호명되자 설이 자리에서 일어났다.

"그럼 검사 잘 받고 나와요."

성은의 말에 설은 고개를 끄덕인 후 진찰실 문을 열고 들어왔다. 의사는 응급실에서 보낸 차트를 살펴보며 자세히 검사를 하는 것이 좋겠다 말한 뒤 그녀를 검사실로 이끌었다.

침대에 누운 설은 초음파 검사를 하고 있는 의사의 말에 안색을 굳혔다.

"임신 6주입니다."

그녀의 눈동자가 거세게 흔들렸다. 설은 애써 아득해지려는 정신을 붙잡으며 얼이 빠진 얼굴로 중얼거리듯 내뱉었다.

"정말…… 확실한가요?"

"네, 아기의 눈 수정체가 생기고 머리와 팔, 꼬리뼈 등을 구별할 수 있을 정도예요. 모르셨나요?"

의사의 말에 설은 고개를 끄덕였다.

"꿈에도 몰랐어요."

뱃속에 아이가 생긴 것도, 아이가 형태를 구분할 수 있을 정도로 자라났다는 것도, 그녀는 아무것도 몰랐다. 임신 6주라는 말에 그녀는 그의 약혼식 날이 떠올랐다. 가장 상처받은 날 생겨난 아이. 그도 상처받고, 자신 또한 너무도 상처받았던 그날에 아이가 자신에게로 왔다.

"초기에는 정말 몸 조심하셔야 해요. 특히 환자분은 유산기까지 있으시거든요. 이번에도 아주 위험할 뻔했어요."

"위, 위험하다고요?"

"네, 스트레스 때문인 것 같아요. 2주에 한 번씩 병원에 오셔서 검진 받으세요."

의사는 한참 설에게 이야기를 늘어놓다 이내 입을 다물었다. 병원에 처음 온 환자는 충격을 받은 듯 자신의 배를 어루만지고 있었다. 보통 임신 사실을 확인한 여성들이 이러한 반응을 보일 때는 딱 한 가지뿐이었다.

원치 않는 임신. 이 여성 또한 그녀가 봐 왔던 수많은 초보 산모들처럼 아이의 존재를 반가워하지 않는 듯했다. 의사는 그녀의 표정을 살피며 기계적으로 말했다.

"자세한 이야기는 나와서 하시죠. 옷 갈아입고 진찰실로 나오세요."

의사가 커튼 밖으로 사라지는 것을 보며 설은 얼떨떨한 얼굴로 옷을 갈아입었다. 그리고 의사가 사라진 방향으로 나온 그녀는 차트 위에 붙여져 있는 초음파 사진을 보자 속이 쓰려 오는 것을 느꼈다. 이 사실을 그에게 털어놓을 수 있을까? 앞만 보고 달리는 그에게 이 아이의 존재는 어떠한 것일까? 설은 눈물이 나올 것만 같았다.

동그란 의자를 당겨 와 앉은 설은 초음파 사진에서 눈을 떼지 않았다. 그녀의 모습에도 젊은 여의사는 굳은 얼굴로 차트를 훑어보며 말했다.

"미혼이시네요. 원치 않는 임신이세요?"

설은 의사의 말에 아무런 대답도 하지 못했다. 의사는 대답 없는 그녀의 모습을 긍정으로 받아들인 것일까. 차트를 덮으며 말했다.

"낙태는 법으로 금지되어 있어요. 장애 아이를 가져도 그렇죠. 저희 병원에서는 법을 준수하고 있지만 다른 산부인과에서는 그렇지 않다고 들었어요. 남자친구분이랑 함께 다른 병원에 가 보시는 것이 좋을 것 같습니다."

"남자……친구랑요?"

"네, 보호자가 없으면 수술은 불가능합니다."

의사의 말에 설은 정신이 아득해지는 것을 느꼈다. 아직 아무것도 결정하지 못한, 현실도 받아들이지 못한 그녀를 보며 여의사는 벌써부터 그녀가 아이를 지울 것이라 생각한 듯 말했다. 딱딱하게 굳은 표정으로 진찰실을 나온 설은 몸을 비틀거렸다.

"안 돼……."

천운으로 자신에게 온 생명을 없앨 수가 있단 말인가. 하지만 이 사실을 그가 알게 되면…… 그는 이 아이를 받아들일 수 있을까?

설은 거칠게 고개를 저었다.

"절대 모르게 해야 해."

그가 아이의 아빠라 하더라도, 이 아이의 존재에 대해 알 권리가 있다고 하더라도. 잔인한 복수를 계획하고 있는 그에게 이 아이는 불필요한 존재일 뿐이다. 성은의 힘이 필요한 그에게 이 아이는 자신의 계획에 방해만 된다 생각할 것이다.

설은 눈물이 나올 것만 같아 눈을 질끈 감았다.

설의 모습에 밖에서 기다리고 있던 성은이 자리에서 벌떡 일어났다. 성은은 한 걸음에 그녀에게 달려와 말했다.

"어떻게 됐어요?"

"……."

"아이는 무사하대요? 어떻게 된 거예요!"

성은의 닦달에 그제야 정신을 차린 설이 천천히 시선을 옮겼다. 걱정으로 굳어져 있는 성은의 얼굴을 보며 설은 천천히 자리에 주저앉았다. 놀란 성은이 그녀를 부축하려 하자 설은 작게 읊조렸다.

"제발……."

"네?"

"제발…… 그 사람에게는 비밀로 해 주세요."

설의 말에 성은은 웃음이 나올 것만 같았다. 어떻게 두 사람 다 이렇게 똑같은 소리를 할 수 있는가. 그녀는 기가 막혀 헛웃음이 터지려는 것을 애써 믹으며 말했다

"아이는 무사하대요?"

그녀의 물음에 설은 천천히 고개를 끄덕였다.

"얼마나 됐대요?"

"6…… 6주요."

"좋아요. 알았어요."

성은은 차가운 바닥에 그녀를 계속 앉아 있게 할 수 없어 힘껏 설을 부축해 소파에 앉혔다. 무릎을 꿇고 설과 시선을 마주한 성은은 다부진 표정으로 말했다.

"당신이 원한다면 그렇게 해 줄게요."

"……너무 미안합니다. 정말 미안해요. 일이 이렇게 되어……."

"아니요. 이건 내가 사과받아야 할 일이 아닌 것 같아요. 아니, 적어도 당신에게 사과받을 일은 아닌 것 같아요."

성은의 말에 설의 눈에서 눈물이 후두둑 떨어졌다. 그녀는 고개를 숙이며 말했다.

"……감사합니다."

설의 말에 성은은 고개를 저었다.

"역시나 감사 인사를 받을 일도 아닌 것 같군요."

"……."

"아이가 무사하다면 됐어요."

그녀가 너무나 쉽게 자신의 비밀을 지켜 주겠다고 말한 것을 설은 깨닫지 못하고 있었다.

찬연은 초조한 얼굴로 창밖을 보고 있었다. 누군가를 기다리고 있는 것일까. 한참이나 그 자리에서 움직이지 않던 그는 주머니에서 시끄럽게 울리는 벨소리에 서둘러 전화를 꺼냈다. 액정에는 성은이란 글자가 반짝이고 있었다.

—빨리 받네.

"어떻게 됐어?"

그의 목소리에 성은은 잠시 말을 잇지 못했다. 그녀는 한참이나 침묵을 지켰고, 그럴수록 찬연의 속은 새까맣게 변해 갔다.

그의 가슴이 검은 숯으로 변했을 때쯤, 성은이 입을 열었다.

—무사하대. 6주래.

"……아."

그가 눈을 질끈 감았다. 왠지 모르게 눈물이 나올 것만 같았다.

—축하해. 아기 아빠가 됐네. 난 본의 아니게 애 아빠와 약혼을 하게 됐고.

"미안하다."

—역시 그 말은 당신한테 들어야 했어.

성은의 말에 찬연은 입을 다물었다.

—한설 씨, 곧 사무실에 도착할 거야. 내가 데려다 준다고 했는데, 끝까지 싫다고 하더라고. 무슨 생각인지는 모르겠지만…… 난 네가 행복했으면 좋겠다.

"……고맙다."

─그래, 나중에 연락하자.

찬연은 끊긴 전화를 한참 내려 보다 소파로 휙 던져 버렸다. 그는 몸을 돌려 창틀에 엉덩이를 걸치고 앉았다.

지금쯤 그녀는 이곳으로 달려오고 있을 것이다. 그리고 그녀는 자신에게 이별의 말을 건넬 것이다. 어쩜 자신이 그녀에게 잔인하게 굴었던만큼 그녀도 나에게 잔인한 생채기를 남길 것이다.

"아니야."

아니다. 그녀는 착한 여자니까…… 내 마음을 돌려보려 애쓸 것이다. 무슨 수를 써서든 나의 복수를 막고 자신의 곁에 있어 달라 애원할 것이다.

그럼 나의 선택은? 난 어떻게 해야 하는 것일까.

"으."

찬연의 입에서 신음이 흘러나왔다. 그는 이미 알고 있었다. 자신의 결정을. 그는 뜨거워지는 눈가를 느꼈다. 감정의 요동 속에 그는 울음을 삼켰다.

천천히 걸음을 옮긴 찬연은 자리에 앉았다. 그리고 또다시 달콤한 말로 그녀를 속이라 외치는 악마를 물리쳤다.

"안 돼. 이젠. 더 이상 안 돼."

그가 무거운 시선으로 컴퓨터를 보았다. 울렁이던 그의 눈동자가 어느새 평온을 되찾았다.

곧 초인종 소리가 그녀가 돌아왔음을 알렸다. 자리에서 일어난 찬연은 인터폰으로 대문과 현관문을 열었고, 다시 책상으로 향했다.

"다녀왔어요."

사무실에 들어온 설은 컴퓨터 앞에 앉아 있는 찬연의 모습을 보며 성큼 그에게 다가갔다. 그녀는 단단히 결심한 듯 결연한 눈으로 그를 보았다.

"만난다는 사람은?"

"잘 만났어요."

"표정이 좋지 않네."

그의 말에 설은 고개를 저었다.

"아니요, 좋아요."

그녀의 말에 찬연은 비틀린 표정으로 자리에서 일어났다.

"그렇다면 다행이고."

"……김길중 의원님과의 미팅은요?"

"캔슬. 더 중요한 일이 생겼거든."

그는 걸음을 옮겨 부엌으로 향했다. 냉장고에서 생수통을 꺼내는 그의 손끝이 떨리고 있었다. 뒤돌아 있는 그의 얼굴에 슬픔이 잠시 머물다 사라졌다. 생수병을 든 그는 숨을 참으며 반 정도 비워 낸 후 거칠게 테이블 위로 올려놓았다. 그의 모습을 눈으로만 좇던 그녀는 조금은 크고 단호한 목소리로 말했다.

"중요한 일이 뭐죠?"

"공적으로 묻는 거야, 아니면 사적으로 묻는 거야?"

그의 날카로운 시선이 그녀의 온몸을 긴장시켰다. 식은땀이 흘러내릴 정도로 바짝 긴장하고 서 있던 그녀는 뭔가 결심한 듯 단호한 목소리로 말했다.

"당신에게 묻고 있는 거예요."

"그럼 내 이야기를 들으면 저번처럼 비난을 늘어놓겠군."

그의 말에 설은 아무런 이야기도 하지 못했다. 찬연은 얼굴 가득 거짓된 웃음을 만들며 리가 보고했던 내용을 줄줄 읊었다.

"방금 전 최부식 의원에게 검찰 수사가 들어갔지. 도주할 가능성이 없다고 영장은 기각됐지만, 그의 인생은 끝이 났어. 그가 그렇게 지키고 싶어 했던 명예, 권력을 모두 손에서 놓게 될 거야."

"……의원님은 많이 아프세요."

"그걸 내가 굳이 상관해야 하나?"

그의 말에 설은 눈을 질끈 감았다. 지옥 속으로 걸어 들어가는 그의 뒷모습이 보여, 그리고 그에게 얽매여 함께 그 지옥불 속으로 들어가는 자신의 모습이 눈앞에 생생하게 보였다.

사랑이란 이름 아래 그의 곁에 있으려 했다. 그의 모든 것을 이해할 수 있다 자신하며, 착각하며, 그의 곁에 남아 있겠다 말했다. 그의 여자가 될 수 없어도, 그와 행복한 미래를 꿈꿀 수 없다 하더라도, 그녀는 그 길을 스스로 선택했다.

그의 아픔을 위로해 줄 수 있을 거라 믿었고, 자신의 품 안에서 그 또한 변할 것이라는 크나큰 착각에 빠졌다. 하지만 이젠 그녀에겐 지켜야 할 생명이 있었다. 그가 원치 않는 아이지만, 이미 생명을 가지게 되어 버린 아이. 가족의 소중함을 그 누구보다 잘 알고 있는 그녀는 오늘 알게 된 아이의 존재에 애착이 생겼다. 그리고 이제껏 몰랐던 모성애가 치솟았다.

그녀가 눈을 부릅뜨며 단호하게 말했다.

"모든 것을 멈추세요."

"그럴 수 없어."

단호한 말은 칼처럼 날카로웠다. 그는 그의 복수가 양날의 칼인지도 모르고 꽉 움켜잡고 있었다. 온몸을 피로 물들이며 자신조차 상처받고 있는 것을 그는 모른다고 생각했다. 이제껏 그런 그에게 자신의 생각을 말하는 것은 자신이 너무 이기적이라고 느꼈다. 하지만, 하지만…….

"그로 인해 당신도 다쳐요. 당신도 아파한다고요. 지난 12년 동안 어둠 속에서 살았죠? 끔찍한 고통 속에서 살았죠? 그 일을 멈추지 않는다면 그 고통은 더욱 길어질 거예요. 그리고 후회하겠죠."

그녀의 말에 찬연은 설의 어깨를 힘주어 잡았다. 그녀의 얼굴이 고통에 찌푸려졌지만, 그는 그녀의 동그란 어깨를 쥐고 있는 손에 힘을 풀지 않았다.

"아파요. 이것 놔……."

"넌 날 이해해 줘야 해."

그의 눈이 어둠으로 얼룩졌다. 언제나 그의 깊은 눈동자를 볼 때면 설은 그를 한 번 더 이해하려 노력했고, 한 걸음 뒤로 물러섰다. 하지만 이번만큼은 그럴 수가 없었다. 그를 설득하지 못한다면 그녀는 결코 그의 곁에 서 있지 못할 테니까.

"제가 왜 그래야 하죠?"

"뭐?"

"사랑한다고 상대방의 모든 점을 이해할 순 없어요."

그녀의 말에 찬연은 어깨에 올려져 있던 손을 내렸다. 그녀의 생각을 읽으려는 듯 관찰자의 시선으로 그녀의 얼굴을 훑어 내렸다. 단호한 표정에서 의지를 읽어 내린 찬연은 한쪽 눈썹을 찌푸렸다.

그의 모습을 보던 설은 미소 띤 얼굴로 말했다.

"저도 당신처럼 엄청 미워하는 사람이 있었어요. 당신처럼 그 사람의 손에 부모님이 돌아가셨거든요."

"너……."

설은 찬연의 얼굴에 씌워져 있던 가면을 한순간에 부쉈다. 순간 그의 얼굴에 놀란 기색과 함께 슬픔이 동시에 머물렀지만, 설은 이를 알아차리지 못했다. 더 이상 그를 이해할 수 없다고 생각하자, 그의 마음을 알아차리는 날카로운 눈초리조차 무뎌졌다.

"모른다고 생각하셨어요? 설마요. 여섯 살 때의 기억이지만 지금도 생생해요. 어떻게 잊겠어요? 부모님이 눈앞에서 돌아가시는 걸 똑똑히 목격했는데, 그걸 어떻게 잊겠냐고요."

부모님을 죽인 이가 누군지는 몰랐으나, 설은 똑똑히 기억했다. 같은 차에서 죽어 가던 부모님. 아버지는 바로 그 자리에서 돌아가셨고, 어머니는 끊어지는 목숨을 붙잡고 설에게 손을 휘저었다. 피칠을 한 얼굴로 눈물짓는 어머니의 모습은 지금도 가끔 꿈에서 나와 그녀를 괴롭히고 있었다.

설의 말에 찬연은 놀란 듯 더듬더듬 그녀에게로 다가왔다. 하지만 설은 그를 피해 한 걸음 뒤로 물러서며 고개를 저었다.

"위로해 주실 필요 없어요."

설은 미소 지었다. 그녀의 모습을 얼빠진 사람 마냥 바라보던 찬연은 그녀를 향해 있던 손을 내렸다.

"초등학교 때였어요. 서재에서 들려오는 통화 소리를 들었죠. 민 회장님과의 통화인 것 같았어요. 그리고 그때 알았어요. 아, 부모님을 죽인 사람들을 사주한 것이 최 의원님이구나, 라고요."

그때의 충격이란 이루 말할 수가 없었다. 은인이라 생각했던 사람이 사실은 자신을 불행으로 빠트린 사람이라니. 끔찍한 기분이 들었다. 권력을 유지하기 위해 부모님을 죽였던 그의 집에서 그녀는 그의 권력으로 번 돈으로 먹고, 자고, 입고, 학교를 다니고 있었다.

"하지만 전 힘이 없었어요. 당신처럼 도와줄 사람이 없었죠. 그분의 집에 있으면서, 내가 모든 것을 기억한다고 말할 수가 없었어요. 그 말을 하는 즉시 저 또한 부모님처럼 죽임을 당할 테니까."

두려운 나날의 연속이었다. 그래서 어떤 날은 집으로 돌아가지 못하고 한참을 밖에서 헤매기도 했었다. 그런 자신을 찾으러 오는 사람은 진성밖에 없었다. 그는 늘 밤늦게까지 거리를 활보하는 그녀를 혼냈었다. 그리고 사춘기인 줄만 알았던 그는 어느 날 갑자기 변한 자신의 행동에 그 어떠한 의심도 하지 않았다.

"그래서 어떻게 복수를 해야 하나, 어떻게 내 울분을 풀어내야 하나 고민했었어요. 그리고 그때 절 늘 미안한 눈으로 바라보는 최 의원님을 보았죠. 아주 지독한 사람이지만, 그래도 아주 조금이나마 양심이 있었나 봐요. 자신의 곁에서 커 가는 절 보면서 그 사람은 죄책감을 느꼈어요. 그리고 그때 결심했죠."

"……."

"나의 복수는 커 가는 나의 모습을 보여 주는 것이다. 그리고 그분의 곁에 끝까지 남아 있는 것이다, 라고요. 그리고 이 계획은 아주 순조로웠죠. 얼마 전까지만 해도."

잠시 말을 멈춘 설은 흔들리는 찬연의 얼굴을 보며 생긋 미소 지었다. 나의 복수 방법. 모든 사람들을 철저하게 부숴 버리는 것이 아닌, 그녀만의 방법. 그건 그녀 스스로를 괴롭히는 방법이기도 했다. 괴롭고 힘들기도 했었지만 어느새 시간에 희석된 기억은 점차 그녀의 마음을 편하게 해 주었다. 이젠 그분을 더 이상 미워하지만은 않게 되었다. 그 긴 시간 동안 최 의원님 또한 괴로웠을 테니까. 자신이 받는 고통 그 이상으로.

그는 지킬 것이 너무 많은 사람이었다.

"그래서 진성 오빠와의 약혼이 깨졌을 때 충격을 받았어요. 약혼을 원한 것은 내가 아니었는데, 또다시 저들의 손에 휘둘리는 나의 인생이 참 보잘것없이 느껴지더라고요."

"……."

"그리고 진성 오빠는 내 인생에 있어 유일하게 믿을 수 있는 사람이었어요. 그래서 더 충격이 컸죠."

"……."

"하지만 최 의원님은 저에게 양녀로 들어오라고 하셨어요. 원래의 저라면 그의 곁에 남기 위해서라도 딸이 되길 선택했겠죠."

처음 그 제안을 받았을 때 설은 깜짝 놀랐었다. 그리고 최 의원의 불안한 마음을 읽을 수가 있었다. 그는 어쩜 진심으로 자신이 딸이 되길 원했을지도 모르지만, 그것보단 그녀를 어떻게든 옆에 앉혀 놓아야겠다는 생각이 훨씬 컸을 것이다.

"그 제안을 거절한 이유는 당신 때문이었어요. 당신이 점점 괴로움 속으로 들어가는 것이 싫었어요. 절 시켜 그들의 정보를 얻길 원했던 것, 저들의 치부 중 하나인 내가 세상에 드러나길 바라는 것. 모두 알고 있었어요. 하지만 전 그럴 수가 없었어요. 당신 때문이기도 했지만……."

그녀의 눈동자가 흔들렸다. 태풍의 핵 속에 있는 사람처럼 몸을 가누지 못할 만큼 거센 바람에 흔들리는 느낌이었다. 오랫동안 나만의 비밀로만 간직했던 기억, 사실들. 그 모든 일을 그에게 털어놓는 이 순간, 그녀는 너무 힘들었다.

"나 때문이기도 했어요. 알았거든요. 남을 상처 내는 복수는 나 또한 상처를 받는다고. 그의 곁에 있었던, 의무적으로 그의 곁에 남으려고 했던 그 긴 시간이 너무나 끔찍했어요."

말을 잠시 멈춘 설은 울분을 삼켰다. 그리고 마지막 말을 뱉었다.

"이젠 그분에 대한 미움이 많이 가셨어요. 어떻게 됐든 전 그분을 20년 동안 괴롭혔고, 늘 불안 속에 살게 만들었어요. 그리고……."

"……."

"20년 동안 그분을 곁에서 지켜봤어요."

"……."

"그리고 의원님이 성장해 가는 절 보았듯, 저도 의원님이 늙고 쇠약해지는 모습을 봤어요."

설의 눈에서 눈물이 후두둑 떨어져 내렸다. 투명한 눈물방울이 속절없이 쏟아지는 모습을 찬연은 두 눈에 담았다. 그는 그녀의 이야기를 들으면서도 얼굴색 하나 변하지 않았다.

"제발…… 제발 멈춰 주세요. 제 곁에 서 있어 주세요. 무리한 부탁인 것 알아요. 오랜 시간 동안 계획했던 일을 한순간에 뒤엎는 것에는 많은 용기가 필요하다는 것도 알아요. 하지만…… 제발 그래 주세요. 절 위해서."

그리고 뱃속에 있는 아이를 위해서.

말을 마친 설의 눈에서는 비처럼 눈물이 쏟아져 내리고 있었다. 그가 자신의 간절한 마음을 알아주길 바라며, 그녀는 애처로운 눈길로 그를 바라보았다. 하지만 찬연은 여전히 흔들림 없는 얼굴로 그녀를 보았다.

오랜 침묵이 흐른 뒤 찬연이 천천히 입술을 떼었다.

"그럼 넌 더더욱 날 이해해야 해."

찬연의 단호한 말에 설은 고개를 저었다.

"이해할 수 없어요."

"난 아직 시작도 못 했어. 아직 그들에게 아무것도 돌려주지 못했어! 난! 난!"

"……."

"결코 멈출 수가 없어!"

사무실 안이 쩌렁쩌렁하게 울릴 정도로 큰 목소리였다. 그의 말에 설은 자신도 모르게 몸을 움찔 떨었다. 그의 고통이 느껴졌다.

"여러 가지 방법이 있어요. 이런 끔찍한 방법 말고도 훨씬 많은……."

"당신에겐 당신만의 방법이 있겠지. 하지만 나에겐 나만의 방법이 있어."

"멈추지 않으면 전 더 이상 당신 곁에 남아 있을 수가 없어요."

그녀의 말에 찬연은 냉랭한 얼굴로 그녀를 노려보았다.

"가."

"당신……."

"가고 싶으면 가."

그의 말에 설의 얼굴이 점점 어두워졌다. 그녀는 눈물로 얼룩진 눈으로 그를 올려다보며 말했다.

"멈추지 않을 건가요?"

"그래."

그의 말에 설의 눈에서 또다시 눈물이 쏟아 내리기 시작했다. 온몸으로 고통을 표현해 내듯 눈물을 흘리던 그녀는 한숨처럼 말을 내뱉었다.

"제가 이렇게 부탁하는데도요?"

그녀의 말에 찬연은 아무 말 없이 입을 꾹 닫았다. 그의 모습에 설은 절망스러운 마음으로 고개를 끄덕였다.

"알았어요. 어쩔 수 없죠."

그는 차가운 시선으로 그녀를 내려다보며 말했다.

"내 눈앞에서 사라져."

설은 한참이나 찬연의 얼굴을 보더니 이내 뒤돌아섰다. 처음 돌아서기까지는 오랜 시간이 걸렸지만, 돌아서고 나서는 망설임 없이 사무실 문을 열고 밖으로 나갔다.

찬연은 마당을 걸어 나가는 설의 뒷모습을 흔들리는 눈동자로 바라보았다. 어느새 그의 눈에는 참았던 눈물이 서서히 고이기 시작했다.

"아……."

그녀의 모습이 대문 밖으로 사라지자 그는 천천히 자리에 주저앉았다. 서늘한 기운이 그의 발끝을 타고 올라왔다. 그의 눈가에 맺혀 있던 굵은 눈물이 바닥으로 툭 떨어졌다.

"설아……."

그는 목이 메는지 한참이나 입을 뻐끔거렸다. 그리고 미처 하지 못했던 한마디를 내뱉었다.

"미안……하다."

사랑…….

허상이라고 생각했던…… 그녀를 만나는 순간부터 계속 자신을 지배

405

하려고 했던 감정에 결국 두 손을 들고 만 그는 한참이나 눈물을 흘렸다. 지금이라도 그녀에게 달려가 붙잡고 싶었지만, 차마 그럴 수가 없었다. 그러기에 그는 너무나 오랜 시간을 고통 속에 살았고, 너무나 끔찍한 아픔을 겪어야 했다.

그는 자신의 목에 있는 목걸이를 만지작거렸다. 그리고 속으로 눈물을 삼켰다.

나의 아버지…… 나의 어머니…… 그리고 나의 젊은 시절…….

그 모든 것을 빼앗긴 그는 결코 복수를 포기할 수 없었다. 위험 속에 살고 있는 그는…… 아이를 가진 그녀를 자신의 곁에 둘 수가 없었다.

✳ ✳ ✳

리는 불안한 마음으로 손목시계만 연신 들여다보고 있었다. 자신을 만나 보고 싶다는 설의 말에 그녀는 일본 출국 예정까지 미루며 한국에 하루 더 남아 있기로 했다. 그녀의 목소리가 꽤나 심각했기 때문에. 근처로 가겠다는 말에 설은 굳이 서울에서 보자는 말을 전해 왔고, 그녀는 자신이 묵고 있는 호텔을 가르쳐 주었다.

약속 장소인 1층 카페테리아에서 연신 시간을 확인하던 리는 곧 설의 모습이 보이자 자리에서 일어났다. 그리고 손을 가볍게 흔들며 자신의 위치를 알려 주었다.

"갑자기 뵙자고 해서 죄송해요. 바쁘실 텐데."

"아니야, 급한 일이 있으니까 보자고 했겠지."

설은 긴장한 얼굴로 자신을 바라보는 리의 시선에 미소를 띠었다. 자리에 앉은 설은 리의 앞에 놓여 있는 커피를 보았다. 그녀의 시선을 인식한 리가 물었다.

"커피 괜찮아?"

"아니요. 오렌지 주스로 할게요."

그녀의 말에 리는 고개를 끄덕이며 주문을 마쳤다. 곧 정갈하게 차려입은 사내가 설의 앞에 얼음이 동동 띄워진 오렌지 주스를 놓고 사라졌지만, 설은 음료 대신 옆에 놓여 있던 물을 마신 후 그녀를 보았다.

"인사드리려고 왔어요."

"인사?"

"네, 그렇게 됐어요."

그녀의 말에 리의 미간이 찌푸려졌다. 무슨 일이 있든 그의 곁을 지키겠다는 그녀의 다짐이 떠올랐기 때문이다. 설 또한 그저 그런 여자라 생각하자 리는 마음이 좋지 않았다.

"끝까지 남아 있겠다고 하더니."

"지켜야 할 사람이 생겼어요."

그녀의 말에 리는 찬연을 무슨 일이 있든 지키겠다 말했던 그녀의 모습을 떠올렸다. 그리고 한참 그녀의 표정을 살피며 그녀의 진심을 읽어내리려 노력했다.

그녀의 모습에 밝게 미소 지은 설은 가벼운 어조로 말했다.

"궁금하신 얼굴이시네요. 제 감정을 읽으려고 노력하시구요."

생각을 들킨 것이 기분 나빠서였을까. 리의 얼굴이 냉랭해지는 것을 보며 설은 어깨를 으쓱였다.

"궁금한 것이 있어서 왔어요. 미리 말씀드리지만 전 다음 주에 아마 서울을 떠나게 될 것 같아요. 오늘 저와 만난 건 그에게 말씀하시지 마세요. 오히려 그의 신경을 더 어지럽히기만 할 거예요."

그녀의 말을 듣고 있던 리는 꼿꼿이 세우고 있던 등을 편하게 기대며 팔짱을 꼈다.

"좋아. 비밀로 해 주지. 궁금한 게 뭐야?"

"당신은 그를 막을 수 있나요?"

"뭐?"

리가 얼굴을 일그러트렸다. 차가운 얼굴로 그녀를 노려보던 리가 앞에 놓여 있던 냉수를 벌컥 들이켠 후 말했다.

"너 지금 제정신으로 하는 소리야?"

"물론이에요."

청초하게 빛나는 설의 얼굴을 보던 리가 이를 악물었다. 몸을 낮추며 으르렁 낮은 소리를 내며 그녀를 위협했다.

"잘 들어, 한설 씨. 이 계획에 누구보다 적극적인 게 나야. 찬연만큼이나 난 그들이 지옥 속으로 떨어지는 꼴을 보고 싶어 하지. 그런데 내가 왜 굳이 그를 막아야 해?"

그녀의 말에 설은 입을 꾹 다물었다. 그녀의 굳은 얼굴을 보며 리는 붉게 칠한 입술을 비틀며 말했다.

"난 전혀 막을 생각이 없어."

"리…… 당신은 선왕을 사랑하고 있죠? 그래서 그의 죽음을 복수하기 위해 이 계획에 동참하신 거죠?"

그녀의 말에 리는 입을 꾹 다물었다. 설은 양손을 가지런히 모으며 날카로운 그녀의 시선을 마주했다. 단정한 그녀의 얼굴을 눈으로 훑던 리가 고개를 끄덕였다.

"하지만 선왕은 자신의 죽음을 예견하고 있었어요. 그래서 그에게 서책을 남겼죠. 용서해라, 이 또한 역사의 흐름일 뿐이다. 아프지 마라, 아들아. 괴로워하지 마라, 아들아. 빛이 되어라."

설은 눈을 지그시 감으며 서책의 내용을 떠올렸다. 선왕의 마음이 고스란히 담겨 있는 서책, 그의 계획이 고스란히 담겨 있는 서책. 모든 진실이 담겨 있는 서책엔 아들에 대한 걱정이 가득했다. 그리고 혹시나 모를 불행에 아들이 그 자리에 주저앉아 있는 것이 아닌, 앞으로 나아가길 바라는 아버지의 마음이 적혀 있었다.

"리, 잘 생각해 보세요. 선왕이 남긴 뜻을."

그녀의 말에 리의 얼굴이 세차게 흔들렸다. 무거운 시선으로 그녀를 보던 리는 결국 그녀의 물음에 답하지 못했다. 어두운 눈으로 설을 보던 리는 깊은 한숨을 내쉬며 머리카락을 쓸어 올렸다. 그녀가 혼란스러운 마음을 겉으로 드러낼 때 설은 그녀의 마음을 돌리기 위해 더 이상 닦달하지 않았다. 그녀가 하고자 했던 말은 모두 전했으니 선택은 이제 그녀의 몫이었다.

한참의 시간이 흐른 후 리가 천천히 입술을 떼었다.

"이건 답을 못 하겠네. 다른 건 없어?"

리의 물음에 설은 작게 웃은 뒤 긴장된 마음을 숨기기 위해 물을 한 모금 들이켠 뒤 말했다.

"그가 왜…… 저에게 접근했는지 알겠어요. 그런데 계속 마음속에 남는 의문이 있어요. 그는 왜…… 날 자신의 사람으로 만들려고 했는지……."

"……."

"저에게 부모님에 대한 이야기를 모두 털어놓고 자신의 계획에 동참하라고 하는 게 더 좋지 않았을까요?"

그녀의 말에 리는 헛웃음을 내뱉었다. 그녀가 부모님의 죽음에 대한 진실을 알고 있다는 사실이 기가 막혔다. 이건 그녀도, 찬연도 예상하지 못했던 변수였다.

"처음 그와 만났을 때 말이야. 난 그를 돕는 조건으로 한 가지를 걸었어."

"그게 뭐죠?"

설의 얼굴에 의아함이 서렸다. 그녀의 시선과 똑바로 마주하던 리의 얼굴에 미소가 걸렸다.

"네 손을 더럽히지 말 것. 그는 이미 큰 죄를 지었어. 여기서 더 이상 숨길 일을 만들면 곤란했지. 그는 궁으로 돌아가야 했으니까."

그녀의 말에 방금 전까지만 해도 청초하게 빛났던 그녀의 얼굴이 회색빛으로 변했다.

"살인을 저지르지 않았지만 그는 분명 시체를 유기했어. 그건 큰 죄지."

"그랬군요……. 그가 궁으로 돌아갔을 때의 일을 생각하셨군요."

그녀의 말에 리의 눈동자에 애잔한 기운이 감돌았다.

"사랑하는 사람의 아들이니까."

사랑했던 이가 아니라 사랑하는 사람. 리는 아직도 선왕을 마음속 깊이 품고 있었다. 잠시 한숨 같은 말을 내뱉던 그녀가 입을 다물자 설은 시선을 내려 녹아내려 작아진 얼음을 바라보았다. 한참 아래를 보고 있던 설은 리의 목소리에 고개를 들었다. 그리고 이젠 조금은 슬퍼 보이는 그녀의 얼굴을 바라보았다.

"그게 당신이 되었을 뿐이야. 정말 운이 없게도. 당신만큼 적임자도 없었지. 난 찬연에게 말했어. 너에게 부모님의 죽음을 알리고, 그 아이의 손에 칼을 쥐여 주라고."

"……그랬군요."

리의 말에 설은 미소 지었다. 그녀를 상처 입힌 것은 그가 아닌 눈앞에 있는 이 여자라는 사실에 안도했다.

"그리고 그는 내 말에 수긍했어. 그리고 모든 계획이 시작되었지. 그가 생각해 놓은 시나리오대로 모든 일이 진행됐어. 당신을 만나기 전까지만 해도."

"그게 무슨 뜻이죠?"

설은 눈을 깜빡이며 물었지만 리는 대답하지 않았다. 그리고 끝까지 그녀는 그 질문에 대한 답은 해 주지 않았다.

"어쩌면 그 남자는 지쳐 있었는지 몰라. 그래서 한 가지의 목적을 달성하기 위해 곁에 있는 사람이 아닌…… 자신과 똑같은 슬픔을 가진 사

람에게 위로를 받고 싶었는지도 모르겠어. 물론 이건 내 개인적인 생각
이지만."

그녀는 그의 모습을 떠올리며 고개를 끄덕였다. 그가 슬픔을 쏟아 냈
던 모습을 떠올리자 그녀의 말이 어쩌면 맞을지도 모른다는 생각이 들
었다.

"궁금증은 다 풀렸어?"

"네, 감사해요. 너무 오랜 시간을 뺏어서 죄송합니다."

설은 싱긋 웃으며 옆에 있던 가방을 들고 자리에서 일어났다. 턱을
괴고 자신을 올려다보는 그녀를 향해 허리를 숙인 설이 걸음을 옮기려
고 하자 리가 그녀를 붙잡으너 밀했다.

"난 네게 떠나지 말라는 조건으로 선왕이 남긴 서책을 줬어. 그런데
왜 나와의 약속을 어기는 거지?"

그녀의 물음에 설은 자리에서 걸음을 멈췄다. 설은 굳어 있는 리를
향해 환하게 웃었다.

"서책은 원래의 주인에게 돌려줄 생각이에요."

"그는 분명 무너질 거야."

리의 말에 그녀도 동감한다는 듯 고개를 끄덕였다. 하지만 그조차도
그가 받아들여야 할 일이었고, 언제까지 선왕의 뜻을 그에게 숨길 수만
은 없었다.

그의 울음소리가 그녀의 머릿속에 울렸다. 가슴이 아팠지만 설은 단
호하게 고개를 저었다.

"그가 더 이상 나쁜 길로 가지 않았으면 좋겠어요. 복수의 칼날이 상
대방에게만 향하는 것이 아니니까요."

"……."

"예전에는…… 내가 있으니까, 그의 곁에 있을 거니까…… 이런 걱정
을 하지 않았는데…… 이젠 그가 걱정돼요. 다칠까 봐, 아플까 봐……."

끝도 없이 무너질까 봐.

복수는 양날의 검이다. 찌른 사람조차 피를 흘리고 아파한다. 그건 그녀가 익히 경험해 알고 있었다. 그녀는 그의 복수가 단순한 소모전이 아닌, 선왕의 꿈을 통해 이루어지길 바랐다. 누군가를 헤치고 망가트리는 방법이 아닌…… 다른 방법으로.

"전 그가…… 선왕과 같은 꿈을 꿨으면 해요. 당신도 그렇지 않나요?"

"……."

"선왕이 꿈꿨던 나라, 그 나라를 만드는 것은 아마 그 사람이 될 거예요. 전 그를 믿어요."

"그럼 조금만 더 그를 믿고 기다려 주지?"

진심으로 그를 걱정하는 리의 모습에 설은 작게 고개를 저었다.

"전 지금 지켜야 할 사람이 있어서 그럴 수가 없어요. ……그 사람은 리가 지켜 주세요."

그녀의 말이 끝나자 리가 고개를 끄덕였다. 설은 허리를 숙여 인사한 후 카페를 빠져나갔다.

*　*　*

집 안을 깔끔하게 정리한 설은 눈을 꾹 감았다. 지난 일주일, 사무실에는 출근하지 않았다. 아니, 출근하지 못했다. 이제 더 이상 그를 볼 자신이 없었고, 굳어진 그녀의 결심도 그를 더 이상 만나지 말라며 종용했다.

그녀는 오랫동안 한 몸처럼 하고 다녔던 목걸이를 풀어 테이블 위에 올려 두었다. 그리고 네 번째 손가락을 차지하고 있던 반지도 빼서 테이블 위에 올려 두었다. 그녀는 자신의 마음도, 추억도 모두 이곳에 두고 떠나길 원했다.

트렁크에 짐을 실은 설은 운전석에 앉았다. 보조석에 리에게 받았던 서책이 놓여 있었다. 오늘 그의 스케줄을 떠올리자 하루 종일 서울에서 미팅이 있었다. 차로 얼마 가지 않아 사무실에서 멈춘 설은 보조석에 있는 서책을 들고 차에서 내렸다.

　사무실 비밀번호를 누르자 아직 바꾸지 않은 것인지 띠리릭, 소리와 함께 문이 열렸다. 그리고 의자에 앉아 있던 찬연과 마주쳤다. 그는 놀란 눈치였지만, 오히려 더 당황한 설은 이를 알아차리지 못했다.

　"아직 안 나가셨네요. 지금쯤 서울에 계셔야……."

　횡설수설하는 설은 굳이 하지 않아도 될 말을 늘어놓았다. 찬연은 차가운 눈으로 그녀를 보며 자리에서 일어났다.

　"그걸 당신이 왜 신경을 쓰지?"

　그의 말에 설은 입을 꾹 다물었다. 그래, 이제 더 이상 그녀는 그에게 상관할 위치가 되지 못한다. 그의 여자도 아니었고, 그의 수행비서도 아니었다.

　"그건 그렇네요."

　가볍게 웃음을 내뱉은 설은 걸음을 옮겨 그의 앞까지 걸어갔다. 성큼성큼 걷는 걸음은 망설임이 없었고, 그의 책상을 사이에 두고 나서야 그녀는 걸음을 멈췄다.

　책상 위에 낡은 서책을 올려놓는 설을 보며 그의 미간이 살짝 찌푸려졌다.

　"이게 뭐야."

　"원래 당신의 물건이에요."

　그녀의 말에 찬연은 서책을 한참 뚫어져라 보고 있었다. 고급 비단으로 덧대어진 책을 보사 그는 무언가 번뜩 떠오른 듯 황급히 그녀에게 시선을 옮겼다. 그리고 놀란 듯 말했다.

　"이걸 왜 당신이 가지고 있어?"

이건 분명 선왕의 물건이었다. 검은 비단에 수놓아진 용은 왕을 위한 비단을 뜻했고, 서책 한 권에 적혀 있는 고고한 서체는 생전 명필이라 불리던 아버지의 것이었다. 찬연의 놀란 얼굴을 보며 설은 미소 띤 얼굴로 말했다.

"우연히 제 손에 들어오게 됐어요."

"두루뭉술하게 말하지 말고 사실대로 말해. 왜 당신이 부왕의 물건을 가지고 있냐고!"

그의 외침에 설은 그에게서 한 걸음 뒤로 물러나 말했다.

"리가 제게 줬어요. 왜 그녀가 가지고 있었는지는 모르고요."

"리가?"

"네."

그녀의 말에 찬연은 턱을 움찔거리며 이를 악물었다. 그리고 책상 위에 올려져 있는 서책을 노려보았다.

"이걸 돌려주려고 왔어요. 모두 읽어 보진 않았지만 일기장인 것 같아요."

서책의 첫 장을 펼친 순간 그녀는 제가 봐서는 안 되는 내용이란 생각에 차마 서책을 읽을 수가 없었다.

찬연은 태워 버릴 듯 서책을 노려보았다. 안에 적혀 있는 내용은 감도 잡을 수가 없었다. 아버지가 평소 어떠한 생각을 하고, 어떠한 생활을 하는지 철없던 시절의 그는 관심이 없었으니까.

책상을 사이에 둔 둘 사이에 침묵이 흘렀다. 설은 벽에 걸려 있는 시계를 확인하고 이제 떠날 시간이 됐다는 사실을 알았다. 갑자기 눈물이 날 것만 같았다. 이미 그의 곁을 떠나리라 굳은 다짐을 했지만 눈물이 나오는 것까진 막을 수가 없었다.

설은 붉어진 눈으로 찬연을 보며 말했다.

"마지막으로 물어볼 것이 있어요."

"그게 뭐지?"

그의 말에 설의 입술에 미소가 걸렸다.

"원래 이름이 뭐예요? 찬연 오빠의 이름이 아닌 원래 이름. 원래 당신의 것."

그녀의 물음에 찬연은 입을 굳게 다물었다. 입 밖으로 꺼내 본 지 참으로 오래된 이름이었다. 자신의 아비가 지어 준 이름.

"……이휘(輝)."

"그래서 선왕이 당신께 빛이라고 하셨군요."

그녀의 말에 찬연은 천천히 고개를 끄덕였다. 그의 끄덕임을 본 설은 속삭이듯 작은 목소리로 말했나.

"이휘, 이휘, 이휘……. 참 좋은 이름이에요."

설은 미소 띤 얼굴로 그의 시선을 마주하며 말했다. 그녀의 말에도 찬연은 그 어떠한 말도 할 수가 없었다. 한참 그의 얼굴을 눈에 담던 그녀는 눈을 깜빡였다.

당신의 이름처럼 빛이 되세요. 너무 먼 길을 둘러 오지 마세요. 오다가 길 잃지 마세요. 조금만, 조금만 아파하고…… 원래 당신의 자리로 돌아와요.

설은 간절한 눈빛으로 그를 본 후 부드럽게 웃었다.

"이제 그만 가 봐야겠어요. 건강하세요."

그녀가 망설임 없이 사무실을 벗어났다. 설의 모습이 시선에서 사라지자 찬연은 미간을 찌푸렸다.

"젠장."

찬연은 그녀를 붙잡을까 봐 꽉 쥐고 있던 주먹에 힘을 풀며 자리에 털썩 주저앉았다.

그의 시선이 자신의 앞에 놓여 있는 서책으로 향했다. 그는 한참 서책을 노려보다 이내 조심스러운 손길로 펼쳤다.

가장 첫 페이지. 오랜만에 보는 아버지의 서체에 그의 눈빛이 흔들렸다.

아들아, 사랑하는 나의 아들아.
만약 이 글을 읽는다면 난 이미 이 세상에 없겠구나.
넌 어둠 속에만 있지 말거라.
너의 이름처럼 당당한 빛이 되어라.
꼭 행복해야 한다.

그의 시선이 바람 앞의 초처럼 세차게 흔들렸다. 앉아 있는 몸이 기우뚱 기울어지며 그는 책상을 겨우 붙잡아 몸을 지탱했다. 거친 숨소리를 내뱉은 그는 다음 장으로 넘겼다. 그리고 곧 들어오는 문구에 그는 뜨거운 눈물을 흘렸다.

마지막 장을 넘기는 그 순간까지 그의 눈물은 멈추지 않았고, 곧 책을 덮으며 절망스러운 감정이 그득 담긴 음색으로 말했다.

"아바……마마, 아바마마……."

〈1부 끝〉

Scarlet

스칼렛

Scarlet

스칼-렛